Paulette

LA VALLÉE DES POUPÉES

Jacqueline Susann est née à Philadelphie en 1918. Elle se rendit à New York à l'âge de dix-huit ans pour devenir comédienne. Elle y épousa Irving Mansfield, producteur de cinéma et de télévision, et se fit connaître au théâtre et à la télévision. Mais c'est avec La Vallée des poupées, *traduit en dix-sept langues, publié dans dix-huit pays, puis ensuite avec* The love machine, *qu'elle acquit une renommée internationale et prit la première place parmi les romancières de sa génération. La naissance d'un enfant autistique en 1946 et le cancer qui la frappe en 1962 seront les deux tragédies de sa vie. Elle est morte à New York en 1974. Son mari a publié une émouvante biographie :* Jackie, la souffrance et la gloire *où il raconte sa fulgurante carrière et les douze années du combat acharné qu'elle a mené contre le cancer.*

La Vallée des poupées s'attache à décrire le destin de trois jeunes femmes prêtes à payer le prix maximum pour réussir, s'imposer, aimer, être heureuses. Que ce soit à Hollywood, à New York ou à Paris, c'est effectivement le prix fort qu'Anne, Jennifer et Neely devront acquitter pour participer à la grande loterie de l'amour et du bonheur. Mais, pour chacune d'entre elles, la roue de la fortune ne tournera qu'une fois. Et, ce jour-là, il faut saisir sa chance à pleines mains, ne plus jamais la lâcher, quoi qu'il en coûte...

Paru dans Le Livre de Poche :

THE LOVE MACHINE.

JACQUELINE SUSANN

La Vallée des poupées

TRADUIT DE L'AMÉRICAIN
PAR GLADYS MOLINARI

PIERRE BELFOND

Ce livre a été publié sous le titre original :

VALLEY OF THE DOLLS
par Bantam Books, Inc., New York.

A Joséphine

mais surtout à Irving

ANNE

Septembre 1945.

Il faisait trente-cinq degrés, le jour de son arrivée. New York fumait tel un animal de bitume furieux d'être pris au dépourvu par une vague de chaleur intempestive. Anne y resta indifférente, tout comme aux détritus qui parsemaient le carrefour dénommé Times Square; New York lui parut la ville la plus merveilleuse du monde.

« Ah! sourit la jeune fille de l'agence de placement. Pour vous, c'est du tout cuit, même sans expérience. Déjà les bonnes secrétaires sont prises par ces usines de défense nationale qui paient gros, mais alors, là, mon chou, si je vous ressemblais, je piquerais droit sur John Powers ou Conover.

– Qui est-ce? demanda Anne.

– Des directeurs d'agence de cover-girls. Vous êtes exactement leur type. Voilà ce que j'aimerais faire, mais je suis trop petite et pas assez mince.

– Je préfère travailler dans un bureau, répliqua Anne.

– A votre guise, mais vous êtes folle..., fit-elle en lui tendant quelques feuillets. Voilà de bonnes adresses et essayez donc Henry Bellamy en premier. C'est un homme de loi de théâtre. Sa secrétaire vient d'épouser John Walsh. Ah! non, ne me dites pas que vous ne connaissez pas John Walsh!

ajouta-t-elle devant l'absence de réaction d'Anne. Il a gagné trois Oscar et je viens de lire qu'il allait sortir Garbo de son isolement et diriger le film de sa rentrée. »

Anne eut un sourire qui promettait de ne plus oublier John Walsh.

« Ça vous donne une idée du travail et du genre de gens que vous rencontrerez, continua la jeune fille. Bellamy et Bellows, un cabinet d'envergure qui ne s'occupe que de clients importants. Myrna, la secrétaire qui a épousé John Walsh, ne vous arrive pas à la cheville, comme allure, vous en décrocherez un bien vite...

– Un quoi?

– Un homme. Et peut-être même un mari, répondit la jeune fille en lisant la demande d'emploi d'Anne. Miséricorde! Qu'est-ce que c'est, votre ville? C'est bien en Amérique, oui?

– Lawrenceville, sourit Anne. A une heure de train de Boston, et pour me trouver un mari, je n'avais qu'à y rester. A Lawrenceville, tout le monde se marie en sortant de l'école, ou presque. Moi, je veux travailler un peu, avant.

– Et vous avez *quitté* une ville pareille? Ici, *toutes* les jeunes filles cherchent un mari, à commencer par moi. Je ferais peut-être bien de m'installer à Lawrenceville, avec une lettre de recommandation de vous...

– Vous voulez dire que vous épouseriez n'importe qui? demanda Anne, curieuse.

– Pas *n'importe qui*, mais un homme capable de m'offrir un joli manteau de castor, une bonne à mi-temps, et qui me laisserait dormir jusqu'à midi. Non seulement les gars que je connais s'attendent à ce que je continue à travailler, mais encore espèrent me trouver à la maison, affriolante dans un déshabillé vaporeux et en train de leur mitonner des petits plats. Vous allez voir..., ajouta-t-elle devant le rire d'Anne. Attendez d'avoir rencontré nos Roméo new-yorkais. Je vous parie n'importe quoi que vous vous précipiterez dans le premier train pour Lawrenceville. N'oubliez pas de passer me prendre, j'irai avec vous. »

Elle ne retournerait jamais à Lawrenceville. Elle n'avait pas *quitté* sa ville, elle avait fui, fui le mariage avec un de ces bons garçons sérieux de Lawrenceville, fui la vie monotone et sérieuse de Lawrenceville, cette même vie que sa mère avait menée. Et la mère de sa mère. Dans la même maison sérieuse et étouffante, une maison qui avait abrité des générations de gens bien de la Nouvelle-Angleterre, élevés à guinder leurs sentiments les plus naturels.

« Anne, une jeune fille bien élevée ne rit pas aux éclats. » « Anne, une jeune fille bien élevée ne pleure jamais en public. – Mais, maman, nous ne sommes pas en public, je pleure devant vous, dans la cuisine. – Tu n'es plus une enfant, Anne, tu as douze ans. Ta tante Amy est avec nous. Monte pleurer dans ta chambre. »

Et Lawrenceville l'avait marquée, d'une certaine manière, lors de ses années de collège à Radcliffe. Oh! il y avait là des jeunes filles qui riaient ouvertement, qui pleuraient, qui cancanaient et qui s'amusaient des hauts et des bas de la vie, mais elles n'avaient pas invité Anne dans leur cercle. A croire qu'elle portait un écriteau : *à éviter, froide, réservée, le type même de la Nouvelle-Angleterre.* Elle s'était de plus en plus retirée dans ses livres et même là, elle retrouvait son problème. Hemingway naviguait entre l'Europe, Cuba et Bikini. Ce pauvre Fitzgerald, talentueux, toujours dépaysé, avait vécu à l'étranger, et Sinclair Lewis n'avait trouvé l'amour et le goût de vivre qu'en Europe.

Au cours de sa dernière année d'internat, elle prit la décision de fuir Lawrenceville et en prévint sa mère et tante Amy lors de ses vacances de Pâques.

« Maman... tante Amy... à la fin de l'année scolaire, je partirai pour New York.

– C'est une horrible ville pour y passer ses vacances.

– Mais j'ai l'intention de m'y fixer, d'y vivre.

– En as-tu parlé à Willie Henderson?

– Non. Pourquoi le ferais-je?

– Vous sortez ensemble depuis que vous avez seize ans. Alors tout le monde pense que...

– Oui, voilà, justement, à Lawrenceville, tout le monde pense toujours que...

– Anne, tu élèves la voix, lui dit calmement sa mère. Willie Henderson est un garçon très bien. J'étais en classe avec sa mère et son père.

– Mais je ne l'aime pas, maman.

– Aucune femme ne peut aimer un homme, déclara tante Amy.

– N'avez-vous pas aimé papa, maman? demanda Anne d'un ton presque accusateur.

– Mais si, je l'ai aimé, répondit sa mère d'une voix hérissée. Ta tante Amy veut dire... que... les hommes sont différents. Ils ne pensent ni ne réagissent comme les femmes. Ton père, par exemple. Il était très difficile, impulsif, aimant boire. Avec une autre femme que moi, il aurait pu mal finir.

– Je n'ai jamais vu papa boire, répliqua Anne sur la défensive.

– Bien sûr que non. La prohibition régnait et je n'ai jamais eu une goutte d'alcool dans la maison. Je lui ai fait perdre cette habitude avant qu'elle ne s'enracine. Mais il en avait bien d'autres, aussi mauvaises, au début de notre mariage. Sa grand-mère était française, tu le sais, les Latins sont exubérants. »

Anne pensa soudain à son père, avec le regret de ne l'avoir mieux connu. Ce jour où il s'était effondré, là, dans la cuisine, lui semblait si lointain. Elle avait douze ans. Il n'avait pas dit un mot mais s'était écroulé tranquillement pour mourir tout aussi tranquillement, avant que le docteur n'arrive.

« Maman, n'avez-vous jamais vraiment aimé papa? Quand un homme vous prend dans ses bras et vous embrasse, ça doit être merveilleux, non? Ce n'était pas merveilleux avec papa?

– Anne! Comment oses-tu poser de telles questions à ta mère? s'exclama tante Amy.

– As-tu déjà embrassé Willie Henderson, Anne? demanda sa mère prudemment.

– Oui... un certain nombre de fois, répondit Anne avec une grimace.

– As-tu trouvé ça agréable?

– Abominable, répondit Anne en évoquant les lèvres molles, presque gluantes et l'haleine rance.

– As-tu embrassé d'autres garçons?

– Oh! oui, quand j'ai commencé à sortir, sourit Anne en haussant les épaules. J'ai dû embrasser à peu près tous les garçons de la ville et chaque baiser m'a déplu autant que le précédent. Maman, je ne crois pas qu'il y ait un seul garçon qui sache embrasser dans tout Lawrenceville.

– Tu es une jeune fille bien élevée, Anne. C'est pourquoi tu n'aimes pas embrasser, fit sa mère qui avait recouvré sa bonne humeur.

– Je ne sais pas ce que j'aime, ni qui je suis, maman. C'est pourquoi je veux aller travailler à New York.

– Tu as cinq mille dollars devant toi, Anne, que ton père t'a laissés personnellement, fit sa mère résignée. A ma mort, tu en auras bien davantage. Nous ne sommes pas aussi riches que les Henderson mais nous avons une belle fortune, et notre famille tient sa place à Lawrenceville. Je veux espérer que tu reviendras y faire ta vie. Ma mère est née dans cette maison. Willie voudra peut-être y ajouter une aile; il y a tout le terrain nécessaire, et ce sera toujours notre maison.

– Je vous répète que je n'aime pas Willie, maman.

– L'amour comme tu l'imagines n'existe que dans les romans à l'eau de rose et les mauvais films. L'amour est fait de bonne camaraderie, d'amis, d'intérêts communs. La sexualité est une extrapolation de l'amour et permets-moi de te dire, jeune fille, que si cet amour-là existe, il meurt très vite après le mariage, en tout cas dès que la jeune femme sait à quoi s'en tenir. Je ne t'empêcherai pas d'aller travailler dans ton New York. Je suis certaine que Willie t'attendra. Et crois-moi, Anne, je ne te donne que quelques semaines pour nous revenir en courant, trop heureuse de quitter cette sale ville. »

Sale, elle l'était, et étouffante, et grouillante, le jour de son arrivée. Marins et soldats se coudoyaient dans Broadway avec la lueur aventureuse de l'après-guerre dans leurs regards avides, mais malgré la saleté, l'humidité poisseuse et l'étrangeté de cette ville inconnue, Anne s'était sentie empoignée par un nouveau goût de vivre. La Nouvelle-Angleterre, ses arbres, son atmosphère pure lui semblèrent froids et mornes comparés aux trottoirs craquelés et souillés de New York. Le propriétaire mal rasé qui avait ôté de sa fenêtre l'écriteau « Chambre à louer » sur versement d'une semaine de loyer d'avance, ressemblait au facteur de Lawrenceville mais son sourire était plus chaleureux.

« Elle n'a rien de somptueux, cette chambre, reconnut-il, mais le plafond en est haut et ça permet une certaine aération. Et je suis à votre disposition pour bricoler ce que vous voudrez. »

Elle se sentit en sympathie mutuelle avec lui. A New York, on vous acceptait sur votre bonne mine, comme si vous veniez juste de naître, sans se préoccuper d'un passé à étaler ou à cacher.

Et là, devant les imposantes portes vitrées gravées au nom de Bellamy, elle se prit à espérer que l'accueil y serait aussi spontané.

Henry Bellamy n'en croyait pas ses yeux. Dans son genre, c'était une des plus jolies filles qu'il eût connues et il avait une certaine expérience. Pas de semelles compensées à la mode ni de coiffure en hauteur à la Pompadour, mais des cheveux de ce léger blond naturel qui tombaient souplement. Et des yeux de ce vrai bleu, le bleu du ciel, mais glacial, des yeux qui lui faisaient perdre contenance. Elle portait une simple robe de toile bleu marine et pas un bijou, hormis une montre-bracelet classique, mais on sentait qu'elle n'avait pas besoin de travailler.

« Pourquoi briguez-vous ce poste, Miss Welles? lui demanda-t-il, à la fois nerveux et intrigué.

– Je veux vivre à New York, monsieur Bellamy. »

Une réponse directe et simple. Alors pourquoi cette jeune fille lui donnait-elle le sentiment d'être indûment curieux? Il jeta un coup d'œil sur le formulaire de l'agence de placement.

« Vingt ans et une licence d'anglais. A Radcliffe. Aucune expérience de bureau. Dites-moi un peu à quoi va vous servir toute cette éducation de fantaisie dans un bureau comme le mien, hein? Vous croyez que ça peut m'aider à manœuvrer une peau de vache comme Helen Lawson ou à obliger cet ivrogne de Bob Wolfe à nous remettre à temps son texte hebdomadaire de radio? Ou encore à persuader une de ces tantouses chantantes de quitter Johnson Harris pour me confier ses intérêts?

– Est-ce moi qui devrais faire tout ça?

– Non, c'est moi, mais avec votre aide.

– Mais j'avais cru comprendre que vous étiez un homme de loi. »

Il la vit réunir ses gants. Il brancha un de ses sourires charmeurs.

« Je suis un homme de loi de théâtre, ce n'est pas pareil. J'établis les contrats de mes clients, des contrats qui n'offrent aucune prise aux litiges, si ce n'est en leur faveur. Je m'occupe de leurs impôts, de leurs placements financiers, j'aplanis leurs difficultés de tous genres, j'arbitre leurs problèmes conjugaux, je tiens les épouses à l'écart des maîtresses, je suis le parrain de leurs enfants et je suis leur nourrice sèche, en particulier lors d'un nouveau spectacle.

– Je croyais que les acteurs et les auteurs avaient un imprésario.

– Oui, fit-il en remarquant qu'elle avait reposé ses gants sur ses genoux. Mais mes clients, des super-vedettes, ont besoin de mes conseils. L'imprésario les pousse toujours à accepter des contrats qui paient gros, l'œil sur son dix pour cent, moi, je décide quel est le meilleur contrat pour leur carrière. En résumé, un homme de loi de théâtre tient de l'imprésario, de la mère et de Dieu et vous, si vous venez travailler avec moi, vous devrez être leur saint patron. Voilà à peu près le tableau, vous croyez que ça peut vous convenir?

– J'aimerais essayer, sourit Anne. Je tape assez bien, mais je suis très médiocre en sténo.

– J'ai deux sténos ici qui sont des championnes, répondit-il en balayant le sujet de la main. J'ai besoin de quelqu'un qui soit plus qu'une secrétaire.

– Je ne comprends pas », fit-elle d'un ton glacial.

Mon Dieu, il n'avait rien voulu insinuer de la sorte! Il éteignit sa cigarette et en alluma une autre. Elle était rigide sur sa chaise; il se redressa inconsciemment.

« Comprenons-nous, Miss Welles. Ce que j'entends par « plus qu'une secrétaire », c'est qu'elle ne doit pas s'en tenir au strict horaire du bureau. Il y a des jours où vous n'y viendrez qu'à midi, si je vous ai fait travailler le soir, mais d'un autre côté, si nous sommes en plein coup de feu, même si vous avez travaillé jusqu'à quatre heures du matin, je compterai sur vous pour ouvrir les bureaux, parce que vous aurez envie d'être là. C'est vous qui organiserez votre travail, mais je peux avoir besoin de vous certains soirs. Par exemple, enchaîna-t-il vivement devant son silence, si j'offre un bon dîner au « 21 » à un futur client et si je baratine bien, je le décrocherai mais il est probable que je devrai boire pas mal et écouter ses doléances concernant son agent actuel. Je vais lui jurer mes grands dieux de ne pas tomber dans les mêmes erreurs, je vais lui promettre la lune avec son nom en néon dessus, mais je ne pourrai pas tenir toutes mes promesses. Impossible. Et le lendemain matin, je ne me souviendrai d'aucune de ces foutues promesses. C'est là que vous interviendrez. Vous n'aurez pas la gueule de bois parce que vous n'aurez bu qu'un seul xérès tout au long de la soirée, et vous aurez mémorisé toutes mes paroles. Vous me remettrez une liste précise de toutes mes promesses et je verrai ce que je peux faire, la tête froide.

– Je serais une sorte de magnétophone humain? sourit-elle.

– Très exactement. Vous croyez que ça peut vous convenir?

– J'ai une excellente mémoire et je déteste le xérès.

– Magnifique, Anne, fit-il en riant avec elle. Pouvez-vous commencer dès demain?

– Oui, fit-elle de la tête. Devrai-je aussi travailler avec monsieur Bellows?

– Il n'y a pas de monsieur Bellows, répondit-il doucement, le regard dans le vide. Il y a bien George, son neveu, mais ce n'est pas le Bellows de notre raison sociale. Jim, son oncle, m'a vendu ses parts avant de s'enrôler dans la Marine. La guerre est pour les jeunes, soupira-t-il. Jim Bellows avait cinquante-trois ans. Trop vieux pour faire la guerre mais trop jeune pour mourir.

– Il a été tué?

– Il est mort d'une attaque cardiaque dans un sous-marin, le crétin! fit-il d'une voix rogue empreinte d'affection pour son vieux partenaire. Bon, alors, Anne, reprit-il en changeant de ton et avec un de ses bons sourires, je crois que nous nous sommes bien raconté nos vies. Salaire de début : soixante-quinze dollars par semaine. Ça peut aller? »

C'était plus qu'elle n'avait espéré. Sa chambre lui coûtait dix-huit dollars, sa nourriture une quinzaine. Elle lui répondit que cela irait.

Octobre 1945.

Septembre avait été un bon mois. Elle avait trouvé un travail qui lui plaisait, une amie en Neely et un charmant cavalier servant en Allen Cooper.

Octobre avait ramené Lyon Burke.

Elle avait été acceptée d'emblée par la réceptionniste et les deux secrétaires. Elle déjeunait souvent avec elles au drugstore du coin. Lyon Burke était leur sujet favori de conversation car Miss Steinberg, l'aînée de toutes, chez Bellamy depuis dix ans, l'avait bien connu. Lyon travaillait avec Bellamy depuis deux ans lorsque la guerre avait éclaté. Il s'était engagé le lendemain de Pearl Harbor, et Bellamy avait été contraint de le remplacer par George Bellows, le neveu de Jim, un avocat compétent mais loin de posséder l'alchimie de Lyon Burke, en tout cas aux yeux de Miss Steinberg. Tout le bureau suivit avec avidité la carrière militaire de Lyon et lorsqu'il avait accédé au grade de capitaine, Henry avait pris son après-midi de congé pour célébrer cet événement. La dernière lettre de Lyon était timbrée de Londres et remontait au mois d'août. Lyon était sain et sauf, Lyon envoyait toutes ses pensées amicales mais Lyon ne parlait pas de son retour. Au début, Henry guetta le courrier tous les jours. Lorsque vint septembre et toujours pas de nouvelles, il se résigna maussadement au départ définitif de Lyon; seule Miss Steinberg ne perdit pas espoir et c'était elle qui avait raison. Le télégramme arriva en octobre. Il était précis :

CHER HENRY STOP VOILA C'EST FINI ET SUIS TOUJOURS ENTIER AI PASSÉ QUELQUE TEMPS A LONDRES DANS FAMILLE ET QUELQUES JOURS A BRIGHTON REPOS BORD DE MER STOP SUIS A WASHINGTON OU ATTENDS MA DÉMOBILISATION OFFICIELLE STOP

REVIENDRAI DÈS QUE AURAI TROQUÉ UNIFORME CONTRE VIEUX COSTUME BLEU STOP AMICALEMENT LYON.

Le visage de Henry Bellamy s'illumina, il bondit de son fauteuil.

« Lyon nous revient! Bon Dieu, je le savais bien! »

A dater de ce moment et pendant dix jours, le bureau ne fut qu'une agitation insensée de bavardages spéculatifs et d'allées et venues des peintres et des décorateurs.

« Je n'en peux plus d'attendre, soupirait la réceptionniste. Il a tellement l'air d'être mon type!

– Il est le type de tout le monde, mon chou, sourit Miss Steinberg d'un air profondément entendu. Si son physique ne vous lessive pas, son accent anglais le fera.

– Il est anglais? fit Anne surprise.

– Sa mère était Nell Lyon, une grande actrice anglaise de comédie musicale, bien avant votre temps, et le mien d'ailleurs. Venue jouer en Amérique, elle y a épousé un avocat, Tom Burke. Elle a quitté la scène et Lyon est né ici. Il est donc américain, mais sa mère avait conservé sa nationalité britannique et lorsque Tom Burke est mort – je crois que Lyon avait cinq ans – elle a emmené son fils en Angleterre. Elle est retournée au théâtre et Lyon a fait ses études là-bas. A la mort de sa mère, il a regagné les Etats-Unis et il est devenu avocat.

– Je suis sûre que je vais tomber follement amoureuse de lui, gémit la jeune secrétaire.

– Toutes les femmes sont amoureuses de lui, dit Miss Steinberg en haussant les épaules. Mais ce qui m'intéresse, c'est de voir sa réaction lorsqu'il fera la connaissance d'Anne.

– De moi? fit Anne stupéfaite.

– Oui, de vous. Vous avez tous les deux le même

quant-à-soi, à ceci près que Lyon le dissimule sous un chaud sourire éblouissant et trompeur. On croit en avoir fait un ami mais jamais on n'en est proche. Personne. Pas même Mr. Bellamy qu'il intimide au fond. Lyon réussit tout ce qu'il entreprend, vous allez voir, il va régner sur la ville en une journée. J'ai vu Mr. B. décrocher quelques beaux contrats, mais il est obligé de jouer très serré parce qu'on connaît sa force et qu'on y est préparé; Lyon ne joue que de son physique de jeune premier et de son charme anglais et il décroche tout ce qu'il veut; mais au bout d'un certain temps, on s'aperçoit qu'on ne le connaît pas du tout et qu'on ne sait pas ce qu'il pense des autres. Il semble aimer tout le monde de la même manière, alors on finit par croire qu'il n'aime vraiment personne et rien, rien que son travail qui passe avant tout. Mais quoi qu'on pense de lui, on finit par l'adorer. »

Le second télégramme parvint dix jours plus tard, le vendredi matin.

CHER HENRY STOP AI ENDOSSÉ COSTUME BLEU STOP ARRIVERAI NEW YORK DEMAIN SOIR STOP IRAI TOUT DROIT VOTRE APPARTEMENT STOP ESSAYEZ ME RÉSERVER CHAMBRE HOTEL STOP COMMENCERAI TRAVAILLER LUNDI STOP AMICALEMENT LYON

Henry Bellamy prit son après-midi pour fêter ce retour; Anne terminait le courrier lorsque George Bellows s'approcha de son bureau.

« Pourquoi n'irions-nous pas célébrer l'événement, nous aussi? » demanda-t-il tout naturellement.

Elle ne put dissimuler son étonnement; ses relations avec George Bellows n'avaient jamais encore dépassé le stade d'un salut poli et officiel.

« Je vous invite à déjeuner, expliqua-t-il.

– Je vous remercie mais j'ai promis aux filles de les rejoindre au drugstore.

– Pas de chance, sourit-il d'un air lamentable. C'est peut-être notre dernière journée sur cette terre. »

Il l'aida à enfiler son manteau et regagna son bureau. Elle écouta les filles parler de Lyon d'une oreille distraite, se demandant pourquoi elle avait refusé l'invitation de George. Par peur des complications? Pour un déjeuner? Quelle bêtise. Par loyauté envers Allen Cooper? Alors... Allen était le seul homme qu'elle connût à New York et il était charmant. Peut-être cela lui conférait-il un certain droit à sa loyauté.

Elle se souvint du jour où il avait fait irruption dans le bureau, bien décidé à vendre une assurance. Henry avait été particulièrement rébarbatif et s'en était vite débarrassé, si vite, en fait, qu'Anne l'avait pris en pitié. En l'accompagnant à la porte, elle lui avait murmuré « la chance vous sourira ailleurs ». Il avait eu l'air presque ahuri par la chaleur de sa voix. Deux heures plus tard, le téléphone avait sonné :

« Allen Cooper à l'appareil. Vous vous souvenez de moi, le dynamique vendeur? Je voulais vous dire que comparée à mes autres visites, ma tentative chez Bellamy a été un vrai succès car là au moins je vous ai rencontrée.

– Vous n'avez pas fait une seule vente? s'enquit-elle d'un ton désolé.

– Pas une seule, chou blanc partout. Pas mon jour de veine... à moins que vous ne vouliez le terminer mieux en venant prendre un verre avec moi.

– Je ne...

– Bois pas? Moi non plus. Alors, allons dîner. »

C'est ainsi que cela avait commencé, et continué. Il était charmant et doté d'un certain sens de l'humour. Elle pensait à lui amicalement, sans plus. Ils allaient dans des petits restaurants perdus et elle choisissait toujours le plat le moins cher du menu. Elle aurait bien voulu offrir de payer son écot, mais craignait par là même de lui rendre plus sensible le sentiment de ses échecs, car ce pauvre Allen charmant et doux était un véritable four dans le rôle du vendeur. Il s'informait du passé d'Anne, de Lawrenceville, de ses années de collège et même des événements du bureau. Il lui donnait le sentiment d'être la fille la plus intéressante du monde.

Elle continua à le voir parce qu'il ne demandait rien en retour. Il lui prenait parfois la main au cinéma mais n'essayait pas de l'embrasser devant sa porte. Elle devenait presque inquiète de ne pas susciter plus de passion mais ce climat amical lui convenait. L'idée d'embrasser Allen soulevait en elle la même répulsion qu'autrefois Willie Henderson. Elle en vint à s'interroger sur sa capacité d'aimer. Peut-être n'était-elle pas normale? Ou bien sa mère avait raison : l'amour n'existait que dans les romans.

Vers la fin de l'après-midi, George Bellows vint à elle de nouveau :

« Je reviens à la charge, dit-il. Et le 16 janvier? Vous n'êtes quand même pas prise si longtemps d'avance, si?

– Mais c'est dans trois mois...

– Oh! j'accepterai avec joie un soir libre avant cette date. Mais Helen Lawson vient juste de téléphoner, clamant après Henry, et ça m'a rappelé que sa pièce débute le 16 janvier.

– C'est exact. *Hit the Sky* entre en répétition la semaine prochaine.

– Alors, voulez-vous, oui ou non, aller à cette première avec moi?

– J'en serai ravie, George. Je trouve Helen Lawson une actrice merveilleuse, à Boston elle faisait crouler la salle. Mon père m'a emmenée la voir lorsque j'étais une petite fille, elle devait avoir trente-cinq ans à l'époque.

– Ici, nous, nous prétendons tous qu'elle en a vingt-huit.

– Oh! c'est trop bête! L'âge d'Helen Lawson n'a aucune importance, c'est sa personnalité et son talent qui en font une grande actrice. Je suis sûre qu'elle est trop intelligente pour se préoccuper de son âge.

– Vous croyez ça? persifla George en haussant les épaules. Je vous téléphonerai dans vingt ans pour vous demander votre avis sur la question, alors. Paraître vingt-huit ans est un virus qui pique toutes les femmes le jour où elles dépassent la quarantaine. Soyez prudente, évitez ce sujet lorsque vous connaîtrez Helen. Et marquez mon nom sur votre petit carnet à la date du 16 janvier. En attendant, reposez-vous ce week-end et prenez des forces, ce bureau va être un asile d'aliénés, lundi, lorsque notre héros reviendra de la guerre. »

La réceptionniste arborait une jupe écossaise neuve très ajustée, l'échafaudage Pompadour de la jeune secrétaire s'était élevé de deux centimètres, et Miss Steinberg, elle-même, avait sorti son tailleur bleu marine du printemps précédent. Assise dans son petit bureau contigu à celui d'Henry, Anne essayait de se concentrer sur le courrier mais son attention était, comme les autres, centrée sur la porte.

Il arriva à onze heures. Malgré tous les bavardages du bureau, elle fut surprise de voir un homme aussi séduisant.

Henry Bellamy était grand, mais Lyon le dépassait de huit bons centimètres. Il avait les cheveux aussi noirs qu'un Indien et le teint profondément hâlé. Exultant de fierté, Henry le présenta à tout le bureau. La réceptionniste rougit visiblement, la jeune secrétaire se tortilla et Miss Steinberg roucoula de plaisir. Pour la première fois, Anne bénit sa prude réserve inculquée. Elle le salua avec un calme tout extérieur.

« Henry n'a cessé de me parler de vous, lui dit Lyon Burke en lui serrant la main. Et maintenant que je vous vois, je le comprends. »

L'accent anglais était un charme de plus, pas de doute. Anne murmura une réponse aimable et se sentit soulagée lorsque Bellamy proposa à Lyon dc voir son bureau récemment refait.

« Venez avec nous, Anne, ordonna Bellamy.

– C'est impressionnant, commenta Lyon. Ça laisse rêveur quant au travail que je devrai fournir en retour. »

Il se laissa choir dans un fauteuil et sourit paresseusement. Anne comprit soudain Miss Steinberg. Lyon souriait à tout le monde et c'était un sourire impénétrable. Henry le regardait d'un air radieux et paternel.

« Contentez-vous d'être le bon à rien fainéant que vous étiez autrefois et je vous referai votre bureau tous les ans. Bon, maintenant, parlons sérieusement. Anne, Lyon cherche un appartement. Pour le moment, il habite chez moi, nous n'avons même pas pu lui avoir une chambre d'hôtel. C'est incroyable. Alors, je vous charge de lui trouver quelque chose.

– *Moi?*

– Elle est merveilleusement jolie, Henry, fit Lyon en riant de bon cœur cette fois. Elle est tout ce que vous m'avez dit, mais elle n'est pas Robert Houdin. Henry ne se rend pas compte, ajouta-t-il en clignant de l'œil vers Anne. Il a toujours eu la vie facile et il n'a pas cherché d'appartement dans New York récemment.

– Allons... fit Henry en secouant la tête. Anne a débarqué de sa province il y a deux mois. Non seulement elle a trouvé un appartement le premier jour, mais elle a décroché ce poste et maintenant je lui mange dans la main. Elle vous trouvera quelque chose. Essayez l'East Side, Anne, un living-room, une chambre à coucher, une salle de bain, une cuisine. Un meublé, aux environs de cent cinquante dollars par mois. Vous pouvez aller jusqu'à cent soixante-quinze, si nécessaire. Mettez-vous en chasse dès cet après-midi, prenez la journée de demain, prenez tout votre temps, mais ne revenez qu'avec un bail.

– Nous ne la reverrons peut-être jamais, le prévint Lyon.

– Je mise sur Anne. Elle vous trouvera quelque chose. »

Les deux étages de son immeuble de briques brunes lui semblèrent infranchissables. Elle souffla sur le palier, le *New York Times* tout froissé en main. Elle s'était rendue à toutes les adresses d'appartements des petites annonces pour constater qu'ils étaient déjà loués. Un après-midi de démarches inutiles. Demain, elle partirait en talons plats. Elle entendit avec gratitude le sifflement du vieux radiateur de sa chambre.

Elle regarda autour d'elle. Quoi qu'en eût dit Lyon Burke, elle ne le voyait pas dans une telle chambre. Elle aurait pu la rendre plus attrayante, mais il ne lui restait jamais assez d'argent à la fin de la semaine, ayant décidé de ne pas entamer son capital. Elle payait encore des traites pour son ensemble noir du soir. On frappa à sa porte. Neely entra et se laissa tomber dans un fauteuil défoncé qui protesta et fut bien près de vomir ses entrailles.

« Pourquoi les Petites Annonces? Tu envisages de déménager? Anne, reprit-elle après avoir entendu les explications de son amie, as-tu pu en parler aujourd'hui? »

En était un service que Neely demandait à Anne depuis quinze jours.

« Comment aurais-je pu, Neely? Justement aujourd'hui... Avec le retour de Lyon Burke.

– Mais il faut que nous décrochions *Hit the Sky*! Pour je ne sais quelle raison inimaginable, Helen Lawson semble apprécier notre numéro. On nous a fait auditionner trois fois et elle était là. Un seul mot de ta part à Henry Bellamy et c'est fait. »

Nous englobait Neely et ses deux partenaires, les Gaucheros.

Anne avait fait la connaissance de Neely en la saluant gentiment dans le hall de leur immeuble. Puis une chaude amitié était née entre les deux jeunes filles. Dix-sept ans, pétillante, exubérante, Neely avait un petit nez en trompette, des taches de rousseur et des cheveux châtains, bouclés. Elle faisait des tournées de music-hall depuis l'âge de sept ans.

On avait du mal à imaginer Neely en théâtreuse. Mais un soir, elle avait entraîné Anne à une soirée de club donnée dans un hôtel bon marché. La transformation avait été stupéfiante. Les taches de rousseur avaient disparu sous une épaisse couche de fond de teint et le corps enfantin s'était épanoui dans une robe à sequins. Ses deux partenaires, en sombreros et pantalons collants, tournoyaient en tapant des talons et en claquant des doigts, en une piètre interprétation de danse espagnole. Anne avait vu nombre de ces numéros à Lawrenceville, mais elle n'avait jamais vu l'équivalent de Neely. La jeune fille dansait avec ses partenaires, pivotait avec eux et saluait, mais ce n'était pas un trio. On ne voyait que Neely.

Là, dans le fauteuil crevé, sans son costume et son maquillage, Neely paraissait à peine ses dix-sept ans. C'était la seule véritable amie qu'Anne eût jamais eue.

« Je voudrais bien te rendre ce service, Neely, mais je ne peux pas aller trouver Mr. Bellamy avec une requête personnelle. Nous ne sommes pas sur ce pied-là.

– Pourquoi pas? Tout le monde sait qu'il a été l'amant d'Helen Lawson, et qu'il a encore de l'influence sur elle.

– Neely, où as-tu entendu dire une chose aussi stupide?

– Stupide? Misère, tu ne sais pas ça? Ça remonte loin et elle a eu trois maris depuis, mais c'était le couple le plus chaud de la ville pendant des années. C'est pour ça que je te tanne pour que tu parles de nous à Bellamy. Peux-tu l'agrafer demain?

– Demain, je chasse l'appartement, Neely. Et je viens de te le dire : je ne peux pas faire ça, je ne peux pas mêler ta vie privée à mon travail.

– Tes manières réservées vont te handicaper dans la vie, Anne, soupira Neely. Quand on veut quelque chose, il faut y aller carrément.

– Et si on essuie un refus?

– Et alors? Quelle importance? fit Neely en secouant les épaules. Qui ne risque rien n'a rien, au moins, en essayant, tu te donnes cinquante pour cent de chances de réussite. »

Anne sourit à cette logique. Neely n'avait aucune éducation, mais elle possédait l'intelligence innée du corniaud, plus le petit quelque chose qui fait l'originalité d'un chiot dans une portée. Elle avait passé les sept premières années de sa vie en nourrice, puis sa sœur, de dix ans son aînée, avait épousé Charlie, un des Gaucheros. Le duo de music-hall était alors devenu un trio. Neely avait suivi sa sœur au cours de ses tournées de music-hall de troisième ordre. Plus d'école régulière, mais il y avait toujours une bonne âme dans la troupe pour l'aider à faire ses devoirs. Elle apprit la géographie en regardant par la fenêtre des trains et l'histoire de l'Europe au contact des numéros étrangers de la tournée. Quand elle eut quatorze ans, sa sœur quitta la troupe pour mettre un enfant au monde et Neely, qui connaissait le numéro par cœur, la remplaça. Et aujourd'hui, après toutes ces années de traîne-patins, les Gaucheros voyaient luire une chance de paraître sur une scène de Broadway.

« Je pourrais essayer d'en parler à George Bellows, dit Anne pensivement en rafraîchissant son maquillage. Il m'a invitée à la première de *Hit the Sky*.

– C'est prendre le problème par la bande, mais c'est mieux que rien. Tu sors avec Allen ce soir, constata Neely en voyant Anne enfiler son ensemble de tweed. Pour Bellamy, c'est la robe noire, il doit en avoir par-dessus les oreilles, de cette robe noire. Mais tu as de la chance de travailler dans ce bureau. George pour t'emmener à une première, Mr. Bellamy pour t'inviter à dîner au « 21 », Allen que tu as rencontré là et maintenant Lyon Burke. Misère! Regarde, Anne, quatre hommes pour toi toute seule et je n'en ai même pas un!

– Mr. Bellamy me sort pour le travail, fit Anne en riant, la première avec George Bellows est dans trois mois et pour Lyon Burke, je ne suis qu'un agent immobilier. Reste Allen... Oui, Allen.

– Je t'en prie, Anne. Si tu essayais de parler de nous à Mr. Bellamy... Nous pourrions séjourner à New York au lieu de repartir en tournée, et je trouverais peut-être alors un gars bien qui m'épouserait. J'aimerais tant me marier, être enfin quelqu'un dans mon immeuble, avoir un chez-moi, des amis...

– Bon, je vais essayer, concéda Anne. Mais peut-être serez-vous engagés sans mon intervention? S'ils vous ont fait auditionner trois fois, c'est que votre numéro leur plaît.

– C'est bien ce qui m'intrigue, rit tout haut Neely. Pourquoi nous avoir convoqués trois fois? Et qu'est-ce qu'Helen Lawson peut bien aimer dans notre numéro burlesque? A moins que tous les autres danseurs de music-hall n'aient la variole en même temps! Ou encore à moins qu'Helen ait un coup de peau pour Charlie, il paraît qu'elle court après tout ce qui porte pantalon. Charlie est idiot mais il est beau garçon. Il se la taperait bien pour décrocher le contrat, mais je doute qu'il y prenne grand plaisir, ce n'est plus une beauté...

– Tu le laisserais faire, Neely? Ta sœur ne te le pardonnerait jamais.

– Anne, tu parles comme une vierge et tu penses comme un prêtre... Moi aussi, je suis vierge, mais je sais que la sexualité et l'amour sont deux choses différentes pour l'homme. En tournée, Charlie descendait dans les hôtels les moins chers et envoyait les trois quarts de ses cachets à ma sœur pour qu'elle vive confortablement avec leur bébé; mais ça ne l'empêchait pas, de temps à autre, de s'envoyer une des jolies filles de la troupe, par simple besoin sexuel. Cela ne changeait rien à son amour pour sa femme et son enfant. Moi, je me cramponne à ma virginité parce que je sais l'importance que les hommes y attachent et que je voudrais en trouver un qui m'aime autant que Charlie aime Kitty, mais aucune femme ne s'attend à ce que l'homme soit vierge, lui. »

La sonnette de la porte d'entrée retentit dans la chambre. Allen! Anne répondit en pressant un bouton pour lui signifier qu'elle descendait et prit son manteau et son sac.

« Viens, Neely, il faut que je descende, Allen a peut-être un taxi.

– Attends... As-tu encore de ces formidables gâteaux au chocolat? demanda Neely en fourrageant dans l'armoire.

– Prends la boîte, je te l'offre, répondit Anne devant la porte ouverte.

– Oh! chic! fit Neely, la boîte dans les bras. J'ai pris *Autant en emporte le vent* à la bibliothèque, j'ai un quart de lait et ces biscuits. Quelle orgie! »

Ils allèrent dîner dans un petit restaurant français. Allen écouta attentivement le récit de la chasse infructueuse d'Anne, lampa sa dernière gorgée de café et demanda l'addition.

« Anne, je crois que le moment est venu, le moment de la vérité, le moment de quitter Henry Bellamy dans une auréole de gloire.

– Mais je n'ai pas envie de quitter Mr. Bellamy.

– Vous en aurez envie, fit-il avec un sourire étrange, assuré. Fournir un appartement à Lyon Burke serait un bel exploit, non?

– Pourquoi? Vous en connaissez un? »

Il hocha la tête en souriant mystérieusement. Son comportement avait soudain changé. Il héla un taxi et donna au chauffeur une adresse de Sutton Place.

« Où allons-nous, Allen?

– Visiter le futur appartement de Lyon Burke. »

Le taxi s'arrêta devant la porte d'un bel immeuble, devant l'East River. Le concierge leur ouvrit la porte avec déférence, le liftier les salua et les emmena automatiquement au dixième étage. Allen introduisit nonchalamment une clef dans la serrure. Il abaissa le commutateur et la lumière révéla une pièce installée par un décorateur. Un autre bouton fit jaillir des flots de musique douce. Un appartement ravissant, le rêve pour Lyon Burke.

« Allen, chez qui sommes-nous?

– Chez moi. Venez voir le reste. La chambre est spacieuse, de bons placards, fit-il en ouvrant les portes coulissantes. La salle de bain, là la cuisine. Petite, mais elle a une fenêtre. »

Elle le suivit, le souffle coupé. L'insignifiant Allen habitant un tel appartement!

« Le seul revers de la médaille, c'est qu'il n'y a aucune vue, fit-il en ouvrant les grands doubles rideaux et en révélant l'immeuble voisin dont la fenêtre était proche à toucher. Mais le locataire, là, est fascinant. Il ne mange jamais rien. Il ne vit que de bière. Alors, croyez-vous que ça puisse convenir à Mr. Burke?

– C'est absolument sensationnel, même sans autre vue que le buveur de bière. Mais vous, Allen? Qu'allez-vous faire?

– J'en ai trouvé un autre, beaucoup mieux. Je peux y emménager demain. Mais je veux que vous le voyez, d'abord. Il faut qu'il vous plaise. »

Doux Jésus! Il allait la demander en mariage. Allen, si charmant et gentil. Comment ne pas lui faire de peine?

« Allen, fit-elle d'une voix impersonnelle et légère mais en parlant trop vite, ce n'est pas parce qu'on m'a chargée de cette recherche que je suis devenue un expert immobilier. Si vous avez trouvé cet appartement tout seul, vous n'avez certainement aucun besoin de mes conseils...

– Je le lui laisse à cent cinquante dollars par mois. Vous allez devenir une véritable héroïne... Il n'a qu'à prendre la suite de mon bail, je lui abandonne aussi les meubles, en prime.

– Mais vous allez en avoir besoin dans votre nouvel appartement, protesta Anne soudain inquiète. Tout ceci est très cher et...

– Aucune importance, répliqua-t-il gaiement. Venez, je vous emmène voir l'autre. »

Il l'entraîna vers l'ascenseur, sourd à ses protestations concernant l'heure tardive. Ils marchèrent vers un immeuble proche qui semblait suspendu au-dessus du fleuve.

Un décor de cinéma. Douze mètres de moelleux tapis blanc couvraient le sol du living-room, le coin du bar était entouré de marbre de Carrare, un large escalier intérieur menait vers des chambres en duplex. Et une vue à couper le souffle. Des doubles portes-fenêtres ouvraient sur une immense terrasse surplombant la rivière. Allen y conduisit Anne. Le vent frais leur souffla l'humidité au visage mais la beauté du décor la saisit. Des ponts en dentelle de fer enjambaient le fleuve et des petites lumières scintillaient sur l'eau, comme des diamants, entre les arches. Ebaubie, elle se perdit en contemplation, oublieuse d'Allen.

« On boit un verre au nouvel appartement? » proposa-t-il.

Elle sortit de sa rêverie et accepta le Coca-Cola qu'il lui tendait.

« Allons, à qui est cet appartement? demanda-t-elle doucement.

– A moi, si j'en veux. Pour le moment, il appartient à un certain Gino, mais il dit que c'est trop grand pour lui. Il préfère vivre au Waldorf, c'est plus simple.

– Mais, Allen, c'est bien au-dessus de vos moyens, voyons...

– Vous n'avez aucune idée de mes moyens, répliqua-t-il avec de nouveau cet étrange sourire. Anne, reprit-il en lui prenant le bras, je suis très riche, très, très riche. »

Elle le regarda en silence. Et soudain, elle comprit qu'il disait la vérité.

« Je vous aime, Anne. Au début, je n'arrivais pas à croire que vous sortiez avec moi en ignorant qui je suis.

– Qui êtes-vous?

– Oh! je suis bien Allen Cooper, fit-il avec un sourire en coin. C'est mon nom mais pour vous il ne signifie rien, vous m'avez pris pour un médiocre petit placier en assurances. Vous ne pouvez pas savoir combien j'ai été touché de vous voir m'accompagner dans ces petits restaurants bon marché, commander le plat le moins cher en vous souciant de mes échecs de vendeur. Je n'ai jamais rencontré personne comme vous, Anne. J'ai cru que c'était un gag et que vous me faisiez marcher. On a déjà essayé... C'est pourquoi je vous ai posé tant de questions, Lawrenceville, votre enfance, tout, j'ai fait tout vérifier par un détective. Non, ne soyez pas fâchée, reprit-il en lui prenant les mains à la vue de ses sourcils froncés. Tout est si merveilleux. Gino n'en revient pas. Je n'espérais jamais qu'un tel bonheur m'arriverait. Je vous adore et vous m'aimez pour moi et non pour ma fortune, s'exclama-t-il en l'entraînant dans une ronde folle autour de la pièce.

– Allen, fit-elle en se dégageant et en reprenant haleine, comment pouvais-je savoir?

– C'est le contraire, comment avez-vous pu ne pas savoir? Je suis tout le temps dans les journaux. Je pensais qu'une de vos amies vous mettrait au courant, ou Henry Bellamy. Maintenant, vous allez leur apprendre, vous, la grande nouvelle! » ajouta-t-il en l'étreignant et en l'embrassant.

Elle resta inerte entre ses bras et se dégagea abruptement. Mon Dieu, voilà que cela recommençait! Elle s'était hérissée sous son baiser. Elle se dirigea vers la glace et se remit du rouge à lèvres; sa main tremblait. Pourquoi ce sursaut de dégoût sous les lèvres des hommes?

Allen n'était pas un étranger pour elle, elle l'aimait bien; par conséquent, ce n'était pas seulement Willie Henderson et les autres garçons de Lawrenceville, c'est elle qui n'était pas normale. Il s'approcha.

« Je vous aime, Anne. Je me rends compte que tout ceci a de quoi bouleverser n'importe qui, mais je veux vous épouser et je veux vous présenter à mon père. Donnez ceci à Lyon Burke demain, ajouta-t-il en lui tendant une clef, et dites-lui de me contacter à mon bureau, je lui remettrai le bail à son nom immédiatement. Et si cet appartement ne vous plaît pas tel qu'il est, nous pouvons le décorer autrement ou acheter une maison. Tout ce que vous voudrez. Nous avons assez parlé ce soir, l'interrompit-il alors qu'elle ouvrait la bouche pour protester. Je vous aime, Anne, et vous allez m'épouser. Mettez-vous bien ça dans la tête pour l'instant. »

Il la ramena chez elle. Elle était perdue dans ses pensées. Elle savait maintenant : elle était frigide. Certaines femmes naissent ainsi, qui ne connaissent jamais la passion ni son accomplissement. Même pas le plaisir d'un baiser. Mon Dieu! Elle avait de la chance d'avoir rencontré un Allen. Il était charmant. Peut-être l'aiderait-il. Autant l'épouser. « Maman a raison, pensa Anne, cette fameuse sensation extatique n'est pas donnée aux jeunes filles bien élevées à qui répugne un baiser. »

« Essayez de rêver de moi, Anne, lui dit-il en la déposant devant sa porte et en l'embrassant rapidement sur la joue. Bonne nuit. »

Elle regarda le taxi démarrer et courut frapper à la porte de Neely. Son amie lui ouvrit, plongée dans *Autant en emporte le vent* et lui fit signe d'entrer, sans interrompre sa lecture.

« Neely, laisse ce livre une seconde. C'est très important.

– Rien au monde ne pourrait me faire abandonner Rhett Butler en ce moment.

– Neely, as-tu jamais entendu parler d'Allen Cooper?

– Non, mais tu plaisantes ou quoi?

– Je n'ai jamais été plus sérieuse. Qui est Allen Cooper? Est-ce que ce nom te dit quelque chose?

– Ah! bon, si tu veux jouer aux devinettes, bâilla Neely en cornant sa page pour ne pas laisser échapper Rhett. Allen Cooper est un charmant garçon avec qui tu sors quatre fois par semaine. D'après ce que j'en ai vu par la fenêtre, il n'a rien d'un Gary Grant mais il est fidèle. Alors, puis-je retourner à Rhett? Il m'intéresse bien davantage et Scarlett ne semble pas l'apprécier.

– Alors, tu n'as jamais entendu parler d'Allen Cooper?

– Non, devrais-je? Il a fait du cinéma ou quelque chose? Je connais Gary Cooper et Jackie Cooper, mais c'est tout.

– Ah! retourne à ton Rhett! » fit Anne en se dirigeant vers la porte.

Surpris, George Bellows leva les yeux lorsque Anne entra dans son bureau.

« Bonjour, je vous croyais à la chasse aux appartements?

– Puis-je vous parler, George? C'est un sujet très personnel.

– Bien sûr, fit-il en allant fermer la porte. A votre

service. Asseyez-vous. Un peu de café? ajouta-t-il en s'emparant de la thermos. Bon, allons-y, quelque chose qui vous tracasse?

– George, connaissez-vous Allen Cooper? demanda-t-elle les yeux sur sa tasse.

– Qui ne le connaît? répondit-il en l'observant attentivement. Hé!... j'espère qu'il ne vous court pas après?

– Il est très riche, paraît-il?

– Riche? fit-il avec un gloussement déplaisant. C'est-à-dire qu'il faudrait forger un mot pour étiqueter ce genre de fortune. C'est son père, Gino, qui a bâti leur empire. Ils possèdent la moitié des terrains de cette ville. On dit aussi qu'ils sont associés avec ces armateurs grecs milliardaires. Le magazine *Times* a fait tout un article sur Gino il y a quelques années. Je peux peut-être vous le retrouver. On disait alors que sa fortune ne pouvait s'évaluer. On y parlait d'Allen, aussi. Seul héritier. Vous imaginez la publicité? Depuis, ils ont besoin de mitraillettes pour éloigner les filles. Alors, si vous connaissez Allen, je n'ai qu'un conseil à vous donner : ne le prenez pas au sérieux. C'est une couleuvre. Où l'avez-vous connu?

– Ici, au bureau. Je ne sais pas pourquoi, je l'avais pris pour un petit démarcheur d'assurances. Henry l'avait expédié si rapidement...

– Ah! oui, je me souviens. Il était venu lui demander de le débarrasser d'une danseuse de revue un peu collante, moyennant finances. Une de nos petites clientes.

– Il a pourtant l'air charmant, insista-t-elle.

– Oh! il est très charmant, sourit George, mais je le croirais volontiers aussi coriace que son père, au fond. Il a réussi quelques jolies combines à lui tout seul. S'est débrouillé pour ne pas s'enrôler en

achetant des usines qui fabriquaient des parachutes, je crois bien.
– Merci, George, dit Anne en se levant.
– De rien, mon chou. Je peux vous donner tous les renseignements que vous désirez sur tous les renards de cette ville. Votre beauté en attirera d'autres. »

Elle regardait obstinément par la vitre du taxi. C'était une de ces dernières belles journées d'octobre, quand l'air est doux et que les arbres flétris essaient encore de jouer au printemps.
« Ne soyez pas fâchée, lui dit doucement Lyon. Henry ne vous a dit ce qu'il pensait d'Allen que pour vous mettre en garde et parce qu'il vous aime beaucoup.
– Je ne suis pas fâchée, seulement perplexe.
– Puisque tout le monde trouve bon de vous donner des conseils que vous ne demandez pas, permettez-moi d'y ajouter les miens. Ne jugez jamais quelqu'un avec les yeux d'un tiers. Les êtres ont leurs différentes façades pour chacun.
– Alors, d'après vous, Hitler était peut-être tendre et gamin avec Eva Braun? sourit-elle.
– Peut-être... Et Henry VIII n'a pas tué toutes ses femmes. Si mes souvenirs sont exacts, sa dernière épouse le tarabustait sérieusement.
– Allen est réellement charmant, reprit-elle.
– Je n'en doute pas. Et son immeuble a belle allure, ajouta-t-il alors que le taxi s'arrêtait.
– Voici la clef, lui dit Anne. Je vous attends dans le hall.
– Comment? Pas de visite commentée? Je tiens à ce que vous me montriez tout, jeune fille. L'armoire à linge, comment marche le réchaud de la cuisine, où se trouvent les plombs...

– Je n'y suis venue qu'une fois, pour vous, répondit-elle en rougissant.

– Alors, vous le connaissez mieux que moi », répliqua-t-il légèrement.

L'appartement l'enchanta, et même la vue du gros buveur de bière.

« On voisine, comme ça. J'appellerai Allen Cooper cet après-midi pour le remercier. Mais c'est vous que je dois remercier en premier. Et je vous propose de nous payer un bon déjeuner au compte d'Henry. »

Ils allèrent au Barberry Room. Elle en aima la douce pénombre bleutée, les étoiles qui scintillaient au plafond et les bons fauteuils. Elle accepta un xérès. Trop d'événements l'avaient bousculée au cours de ces dernières vingt-quatre heures. Elle se sentait étrangement en déséquilibre.

Lyon ne la pressa pas de bavarder. Il parla gaiement du charme de son nouvel appartement et de sa joie d'avoir retrouvé une vie civile où la nourriture était luxueuse. Elle se dénoua doucement. Elle aimait son accent bref et l'atmosphère enveloppante de ce restaurant. Elle aimait regarder le visage de Lyon, ses expressions, son sourire vif.

« Il faudra vous habituer aux interférences d'Henry dans votre vie, lui dit-il en se penchant pour lui allumer sa cigarette. Elles partent d'un bon sentiment. Il vous a placée sur un certain piédestal.

– Non, c'est vous. Et sur un énorme piédestal. Vous êtes l'avenir de Bellamy et Bellows.

– C'est ce qu'il pensait il y a quatre ans, mais les gens changent en quatre ans.

– Henry n'a pas changé d'opinion à votre sujet. Vous savez certainement avec quelle impatience il espérait votre retour.

– Je connais les espoirs et les plans d'Henry,

répondit Lyon. Et je ne le laisserai peut-être pas tomber. Mais Seigneur! Quel travail mâtiné cochon d'Inde! Ni homme de loi ni imprésario...

– Mais tout le monde dit que vous êtes un véritable volcan. Il faut tout de même que ce travail vous plaise pour y apporter tant d'énergie?

– Oui, j'aime la bagarre... la compétition... et même le brassage de combines. »

Elle le regarda, déconcertée. Tout ce qu'il disait était en contradiction avec la réputation qui l'avait précédé. Il prit son silence pour de l'inquiétude amicale concernant Henry.

« Allons, ne vous en faites pas. Je suis probablement encore fatigué par mes années de guerre.

– Mais vous êtes content d'être revenu chez Henry?

– Je suis là, n'est-ce pas?

– Vous dites ça comme si vous aimeriez faire autre chose, dit-elle surprise.

– Qui peut, actuellement, s'offrir le luxe de faire exactement ce qui lui plaît?

– Moi. J'ai un travail qui me plaît. Vivre à New York me plaît. Qu'aimeriez-vous faire, Lyon?

– J'aimerais être formidablement riche, d'abord, répondit-il en étirant ses longues jambes sous la table. Vivre au soleil de la Jamaïque, dans un coin ravissant avec nombre de jolies filles qui vous ressembleraient, pour s'occuper de moi. Et pondre le roman de l'année sur la guerre.

– Vous aimeriez écrire?

– Mais oui, bien entendu, fit-il en haussant les épaules. Comme tous les autres ex-combattants qui pensent avoir en eux le meilleur livre sur la guerre.

– Alors pourquoi ne pas l'écrire?

– D'abord parce que travailler pour Henry ne m'en laisse pas le temps. Ensuite parce que ce délicieux appartement dont je viens d'hériter n'est pas gratuit. Ce que la littérature y perd, Henry Bellamy le gagne. »

Elle comprit que Lyon Burke échappait à toute classification dans un bon fichier. Il cacherait toujours ses sentiments profonds derrière un sourire et une plaisanterie contradictoire.

« Bizarre, je ne vous aurais pas pris pour un dégonflé, dit-elle hardiment.

– Pardon?... fit-il en fermant à demi les yeux.

– Je n'aurais jamais pensé que vous renonceriez, avant même d'avoir essayé. Si vous avez envie d'écrire, si vous croyez vraiment avoir quelque chose à dire, dites-le. Chacun devrait au moins tenter de faire la chose qui lui importe. Plus tard, la vie, les responsabilités forcent les gens à faire des concessions. Mais seulement plus tard... »

Il se pencha vers elle et lui prit le menton dans la main. Leurs yeux s'accrochèrent. Il la regarda intensément.

« Henry ne vous connaît pas du tout. Il n'a raison qu'en parlant de votre incroyable beauté, mais pour le reste... Vous êtes plutôt combative, bon Dieu!

– Je ne suis pas moi-même aujourd'hui, dit-elle, vidée, en se renversant dans son fauteuil. Je suis en porte à faux. Il m'est arrivé trop de choses en deux jours pour quelqu'un à qui rien n'est arrivé en vingt ans. Toute cette histoire avec Allen Cooper. Encore hier soir, j'ignorais sa véritable identité, et ce n'est qu'un ami.

– Voilà une bonne nouvelle, fit-il en la regardant sans sourire cette fois. Comprenez-moi, Anne, reprit-il, je ne nourris aucun rêve. Cette envie d'écrire m'est venue en rentrant. Avant la guerre, je ne pensais qu'à ma réussite, et à gagner beaucoup d'argent. Et maintenant, je ne suis pas tellement sûr que ça m'intéresse encore. De fait, je ne sais même plus ce qui m'intéresse vraiment. Si, sourit-il avec un de ses rapides changements d'humeur, il y a une chose que je veux, je veux apprécier chaque minute et chaque seconde qui passent et les vivre intensément. La guerre vous fait découvrir combien le temps est précieux. Le temps, c'est la vie. On ne peut jamais retrouver le temps écoulé. On peut perdre une femme, peut-être la regagner ou en trouver une autre, mais quand une seconde de notre temps s'est écoulée, elle est irrémédiablement partie. Ce caporal... par exemple, continua-t-il d'une voix perdue, de fines lignes griffant le coin de ses yeux. Nous passions la nuit dans les débris d'une grange. Nous n'avions sommeil ni l'un ni l'autre. Ce caporal prenait sans cesse de la terre dans sa main et la laissait couler. « De la belle terre », disait-il. Il avait une ferme en Pennsylvanie. Il me raconta ses difficultés avec ses pêchers et il me parla de ses plans pour agrandir sa ferme dès son retour. Il voulait en faire une belle exploitation pour ses enfants, mais la qualité de sa terre le tracassait; elle n'était pas assez riche. Et il ne parlait que de ça. Et je me suis aperçu que je me tracassais bientôt autant que lui et que je lui offrais même des avis. Je me suis endormi en rêvant d'engrais et d'hectares de pêchers. Le lendemain fut dur. Le temps était épouvantable, nous avons rencontré des francs-tireurs... des champs de mines... Le soir, j'ai fait l'appel des manquants et parmi les plaques d'identité, j'ai trouvé celle de mon caporal. La veille, c'était encore un homme, un homme qui avait perdu sa dernière nuit à se faire du souci au sujet de sa terre. Et le lendemain son sang allait fertiliser un sol étranger. Et moi, ajouta-t-il en souriant soudainement, je vous fais perdre votre temps à vous raconter tout ça.

– Mais pas du tout, continuez, je vous en prie. »

Il lui jeta un regard étrange et appela le garçon pour l'addition.

« J'ai dit beaucoup de choses aujourd'hui, des choses que j'aurais peut-être mieux fait de garder au fond de moi et j'ai pris beaucoup de votre temps. Alors, profitez de votre après-midi, allez vous acheter une robe ou allez chez le coiffeur, enfin, faites une de ces choses amusantes qui sont l'apanage des jolies filles.

– Cette fille-ci retourne au bureau.

– Rien à faire et c'est un ordre. Henry pensait que vous seriez prise plusieurs jours d'affilée. Le moins que vous ayez gagné est un grand après-midi, et une gratification de deux semaines. Je vais m'en occuper.

– Mais je n'y ai aucun droit.

– Mais si, je m'attendais à glisser un mois entier de loyer sous la table à un agent immobilier. Que ceci soit mon premier acte officiel de retour, deux semaines de gratification et un après-midi de congé. »

Elle prit son après-midi mais ne fit rien de tout ce qu'il avait suggéré. Elle parcourut la 5e Avenue, elle regarda les nouveaux modèles d'hiver, elle s'assit dans un square et pensa à Lyon Burke. Le Lyon souriant, séduisant, indéchiffrable, l'avait désarçonnée, mais cet autre Lyon qui parlait ainsi de la guerre semblait accessible et capable d'aimer. Il s'était penché sur ce caporal. Qui était Lyon Burke, en réalité?

Elle se leva et prit le chemin du retour. Il se faisait tard et elle devait se changer pour aller dîner avec Allen. *Allen!* L'épouser eût été en contradiction flagrante avec tous ses beaux discours lors du déjeuner. C'eût été faire la concession avant même de réaliser la moitié de ses rêves. Elle le lui dirait ce soir, gentiment, avec tact, aussi simplement que cela.

Mais rien ne fut simple et surtout pas le restaurant. Allen n'avait plus besoin de se cacher. Il l'emmena au « 21 ». Les garçons s'empressèrent et l'appelèrent par son nom. Il connaissait plus de la moitié des dîneurs.

« Au fait, Anne, aimeriez-vous vivre à la campagne? lui demanda-t-il soudain. Nous avons cette maison à Greenwich...

– Non, Lawrenceville m'a suffi, répondit-elle en saisissant la balle au bond. D'ailleurs, Allen, je dois vous dire quelque chose... quelque chose qu'il faut que vous compreniez... »

Il regarda sa montre et appela le garçon.

« Allen!

– Oui, je vous écoute, répondit-il en signant l'addition.

– C'est au sujet de ce que vous m'avez demandé hier soir, et maintenant au sujet de la vie à la campagne. Allen, je vous aime beaucoup mais...

– Oh! heureusement que vous m'y faites penser. J'ai envoyé le bail à Lyon Burke. Il a téléphoné cet après-midi, il a l'air très sympathique. Anglais, non?

– Il a été élevé en Angleterre. Allen, écoutez-moi...

– Nous pouvons parler dans le taxi, répondit-il en se levant.

– Non, asseyez-vous, je préfère vous parler ici.

– C'est plus intime, dans un taxi, sourit-il en lui tendant son manteau. Plus romantique; et nous serions en retard.

– Où allons-nous? » soupira-t-elle en se levant, vaincue.

Il glissa quelques pourboires en sortant et se renfonça dans le taxi.

« A El Morocco, mon père nous y attend. Bon, alors que vouliez-vous me dire?

– Allen, je suis très flattée de vos sentiments et je vous suis très reconnaissante pour l'appartement qui m'a évité des recherches et des démarches. Vous êtes le plus charmant garçon que je connaisse mais – elle vit soudain la pancarte au néon d'El Morocco et précipita le mouvement – au sujet de notre mariage... comme vous me l'avez demandé hier soir... je suis désolée, Allen, mais je...

– Bonsoir, monsieur Cooper, fit le portier en ouvrant la porte du taxi. Votre père vous attend.

– Merci, Pete », répondit Allen en lui glissant la pièce.

Il prit Anne par le bras. Elle n'avait pas réussi à se faire comprendre, ou bien avait-il fait exprès de ne pas comprendre? Gino Cooper était assis à une grande table, près du bar en compagnie d'amis. Il fit signe à son fils qu'il les rejoindrait plus tard. Un garçon les installa à une table près du mur; il n'était que dix heures trente, trop tôt pour El Morocco. C'était la première fois qu'Anne venait dans cette boîte de nuit renommée, mais elle avait souvent vu dans les magazines des photos de célébrités prises devant les fameuses tentures zébrées. Les zébrures étaient bien là, en grande quantité, mais à part cela, c'était une boîte de nuit normale de bonne dimension avec un bon orchestre qui jouait des airs connus.

Gino les rejoignit immédiatement. Sans attendre d'être présenté, il prit la main d'Anne et la serra en lui secouant le bras avec effusion.

« Alors, la voilà, hein, fit-il en sifflant doucement. Tu avais raison, mon garçon, celle-ci valait la peine qu'on l'attende. Beaucoup de classe, ça se voit avant même qu'elle ouvre la bouche. Garçon, du champagne! appela-t-il sans quitter Anne des yeux.

– Anne ne boit pas, commença Allen.

– Ce soir, elle boira, répliqua Gino avec entrain. C'est un soir spécial. »

Anne sourit. Le dynamisme affable de Gino était contagieux. Le teint basané, coloré, lourdement charpenté, il était bel homme. Ses cheveux noirs étaient parsemés de fils d'argent, mais son immense vitalité et son exubérance étaient celles d'un jeune homme. Pour porter un toast à Anne, il leva son verre qu'il vida d'une seule lampée, puis il s'essuya la bouche d'un revers de main.

« A la nouvelle femme de notre famille! Etes-vous catholique? demanda-t-il sans transition.

– Non, je... commença Anne.

– Alors, il faudra vous convertir pour épouser Allen. J'en parlerai au père Kelly, il vous donnera une instruction religieuse accélérée.

– Monsieur Cooper... émit péniblement Anne.

– Nous n'avons pas parlé religion, papa, s'interposa vivement Allen. Il n'y a pas de raison pour qu'Anne se convertisse.

– Non, peut-être pas, concéda Gino. Pas si ça l'ennuie vraiment, mais il faut qu'elle se marie à l'église et qu'elle promette d'élever vos enfants dans la religion catholique.

– Monsieur Cooper, je ne veux pas épouser Allen, déclara-t-elle d'un seul souffle, d'une voix claire et haute, enfin soulagée.

– Vous êtes anticatholique à ce point? fit-il les sourcils froncés.

– Je ne suis antirien du tout.

– Alors, qu'est-ce qui ne va pas?

– Je ne suis pas amoureuse d'Allen. »

Gino la regarda en clignant des yeux; complètement ébahi, il se tourna vers Allen.

« Qu'est-ce qu'elle vient de dire?

– Qu'elle n'est pas amoureuse de moi, répondit Allen.

– Mais dis donc, c'est une blague ou quoi? Tu m'as bien dit que tu allais l'épouser?

– Je l'ai dit, et je vais le faire. Mais il faudra d'abord que je lui apprenne à m'aimer.

– Non, mais vous n'êtes pas un peu cinglés tous les deux? demanda Gino.

– Je t'ai tout raconté, papa, répliqua Allen en souriant aimablement. Jusqu'à hier soir, Anne croyait que j'étais un pauvre petit placier en assurances se débattant dans la vie. Il faut lui laisser le temps de s'adapter.

– De s'adapter à quoi? fit Gino. Depuis quand la fortune est-elle un handicap?

– Nous n'avons jamais parlé d'amour, papa. Je ne crois pas qu'Anne m'ait jamais pris au sérieux. Elle n'en avait pas le temps, elle était bien trop inquiète que je perde ma situation.

– Vous êtes vraiment sortie avec lui toutes ces semaines dans ces bouis-bouis dont il m'a parlé? » s'enquit Gino en regardant Anne avec curiosité.

Anne lui fit un pâle sourire. Elle commençait à se sentir le point de mire. La voix de Gino était sonore, et elle avait l'impression que la moitié de la salle s'amusait de leur conversation.

Gino se tapa sur la cuisse et rit bruyamment.

« C'est la meilleure! fit-il en se versant du champagne. Vous me plaisez. Bienvenue dans notre famille!

– Mais je ne vais pas épouser Allen, répéta Anne.

– Ecoutez-moi, répliqua Gino avec un geste de la main balayant ses objections. Si vous avez survécu à ces six semaines de mauvaise cuisine en sortant avec lui alors que vous le croyiez un pauvre bougre, vous apprendrez à l'aimer maintenant. Buvez votre champagne, apprenez à avoir des goûts de luxe, vous pourrez vous les offrir. Salut, Ronnie! »

Un petit jeune homme mince avait surgi du néant et se tenait près de leur table.

« Je vous présente Ronnie Wolfe, dit Gino à Anne. Asseyez-vous, Ronnie. La boisson habituelle de Mr. Wolfe », ajouta Gino en claquant des doigts dans le vide.

Un garçon se matérialisa dans ce vide et déposa une cafetière devant le nouveau venu.

« Ne me dites pas que vous ne connaissez pas Ronnie, Anne. Tout le monde lit son « Billet », dit Gino avec fierté.

– Anne vient seulement d'arriver à New York, dit vivement Allen. Elle ne parcourt que le *Times*.

– Un bon journal, fit sèchement Ronnie, en sortant de sa poche un petit carnet de cuir noir très fatigué. Bon, alors, dites-moi son nom, reprit-il en regardant alternativement Allen et Gino. Et pour qui est-elle? Pour le père ou pour le fils?

– Pour tous les deux, cette fois, répondit Gino. Cette petite fille va bientôt faire partie de ma famille. Anne Welles. Prenez son nom correctement, Ronnie. Elle épouse Allen.

– Un joli papier, pas de doute, fit Ronnie en sifflant, et en regardant Anne avec un étrange respect. « Un mannequin fraîchement débarqué en « ville harponne le gros poisson. » Ou une actrice, peut-être. Non, ne me dites rien, je vais voir si je tombe juste. Texas?

– Je suis du Massachusetts et je travaille dans un bureau, dit Anne froidement.

– Vous allez peut-être me dire aussi que vous savez taper à la machine, fit Ronnie, avec une lueur ironique dans les yeux.

– Je ne pense pas que cela constituerait une

nouvelle intéressante pour votre « Billet ». Mais je crois que vous devez savoir qu'Allen et moi n'allons...

– Allons, Anne, s'interposa vivement Gino. Ronnie est un ami.

– Mais non, laissez-la parler, fit Ronnie qui regardait Anne avec une expression proche de la considération.

– Buvez un peu de champagne », dit Gino en remplissant le verre d'Anne.

Elle en but une gorgée pour maîtriser sa colère. Gino l'avait délibérément interrompue alors qu'elle allait déclarer qu'elle n'épouserait pas Allen. Il le ferait encore, il ne voulait pas subir l'humiliation d'être contredit en public. Mais dès que Ronnie serait parti, elle enjoindrait à Gino de ne plus faire de déclaration de ce genre. Est-ce que l'argent rendait les gens aveugles et sourds?

« Chez qui travaillez-vous? demanda Ronnie.

– Chez Henry Bellamy, répondit Allen, mais ce n'est que temporaire.

– Allen!...

– Mon travail consiste à poser des questions, Miss Welles, l'interrompit Ronnie avec un sourire amical. Vous me plaisez. C'est rafraîchissant de rencontrer une jeune fille qui n'est pas venue à New York pour faire carrière d'actrice ou de cover-girl. Une structure merveilleuse de pommettes, ajouta-t-il en la lorgnant de près. Vous pourriez faire fortune. Si Powers ou Longworth vous voyaient, vous deviendriez plus riche encore que votre fiancé.

– Si elle voulait devenir cover-girl, nous lui achèterions une agence, tonitrua Gino. Mais elle va rester à la maison et nous faire des bébés.

– Monsieur Cooper! le réprimanda Anne, les joues enflammées.

– Laisse-nous commencer par le commencement, papa, s'interposa Allen.

– Voici votre conquête, Gino, fit Ronnie en riant. Elle est au courant ? »

Ils levèrent les yeux à l'approche d'une grande jeune femme éblouissante. Sans se lever, Gino tapota le siège à côté de lui.

« Je vous présente Adèle Martin. Assieds-toi, bébé, et dis bonjour à Anne Welles, la fiancée de mon fils. »

Les sourcils crayonnés d'Adèle s'incurvèrent un peu plus. Ignorant Anne, elle regarda alternativement Gino et Allen pour confirmation. Ronnie hocha la tête, les yeux pétillants de malice devant la consternation d'Adèle. Mais la jeune femme se reprit vite, elle se coula câlinement près de Gino et fit un petit sourire à Anne.

« Vite, la recette, mon chou. Voilà sept mois que je m'évertue vainement à amener ce babouin devant l'autel. Passez-moi votre formule magique et nous ferons une double cérémonie », ajouta-t-elle en lançant à Gino un regard d'adoration.

Ronnie les quitta sur un petit signe de tête. Gino offrit du champagne à Adèle.

« Ça suffit comme ça, Adèle, lui dit-il d'un ton froid. Même si je me remariais, ce dont je n'ai aucune envie, ce ne serait pas avec toi. Tu es divorcée. Au fait, ajouta-t-il devant la moue maussade de la jeune femme, j'ai dit à Irving de livrer deux manteaux demain chez toi. Fais ton choix.

– Deux visons ? s'exclama Adèle dont l'expression changea instantanément.

– Et quoi d'autre ? Du rat musqué peut-être ? A ce sujet, Allen, me permets-tu d'en offrir un à Anne comme cadeau de fiançailles ? De quelle couleur le voulez-vous ? enchaîna-t-il en se tournant vers Anne.

– Comment, de quelle couleur? répéta Anne pour qui le vison était marron.

– Mais oui, du vison sauvage ou du vison d'élevage, expliqua Adèle. Le vison sauvage serait ravissant avec vos cheveux.

– Je ne peux pas accepter un tel cadeau, répondit Anne calmement.

– Anne préfère sans doute que ce soit moi qui lui offre son manteau, après notre mariage, dit vivement Allen.

– Vous tenez à ce que votre manteau de vison soit légitime, Anne? rit Gino.

– Serait-il immoral d'accepter un manteau de vison? s'exclama Adèle ébahie. A mon avis, c'est le refuser qui le serait! »

Anne se sentait mal à l'aise. Le champagne lui donnait chaud. La salle était bondée; les garçons diminuaient la piste de danse à chaque instant en rajoutant des guéridons pour des clients importants. Or, c'était bizarre, il restait pourtant des tables libres de l'autre côté de la salle. Allen lui expliqua que là-bas, c'était la « Sibérie » où l'on plaçait les provinciaux et le menu fretin, mais jamais les habitués de marque. Il y avait une animation intense, des allées et venues entre les tables, des présentations qui s'effectuaient. Un autre journaliste à potins s'approcha et prit une photo. Gino commanda encore du champagne. Des femmes, l'exacte réplique d'Adèle, vinrent les saluer et félicitèrent Allen familièrement, en l'embrassant, et en coulant un regard d'envie vers Anne. Elle se tenait coite, son calme extérieur en contradiction avec sa panique envahissante.

« Il est une heure, Allen, lui dit-elle enfin en lui serrant le bras. Il faut que je rentre.

– Rentrer? Mais c'est un mot grossier, ça, fit Gino stupéfait. La soirée ne fait que commencer.

– Je travaille, demain matin, monsieur Cooper.

– Laissez tomber. Vous n'avez plus besoin de rien faire que d'être gentille avec mon fils, ma jolie, sourit Gino avec bonhomie.

– J'aime mon travail et je n'ai jamais laissé tomber quiconque.

– Là, je vous approuve, c'est de la correction. Mais prévenez votre patron dès demain pour qu'il vous cherche une remplaçante. Bon, au lit de bonne heure ne nous fera pas de mal », ajouta-t-il en demandant l'addition.

Anne enfila son manteau. Elle mettrait la situation au point avec Allen dans le taxi. Mais pas question de taxi, une longue voiture noire avec chauffeur les attendait.

« Allen, il faut que je vous parle, dit Anne sur le pas de sa porte.

– Cette soirée a été extravagante, Anne, je le reconnais, mais il fallait que vous rencontriez Gino. C'est fait, c'est fini. Demain, nous dînerons en tête-à-tête, fit-il en se penchant pour l'embrasser légèrement.

– Mais Gino me plaît, seulement il faut que vous lui fassiez comprendre que je ne vous épouserai pas.

– Je comprends votre panique après une telle soirée, dit-il en lui caressant les cheveux. Ce sera différent demain. Je viendrai vous chercher à sept heures et demie, chérie. »

Il dévala le perron. Elle resta plantée, grelottant dans son léger manteau du soir, à regarder la voiture s'éloigner. Elle escalada ses deux étages. Une enveloppe blanche était collée sur sa porte :

Réveille-moi, quelle que soit l'heure de ton retour. Important!

disait l'écriture enfantine de Neely. Elle redescendit lentement l'escalier et frappa à la porte de Neely, espérant à moitié qu'elle ne se réveillerait pas. Mais elle entendit le lit gémir et vit apparaître un rai de lumière sous la porte. Neely lui ouvrit en se frottant les yeux.

« Misère, quelle heure est-il?

– Deux heures, mais tu as écrit n'importe quelle heure. Ça ne peut vraiment pas attendre à demain matin? Je suis très fatiguée.

– Mais je suis bien réveillée maintenant. Et je gèle! Entre... »

Neely dansait d'un pied nu sur l'autre. Elle courut se refourrer sous ses couvertures et Anne la suivit dans la chambre.

« Devine!... fit Neely avec une grimace en remontant les genoux. Nous avons décroché le contrat!

– Formidable. Maintenant, si ça ne te fait rien, je vais me...

– Ah! non, alors! Formidable et bonne nuit? C'est tout? Alors que c'est l'événement de ma vie? Nous décrochons *Hit the Sky* et tu t'en fiches?

– Je suis ravie pour toi, répondit Anne en essayant de mettre de l'enthousiasme dans sa voix, c'est seulement que j'ai passé une soirée épouvantable.

– Pourquoi? demanda Neely immédiatement intéressée. Allen s'est montré entreprenant?

– Oh! non. Il m'a demandée en mariage.

– Et tu trouves ça épouvantable?

– Je ne veux pas l'épouser.

– Ben, dis-le-lui.

– Je le lui ai dit. Il ne veut pas me croire.

– Redis-le-lui demain, fit Neely en haussant les épaules.

– Mais il va y avoir un article dans les journaux.

– Voilà que tu redéménages, Anne, dit Neely en la regardant d'un air consterné. Pourquoi y aurait-il un article dans les journaux parce que tu vas épouser un médiocre démarcheur d'assurances?

– Parce que ce médiocre démarcheur est un milliardaire.

– Non! souffla Neely émerveillée lorsque son amie lui eut tout raconté. Anne, tu as réussi du premier coup! s'exclama-t-elle en bondissant de son lit pour danser une gigue autour de la pièce.

– Mais Neely, je ne suis pas amoureuse d'Allen!

– Avec tout cet argent, il te sera facile de le devenir.

– Je ne veux pas me marier ni quitter mon travail. J'ai enfin gagné mon indépendance et j'y tiens. Il n'y a que deux mois que je suis libre...

– Libre! Tu appelles ça être libre? grinça Neely. Une horrible chambre, te lever à sept heures pour courir au bureau, déjeuner au drugstore du coin, peut-être le « 21 » de temps à autre avec Bellamy et un client, et congeler dans ce maigre manteau noir? C'est pour ce genre de vie glorieuse que tu veux rester libre? Attends un peu janvier et février. Misère, New York en février! Rien que de la gadoue noire. Ton petit radiateur poussif ne te servira pas à grand-chose. A quoi renoncerais-tu? Veux-tu me le dire?

– A mon intégrité, à mon futur, peut-être même à toute ma vie. Ce serait renoncer avant d'avoir essayé. Neely, il ne s'est jamais rien passé dans la vie des gens autour de moi. Ils se sont mariés, ils ont eu des enfants, c'est tout. Moi, je veux vivre intensément, je veux qu'il m'arrive des choses...

– Mais il t'est arrivé une chose formidable! brailla Neely. Tu as décroché le gros lot du premier coup. Ça ne se représentera jamais, Anne. Crois-tu que le jour où tu en auras assez de jouer aux secrétaires, un autre milliardaire sortira de dessous terre pour te demander en mariage à la minute même? Ha!...

– Je ne tiens pas spécialement à l'argent. Ce n'est pas le plus important.

– Tu n'as jamais été pauvre... railla Neely.

– Ecoute-moi. Tu es aux anges parce que tu as décroché *Hit the Sky*. Imagine qu'après quelques semaines de répétitions, un Allen arrive dans ta vie et te demande de tout laisser tomber pour l'épouser, avant même que la pièce ne soit sortie. Le ferais-tu?

– Tu parles! Et si vite que tu en aurais le tournis. Imaginons que j'aie vraiment du talent et que j'aie ma chance, un jour. Je travaillerais très dur pendant des années pour gagner quoi? De l'argent, de la considération, une renommée. Rien de plus. Tout est là. Et Allen t'apporte tout ça sur un plateau d'argent... »

Anne n'en croyait pas ses oreilles. Cette logique cynique dans la bouche de cette petite Neely à l'air ingénu... Trop fatiguée pour discuter, elle se dirigea vers la porte.

« Bonne nuit, Neely. Nous en reparlerons demain matin.

– Rien du tout. Tu vas l'épouser. Et je viendrai vivre avec toi si *Hit the Sky* fait un four. »

Novembre 1945.

Lorsque son réveil sonna, Anne s'éveilla avec son sentiment habituel de bien-être. Mais la conscience des événements lui revint avec un coup au cœur. Allen! Leur soirée! Ronnie Wolfe! Son appréhension tourna à la colère. Comment fallait-il donc dire « non »? Elle s'habilla rapidement. Elle téléphonerait à Allen en arrivant au bureau et liquiderait définitivement cette question.

Un groupe d'hommes attendait dans le vestibule du bureau. Ils s'écartèrent pour la laisser passer. L'un s'écria soudain : « Mais c'est elle! » Des flashes explosèrent, des questions fusèrent. Elle perçut le nom d'Allen. Elle courut vers son cagibi et ils la suivirent en l'appelant. Elle revivait là un de ses cauchemars d'enfant, quand tout le monde la poursuivait et que personne ne venait à son secours. La réceptionniste souriait, Miss Steinberg et sa collègue aussi. « Où avez-vous fait la connaissance d'Allen Cooper, Miss Welles? » Des flashes l'aveuglèrent. « Hé! Annie, regardez-moi, s'il vous plaît... voilà... très bien... un sourire, Annie... » Flashes, flashes... « Est-ce que ce sera un grand mariage à l'église, Miss Welles? » « Hé! Annie, comment vous sentez-vous en Cendrillon? »

Elle se retint de hurler. Elle les repoussa et prit son envol vers le bureau d'Henry Bellamy où elle entra en trébuchant. Lyon Burke la stabilisa. La porte s'ouvrit brutalement. Ils l'avaient suivie. Henry les accueillit avec le sourire, en entourant paternellement les épaules d'Anne.

« Voyons, Anne, il faudra vous y habituer. Ce n'est pas tous les jours qu'une jeune fille se fiance avec un milliardaire. Allons, calmez-vous, ajouta-t-il en la sentant trembler contre lui. Dites quelque chose à ces messieurs, après tout, il faut bien qu'ils gagnent leur vie.

– Que me voulez-vous? demanda-t-elle en se redressant, face aux reporters.

– Ils veulent une suite à ceci », répondit Henry en lui désignant un journal du matin.

Elle vit la grande photo en première page. Elle,

souriante... Allen... les peaux de zèbres, les gros titres : LA NOUVELLE CENDRILLON DE BROADWAY – ALLEN COOPER ÉPOUSE UNE SECRÉTAIRE.

« Tenez mes amis, prenez donc cette photo que vous légenderez : « Henry Bellamy félicite sa secré- « taire milliardaire », dit Henry en repassant son bras autour d'elle.

Encore des flashes... quelqu'un lui demandait de sourire... un autre réclamait à grands cris une autre photo... On grimpait sur les chaises pour la prendre d'en haut... des voix lui hurlaient de regarder de ce côté... des voix qui lui arrivaient de loin. La mer mugissait dans ses oreilles et elle voyait Lyon Burke qui contemplait la séance avec un petit sourire. Puis Henry les poussa dehors en leur serrant la main, très hôte cordial. Anne l'entendit dire en sortant avec eux : « Oui, elle l'a rencontré ici, au bureau. » Anéantie, elle contemplait la porte fermée. Le silence qui régnait soudain lui sembla encore plus troublant que le tohu-bohu précédent. Lyon lui tendit une cigarette allumée. Elle inhala une profonde bouffée et toussa.

« Détendez-vous, fit gentiment Lyon.

– Mais qu'est-ce que je vais faire? lui demanda-t-elle en s'écroulant dans un fauteuil.

– Continuez comme ça, vous êtes parfaite. Vous vous y habituerez.

– Mais je ne veux pas épouser Allen Cooper!

Eh bien, s'exclama Henry de retour en bombe dans le bureau et la regardant avec une réelle fierté. On peut dire que je me suis couvert de ridicule, hier... Si j'avais pu penser que ce garçon était sérieux, je n'aurais jamais rien dit de tout ça.

– Anne possède une réelle qualité, dit Lyon. Elle laisse les autres parler. »

Elle se sentit la gorge étreinte (une jeune fille

bien élevée ne pleure jamais en public). On vivait en pleine folie. Elle avait la tête vide. Tout le monde se liguait contre elle. Et voilà qu'Henry cherchait le numéro de l'agence de placement dans l'annuaire.

« Vous me renvoyez? demanda-t-elle d'une voix tendue.

– Je crois que vous n'avez pas encore très bien compris, mon chou, lui sourit généreusement Henry. Vous allez voir quand ça va commencer... Les listes d'invitations au mariage... les sorties, les essayages, les interviews... C'est vous qui aurez besoin d'une secrétaire.

– Henry, il faut que je vous parle sérieusement.

– Je vous laisse, dit Lyon. Henry a droit à des adieux en privé. Bonne chance, dit-il avec un clin d'œil à Anne. Vous méritez ce qu'il y a de mieux.

– Je n'en reviens pas, fit-elle en regardant la porte se refermer sur Lyon. Vous avez tous l'air indifférents. Vous me voyez déjà partie. Aucune importance... on me remplace et voilà tout. La vie continue.

– Indifférents? Non, répondit Henry doucement. Nous sommes ravis pour vous, et désolés de vous perdre, mais je ne serais pas un ami si j'essayais de vous retenir. Et je refuse de vous perdre. Je veux être invité à votre mariage et être le parrain du premier enfant... de tous vos enfants, en fait.

– Lyon s'en fiche éperdument, fit-elle, la gorge serrée à nouveau.

– Lyon? répéta Henry perplexe. C'est Miss Steinberg qui s'occupe de son courrier. Pourquoi Lyon serait-il?... Oh! non! gémit-il soudain en changeant d'expression. Oh! non, pas vous, Anne. Un simple déjeuner et vous êtes pincée?

– Ce n'est pas ça... fit-elle en détournant les yeux. Mais nous avons bavardé... Je croyais que nous étions devenus des amis...

– Venez près de moi, lui dit-il en l'appelant sur le canapé et en lui prenant les mains, Anne, si j'avais un fils, je n'aurais qu'un désir : le voir ressembler à Lyon. Mais si j'avais une fille, je ferais tout en mon pouvoir pour l'éloigner de lui. Sans le vouloir, mon chou, certains hommes sont néfastes aux femmes. C'était le cas d'Allen, mais vous l'avez retiré de la circulation.

– Néfastes à quel point de vue?

– Tout leur est trop facile, répondit-il en haussant les épaules. Pour Allen, c'était grâce à son argent. Pour Lyon, c'est grâce à son physique. Et on les comprend. Pourquoi ces garçons-là se fixeraient-ils sur une seule femme alors qu'elles leur tombent toutes dans les bras? Mais vous, Anne, vous avez décroché Allen et au lieu de lancer des pétards de joie dans le ciel, vous faites la moue.

– Je n'aime pas Allen, et ça n'a rien à voir avec mon déjeuner avec Lyon. Voilà six semaines que je sors avec Allen dans une atmosphère purement amicale. Je ne connaissais personne d'autre à New York et je l'avais pris en pitié. Il me semblait bien inoffensif. Il n'a même jamais essayé de m'embrasser et je ne savais pas qui il était. Et avant-hier soir, tout ça a commencé. Mais je lui ai dit que je ne l'aimais pas, poursuivit-elle tranquillement. A son père aussi.

– Vous leur avez dit ça? fit-il ébahi. Et alors?

– Alors, je n'y comprends rien. Je n'ai jamais rencontré personne comme eux, ils refusent d'entendre ce qui ne leur convient pas. Allen ne cesse de me répéter qu'il m'aime et que j'apprendrai à l'aimer. Ça ne me suffit pas.

– Non, bien sûr, vous préférez rester ici! explosa Henry. Je vais vous faire un petit dessin. Vous envoyez promener Allen. Pourquoi pas? Des milliardaires célibataires, il y en a à la pelle!... Quand tout sera calmé, Allen sortira avec une autre fille. Et vous, vous espérez que Lyon vous invitera en lieu et place. Oh! ce sera sensationnel. Pendant un mois. Et puis un jour je vous trouverai avec les yeux rouges. Vous prétendrez avoir la migraine mais le lendemain vous aurez encore les yeux rouges. Alors, je sermonnerai Lyon. Il haussera les épaules : « Oui, « je suis sorti avec elle mais je ne lui accorde aucun « droit d'exclusivité. Dites-le-lui, voulez-vous, « Henry. Débarrassez-m'en. »

– A vous entendre, c'est arrivé souvent, fit-elle amèrement.

– Oui, et à des filles beaucoup plus affranchies que vous. Et malheureusement j'ai dû leur parler après que le mal fut fait, alors qu'elles étaient éperdument amoureuses. Mais celles-là, elles n'avaient pas envoyé promener un milliardaire auparavant!

– Vous faites passer Lyon pour un mufle.

– Non, pourquoi? C'est un homme, il est célibataire et libre. Bien entendu, il viendra un jour où il aura fait son plein d'aventures et où il se fixera sur une femme. Mais pas de sitôt et même alors, il ne sera jamais complètement fidèle. »

Le téléphone grelotta. Anne eut un geste automatique pour aller répondre. Henry l'en empêcha, et se leva.

« Restez assise, mon héritière, vous oubliez que vous ne travaillez plus. Allô?... Oui, bonjour, Jennifer. Oui... Oui, elle a beaucoup de chance... Merci. Je ferai la commission... Oui, les contrats seront prêts aujourd'hui. Dès que je les aurai vérifiés, je vous les enverrai... Entendu, nous regarderons ça ensemble, vers cinq heures. A ce soir. Voilà une femme intelligente, fit-il en raccrochant. Jennifer North. Elle me charge de vous transmettre ses félicitations.

– Qui est-ce?

– Oh! voyons! Ne lisez-vous jamais les journaux? Elle vient juste d'envoyer promener un prince. Elle tenait la « une » presque tous les jours. Elle est de Californie, à peu près votre âge. Elle a pris New York d'assaut et un prince est passé par là. Il lui a fait la cour à coup de manteaux de vison et de diamants. Toutes les agences de presse en ont parlé. Mariage à Jersey, toutes les célébrités de la ville au lunch. Quatre jours plus tard, une colonne à la « une » : elle demandait l'annulation de son mariage.

– Mais vous n'êtes pas un avocat spécialisé dans les divorces?

– Non. Elle en a un, très bon, et il lui a conseillé de me prendre comme homme d'affaires. Elle en a besoin. Pour une jeune fille intelligente, elle a fait une grosse bêtise. Elle a signé un accord prémarital. Si c'est elle qui demande le divorce, elle n'obtient pas un sou. Or, elle le demande, sans expliquer ses raisons, d'ailleurs. Il faut donc qu'elle travaille.

– Elle a du talent?

– Elle n'a pas besoin de talent, sourit Henry. Elle fera du cinéma quand elle voudra. Je peux dire que c'est la plus jolie femme que je connaisse. Non... ce n'est pas tout à fait exact. Vous êtes mieux, Anne, parce que plus on vous regarde, plus on vous trouve belle. Mais Jennifer époustoufle. Au premier coup d'œil, on prend une décharge de mille volts.

– Elle sait chanter?

– Je vous dis qu'elle ne sait rien faire. Je lui ai fait avoir un petit rôle dans *Hit the Sky*, une sorte de figurante-vedette, avec des gros caractères sur l'affiche. En accord avec Helen qui a appris qu'il faut toujours entourer son talent d'un joli décor. Pour en revenir à vous, Anne. A la réflexion, je veux bien vous garder mais à une condition : vous restez fiancée avec Allen. Ainsi, vous serez en sécurité. Lyon ne s'attaque pas aux femmes des autres.

– Vous lui reconnaissez au moins un certain code de l'honneur, sourit-elle faiblement.

– Aucun code de l'honneur. C'est simplement qu'il évite ces complications-là. Il trouve bien assez de femmes libres.

– Mais moi? Si je reste fiancée, comment faire avec Allen?

– Vous le faites droguer. Vous y arriverez très bien.

– Mais c'est malhonnête puisque je ne veux pas l'épouser.

– Qu'en savez-vous? Il aura ainsi une chance de vous gagner. En tout cas, vous serez honnête envers moi parce que je vais avoir suffisamment de boulot sans avoir à m'inquiéter de vous de surcroît, et vous serez honnête envers vous-même parce que, pour le moment, vous ne voyez pas plus loin que Lyon Burke. Inutile de protester. Attendez un peu, lisez les potins de Broadway et vous verrez la vitesse à laquelle il change de femmes. Le charme de ce merveilleux déjeuner s'estompera. Vous aurez sauvé votre virginité et vous vous serez épargné beaucoup de chagrin. Il y a peu de jeunes filles de votre qualité, Anne. Nous devons vous entourer, ajouta-t-il en la voyant rougir.

– Je ne pourrai pas, répondit-elle en secouant la tête. Ce serait vivre un mensonge.

– Anne... fit-il d'une voix persuasive. Vous apprendrez un jour que rien n'est tout à fait blanc ni tout à fait noir. Vous pouvez être franche envers Allen. Dites-lui que votre nouvelle indépendance à New York vous plaît encore trop pour vous précipiter dans le mariage. Quand aurez-vous vingt et un ans?

– En mai.

– Voilà. Demandez-lui d'attendre jusque-là.
– Et alors?
– D'ici mai, une autre bombe atomique peut nous exploser sur la tête. Allen peut tomber amoureux d'une autre femme. Lyon Burke peut devenir pédéraste. Vous-même pouvez devenir amoureuse d'Allen. Et en mai vous pourrez changer d'avis, définitivement. Même au pied de l'autel, il vous resterait encore la possibilité de prendre vos jambes à votre cou avant le « oui » définitif.
– A vous entendre, tout est facile.
– Lorsqu'on tente l'ascension de l'Everest, rien n'est facile. On met un pied devant l'autre, les yeux englués sur le sommet, sans jamais regarder en arrière. »

Allen vint la chercher avec la voiture noire.
« Nous dînons tous les deux seuls, lui dit-il, mais Gino nous rejoindra pour le café. Il tient absolument à nous emmener à la première de Tony Polar, à La Ronde.
– Tony Polar? Qui est-ce?
– Le plus grand chanteur à succès depuis Sinatra, répondit-il en riant de son ignorance. Léon, dit-il à son chauffeur, emmenez-nous faire un tour dans le parc. Vous mourez probablement de faim, ajouta-t-il pour Anne en relevant la glace de séparation, mais j'ai une raison pour cette promenade. Fermez les yeux. »
Il ouvrit un petit écrin de velours bleu et lui prit la main.
« Voilà, vous pouvez regarder. J'espère que l'anneau vous va. »
Même dans la pénombre de la voiture, sous les quelques lumières espacées des réverbères, ce soli-

taire était impressionnant. Elle eut un mouvement de recul.

« Je ne peux pas accepter ça!

– Pourquoi? Il ne vous plaît pas? Dix carats, dit-il tranquillement. Mais taillé émeraude, il n'est pas ostentatoire.

– Oh! non, rit-elle nerveusement. Toutes les secrétaires en ont un semblable. Allen, ne comprenez-vous pas ce que je m'évertue à vous dire depuis deux jours?

– Si. Vous ne m'aimez pas.

– Alors, pourquoi insistez-vous?

– Parce qu'il n'existe rien au monde que l'on n'obtienne si on y met assez de persévérance. Jusqu'à ce que je vous rencontre, je n'ai jamais rien désiré, vraiment. Je suis résolu à vous gagner, Anne, laissez-moi courir ma chance. C'est tout ce que je vous demande. Vous n'avez vu en moi qu'un médiocre petit bonhomme. Après un mois en la compagnie de l'homme que je suis réellement ou bien vous m'aimerez ou bien vous me détesterez. C'est un risque que je prends. Ça va bien, Léon, conduisez-nous au Stork Club », dit-il à son chauffeur en baissant la glace.

Gino les rejoignit vers dix heures. Il salua diverses tablées d'une voix joviale qui fit froncer les sourcils d'Allen.

« Papa, on ne va pas de table en table, ici, dit doucement Allen. Ils n'aiment pas ça.

– Et alors? répliqua Gino à voix haute. Ça c'est ta boîte, mon garçon. Je te la laisse, je n'aime pas les snobs. Je viens dépenser mon argent; je veux pouvoir me comporter comme bon me semble. »

Allen eut l'air soulagé lorsqu'ils quittèrent le Stork pour se rendre à La Ronde. A en juger par le chaleureux accueil que Gino reçut de tous les maîtres d'hôtel, La Ronde était une de ses boîtes à lui. Il était onze heures et le cabaret était déjà bondé. Gino commanda du champagne et une bouteille de whisky pour Adèle qui, dit-il, n'aimait pas le champagne, trop engraissant. Adèle apparut à onze heures et demie avec son maquillage de scène.

« Pourquoi n'as-tu pas enlevé cette cochonnerie? lui demanda Gino. Tu sais que je déteste ça.

– Je l'ai bien atténué avec de la poudre, mon trésor, et j'ai enlevé mes faux cils. Mais je ne voulais pas être en retard et c'est long de me refaire le visage. Bon sang, fit-elle en regardant autour d'elle. Quelle première! Tout le monde est là...

– Il y a deux ans, c'était Sinatra. Aujourd'hui, les femmes sont folles de Tony Polar. Je n'y comprends rien, dit Allen.

– Regardez... fit Adèle. Voilà Helen Lawson qui arrive. Oh! ce vison. Il est presque rouge de vieillesse. Riche comme elle est... Mais il paraît qu'elle est d'un radin... Tiens, ça doit être Jennifer North!

– Crénom! s'exclama Gino. Voilà ce que j'appelle un chassis. Tu as l'air d'un éphèbe à côté d'elle, Adèle. »

L'œil d'Anne avait été également attiré par Jennifer North, qu'assaillaient les photographes. Elle était indéniablement belle, grande, un corps sculptural. Sa robe blanche, étincelante de perles de cristal, était décolletée suffisamment bas pour démontrer la fermeté authentique de seins remarquables. Ses longs cheveux étaient d'un blond presque blanc. Mais c'était son visage qui retint l'intérêt d'Anne, un visage si naturellement beau qu'il contrastait de façon saisissante avec la présentation théâtrale de la silhouette. Un visage absolument parfait, une belle ossature, des pommettes hautes, un front intelligent, le regard chaud et amical, le nez petit et droit, celui d'une enfant, tout comme ses dents blanches et régulières, et ses fossettes. Un visage innocent, qui regardait tout avec une joie avide et un enthousiasme confiant, qui reflétait un intérêt sincère pour les autres et qui remerciait d'un chaleureux sourire. Le corps accoutré paradait et ondulait pour le public et les photographes, mais le visage ignorait l'effet produit par le corps.

Les maîtres d'hôtel parvinrent à la conduire à une table près de la piste, de l'autre côté de la salle. Anne ne vit Henry Bellamy que lorsque tout le groupe fut assis.

« Eh bien, mais votre patron sait choisir les femmes qu'il sort! Helen Lawson et Jennifer North. Un bel attelage... constata Allen.

– Non, il y a un autre type, remarqua Adèle. Regardez, il s'assied. Probablement l'escorte de Jennifer. Il est sensationnel.

– C'est Lyon Burke, dit doucement Anne en observant Lyon qui aidait Jennifer à se débarrasser de ses fourrures.

– Psssh... siffla doucement Allen. Me demande si cette beauté d'envergure va sauter dans mon ancien lit ce soir...

– C'est une cliente de Mr. Bellamy, rétorqua Anne froidement. Je pense que Lyon l'escorte à ce titre.

– Mais oui! Et Henry lui paie des heures supplémentaires pour ce travail ardu.

– En tout cas, Henry s'est fait un joli magot avec Helen Lawson, dit Gino. Cette vieille peau rapporte des dividendes formidables. Elle a de nombreux kilomètres, mais pour la voir je paierais bien deux fauteuils cinquante dollars au marché noir. Elle a encore une paire de guiboles merveilleuses. »

Allen désigna toutes les célébrités de la salle à Anne, avec leur *curriculum vitae* à jour. Elle l'écouta avec un intérêt simulé; ses regards se reportaient sans cesse vers la table de Bellamy. Qu'est-ce qu'une femme comme Jennifer pouvait bien dire de si amusant? Et que lui disait Lyon? Il ne lui parlait certainement pas de la grange bombardée ni du caporal. Elle le vit renverser la tête et rire aux éclats. Il n'avait pas ri comme ça au restaurant. Non, elle n'était que la secrétaire falote qui l'avait encouragé à écrire et qui l'avait replongé dans les affreux souvenirs de sa guerre. Elle se détourna lorsqu'elle le vit tendre une cigarette allumée à Jennifer.

Les lumières s'éteignirent. Le tohu-bohu se calma, un silence attentif régna dans la salle et dans la pénombre, l'orchestre attaqua une des chansons à succès de Tony Polar. Le projecteur prit la piste dans son faisceau et Tony Polar fit son entrée sous les ovations. Il salua avec une modestie touchante. Grand et joli garçon, il avait un air de jeunesse qui le rendait sympathique et vulnérable.

Malgré sa timidité visible, il chantait bien et capta son public avec aisance. Après les premières mélodies, il desserra sa cravate pour prouver qu'il se donnait du mal. Il prit un micro à main et fit le tour de la salle, s'arrêtant devant diverses célébrités, plaisantant avec les journalistes, dédiant les passages amoureux de ses chansons à quelques femmes mûres, souriant gentiment devant leurs trémoussements ravis, et ignorant la présence des maris gênés. En passant devant la table de Bellamy, ses yeux accrochèrent ceux de Jennifer. Il bafouilla son texte et s'éloigna rapidement. Puis, comme en transes, il revint lentement sur ses pas et termina sa chanson, les yeux rivés sur elle. Les spectateurs, transformés en voyeurs, les regardèrent avec avidité. A la fin du refrain, il salua Jennifer, regagna le centre de la piste et termina son tour sans plus la regarder.

La salle fit rappel sur rappel. Les lumières revinrent mais les applaudissements persistèrent avec des cris de « encore, encore »! Il saluait de tous côtés avec un juvénile sourire de gratitude. Il eut un geste vers sa gorge, indiquant la fatigue. Les applaudissements redoublèrent. Alors, haussant les épaules, il glissa quelques mots à son accompagnateur et revint en piste.

Il se tourna vers Jennifer et chanta pour elle. C'était une ballade et les paroles d'amour pouvaient s'interpréter de façon personnelle. Une ballade écrite pour que Tony Polar puisse avouer à Jennifer, devant huit cents personnes, qu'il venait de rencontrer l'amour.

Sur la dernière note, il salua à la ronde et se retourna vers Jennifer pour la regarder intensément et longuement, puis s'en fut.

L'orchestre attaqua un air de danse qui coupa court aux applaudissements frénétiques.

Allen invita Anne à danser. Du coin de l'œil, elle vit que Lyon entraînait Jennifer sur la piste. Les deux couples se coudoyèrent.

« Anne! fit Lyon avec un bon sourire. Et Allen, mon propriétaire. »

Anne et Lyon présentèrent mutuellement Allen et Jennifer, tout en dansant, Anne fut bousculée plusieurs fois par des couples qui s'approchaient pour regarder Jennifer de près.

« Terrible! fit Jennifer avec un sourire amical à Anne. Si je bouge, cette robe sème son perlage... »

Anne chercha une réponse mais ne put offrir qu'un sourire glacé. Allen l'entraîna de l'autre côté de la piste. Le cabaret se vida bientôt, ne laissant que les noctambules invétérés devant leurs verres. La table de Jennifer avait été une des premières à se libérer. Anne se demanda où ils étaient allés. Elle avait la migraine et ne demandait qu'à rentrer se coucher.

« Allons prendre un dernier verre à El Morocco », proposa l'increvable Gino.

Anne bénit intérieurement Adèle qui refusa parce qu'elle jouait en matinée le lendemain.

Anne triait le courrier lorsqu'elle vit Neely entrer dans son petit bureau, le visage boursouflé de larmes.

« Neely... qu'est-ce qu'il y a? Pourquoi n'es-tu pas à la répétition? »

Neely éclata en sanglots bruyants. Anne jeta un regard inquiet vers la porte du bureau d'Henry et poussa son amie sur une chaise.

« Assieds-toi... Mais reprends-toi, voyons. Je vais chercher mon manteau. Nous allons rentrer à la maison.

– Je ne veux pas rentrer dans ma chambre, répliqua Neely d'un ton catégorique. J'aurais trop le cafard. J'étais si heureuse quand j'en suis partie ce matin. Les Gaucheros à Broadway! Je l'ai écrit en rouge à lèvres sur ma glace...

– Mais, Neely, tu ne peux pas rester là et pleurer ainsi en public.

– Non, et pourquoi pas? Je n'ai pas été éduquée à Radcliffe, moi. Si j'ai envie de pleurer, je pleure n'importe où et il se trouve que je suis là. Oooohh... gémit-elle en redoublant de sanglots, regarde, ma robe est toute tachée de larmes!

– Boutonne ton manteau, ça va sécher », répondit Anne sans regrets pour cette affreuse robe de taffetas rouge.

« Neely, on ne met pas une robe de taffetas pour aller travailler », lui avait-elle dit. « Pas toi, avait répliqué la jeune fille, mais moi, je veux qu'on me remarque. »

« Anne, sanglota Neely, je ne suis pas de la

distribution de la revue. Je suis arrivée à la répétition avec cinq minutes d'avance, ce matin. J'étais toute maquillée, et j'avais la patte de lapin que tu m'as offerte, dans mon sac. Une espèce de tantouse famélique est arrivée, puis Charlie et Dick. Enfin les girls. Ce que je me suis sentie miteuse; même avec ma nouvelle robe! Si tu les voyais... Il y en avait six en vison, et le reste avait du castor ou des renards. Pas un seul manteau de tissu! Et tout le monde se connaissait. Sauf nous. Quand Jennifer North est arrivée, on aurait cru que Rita Hayworth faisait son entrée. Elle avait dix minutes de retard et le metteur en scène l'a presque remerciée d'être venue. Notre trio détonnait affreusement. Charlie était mal rasé et Dick avait l'air encore plus pédé que d'habitude. Puis le metteur en scène est arrivé. Je crois que c'est une tante, lui aussi.

– Neely, je t'en prie! fit Anne exaspérée. Abrège. Viens-en au fait.

– Mais c'est ce que je fais. Je te raconte comment ça c'est passé. Là-dessus, Helen Lawson est arrivée. La reine d'Angleterre. « Mesdames, messieurs, votre vedette, Miss Lawson », a dit le metteur en scène. J'ai pensé que nous devrions nous lever et entonner l'hymne national. Il a fait le tour de la scène pour la présenter à ceux qu'elle ne connaissait pas. Elle est arrivée devant nous... – et la voix de Neely se cassa dans une nouvelle crise de larmes. Elle a fait un signe de la tête à Charlie et à Dick mais ne m'a même pas regardée. C'est une garce, Anne. « Ah! « oui, les Gaucheros, a-t-elle dit brutalement. Nous « faisons une danse ensemble. Mangez des épi« nards, mes garçons, parce que vous aurez à me « porter quelque peu. »

– La porter, *elle*?

– C'est ce qu'elle a dit. Je me suis avancée. « Miss « Lawson, les Gaucheros sont trois. C'est moi, la

« femme du numéro. Je m'appelle Neely. » Sans même me regarder, elle s'est adressée au metteur en scène : « Je croyais que cette question était « réglée? » Et puis elle a tourné les talons. Un peu plus tard, le metteur en scène a appelé Charlie dans un coin et lui en a dit pour deux sous. Mon beau-frère est venu me trouver. « Ecoute, Neely, on « ne nous a pas engagés pour faire notre vrai « numéro à trois, mais pour une parodie burlesque « de notre danse. C'est un rêve, dans la revue, et « c'est Helen Lawson que nous encadrons. »

– Mais toi, tu as un contrat?

– C'est Charlie qui signe toujours nos contrats, répondit Neely en secouant la tête. Celui-ci dit « Les Gaucheros » en bloc. Cinq cents dollars dont cent pour moi. Charlie m'assure qu'il me les donnera quand même, mais je n'ai plus confiance en lui. Et puis qu'est-ce que je vais faire? Cafarder dans cette horrible chambre? Je ne connais personne. Ma vie, c'est notre numéro.

– Oui, c'est épouvantable, reconnut Anne. Mais je comprends le dilemme de Charlie. Ne peux-tu faire autre chose pour t'occuper?

– Je ne suis pas dactylo. Je n'ai aucun diplôme. Je ne sais rien faire... et puis je voulais être dans cette revue! » sanglota Neely de plus belle.

Anne était profondément gênée de ce laisser-aller en public, devant Miss Steinberg et les deux autres. Elle le fut bien davantage encore lorsque Lyon Burke sortit de son bureau. Elle lui sourit faiblement. Il s'approcha et lorgna Neely, ruisselante de larmes.

« Voici mon amie Neely, dit Anne. Elle est un peu chagrinée.

– Un peu chagrinée? Vous êtes modeste, à la voir.

– Misère! fit Neely en levant les yeux. Excusez-moi. Quand je pleure, je fais du bruit. Vous êtes Henry Bellamy?

– Non, je suis Lyon Burke.

– Misère! Maintenant, je comprends Anne.

– Neely a eu une petite déception ce matin, s'interposa vivement Anne.

– Une déception? Je vais en mourir, oui... fit Neely en explosant à nouveau.

– Mourir sur cette chaise rigide ne doit pas être confortable. Si nous allions dans mon bureau? Vous y seriez mieux », proposa Lyon.

Ecroulée dans un grand fauteuil, Neely répéta son histoire mot pour mot, en la ponctuant de sanglots. Lyon l'écouta avec sympathie, puis il hocha la tête, alluma une cigarette et lui demanda :

« Seriez-vous contente d'être dans la revue, même en dehors du numéro des Gaucheros?

– Ces salauds-là! Après ce qu'ils m'ont fait, j'accepterais n'importe quoi pour ne plus travailler avec eux. Mais que pourrais-je faire d'autre?

– C'est très élastique, une comédie musicale. A nous de tirer un peu dessus. »

Il prit le téléphone et forma un numéro. Elles écoutèrent toutes deux en silence sa conversation avec Gilbert Case, le producteur de la revue. Lyon le salua avec affabilité et ils discutèrent du prochain match de football, puis Lyon ajouta soudain, comme s'il y pensait seulement :

« Au fait, Gil, vous avez engagé un numéro, les Gaucheros... Oui, Helen veut faire une danse burlesque avec eux. Mais vous saviez forcément que les Gaucheros sont trois, en réalité... Ah!... bien sûr, ça ne vous regarde pas, admit-il, puis il couvrit le récepteur en laissant Gil Case se perdre dans ses explications et il se pencha vers Neely :

« Votre beau-frère est un vrai saligaud : il vous a larguée avant même de signer le contrat.

– Oh! le cochon! bondit Neely. Et il m'a laissée venir à la répétition me ridiculiser en public. Je vais l'... »

Lyon la calma d'un geste et lui demanda son âge.

« Elle a dix-sept ans, répondit Anne.

– Dix-neuf... Il faut que j'en déclare dix-neuf pour jouer dans certains Etats, siffla Neely.

– Ecoutez-moi, Gil, reprit Lyon dans le téléphone avec un sourire malin, je sais que tout ceci ne vous concerne pas et que, légalement, vous êtes dans votre droit, mais nous ne voulons pas d'ennuis. Nous avons Helen Lawson dans cette revue, plus le chorégraphe et Jennifer North. La dernière chose que nous désirons est un litige... Oui, j'ai bien dit litige. Cette petite partenaire que les Gaucheros ont coupée n'a que dix-sept ans. Et voilà des années qu'ils la traînent en tournée en falsifiant son âge. Si elle voulait les attaquer, ça ferait du bruit... Le contrat ne stipule probablement pas cette nouvelle formation sans elle... Oui, Gil, le beau-frère vous a dit que tout irait bien, mais ce n'est pas le cas... Comment puis-je savoir qu'elle veut les attaquer? Parce qu'elle est là, dans mon bureau... Oui, bien sûr, mais je crois que nous pouvons arranger ça au téléphone. Les Gaucheros ont signé le contrat du syndicat, pour cinq cents dollars, et vous pouvez les résilier le cinquième jour, sans un sou de dédit, n'est-ce pas? Alors, tirez-leur les oreilles. Faites-leur un nouveau contrat de quatre cents dollars et un autre contrat de cent dollars pour leur petite partenaire. Faites-lui faire de la figuration, une doublure, n'importe quoi, pourvu qu'elle soit de la distribution. Ça ne vous coûtera pas un sou de plus, et tout le monde sera content... Naturellement... Bon, je vais lui dire de se présenter demain à la répétition. C'est parfait, merci. Au Copa, ce soir? Oui, entendu, avec plaisir. Au revoir. Jeune fille, vous êtes engagée dans la revue », dit Lyon en raccrochant.

Neely traversa le bureau d'un bond et lui jeta les bras autour du cou en un élan de gratitude spontanée.

« Oh! monsieur Burke, vrai... vous êtes formidable! »

Puis elle se tourna vers Anne et la prit dans ses bras.

« Quel amour tu fais, Anne! Je n'oublierai jamais ça. Tu es ma seule amie. »

Anne se dégagea gentiment de cette étreinte frénétique.

« Je suis bien contente pour toi, Neely. Vraiment... »

Le téléphone grelotta. Lyon décrocha.

« Gil Case qui rappelle », murmura-t-il, une main sur le micro.

Anne sentit l'appréhension l'étreindre, mais Lyon se mit à rire dans l'appareil.

« Je ne sais pas, Gil... Comment vous appelez-vous? ajouta-t-il en se tournant vers Neely.

– Neely... répondit-elle, ses yeux enfantins ouverts de surprise.

– Neely, répéta Lyon dans l'appareil. Oui, N-e-e-l-y, épela-t-il en se tournant vers la jeune fille pour confirmation et en ajoutant : Neely comment?

– Oh! miséricorde! Je n'ai jamais été que Neely... Comment pourrais-je bien m'appeler? Pas Neely O'Neill, ça ne va pas... Je sais! Neely O'Hara...

– Quoi? s'étranglèrent simultanément Anne et Lyon.

– Oui, Neely O'Hara. C'est parfait. Je suis irlandaise et Scarlett me plaît beaucoup.

– Elle vient de lire *Autant en emporte le vent*, expliqua Anne.

– Je suis sûr que vous pouvez trouver quelque chose de plus euphonique, remarqua Lyon. Ne quittez pas, Gil. Nous tenons un conseil d'administration au sujet d'un nom de théâtre...

– Je veux être Neely O'Hara, insista Neely, têtue.

– Bon, va pour Neely O'Hara, fit Lyon avec une grimace. Oui, O'Hara, Gil... C'est ça... Et faites en sorte que son contrat soit prêt à signer demain matin, à la répétition. C'est une petite anxieuse... Voilà, Miss O'Hara, dit-il en raccrochant. Je vous conseille maintenant d'aller au syndicat des artistes mettre vos papiers en règle et déclarer votre nouveau nom, pour votre compte en banque, la sécurité sociale, tout le tremblement... »

Le téléphone sonna.

« Allô?... Ah! oui, bonjour... répondit Lyon d'une voix changée. Oui, j'ai vu l'histoire dans les journaux. Je t'avais bien dit que je ne jouais que les figurants auprès de Jennifer... Oh! allons... Ecoute, Diane, mon chou, j'ai du monde dans mon bureau. Nous parlerons de tout ça ce soir. Veux-tu voir le spectacle du Copa? J'y ai rendez-vous avec Gil Case... Parfait, je passerai te prendre vers huit heures. A ce soir. »

Il se retourna vers Anne et Neely avec un petit sourire d'excuse pour cette interruption. Anne se leva.

« Nous avons pris beaucoup de votre temps, Lyon. Je ne sais comment vous remercier.

– Ne me remerciez pas. C'est moi qui vous dois beaucoup, Anne. A commencer par mon lit... je ne fais qu'effacer mon ardoise. »

Dans le couloir, Neely dansa une gigue et serra Anne à l'étouffer.

« Anne! Je suis si heureuse que j'en crierais de joie!...

– Je suis bien contente pour toi, Neely.

– C'est tout? Qu'est-ce qui ne va pas? Tu as un drôle d'air. C'est parce que j'ai fait tout ce bruit? Mais Lyon n'est pas fâché et Mr. Bellamy ne m'a pas vue. Un jour, je te revaudrai ce service, Anne. Je te le jure! »

Anne regarda Neely sortir en dansant. Elle inséra mécaniquement une feuille de papier dans sa machine. Le carbone souilla son solitaire. Elle le nettoya avec soin et se mit à taper.

A travers Neely, Anne ne vécut plus que pour *Hit the Sky.* Dans les débuts, sa participation se borna à écouter son amie lui relater dans le détail les répétitions quotidiennes. Vint la grande nouvelle : Neely avait un « rôle », trois lignes dans une scène de foule. Puis, un soir, elle rentra au comble de l'excitation. Elle était promue doublure de la seconde vedette.

« Imagine un peu!... Moi, la doublure de Terry King! Terry a le second rôle et en général, avec Helen Lawson, les ingénues sont affreuses, mais Terry est belle et sexy. Tu me vois, essayant d'être belle et sexy?

– Alors, pourquoi t'ont-ils choisie?

– Parce qu'il n'y avait personne d'autre, je pense. Je suis la seule girl à pouvoir chanter. Et puis, en réalité, ils ne prennent de vraies doublures que lorsque la pièce sort à New York. Moi, je vais assurer le rodage en province.

– Est-ce que tu chantes bien, Neely?

– Euh... je chante comme je danse. Mais je dois dire que j'attrape les pas beaucoup plus vite que la plupart des autres girls, fit-elle en lançant une jambe en l'air et en manquant de peu la lampe. Il ne me reste plus qu'à dénicher un flirt et je serai parée.

– Il y a des garçons intéressants dans la revue?

– Non, mais tu plaisantes? Rien de rien... à moins d'être une tante! Dickie s'en paie avec tous ces danseurs; un vrai banquet. Le jeune premier est normal mais il a une épouse qui a l'air d'être sa mère; elle s'assied près d'un portant et ne le quitte pas des yeux. Le deuxième rôle porte perruque; chauve comme un œuf. Le seul possible serait celui qui joue le père d'Helen Lawson, mais il a soixante-cinq ans. C'est un vieux libidineux qui essaie toujours un petit pince-fesse, au passage. Mais le flirt d'une des filles a un ami, Mel Harris, un imprésario. Nous devons sortir tous les quatre. J'espère que ça va marcher... Ce serait affreux de n'avoir personne pour me sortir le soir de la première. Toi, tu vas toujours à celle de New York avec George Bellows?

– Mais non... Je suis fiancée avec Allen. Si tu n'as personne, Neely, nous t'emmènerons souper. »

Neely sortit avec Mel Harris la semaine suivante. Il était sensationnel, dit-elle ensuite. Vingt-six ans, diplômé de l'Université de New York, imprésario, et désireux de devenir producteur par la suite. Il logeait dans un petit hôtel du centre et se rendait à Brooklyn tous les vendredis soirs pour dîner en famille.

« Les juifs sont très attachés à leur famille, expliqua Neely.

– Il te plaît?

– Je l'aime!

– Voyons, Neely, tu n'es sortie qu'une fois avec lui. Comment peux-tu déjà l'aimer?

– C'est toi qui me dis ça? Toi qui n'as fait que déjeuner avec Lyon Burke...

– Neely! Il n'y a rien entre Lyon et moi, je ne pense jamais à lui. De fait, je commence à m'attacher à Allen.

– Ben, moi, je sais que j'aime Mel. Il est magnifique, pas comme Lyon, mais très bien quand même. Et il n'est pas trop entreprenant, non plus, bien que je lui aie dit que j'avais vingt ans. »

Neely tendit l'oreille vers la porte restée ouverte. Elles se tenaient dans la chambre d'Anne et le téléphone était au rez-de-chaussée, en face de la chambre de Neely.

« Cette fois, c'est pour moi! » bondit-elle en entendant la sonnerie grêle.

Elle revint hors d'haleine, radieuse.

« C'était lui! Il m'emmène à la Martinique, ce soir. Un de ses clients y fait un tour de chant.

– Il doit avoir une belle situation, remarqua Anne.

– Non, cent dollars par semaine. Il travaille pour Irving Steiner, mais bientôt il va se lancer tout seul et il essaie de faire son trou à la radio. Les juifs font des maris merveilleux, tu sais.

– Il paraît. Mais que pensent-ils des petites Irlandaises?

– Je peux toujours lui dire que j'ai du sang juif. O'Hara est mon nom de théâtre... Je vais l'épouser! Tu vas voir... fit-elle en dansant autour de la pièce et en chantant d'une voix légère.

– C'est joli, ce que tu chantes là. Qu'est-ce que c'est?

– Une mélodie de Terry King dans la revue, mais je crois bien qu'Helen Lawson la convoite. Elle en a déjà piqué une à cette pauvre Terry qui n'en a plus que deux, celle-ci et un vrai chant d'amour.

– Rechante-moi celle-ci, Neely.

– Ah!... Bon, mais alors tu vas prendre le manteau

de vison d'Allen et me vendre ton manteau noir. J'ai besoin d'un manteau pour le soir.

– Je te le donnerai... si jamais je prends le vison. Chante, Neely. »

Neely soupira et comme une enfant contrainte de réciter sa fable, elle se planta au milieu de la chambre et attaqua la mélodie. Anne n'en croyait pas ses oreilles. Neely avait une voix pure comme du cristal, son médium était chaud et puissant et son aigu ravissant.

« Mais Neely, tu as une très jolie voix!

– Oui. Dans les cours, on m'enverrait quelques sous et je m'offrirais une tasse de café », fit-elle, en haussant les épaules.

Vint le jour où *Hit the Sky* prit une grande place personnelle dans la vie d'Anne. On répétait depuis une semaine lorsque Henry téléphona un soir au bureau, à l'heure où Anne allait en partir.

« Dieu merci, vous êtes encore là, Anne. Vous allez me sauver la vie, mon chou. Je suis coincé à N.B.C.[1] pour le show d'Ed Holson qui passe à neuf heures. Il faut re-rédiger les dernières vingt minutes. Ed est un pur casse-pieds; il a foutu en l'air le producteur et les autres sont à deux doigts de tout laisser tomber. Il faut que je reste là, or Helen Lawson m'attend avec le portefeuille de ses nouvelles actions. Il est sur mon bureau.

– Je l'envoie par messager?

– Non. Portez-le-lui vous-même, mais ne lui parlez pas de l'histoire d'Holson. Dites-lui que je suis en réunion pour cette affaire de terrains qu'elle veut acheter. Si elle pense que je travaille pour elle, elle

1. N.B.C. : National Broadcasting Corporation. Une des chaînes de radio américaine. (*Note du traducteur.*)

ne rouspétera pas. Remettez-lui le dossier en main propre, et, pour l'amour du ciel, mentez avec conviction.

– Je vais faire de mon mieux », promit Anne.

Elle regretta d'avoir été là pour prendre cet appel. Elle ne valait rien pour ce genre de commission... et surtout en face d'une Helen Lawson!

« Ils sont encore en répétition, grogna le concierge bougon de l'entrée des artistes. Vous ne pouvez pas attendre dans les coulisses. Passez par cette porte et prenez un fauteuil dans la salle. »

Elle tâtonna dans le théâtre vide et sombre. Elle distingua Gil Case au centre du troisième rang, son chapeau sur l'œil en visière contre les projecteurs de répétition. Les girls, fatiguées, étaient assises par petits groupes, au fond de la scène vide de tout décor. Les unes se massaient les mollets, certaines tricotaient. Neely, rigide sur son banc, ne quittait pas des yeux Helen Lawson qui chantait un duo d'amour avec son partenaire, un grand et joli garçon.

Helen interprétait sa chanson avec son talent habituel. En dépit des paroles sirupeuses, son abattage et son dynamisme s'imposaient. Ses yeux reflétaient la malice lorsque son texte l'exigeait et son visage s'attristait pour exprimer l'inévitable désespoir de l'amoureuse. Mais sa silhouette trahissait son âge, le visage empâté, la taille alourdie, les hanches élargies. Les années qui passent sont, pour les vedettes, le marteau pilon qui s'abat sur l'œuvre d'art. Helen avait été célèbre par son allure dans les robes fracassantes de ses comédies musicales à grand spectacle; sans être classiquement beau, son visage avait été agréable et expressif sous sa masse de cheveux noirs.

C'était sa rentrée à Broadway. Sa dernière comédie avait tenu l'affiche deux ans, puis elle avait fait une tournée d'un an, au cours de laquelle elle avait rencontré son troisième mari, dans le Nebraska. Mariage à tout casser, et Helen avait déclaré qu'elle vivrait désormais dans le ranch conjugal pour y jouer son dernier grand rôle : celui de l'épouse. Un rôle de deux années, et son nom s'était de nouveau inscrit sur les téléscripteurs lorsqu'elle avait déclaré à la presse que « la vie avait été un enfer, au ranch, et que Broadway était sa seule maison ». Henry avait fait le nécessaire pour un divorce éclair à Reno, les compositeurs et les librettistes s'étaient rués chez Helen avec leurs dernières œuvres. Et *Hit the Sky* la ramenait sur les planches.

Anne comprit, d'après le livret, qu'Helen jouait le rôle d'une veuve à la recherche d'un nouvel amour. Cela pourrait passer... Mais que ne s'était-elle soumise à un régime pour éliminer au moins sept kilos avant d'aborder à nouveau les feux de la rampe? Le changement survient si graduellement... peut-être ne se voyait-elle pas?... Pour Anne qui avait gardé le souvenir de la vedette dans sa splendeur, ce fut un choc, mais en même temps, elle comprit que le talent d'Helen était tel qu'on en oubliait la taille épaisse et le double menton pour se laisser magnétiser par l'entrain chaleureux et la bonne humeur endiablée de l'actrice.

« Merveilleux! Formidable, Helen!... » cria Gil Case sur la dernière note.

Elle vint à l'avant-scène et le toisa.

« C'est de la merde, cette chanson.

– Vous apprendrez à l'aimer, ma cocotte, répondit-il sans sourciller. Vous n'aimez jamais les duos d'amour, au début.

– Quelle connerie! J'ai aimé celui avec Hugh Miller dans *Nice Lady* dès la première audition. Et pourtant Hugh n'avait aucune oreille, tout retombait sur moi. Au moins, Bob chante juste, répliqua-t-elle avec un mouvement de tête vers son partenaire. Alors, ne me dites pas que je vais aimer cette chanson-ci. L'air est joli, mais vous ferez bien de dire à Lou de m'écrire des paroles un peu mieux que ça. »

Elle tourna les talons et sortit de scène dans l'indifférence générale, y compris celle de Gil Case qui alluma une cigarette et se leva. Anne se dirigea lentement vers la loge d'Helen. Elle frappa à la porte et la fameuse voix rauque lui cria d'entrer.

« Tiens, mais qui êtes-vous, bon Dieu? fit Helen surprise. Je suis fatiguée et occupée. Que me voulez-vous?

– Je suis Anne Welles. Je vous apporte ce dossier de la part de Mr. Bellamy, répondit Anne en le posant sur la table de maquillage.

– Ah! bon. Et où est ce sacré Henry?

– Il est en réunion pour une affaire de terrains, pour vous, il vous verra demain, Miss Lawson. »

Helen eut un hochement de tête et un mouvement de la main qui congédiait la jeune fille. Anne se dirigea vers la porte. Helen la rappela soudain :

« Hé... une seconde... N'êtes-vous pas la fille dont on a parlé? Celle qui a décroché Allen Cooper et une bague formidable?...

– Je suis Anne Welles.

– Mais oui, c'est ça, fit Helen avec un sourire en coin. Je suis ravie de vous connaître. Asseyez-vous... Je n'avais pas l'intention d'être désagréable, mais si vous saviez ce que je peux être tannée par ces zigotos incroyables qui se faufilent devant la loge du concierge! Et toujours pour me vendre quelque chose... Montrez-moi un peu cette bague?... Psssssh!... Quel morceau! fit-elle en sifflant d'admiration. J'en ai un deux fois plus gros mais je me le suis payé moi-même. Mon manteau de vison aussi.

Aucun homme ne m'a jamais rien donné... Peut-être rencontrerai-je un jour le gars bien qui m'inondera de cadeaux et me sortira de ce panier de crabes... »

Elle fit une grimace devant l'air surpris d'Anne.

« Mais oui. C'est comme ça. Vous croyez que c'est drôle, ces quatre saloperies de semaines de répétition? Et l'enfer de tournée de rodage? La revue est un succès? Bon, et alors quoi? Ça ne veut jamais dire qu'une page de plus dans les magazines... Où allez-vous? demanda-t-elle en enfilant son vison. J'ai une voiture, je peux vous déposer.

– Merci, mais j'habite à deux pas, répondit vivement Anne.

– Moi aussi, mais c'est un des avantages garantis par mon contrat : une voiture avec chauffeur pour me prendre le matin et me ramener le soir. A moins que j'aie la chance d'être invitée par un gars... »

Il pleuvait dru dehors, aussi Anne accepta-t-elle la proposition d'Helen.

« Déposez-moi en premier, dit Helen au chauffeur, et vous conduirez ensuite Miss Welles où elle le désire. »

Quand la voiture s'arrêta devant son immeuble, Helen prit la main d'Anne d'un geste impulsif et lui dit :

« Montez donc prendre un verre avec moi, Anne. Je déteste boire toute seule. Il n'est que six heures. Vous appellerez votre Jules et vous lui direz de passer vous prendre chez moi. »

La journée avait été lourde pour Anne et elle avait envie de rentrer chez elle se rafraîchir mais elle perçut la solitude de l'actrice sous sa demande pressante. Elle la suivit. L'humeur d'Helen changea dans son appartement qu'elle montra à Anne avec orgueil :

« Ça vous plaît, Anne? J'ai payé une fortune à la

tantouse qui me l'a installé. Ça, c'est un vrai Vlaminck et ça, c'est un Renoir... »

Un appartement plaisant et chaud. Anne contempla avec admiration le paysage de neige désolé de Vlaminck. Agréablement étonnée, aussi, de ce côté d'Helen assez inattendu.

« En art, je ne reconnais pas mon cul de ma tête, continua celle-ci. Mais je me paie toujours ce qu'il y a de mieux. J'ai chargé Henry de m'acheter quelques bons tableaux qui feraient bien dans ce décor et qui seraient un bon placement. J'aime assez le Renoir mais ce paysage de neige, brrrou... quelle horreur! Mais Henry me dit que les Vlaminck ne peuvent que tripler de valeur. Venez dans mon antre. C'est là que j'ai installé mon bar. »

Les murs de l'antre étaient tapissés de photos de la carrière d'Helen. Il y avait aussi des parchemins encadrés, des plaquettes, tout cela proclamant le talent de l'actrice. Et aussi une bibliothèque remplie de livres reliés : Dickens, Balzac, Shakespeare, Maupassant, Thackeray, Proust, Nietzsche. Anne se dit qu'Henry était passé par là également.

« Toute la salade classique, hein? lui confirma Helen qui avait remarqué son coup d'œil. Je vous dis qu'Henry sait tout. Mais vous ne me ferez jamais croire qu'il y a des gens pour lire ces conneries! J'ai essayé quelques pages... Doux Jésus! Moi qui n'ai jamais lu un livre de ma vie!

– Vous vous moquez de moi, sourit Anne.

– En aucune façon. Quand j'ai une revue, je travaille dur. Quelquefois, si j'ai de la chance, je suis invitée à souper après la représentation, sinon, je rentre à la maison. Le temps que je prenne un bain et que je lise les journaux professionnels et les critiques, il est l'heure d'aller au lit. Je dors jusqu'à midi, je parcours les journaux du matin, je regarde mon courrier, je téléphone à quelques amis... et c'est l'heure du dîner. Je dîne toujours chez moi et je ne bois jamais avant le spectacle, mais après, j'aime bien faire la bringue... Si, j'ai presque lu un livre au ranch. J'ai compris alors que mon mariage tournait au vinaigre. Voulez-vous des glaçons dans votre champagne?

– J'aimerais mieux un Coca-Cola, si possible, répondit Anne.

– Oh! allons, prenez un peu de mon mousseux. C'est la seule chose que je boive et si vous ne m'aidez pas, je vais descendre ma bouteille toute seule. Et voilà qui est mauvais pour la ligne... fit-elle en se pinçant la taille. J'essaie toujours de perdre les kilos que j'ai accumulés au ranch. Miséricorde! Avez-vous jamais vécu dans un ranch?

– Non. Je suis de la Nouvelle-Angleterre.

– J'ai bien cru que j'y étais enterrée pour le reste de mes jours. Venez... fit-elle en entraînant Anne dans sa chambre. Vous voyez ce lit? Il a deux mètres quarante de large. Je l'ai fait faire spécialement lorsque j'ai épousé Frank, le seul homme que j'aie jamais aimé. J'ai fait venir ce baisodrome dans le Nebraska, lorsque j'ai épousé Red Ingram et je l'ai rapporté ensuite. Tous ces transports m'ont coûté plus cher que sa fabrication... Voilà Frank, ajouta-t-elle en désignant une photo sur sa table de chevet.

– Il est très bien, marmonna Anne.

– Il est mort, fit Helen avec des larmes dans les yeux et un soupir qui la fit frémir toute. Un accident d'auto deux ans après notre divorce. C'est la faute de la garce qu'il a épousée après moi. »

Anne jeta un coup d'œil sur la pendulette près du lit. Six heures et demie.

« Me permettez-vous de donner un coup de téléphone?

– Il y a un appareil dans mon antre. Vous serez mieux. »

Elle remplit son verre de champagne pendant qu'Anne appelait Allen.

« Où êtes-vous donc? demanda-t-il. J'ai appelé chez vous trois fois et Neely commence à en avoir plein le dos de me répondre, d'autant plus qu'elle s'habille pour sortir avec l'homme de sa vie. Et à ce propos, j'ai Gino à côté de moi. Il voudrait savoir s'il peut s'imposer à nous, pour dîner ce soir?

– Mais avec joie, Allen, vous le savez bien.

– Parfait. Je passerai vous prendre dans une demi-heure.

– Bien, mais pas chez moi. Je suis chez Helen Lawson, prenez l'adresse. »

Anne l'entendit parler avec son père et s'exclamer, puis il revint.

« Anne, vous ne le croirez peut-être pas, mais Gino me dit d'inviter Helen Lawson à dîner avec nous.

– Oh!... Ils se connaissent?

– Non, mais qu'est-ce que ça peut faire?... Demandez-lui, Anne. »

Elle hésita. On ne pouvait pas inviter ainsi, à la dernière minute, une Helen Lawson à dîner avec des inconnus, quand même...

« Allen me demande si vous aimeriez vous joindre à nous, dit-elle timidement. Son père sera des nôtres.

– C'est son père qui m'invite?

– C'est-à-dire... Il n'y aurait que nous quatre.

– Mais bien sûr que je viens! s'écria Helen. Je l'ai vu à El Morocco. Il est assez sexy.

– Elle accepte avec plaisir, transmit Anne au téléphone. Bon... Dans une demi-heure.

– Une demi-heure! s'exclama Helen. Mais vous

n'avez pas le temps de rentrer chez vous pour vous changer?

– Non, je reste comme ça.

– Mais vous êtes en tweed!

– Allen m'a déjà sortie comme ça, cela ne le gêne pas. »

Helen fit une moue qui lui donna l'air d'un bébé bouffi.

« Oh! non, Annie! Moi qui voulais me mettre sur mon trente et un... j'aurais l'air d'un arbre de Noël à côté de vous; et je voudrais séduire Gino, il a de l'étoffe. Rappelez-les pour leur dire de venir plus tard, et vous irez vous changer.

– Non, fit Anne en secouant la tête. J'ai travaillé dur, je suis trop fatiguée.

– Et moi, crénom? qu'est-ce que vous croyez que j'ai fait? répliqua Helen d'un ton d'enfant mis au coin. J'étais debout à neuf heures, ce matin, j'ai travaillé trois heures ma danse burlesque avec ces patates de Gaucheros, je suis tombée sur le cul plus de dix fois et j'ai répété cette saloperie de chanson une centaine de fois. Et je piaffe de faire la foire... Pourtant, je suis un peu plus âgée que vous. J'ai... trente-quatre ans.

– Je n'ai pas ce genre d'énergie, malgré mes vingt ans, rétorqua Anne en pensant que George Bellows avait raison.

– Vingt ans? De la merde! C'est ce que disent les journaux, mais quel âge avez-vous vraiment? »

Le regard d'Anne arrêta Helen tout net. Elle eut un sourire de petite fille.

« Oh! là! là! Anne, seriez-vous de ces filles qui tournent de l'œil lorsqu'on dit un gros mot? Ça met ma mère en rage, aussi. Bon, je vais essayer de me corriger. Si je m'oublie, vous n'aurez qu'à me fusiller d'un de vos regards glacés. »

Anne sourit. Helen avec ses sautes d'humeur avait

quelque chose de touchant, et elle était vulnérable, en dépit de sa situation.

« Venez avec moi dans ma chambre, Anne. J'ai peut-être la plus belle voix de Broadway, mais je ne peux pas parler de si loin. Je vais mettre une petite robe noire et quelques bijoux, voilà tout. »

Elle ne cessa de bavarder tout en s'habillant. Elle parla surtout de ses maris, et pour se plaindre d'eux.

« Je n'ai jamais rien demandé que d'être aimée, geignit-elle. Frank m'a aimée; c'était un artiste. S'il me voyait avec un authentique Renoir! C'était un illustrateur, mais il peignait sérieusement à ses heures perdues. Son ambition était de s'adonner entièrement à la peinture. Moi, j'étais la vedette de *Sadie's Place* quand nous nous sommes mariés, ma troisième revue avec le premier rôle. Je gagnais trois mille dollars par semaine, et lui, cent. Alors, vous voyez que c'était un mariage d'amour de ma part.

– Alors, pourquoi ne pouvait-il peindre à sa guise?

– Et que je l'entretienne? Non, mais vous rêvez... Comment aurais-je su alors s'il m'avait épousée par amour ou pour mon fric? J'ai mis les choses au point tout de suite. Je voulais bien payer l'appartement, la bonne, le bar, la nourriture et m'habiller, mais à lui les notes de restaurants et de sorties. Il se plaignait que deux soirées en ville lui bouffaient son salaire de la semaine. Alors qu'il était logé et nourri! Mais, Dieu que je l'aimais. J'ai même voulu avoir un enfant de lui, c'est vous dire... parce que ça signifiait une saison de foutue... Mais je n'ai jamais été prise. Remontez ma fermeture, Anne, comment suis-je? »

Très bien, pensa Anne. Peut-être trop de bijoux mais après tout c'est Helen Lawson. Elle peut se le permettre. La sonnette de la porte tinta. Helen choisit un manteau rouge flamme garni de paillettes.

« Pas trop gueulard? demanda-t-elle.

– Pourquoi ne pas mettre votre vison?

– Et avoir l'air d'une mémère, avec une robe noire et un manteau marron? Moi ce que j'ai, je le porte. Je n'ai rien d'une de ces femmes du Gotha... »

La sonnette insista.

« On vient, on vient! hurla Helen qui hésita une seconde puis prit son manteau de vison avec un sourire. Vous avez gagné, mon ange, je sais que vous avez du goût. »

Helen et Gino s'entendirent immédiatement comme deux larrons en foire. Ils optèrent pour El Morocco qu'ils adoraient tous les deux. Ils commandèrent les mêmes plats, rirent bruyamment des plaisanteries de l'autre et burent des litres de champagne. Les journalistes vinrent à leur table saluer Helen. L'orchestre joua et rejoua les succès de ses comédies musicales. Anne fut emportée par leur gaieté et se surprit à rire des affreuses plaisanteries d'Helen. Il était impossible de ne pas la prendre en sympathie.

« Elle me plaît, cette femme-là! tonnait Gino en lui tapant sur le dos. Elle dit ce qu'elle pense, pas d'histoires avec elle... Helen, nous allons organiser une grande soirée pour fêter votre première...

– Oh! Gino, quelle merveilleuse idée! fit Helen d'une voix enfantine, avec un sourire timide. Je serai ravie de vous avoir pour escorte, ce soir-là. »

Gino se trouva pris au piège. Il avait pensé qu'Helen aurait son escorte. Lui avait déjà invité Adèle.

« Quand est-ce, exactement? demanda-t-il prudemment.

– Le 16 janvier. Nous partons pour New Haven dans deux semaines et nous aurons trois semaines à Philadelphie.

– Alors, nous irons à la première de New Haven, dit vivement Gino. Anne, Allen et moi.

– Oh! non! gémit Helen. New Haven va être une catastrophe. Nous n'y avons que trois représentations pour nous roder un peu avant Philadelphie.

– Nous serons indulgents.

– Ce n'est pas ça, insista Helen avec cette moue enfantine qui la rendait affreuse. Mais nous avons une matinée, le lendemain de la première. Je voudrais faire la bringue avec vous, et je ne peux pas me coucher tard lorsque je joue en matinée.

– Janvier est trop loin pour que je fasse des projets, dit Gino avec fermeté. Je pourrais me trouver en voyage d'affaires. Disons New Haven, à moins que vous ne veuillez pas de nous.

– Bon, va pour New Haven, céda Helen en se serrant câlinement contre lui. Et si vous êtes là, vous viendrez aussi à ma première de New York. Venez, Annie, allons nous refaire une beauté... »

Elles s'assirent devant la grande glace pour se poudrer.

« Anne, Gino me plaît beaucoup. Croyez-vous que je lui plaise aussi?

– Mais oui, certainement... répondit Anne d'une voix qu'elle voulut enjouée.

– J'ai besoin d'un homme, Anne, lui dit Helen d'une voix pressante. C'est vrai, j'ai besoin d'aimer, c'est tout ce que je demande. »

Anne prit à cœur ce regard implorant une certitude, dans ce visage pathétique et vieillissant. Elle pensa à toutes les histoires qui couraient sur le dos d'Helen Lawson, probablement répandues par ceux qui jalousaient sa carrière ou qui étaient choqués par sa rudesse. Elle sentait croître sa sympathie pour cette femme qui cachait, sous un tempérament paillard, une nature sensible, sevrée d'affection.

« Ce que vous me plaisez, Anne... Je veux que nous devenions de vraies amies. Et nous allons souvent sortir à quatre, comme ça. Tenez, voilà mon numéro de téléphone, ne le perdez pas, il n'est pas dans l'annuaire. Et pour l'amour du Ciel ne le donnez à personne... qu'à Gino. Et vous, donnez-moi le vôtre.

– Vous pouvez toujours me joindre au bureau d'Henry Bellamy.

– Ouuui... je sais, mais au cas où je veuille vous appeler chez vous?

– Je n'ai pas d'appareil dans ma chambre. C'est un téléphone général dans le vestibule de mon immeuble, répondit Anne, gênée.

– Quoi! Vous portez un solitaire de cinquante mille dollars et vous n'avez pas le téléphone dans votre chambre? Où habitez-vous?

– J'ai une chambre meublée dans la 52e Rue Ouest.

– Mais c'est un quartier misérable! Bon, dit-elle en fourrant dans son sac le petit papier avec le numéro personnel d'Anne. Retournons là-bas, ils vont croire que nous sommes tombées dans la lunette. »

Il était trois heures du matin lorsque la voiture noire laissa Anne devant sa porte, après avoir déposé Helen. Allen était fatigué et Gino dormait à moitié, mais Anne se sentait remontée. Elle vit de la lumière sous la porte de Neely et frappa discrètement.

« Je t'attendais, lui dit Neely. J'ai passé une soirée formidable! Et j'ai avoué à Mel que je n'ai que dix-sept ans et que je suis vierge... Et toi, d'où viens-tu si tard? »

Anne lui raconta sa soirée dans le détail sans

omettre sa rencontre avec Helen Lawson dans sa loge. Neely l'écouta les yeux ronds.

« A t'entendre, tu t'es bien amusée... Encore un peu, et tu vas me dire que tu aimes Helen Lawson.

– Elle m'est très sympathique. Quand on la connaît, toutes ces histoires sur son compte sont difficiles à croire.

– Mais oui... Elle est délicieuse... Tu n'es pas malade, Anne, non? fit Neely en tâtant le front de son amie. C'est une femme effroyable, tout le monde la déteste. Elle est rude, coriace, froide et grossière. C'est une garce. Elle t'a probablement fait du charme, ce soir, parce qu'elle a besoin de toi pour obtenir quelque chose. Mais crois-moi, si tu te trouves un jour en travers de sa route, elle t'écrasera comme une limace.

– Garde ton opinion, répliqua Anne d'un ton las. Mais je ne veux pas que tu l'esquintes devant moi. Je l'aime bien, elle a été charmante ce soir.

– Peut-être que ce vieux cheval de bataille se met à aimer les femmes, sur le retour, grimaça Neely. Ça arrive, avec des vieilles actrices comme ça qui ont du tempérament. Comme elles ne trouvent plus d'hommes, elles se tournent vers les femmes pour leurs parties de jambes en l'air.

– Neely! Helen est absolument normale, et Gino lui plaît beaucoup.

– Bon, bon... bâilla Neely. Je veux bien le croire, au fond, parce que sa réputation de coureuse est solidement établie. C'est comme ça qu'elle a perdu son premier mari. Il est rentré à l'improviste et l'a trouvée en train de s'envoyer un truand qui avait été son amant autrefois.

– Ce n'est pas vrai! Elle aimait follement son premier mari.

– Je bavasse avec les girls toute la journée, Anne.

Chacun sait qu'Helen chantait dans un beuglant qui appartenait à Tony Lagetta, un truand qu'elle avait dans la peau. Mais il était italien, catholique et marié, avec sept enfants. Quand elle est devenue la vedette d'une revue, Henry Bellamy est entré dans la course et l'a fait rompre avec Tony. Elle a été la maîtresse d'Henry pendant longtemps, mais elle se tapait encore Tony en douce. Tout le monde le savait, sauf Henry. Puis Tony en a pris une autre, et Helen en a été tellement furieuse qu'elle a épousé le premier gars à portée de sa main, l'artiste, mais elle a revu Tony, et c'est comme ça que son mari l'a trouvée, un jour, agréablement occupée. Il a divorcé et s'est remarié par la suite, mais ce n'était plus le même homme et il buvait.

– Où as-tu pêché tout ce folklore?

– Je connais l'histoire de Tony depuis longtemps. Misère! Quand on parlait d'Helen on disait la « souris à Tony », mais l'histoire d'Henry Bellamy et du mari m'a été racontée par les girls. Tout le monde sait...

– Tout le monde sait... comme tu sais... par on-dit, l'interrompit Anne avec impatience. Etais-tu là pour *voir* Tony et Helen ensemble? Moi, j'ai parlé avec Helen, je sais combien elle aimait son mari. Elle a des côtés durs, sûrement, elle a fait sa carrière si vite qu'elle a dû apprendre à se défendre, mais je suis persuadée qu'elle est sensible et qu'elle porte une cuirasse pour ne pas se faire blesser.

– Bon, j'y renonce. Elle est adorable, elle est délicieuse, et puisque vous allez être de si grandes amies, toutes les deux, et que tu es la seule à la comprendre, pourquoi ne lui glisserais-tu pas un mot concernant le talent de ta *seconde* meilleure amie? Elle me jetterait peut-être quelques miettes de la revue...

– Neely! Personne ne peut te remplacer dans mon affection, sourit Anne.

– Oui, je vois ça. Nous allons nous asseoir toutes les trois en rond pour de bons petits bavardages intimes...

– Bonne nuit, Neely.

– Bonne nuit, Anne. Et n'oublie pas de lui parler de moi, on ne sait jamais. »

« Voilà ce que j'appelle un quatuor inattendu, par exemple! » remarqua George Bellows en déposant le journal du matin sur le bureau d'Anne.

Anne contempla la photo prise la veille au soir à El Morocco. Elle était très en beauté, Helen était grotesque, Gino grimaçait et Allen était à moitié caché. Son téléphone sonna, George la quitta sur un signe amical. C'était Allen.

« Vous êtes remise de cette soirée? lui demanda-t-il.

– C'était très amusant! dit-elle d'un ton joyeux. J'aime beaucoup Helen Lawson.

– Pardon? J'ai dû mal entendre... Vous aimez Helen Lawson? Ses délicieuses plaisanteries? Ses manières distinguées? Ah! non, Anne. Gino est parfois dur à avaler, mais c'est mon père et je dois le supporter. Mais pas Helen. On subit sa famille, mais on choisit ses amis.

– Allen! Comment pouvez-vous dire une chose pareille?

– Pourquoi pas? Je suis franc. Si on me présentait Gino, je le trouverais odieux et mal élevé. J'admirerais probablement son habileté d'homme d'affaires, tout comme j'admire le talent d'Helen. Mais socialement, je me passerais très bien de l'un comme de l'autre. Quand nous serons mariés, nous fréquenterons des gens bien. Je vous expliquerai ça ce soir.

– J'ai très peu dormi cette nuit, Allen. Je crois que je vais déclarer forfait pour ce soir, je veux rentrer chez moi en quittant le bureau et me coucher de bonne heure, dit-elle en sentant une migraine envahissante lui marteler la tête.

– Ah! à ce sujet, justement. Jusqu'à quand comptez-vous travailler ainsi? Jusqu'à la veille de notre mariage?

– J'aime mon travail, Allen et je ne veux pas encore me marier, je vous l'ai déjà dit.

– Oui... je vois en effet que vous êtes fatiguée, fit-il avec un petit rire forcé. Bon, je vous laisse votre soirée. A demain, Anne. »

La journée se traîna. Henry vint au bureau après le déjeuner. Anne lui apporta le courrier, mais il le repoussa.

« Asseyez-vous, lui dit-il en allumant une cigarette. Les critiques du show d'Ed Holson sont bonnes, mais quel casse-pieds!

– Le show ou Ed Holson? fit-elle en se massant les tempes.

– Holson. Que faire quand on a un client qui est un sacré génie mais aussi un poivrot? Il s'est cuité après le spectacle. Vingt mille dollars par semaine et il se soûle devant l'annonceur qui le paie... Et encore, j'ai eu de la chance, c'était une de ses cuites polies. Quand il prend mal son vin, il traite tout le monde de « salauds de juifs ».

– Pourquoi le gardez-vous?

– Vingt-cinq pour cent de vingt mille dollars par semaine pour moi. Faites le calcul et vous aurez ma réponse. Et il a beaucoup de talent. Je choisis mes amis pour leurs qualités et mes clients pour leur talent. En affaires, si on commence à penser avec son cœur plutôt qu'avec sa tête, on boit le bouillon. Allô... enchaîna-t-il en décrochant son téléphone qui venait de sonner. Ah!... bonjour, mon chou, comment va? Oui, bien sûr que j'ai vu la photo... Vous êtes très bien... Oui, elle est dans mon bureau. C'est Helen, ajouta-t-il en tendant l'appareil à Anne qui le regardait d'un air interrogateur.

– Salut! s'écria Helen gaiement. Comment va notre travailleuse?

– Un peu fatiguée.

– Moi aussi. J'avais une répétition à dix heures et je n'ai pris qu'une pause de dix minutes. Anne, il y a un nouveau spectacle au Copa, ce soir. J'ai téléphoné à Gino et je lui ai proposé d'y aller tous les quatre. L'idée lui botte. Nous irons à la deuxième séance, ce qui nous laissera le temps de dormir un peu avant.

– Allen est au courant?

– Comment pourrais-je le savoir? Vous ne voulez pas venir au Copa avec moi, Annie? ajouta-t-elle de sa voix de petite fille.

– C'est-à-dire... oui, ce serait peut-être amusant. Surtout si j'ai le temps de me reposer avant.

– Oui. Mettez une robe très habillée, et un manteau de fourrure. Je ne veux plus voir ce poil de chameau.

– J'ai un manteau noir, répondit Anne en levant les yeux à l'entrée de Lyon Burke.

– Parfait. Et Anne, quand vous rentrerez chez vous, vous trouverez un petit cadeau d'amitié de ma part. Maintenant, il faut que je retourne gagner ma croûte, dit-elle en raccrochant.

– Anne est la nouvelle copine d'Helen Lawson, expliqua Henry à Lyon.

– Anne est issue de cette solide Nouvelle-Angleterre, elle survivra, répondit Lyon du fond de son fauteuil, en allongeant les jambes devant lui.

– Je commence à être fatiguée de le dire, mais j'éprouve une réelle sympathie pour Helen, répliqua Anne avec un pâle sourire.

– Tant mieux, dit Henry. Helen a besoin d'une amie sincère. Au fond, je la crois assez seule.

– Helen a une nouvelle amie par saison, sourit Lyon.

– Elle n'a jamais eu de véritable amie. La plupart des femmes se sont servies d'elle, en s'en moquant derrière son dos. Helen n'a pas eu le temps d'apprendre les petits raffinements d'éducation. Elle a commencé dans un beuglant et sa première revue l'a catapultée au firmament des étoiles. Et les gens acceptent tout d'une célébrité. Personne n'osait plus lui dire comment s'habiller ni comment se tenir. On riait de son vocabulaire de harengère et elle croyait qu'il était pittoresque. Entourez-la, Anne, elle a besoin de quelqu'un comme vous. »

Le téléphone sonna. Henry tendit l'appareil à Anne :

« C'est pour vous, Anne. C'est Allen.

– Je peux prendre la communication dans mon bureau... dit-elle vivement.

– Voyons, Anne, nous sommes entre amis. »

Elle sentit le regard de Lyon peser sur elle. La voix d'Allen grinça dans l'appareil.

« Vous étiez trop fatiguée pour venir dîner avec moi et j'apprends que nous allons tous au Copa?

– C'est Helen et Gino qui ont combiné ça, répondit-elle piteusement. Je suis dans le bureau de Mr. Bellamy, Allen. Si cette soirée vous ennuie, annulons-la.

– Pas si vite! Je ne voulais pas me fâcher. Entendu pour ce soir mais que ce soit la dernière virée avec Helen. Si vous tenez à la fréquenter, sortez en femme dans la journée mais ne me l'imposez pas. »

Le téléphone privé d'Henry grelotta. Il répondit. Helen, comme par hasard. Pour Anne.

« A ce soir, Allen, dit-elle en raccrochant.

– M'est avis que nous allons avoir besoin d'une secrétaire pour elle, dit Henry avec un clin d'œil à Lyon, en tendant l'autre appareil à Anne.

– Hé... Quelle est votre adresse? chantonna Helen. J'en ai besoin pour faire livrer mon petit cadeau. Merde! Pas de crayon sous la main... Attendez...

– Demandez-la à Neely O'Hara, répondit vivement Anne. Elle a un petit rôle dans votre revue. Nous habitons la même maison, elle vous en donnera l'adresse par écrit.

– Dans la revue? Qu'est-ce qu'elle fait? Elle danse?

– Oui. A l'origine, c'était la femme du numéro des Gaucheros.

– Oh! celle-là... fit Helen après une courte pause.

– Nous sommes très amies, elle et moi, Helen. Elle a dix-sept ans. Elle ne fait que danser dans la revue, mais elle sait chanter aussi, elle a une voix ravissante.

– Entendu, fit Helen avec entrain. Je vais lui demander votre adresse. Elle chante, dites-vous? Je peux peut-être faire quelque chose pour elle. On lui a joué un tour de cochon, et je vous assure que je n'y étais pour rien. Je vais voir... J'ai une idée. »

Anne regagna son bureau et se plongea dans son travail. Sa migraine la tenait toujours lorsqu'elle put enfin rentrer chez elle. La porte de Neely était grande ouverte. La jeune fille sortit de sa chambre et courut derrière Anne dans l'escalier.

« Je suis fatiguée, Neely. Je veux me reposer.

– Je ne vais pas rester mais je veux voir ta tête devant le cadeau d'Helen. Il est dans ta chambre, j'ai téléphoné au gérant pour qu'il ouvre ta porte. Là... » fit-elle en désignant la table de chevet branlante.

Anne contempla stupidement un téléphone noir et brillant.

« Elle t'offre l'installation et les deux premiers mois d'usage. Après, tu seras mariée avec Allen, a-t-elle dit.

– Mais je ne peux pas accepter ça!

– C'est fait, maintenant, Anne. Je vais finir par croire que tu as une bonne influence sur elle parce qu'elle a été très gentille avec moi, après que tu lui as dit que tu étais mon amie. Mais je reste convaincue que c'est quand même un chameau! » caqueta finalement Neely devant le petit sourire d'Anne.

La soirée au Copa fut une réédition de celle de la veille. Encouragée par Gino qui l'abreuvait de champagne, Helen tenait l'avant-scène avec son rire perçant et sa voix rauque et animée qui hélait tous ceux qu'elle connaissait. Chauffée par un deuxième verre de champagne et par les démonstrations amicales d'Helen, Anne fut bientôt emportée par l'ambiance de cette bonne camaraderie. Seul, Allen, lointain, se cantonna dans une réserve taciturne.

« Nous allons raccompagner Annie en premier, déclara Helen dans la voiture.

– Bonne idée, c'est moi qui habite le plus près, répondit Anne en évitant le regard quémandeur d'Allen. Ne descendez pas de voiture, on gèle dehors », lui jeta-t-elle devant son immeuble, en bondissant vers son perron.

Allen la regarda disparaître les mâchoires crispées, l'air maussade. Vingt minutes s'étaient à peine écoulées que le nouveau téléphone d'Anne sonnait.

« Je ne me tenais plus de l'inaugurer, fit la voix joyeuse d'Helen. Vous ai-je réveillée?

– Non, mais je suis couchée, répondit Anne envahie d'un sentiment de luxe avec ce téléphone à la tête de son lit, chose qu'elle n'avait jamais connue.

– Une bonne soirée, hein, Annie? Mais, dit-elle d'une voix changée, je n'avance pas avec Gino. Il n'a même pas essayé de m'embrasser. Nous avons déposé le fiston après vous, et j'étais sûre que Gino allait me demander de monter prendre un dernier verre chez moi. Je me suis coulée contre lui et je lui ai dit que j'avais du Dom Pérignon à la glace, mais devant ma maison il m'a simplement donné une bonne tape sur l'épaule en me disant « Bonne nuit, vieille branche »...

– Euh... ma foi... fit Anne qui cherchait la bonne chose à dire. C'est qu'il vous respecte...

– Mais je ne veux pas être respectée. Je veux être baisée. »

Anne eut une exclamation étranglée mais Helen continua :

« Quand vous aurez roulé votre bosse autant que moi, ma cocotte, vous saurez que c'est la seule façon qu'a un gars de vous prouver son intérêt.

– Allons, Helen, c'est exactement le contraire! Si vous intéressez un homme, il a envie d'être avec vous, de passer de bons moments, de vous sortir...

– Des clous! Il a envie que vous sautiez dans son plumard, oui. Même cette canaille de Red Ingram, mon dernier mari, m'a passée à la casserole le premier soir. Après notre mariage, il a ralenti ses démonstrations à trois, quatre fois par semaine, puis une fois par mois et puis plus rien. Alors, je lui ai mis un détective aux trousses et j'ai découvert qu'il me trompait.

– Mais, Helen, je suis sortie des centaines de fois avec Allen et il n'a jamais essayé de... d'être entreprenant.

– Ne dites pas de conneries comme ça! »

Cette fois le silence fut lourd du côté d'Anne. Helen le rompit de sa voix de petite fille.

« Cocotte-Annie, ne soyez pas fâchée... Et je vous

crois. Mais vous n'en avez pas envie, vous? Comment savoir alors si la vie conjugale avec Allen vous plaira? Il ne vaut peut-être rien au lit. Vous allez l'essayer avant de l'épouser, quand même?

– Certainement pas.

– Seriez-vous une de ces malheureuses femmes frigides, Anne? reprit Helen après une pause. Ou encore vierge, peut-être?

– A vous entendre, c'est une calamité!

– Non, mais à vingt ans, la plupart des filles... enfin, quoi, quand un homme vous plaît, on a envie qu'il vous saute. C'est l'effet que me fait Gino. Je vais risquer le tout pour le tout demain soir. Il y a une première à la Martinique.

– Vous avez rendez-vous, tous les deux?

– Non. Je lui téléphonerai demain à son bureau. »

Anne se dit que Gino ne pourrait pas écarter Adèle trois soirs d'affilée, et elle craignit une rebuffade humiliante pour Helen.

« Attendez un peu, Helen, laissez-le vous appeler en premier. Il ne peut peut-être pas sortir trois soirs de suite. Après tout, il a plus de cinquante ans...

– Lui! C'est un Italien plein de vitalité et ces macaroni ont du feu dans les veines au plumard. Ah! ce Gino! Je n'en peux plus... Je vais l'appeler maintenant pour lui souhaiter une bonne nuit... et qu'il rêve de moi.

– Ah! non, Helen! Il est quatre heures du matin, vous ne pouvez pas faire ça. Je vous en prie, attendez quelques jours.

– Bon, céda Helen en soupirant. Je vais essayer de suivre vos conseils. Bonne nuit, ma cocotte, dormez bien. »

Trois jours s'étaient écoulés et Gino n'avait pas téléphoné. Helen s'en plaignit hautement, en appelant Anne chez Bellamy, le soir après le bureau et enfin à deux heures du matin.

Ce soir-là, après le théâtre, Anne suggéra El Morocco à Allen, dans l'espoir de rencontrer Gino. Assis à sa table coutumière, il leur fit de grands signes. Adèle, radieuse dans son nouveau vison, le tenait tendrement par le bras. Anne avait oublié combien elle était belle. Elle évoqua le visage bouffi d'Helen, sa silhouette alourdie. Elle eut le cœur serré à la pensée de son amie vieillissante mais toujours si désireuse de séduire.

« Venez danser avec moi, Anne, je n'ai pas encore dansé avec la fiancée de mon fils, dit soudain Gino en se levant. Anne, ajouta-t-il doucement après un tour de piste, rendez-moi un grand service, débarrassez-moi de cette Lawson.

– Mais... quoi... pourquoi...? répondit Anne d'un ton étonné bien simulé.

– Elle m'a encore téléphoné cet après-midi pour me demander quand nous allions sortir ensemble. Elle a eu le toupet de me demander si j'avais été malade, parce que j'avais gardé le silence. Je la sortirais avec plaisir, c'est un numéro et elle me fait rire, si elle n'en demandait pas plus.

– Je ne comprends pas, répliqua Anne froidement.

– Ah! bon! soupira Gino. Je ne voulais pas vous en parler, mais il faut que vous compreniez. L'autre soir dans la voiture, cette vieille taupe s'est précipitée sur ma... mmmmmm... comment dire? Elle m'a presque violé, enfin, et elle m'a supplié de monter chez elle. J'ai fait celui qui ne comprenait pas, et j'ai détalé! s'exclama-t-il avec un frisson rétrospectif. C'est un taureau en rut, cette femme! Je vous en prie, Anne, ôtez-la de mon chemin sinon je vais être grossier envers elle. »

Anne poussa un profond soupir. Comment éviter cette affreuse humiliation à Helen? Le temps lui ferait oublier sa toquade pour Gino, mais pour le moment sa fierté était en jeu.

« Mais vous irez à New Haven pour sa première, Gino? Vous le lui avez promis et c'est vous qui l'avez proposé.

– New Haven? Miséricorde! C'est au diable, des heures de train. Je devais être soûl. Non, dites-lui que j'irai à la première de Philadelphie, d'ici là, je trouverai bien une échappatoire.

– Si vous ne tenez pas votre promesse, dit Anne d'une voix unie mais les yeux chargés de colère, je ne vous le pardonnerai jamais.

– Bon, bon, je ne veux pas d'histoires avec vous, mon poulet. Faisons un pacte : j'irai à Philly et je rentrerai par le dernier train. Mais vous, vous m'en débarrassez jusque-là. D'accord?

– Entendu, Gino. »

Helen continua à insister sans vouloir comprendre. Anne lui avait raconté que Gino était très pris par une grosse tractation en cours mais qu'il irait à Philadelphie pour la première de la revue.

« Qu'est-ce que c'est que ces foutaises? grinça Helen. Pris par ses affaires? Et moi, alors? Je joue aux dominos, peut-être...

– Mais vous préfériez qu'il vienne à Philadelphie plutôt qu'à New Haven, non?

– Oui, mais aussi occupée que je sois, moi je trouve le temps de voir ceux qui me plaisent.

– Alors, laissez-le tomber, fit Anne d'un ton las. Il ne vaut pas tant d'histoires.

– Mais j'ai besoin d'un gars, Annie, dit Helen

d'une petite voix. Et je n'ai personne. Il me faut Gino, je vais l'appeler tout de suite.

– Non! Helen, pour l'amour du Ciel... Il viendra à Philadelphie. C'est promis et j'en suis sûre parce que j'irai aussi avec Allen.

– Bon, se consola Helen. Après tout, ce n'est pas plus mal; les dix jours qui viennent vont être un peu affolants. Je ferai une apparition avec Gino au raout prévu pour tout le monde à Philadelphie et nous terminerons la soirée en tête à tête. Et mon Dieu! Quand je le tiendrai au plumard!... »

La semaine qui précéda le « jour de gloire », mot de Neely pour désigner la première à New Haven, fut pénible. Le bureau résonnait des réunions épiques pour le show d'Ed Holson, avec les nouveaux auteurs de ses textes. Helen était suspendue au téléphone, un peu pour bavarder mais principalement pour se lamenter au sujet de Gino. Et au milieu de tout ce chaos, Allen fit une scène, un soir au Stork Club, se plaignant du délai qu'Anne lui imposait.

« J'avais promis d'attendre, Anne, dit-il finalement. J'ai attendu. Un grand mois. Alors, à Noël, nous fixerons la date de notre mariage.

– Non, je ne veux pas encore me marier.

– Je parviens toujours à mes fins, Anne. Je vous veux et je vous apprendrai à m'aimer, mais plus un mot jusqu'à Noël. »

Cette scène avait eu lieu le mardi.

Le mercredi, la troupe de *Hit the Sky* partit pour New Haven préparer la première du vendredi soir. Le jeudi, Bellamy dit à Anne :

« Nous prenons le train de New Haven demain à

treize heures. Je vous ai réservé une chambre à l'hôtel Taft, Anne.

– Pour moi?

– Oui. Lyon et moi devons être là et j'ai pensé que ça vous ferait plaisir d'y être aussi. Helen est une de vos amies et aussi la petite Neely O'Hara.

– J'en serai ravie, je n'ai jamais assisté à une première.

– Parfait, alors attachez votre ceinture de sécurité, parce qu'une première à New Haven, ça fait du remous! »

Décembre 1945.

Ils avaient rendez-vous à la Gare Centrale, tous les trois. Il faisait froid et sec. Lyon Burke salua Anne d'un de ses bons sourires, Henry avait les yeux gonflés et les traits fatigués. Ils s'installèrent dans la voiture-salon. Les deux hommes sortirent de leurs serviettes des dossiers, des contrats à vérifier.

Le soleil vif qui brillait à travers les vitres faisait paraître la campagne hivernale encore plus désolée. A New York, malgré la neige transformée en gadoue mais vite balayée, les lumières au néon et la foule dans les rues encombrées de voitures font oublier combien l'hiver à la campagne peut être lugubre et rude. Anne se rappela Lawrenceville, les longues veillées avec sa mère et tante Amy, les rares sorties pour aller au cinéma, au bowling ou à une partie de bridge. « Merci, mon Dieu, souffla-t-elle, de m'avoir donné la force de m'enfuir... Et je vous en supplie, faites que je n'y retourne jamais! »

Lorsque le train freina dans la sombre gare de New Haven, les deux hommes fermèrent leur porte-documents et se levèrent pour se dégourdir les jambes.

« Nous y voilà, fit Henry à la fois fatigué et en proie au trac. En première ligne!

– Venez, ma mignonne, dit Lyon en prenant Anne par le bras. Ne laissez pas Henry vous gâcher votre première à New Haven.

– J'ai dû venir ici plus de cinquante fois, grogna Henry accablé. Et je déteste toujours autant cette ville. Je n'y ai jamais que des ennuis avec mes spectacles, sauf quand c'en est Helen Lawson la vedette. Alors là, c'est le désastre absolu. »

L'hôtel Taft était impressionnant et mortel.

« Allez vous rafraîchir un peu et rendez-vous au bar, dit Henry à Anne. A votre place, je ne téléphonerais pas à Helen. A New Haven, c'est une tigresse. Elle est probablement encore au Théâtre qui est à côté. J'y fais un saut. »

Anne défit son sac de nuit. Sa chambre était petite et triste, mais rien n'eût réussi à éteindre son exubérance. Elle vivait dans un sentiment d'attente, comme si quelque chose de merveilleux devait lui arriver. Elle alla vers sa petite fenêtre et plongea du regard dans la rue où les réverbères commençaient à luire dans la grisaille du crépuscule d'hiver. Elle se retourna vivement en entendant la sonnerie stridente de son téléphone. C'était Neely.

« J'arrive de répétition. Mr. Bellamy est venu nous y retrouver et il m'a dit que tu étais là. Ce que je suis contente!

– Moi aussi. Tout marche bien?

– Affreux! haleta Neely à son habitude. Hier, répétition en costumes jusqu'à quatre heures du matin. Helen agiote pour couper encore une chanson à Terry King. Terry a tout planté là, folle de rage, et son imprésario est arrivé aujourd'hui pour mettre les choses au point avec Gil Case. Et la danse avec les Gaucheros est un fiasco. Je te parie qu'on va la couper et que Charlie et Dick se retrouveront sur le sable, ajouta Neely, ravie.

– En effet, ça marche mal. Où est Helen?

– Encore au théâtre, enfermée dans sa loge avec Bellamy. Et, Anne... Mel est là.

– Il a pris le même train que moi?

– Non, il est arrivé hier soir. Anne... ça y est... j'ai couché avec lui...

– Quoi?...

– Oui... ça m'a fait très mal et je n'ai pas eu mon plaisir. Mais Mel me l'a donné autrement...

– Neely!

– Oh! je t'en prie, ne sois pas si pudibonde. Je ne suis pas une dévergondée, je suis amoureuse de Mel.

– Et ça t'autorise tout?

– Mais oui, parfaitement. Nous nous désirons, Mel et moi. Il me respecte autant qu'hier et il m'aime réellement aujourd'hui. Moi aussi. De nos jours les gens couchent ensemble sans se croire obligés de se marier. Je ne peux pas encore l'épouser, il fait vivre ses parents, mais si la revue est un succès, nous nous marierons grâce à mes cent dollars par semaine. Anne, si tu savais comme c'est merveilleux de s'aimer!... Mel dit que quand on est amoureux, rien n'est choquant. Misère, ce que j'ai envie d'être à ce soir! Quand il me caresse les seins, ça me fait un effet, là, en bas... La vraie façon de faire l'amour ne peut pas être à moitié aussi agréable que ce qu'il m'a fait...

– Neely! Pour l'amour du Ciel!

– Attends, attends que ça t'arrive... Tu verras! Nous nous retrouverons après le spectacle. Et guette-moi, j'ai trois lignes dans le deuxième tableau. »

« J'ai commandé un ginger ale. Ça vous convient? lui sourit Lyon qui l'attendait au bar. Henry est encore au théâtre, ajouta-t-il avec une mimique de compassion.

– Je devrais me mettre à boire du Scotch, répondit-elle en prenant son verre. J'ai l'impression que les garçons eux-mêmes me regardent avec désapprobation.

– Aucune importance. Ne vous laissez jamais influencer à faire quelque chose dont vous n'avez pas envie, gardez votre personnalité.

– Je finis par me demander si j'en ai une.

– Tout le monde en a une, deux, même. La réelle et celle que l'on montre. Vous avez choisi l'attitude passive en attendant de vous trouver vous-même. Vous êtes une combative, oui, mais pour les autres. Ai-je fait une gaffe? ajouta-t-il devant le silence d'Anne en contemplation devant son verre.

– Non, non. Je crois simplement que vous avez mis le doigt sur la plaie. Néanmoins, j'ai combattu pour moi, une fois.

– Oui, vous avez fui Lawrenceville. Et alors, Anne, est-ce que vivre à New York va être votre seul accomplissement?

– Et vous? répliqua-t-elle vivement, le regard soudain chargé de colère. La guerre est finie, la vie continue, et qu'est-ce que vous faites? Oh! ajouta-t-elle avec une moue, je ne dis jamais que des poncifs ennuyeux quand je suis avec vous, mais ce n'est pas moi qui ai commencé, cette fois. Demandez-moi un Scotch, voulez-vous? »

Il appela le barman et en commanda deux. Elle leva son verre.

« Si j'avale ça, je trouverai peut-être quelque chose à dire qui vous fera rire... Quel goût épouvantable! ajouta-t-elle après avoir bu la moitié de son verre d'un seul coup. Et je n'ai quand même pas l'inspiration.

– Est-il si important de me faire rire?

– Je vous ai vu l'autre soir, à La Ronde, avec Jennifer North. Vous étiez très gai, j'y ai souvent pensé... »

Mais que disait-elle là? Elle but une autre gorgée.

« Allez... bonne idée... buvez ce verre. Au moins, là, vous vous battez pour vous.

– Et vous, Lyon, pour qui vous battez-vous?

– Pour vous aussi.

– Pas besoin de vous battre, lui dit-elle doucement, ses yeux très proches des siens.

– Eh bien, mais vous avez une belle avance sur moi, vous deux, là, dit Henry en arrivant sur eux et en appelant le barman. Continuez, vous êtes jeunes, profitez-en... Un beau matin, on se réveille, la cinquantaine vient de sonner, et les morts du Carnet Mondain des journaux ne sont plus des vieillards inconnus. Ce sont des contemporains, des amis », acheva-t-il en lampant son verre d'un trait.

Lyon avait glissé une main sous la table et s'était emparé de celle d'Anne avec une chaude pression intime.

« Allons, Henry, les choses ne vont quand même pas si mal que ça! fit-il en riant.

– Encore bien plus mal, répliqua Henry. Je crois que cette fois-ci, c'est le pompon. Ou bien Helen empire ou bien moi je ramollis. Vous voulez quelques petits exemples? Et ce ne sont que des amuse-gueule. La lumière est infecte sur son numéro de danse chantée; le deuxième tableau en robe du soir est une ordure; la ballade ralentit la revue et Terry King la chante comme une savate; la séquence du rêve des girls est trop longue; toutes les chansons de Helen se terminent sur sa disparition en coulisses et elle en voudrait une qui lui permette de saluer; elle veut que son duo devienne un solo, son partenaire n'a pas d'oreille; Terry King n'est pas assez ingénue pour son rôle, elle déséquilibre la revue... Dieu que je déteste ce bar, fit-il avec un signe amical à quelques imprésarios et producteurs attirés par cette première. Et que je déteste tous les salopards qui sont là dans l'espoir d'assister à un four, ajouta-t-il en adressant un large sourire à quelqu'un au fond de la salle. Et Gil Case les attire tous. Il les a tellement snobés avec son éducation à Harvard qu'ils aimeraient voir notre gentleman-producteur mordre la poussière. C'est le plus effroyable des bars et j'ai dû y passer les plus sinistres soirées de ma vie », acheva-t-il avec un sourire.

Anne et Lyon se firent un petit sourire de connivence. Elle regarda autour d'elle. Ce bar était le plus merveilleux endroit du monde...

Ils dînèrent rapidement dans la vieille salle à manger démodée. Henry et Lyon connaissaient presque tous les dîneurs. Au milieu des bavardages de cette ambiance agitée, Anne ne quittait pas Lyon des yeux. Parfois leurs regards s'accrochaient un peu longuement, intimement. Etait-ce vraiment elle que ce sentiment enveloppait et réchauffait... exactement comme elle l'avait toujours espéré, rêvé?

La salle était comble. Il régnait une atmosphère de première new-yorkaise avec tous ces gens de théâtre présents. Anne prit place, au troisième rang, entre Henry et Lyon. Les lumières s'éteignirent et l'orchestre attaqua l'ouverture. La main de Lyon s'empara de celle d'Anne. Elle répondit à sa douce pression, éperdue de bonheur.

Le rideau se leva sur un numéro d'ensemble endiablé; les costumes étaient vifs et pimpants. En quelques minutes, l'air vibra de ce fluide électrique intangible qui passe des spectateurs aux acteurs et qui est le signe du succès. Quand Jennifer North fit son entrée dans le halo d'un projecteur, un murmure parcourut la salle. Elle s'avança lentement, ondulant en mesure, son corps extraordinaire moulé dans une robe pailletée cousue à même la peau, semblait-il.

« Seigneur! siffla Henry entre ses dents. Elle va décrocher un contrat de cinéma de cinq ans. C'est du tout cuit.

– Il faudra qu'il soit tentant, répliqua Lyon. Elle en pince pour Tony Polar. Elle ne le quittera que pour un pont d'or. Voici votre petite amie, Anne! » ajouta-t-il vivement.

Anne leva les yeux à temps pour voir Neely traverser la scène, encadrée par deux boys.

Lorsque Helen fit son entrée, toute l'action s'arrêta le temps de laisser se calmer l'ovation frénétique qui l'accueillit. Très posée, l'actrice se laissa acclamer avec un petit sourire. Et elle tint la scène et son public envoûté d'un bout à l'autre du spectacle. Ce rire rauque qui mettait toujours Anne mal à l'aise, passait la rampe, joyeux et vibrant. Neely brilla dans son bout de rôle et Terry King se tailla un joli succès avec ses deux chansons; elle avait une voix douce plus jolie que celle de Helen, mais cette dernière avait un abattage qui était de l'art consommé.

A l'entracte, ils retrouvèrent Gil Case au foyer.

« C'est le plus grand des succès de Helen, déclara Henry.

– C'est mon avis aussi, mon petit vieux, reconnut Case avec un sourire épanoui. Une petite coupure ici et là et nous y sommes. Je n'aurai pas besoin de Boston, quatre semaines à Philadelphie me suffiront.

– Oui. Si on coupe là où il faut. »

Les deux hommes se regardèrent en silence. Case se força à un embryon de sourire.

« Henry, voyons, vous savez que je suis coincé. Je ne peux pas résilier Terry King, elle a un contrat pour la durée de la revue. J'aurais à lui payer quatre cents dollars par semaine jusqu'au 1er juin et le même cachet à sa remplaçante. Avec ceux de Helen et son pourcentage... Impossible! Comment me justifierais-je auprès de mes commanditaires? Et j'ai besoin d'eux, j'ai deux autres revues à monter.

– Je peux vous assurer que Helen ne laissera pas Terry faire la première à New York, dit tranquillement Henry. Et qu'elle va vous rendre la vie impossible.

– Pour l'amour du Ciel, raisonnez-la, supplia Gil Case.

– J'ai tout fait, déjà. Rien à faire.

– Alors, il ne nous reste plus que l'autre système », fit Case avec une grimace. Henry hocha silencieusement la tête.

« Je vais essayer, soupira Gil. Mais je me fais vieux pour ces exécutions. »

L'atmosphère devint encore plus chaleureuse au second acte. Helen termina une chanson sur deux notes successives formidables. On lui fit trisser son air. Un succès monumental pour la revue, rappels sur rappels pour Helen. La salle, debout, applaudissait encore lorsque le rideau se baissa définitivement.

La soirée pour célébrer la première battait son plein, mais le silence se fit à l'entrée de Helen et tout le monde se tourna vers elle. Une ovation enthousiaste s'éleva. Helen eut un sourire à la ronde. Lyon entraîna Anne dans un coin tranquille et lui apporta un verre de ginger ale et une assiette de sandwiches au poulet, secs et peu appétissants.

« Je ne vois pas Neely, dit Anne en regardant autour d'elle.

– On n'invite que les vedettes à ces soirées. Les girls s'amusent bien plus de leur côté d'ailleurs. Elles se cotisent pour s'acheter un souper et elles se réunissent dans une de leurs chambres. »

Le silence se fit à nouveau. Jim Taylor, un critique renommé de New Haven, venait d'entrer avec Jennifer North dont l'éblouissante beauté surprenait toujours Anne. Les commanditaires se ruèrent vers elle et Anne revit, avec le même étonnement, l'intérêt spontané et chaleureux de Jennifer pour chacun.

« Ohé! mes deux petits malins installés dans un coin... fit Helen en se laissant tomber sur une chaise près d'eux. Dieu que je déteste ces raouts! Mais ça fait plaisir aux commanditaires de Gil; pour un soir ils coudoient les célébrités de théâtre... ajouta-t-elle avec une grimace.

– Il y a du poulet à la chinoise, au buffet chaud, leur dit Gil Case passant près d'eux. Très bon.

– Hé! Gil! glapit Helen en bondissant de sa chaise à sa poursuite. J'ai à vous parler...

– Il n'y coupera pas, sourit Lyon. Quand elle tient un os...

– Et si je lui parlais? suggéra Anne pensive. Terry King est charmante. Elle a le droit de courir sa chance, elle aussi, et elle n'a rien pour faire peur à Helen.

– Vous allez vous faire décapiter, Anne.

– Mais non, nous sommes très amies. Personne ne traite Helen en être humain, mais elle est facile. Je suis sûre de la convaincre.

– Anne, ma merveilleuse Anne, fit-il en lui prenant la main. Comment tenez-vous le coup dans ce panier de crabes?... Vous croyez connaître Helen, mais sous le fond de teint il y a un masque de fer. Je veux bien admettre qu'elle a de bons côtés, mais ils sont très fugitifs et superficiels. La véritable Helen est foncièrement dure. »

Il y eut un remous à la porte. Un chasseur de l'hôtel venait d'apporter un lot des journaux du matin, toute première édition. Helen s'empara d'un exemplaire de chaque et parcourut les critiques. Gil Case les lut à haute voix.

C'était un succès sur toute la ligne. Critiques enthousiastes de la musique, du livret et tout particulièrement de Helen, « la légende vivante, la super-vedette des comédies musicales, l'actrice consommée »... Terry King avait droit à quelques bonnes mentions et Jennifer North à quelques superlatifs pour ses apparitions. Un sourire béat sur le visage, les commanditaires se pressèrent autour de Helen.

« Profitons-en pour filer », suggéra Lyon.

Ils allaient sortir lorsque Henry se dressa entre eux et la porte.

« Vous partiez? demanda-t-il d'un ton nonchalant.

– Nous allons au restaurant nous offrir un vrai souper, répondit Lyon.

– Oh! non, mon garçon, pas question de me laisser seul. Helen insiste pour avoir une conversation avec Gil dans dix minutes. J'ai besoin de vous en renfort, ne serait-il que moral.

– Allez-y, Lyon, je n'ai pas tellement faim, dit Anne en cachant sa déception sous un sourire.

– Oh! mais vous venez aussi, Anne, répliqua Lyon en passant son bras sous le sien. Vous me parliez tout à l'heure de la véritable Helen. C'est le moment de nous la montrer, si vous pouvez la conjurer. »

Dans le salon attenant à la chambre d'hôtel de Gil Case, ils trouvèrent Helen assise sur le canapé, un verre de champagne à la main, et défigurée par cette vilaine moue enfantine. Sa peau fatiguée était striée de fines lignes qu'aggravait son épais fond de teint craquelé.

« Mais enfin, c'est de la folie furieuse! s'exclama Gil Case désespéré, les bras au plafond. Nous voilà tous assis comme à une veillée funèbre alors que nous enregistrons le plus gros succès de la saison.

– Mais toutes mes pièces sont des succès, grimaça Helen. Je vais vous rendre riche, Gil. Vous allez vendre très cher vos droits de film et moi je vais regarder Betty Grable ou Rita Hayworth interpréter mon rôle. C'est dans l'ordre, je m'incline. Mais je ne laisserai certainement pas une pouffiasse comme Terry King se faire payer le voyage à Hollywood sur mon dos.

– On a à peine parlé d'elle.

– Ah! oui? Un critique a prophétisé sa réussite au cinéma, et elle a la meilleure chanson de la revue.

– Nous avons déjà discuté de ça, Helen, s'interposa Henry. Les compositeurs ont passé deux nuits à essayer de vous donner cette chanson. C'est impossible; c'est celle de l'ingénue.

– Et les critiques ont dit aussi de Jennifer North que son avenir était à Hollywood. Terry King ne peut vous faire aucun mal, insista Case.

– Jennifer North ne chante pas. Et Terry King ne me fera pas de mal parce qu'elle n'en aura pas l'occasion. C'est *ma* revue et je n'ai pas l'âme du père Noël. La seule vedette en vue dans une pièce de Helen Lawson, c'est Lawson. Terry King n'a pas mon talent, c'est vrai, mais je ne laisserai à aucune femme la chance de se faire remarquer dans un de mes spectacles.

– Elle a un contrat pour toute la durée de la revue, rétorqua Case à bout d'arguments.

– Je connais la chanson, ironisa Helen avec un méchant sourire.

– Ses critiques ont été bonnes. Je ne peux pas invoquer sa médiocrité pour me justifier auprès de mes commanditaires, et votre réputation souffrirait beaucoup si on apprenait que je l'ai résiliée à cause de vous.

– Parfaitement. Au moins, nous sommes d'accord sur ces deux point-là. Alors, à vous de vous en débarrasser de la seule manière raisonnable, répliqua-t-elle en plissant les yeux. Vous l'avez déjà fait dans votre carrière.

– Bien... soupira Case en se ratatinant dans son fauteuil avec un frisson. Mais je ne le ferai qu'après Philadelphie.

– Pour qu'elle ait encore quelques bonnes critiques? Certainement pas; je n'en veux plus à dater de ce week-end.

– Mais enfin, Helen, qui la remplacera? explosa Gil Case perdant patience. Même si je téléphonais demain matin à toutes les agences théâtrales de New York, qui pourrait apprendre le rôle en deux jours?

– Je connais quelqu'un qui pourrait la remplacer au pied levé, dit soudain Anne. Je sais bien que ça ne me regarde pas, ajouta-t-elle nerveusement, mais la doublure de Terry King, la petite Neely O'Hara connaît le rôle et a une très jolie voix.

– Il ne saurait en être question, coupa Gil avec hauteur. Je ne l'ai mise en doublure que pour la tournée en province. Elle est bien trop insignifiante.

– Trop insignifiante pour une ingénue? répéta

Helen en fronçant le nez. Qu'est-ce que vous voulez donc? Une Marie-couche-toi-là rousse avec de gros nichons?

– Elle a fait du music-hall toute sa vie, insista Anne. Elle a l'expérience de la scène, je crois qu'elle ferait très bien l'affaire, monsieur Case.

– Peut-être pouvons-nous l'essayer, alors, concéda Case hésitant. Après tout, j'aurai trois semaines à Philadelphie pour trouver quelqu'un d'autre si ça ne marche pas.

– Bon, la question est réglée, nous pouvons aller nous coucher, dit Helen en se levant.

– C'est ça, comme des enfants sages et à moi demain la joie de sabrer Terry, gronda Case en colère. On ne peut pas dire que vous m'ayez beaucoup soutenu, vous tous, là... ajouta-t-il en fermant la porte sur Helen.

– J'ai essayé, répliqua Henry en rentrant la tête dans les épaules. Mais je savais que c'était peine perdue. Allez souper, Anne et Lyon, je reste avec Gil pour régler les détails de l'exécution. »

Dans l'ascenseur, Lyon se tourna vers Anne.

« Fatiguée? Faim? On essaie le petit bistrot en face?

– Non, ni fatiguée ni affamée, répondit-elle les yeux brillants.

– Alors, on va s'aérer un peu? Vous sentez-vous le courage d'affronter la nuit d'hiver à New Haven? »

Ils marchèrent dans les rues désertes.

« Comment vont-ils faire, pour Terry King? demanda Anne.

– Lui forcer la main. Venez à la répétition demain et vous verrez... si vous avez le souffle nécessaire.

– En compensation, Neely court sa chance, fit-elle avec un frisson.

– Oui, vous avez été formidable. J'aimerais bien avoir une amie comme vous.

– Moi, une *amie* pour vous? Lyon, pourquoi croyez-vous que je parcoure les rues de New Haven en votre compagnie? On y gèle, vous savez...

– Oui, Anne, mais je suis un réaliste. Vous avez un gros caillou au doigt et un charmant garçon qui va avec. Et vous êtes beaucoup trop bien pour un week-end amoureux à la sauvette.

– Ce ne serait que ça?

– Est-ce que ça pourrait être davantage?

– Ce serait ce que vous en feriez. »

Sans un mot, il la fit pivoter et la ramena à l'hôtel. Sa chambre était la réplique terne et vieillotte de celle d'Anne. Lyon lui prit son manteau. Il la regarda avec tendresse et lui ouvrit les bras. Elle s'y élança. Les lèvres de Lyon étaient froides de la nuit, mais fermes et pressantes lorsqu'elles prirent les siennes. Elle fut surprise de l'ardeur avec laquelle elle lui rendit son baiser. Elle s'accrocha à lui, ses sens tourbillonnant de plus en plus sous l'éveil de cette caresse. Quand elle se détacha, elle avait des larmes plein les yeux.

« Oh! Lyon, merci de m'avoir... Ah! je ne peux pas expliquer... Tenez-moi serrée dans vos bras, c'est tout. »

Il l'embrassa de nouveau et elle fit une prière pour que cet instant ne cessât jamais. Elle tremblait toute, de joie pure. Il s'écarta soudain et la tint à bout de bras.

« Anne, Anne, je vous désire infiniment, fit-il d'une voix rauque, mais je crois que vous feriez mieux de partir.

– Non, Lyon, je vous aime, je veux rester », supplia-t-elle d'une voix humble.

Il la regarda intensément et eut un de ses sourires lumineux. En même temps, il enlevait sa veste. Il la reprit dans ses bras.

« J'essayais d'être chevaleresque, mais vous êtes si belle, ma sorcière blonde, que je succombe... »

Elle tenta de lui rendre son sourire lorsqu'il la laissa aller. Bon, et maintenant? Il dénouait sa cravate. Que devait-elle faire? Elle ne pouvait se déshabiller devant lui comme une effeuilleuse de cabaret... Quel était donc le processus à suivre? Le voilà qui ôtait sa chemise. Elle ne pouvait pas rester plantée ainsi au milieu de la chambre... Il déboucla la ceinture de son pantalon et désigna négligemment la salle de bain :

« Un boudoir, peut-être? »

Sans un mot, elle hocha la tête et y courut. Elle se déshabilla à l'abri de la porte fermée. Et maintenant? Elle avait maintes fois rêvé du jour où elle se donnerait à l'homme qu'elle aimait mais son imagination l'avait toujours parée d'une chemise de nuit vaporeuse dans laquelle, éthérée, elle flottait vers son mari, dans un décor de velours et de lumières tamisées. Et son rêve n'était jamais allé au-delà du moment où des bras tendres se refermaient sur elle, dans les draps... Aujourd'hui, cet amant imaginaire avait un visage précis et elle n'avait pas de chemise de nuit. Nue comme un ver, désemparée, elle grelottait sous la lumière froide d'une salle de bain.

« On se dépêche un peu? Je me sens seul, moi, ici », fit la voix de Lyon.

Elle jeta un regard désespéré autour d'elle et vit un grand drap de bain. Elle s'en drapa et ouvrit timidement la porte. Il était couché, les couvertures remontées jusqu'à la taille. Il écrasa sa cigarette dans le cendrier et lui tendit les bras. Elle se retourna pour chercher le commutateur de la salle de bain.

« Non, laisse cette lumière, dit Lyon. Je veux te voir... être sûr que c'est bien toi, dans mes bras. »

Elle s'approcha du lit et il lui prit les mains. Le drap de bain tomba.

« Ma beauté... » lui dit-il doucement.

Son admiration toute simple dissipa la gêne d'Anne. Il repoussa les couvertures et l'attira à lui. Et ce dur corps d'homme fut soudain pour elle la sensation la plus naturelle du monde, tout comme cet émerveillement à sentir la bouche de Lyon sur la sienne, ses lèvres pressantes, insinuantes. Elle se surprit à répondre à son étreinte avec une ardeur dont jamais elle ne se fût crue capable. Sa bouche se faisait de plus en plus passionnée, son baiser de plus en plus profond. Les mains de Lyon la parcouraient délicatement; sa caresse se fit plus intime. Pourtant, l'excitation d'Anne restait plus cérébrale que physique. Avoir Lyon dans ses bras... son corps nu contre le sien... lui embrasser le visage, les yeux, les lèvres... sentir qu'il la désirait, la chérissait...

Vint le moment. Elle voulait le rendre heureux, mais la douleur la surprit et elle poussa un gémissement. Il s'écarta immédiatement.

« Anne!... fit-il, et elle lut la surprise dans ses yeux.

– Va, Lyon, continue, le supplia-t-elle. Je t'aime... Continue... »

Mais il l'embrassa tendrement et se recoucha sur le dos, les mains sous la tête, les yeux fixés sur la pénombre. Elle resta immobile. Il prit une cigarette et lui en offrit une. Elle la refusa et le regarda en silence.

« Anne, tu dois me croire. Je ne t'aurais jamais touchée si j'avais pu m'imaginer que... »

Elle bondit hors du lit et courut dans la salle de bain dont elle claqua la porte. Elle étouffa ses sanglots dans une serviette de toilette. Il la suivit sur-le-champ.

« Ne pleure pas... Rien n'est changé, tu es encore vierge.

– Je ne pleure pas pour ça, je pleure parce que tu ne veux pas de moi.

– Oh! mon amour, dit-il en la prenant dans ses bras. Comment peux-tu croire...? Je te désire infiniment, mais je ne peux pas faire ça... Je ne me suis jamais douté...

– Comment, jamais douté? Pour qui me prends-tu? Pour une fille des rues? s'exclama-t-elle, la colère brillant dans ses yeux noyés.

– Non. Mais je pouvais penser que dans ta vie... A l'Université... ou même Allen.

– Allen ne m'a jamais touchée. Et ça fait une telle différence pour toi que je sois vierge?

– Toute la différence du monde.

– Je suis désolée... »

Elle s'entendit proférer ces paroles sans en croire ses oreilles. Quelle situation insensée! Nus tous les deux sous l'horrible ampoule crue de cette salle de bain, discutant prosaïquement d'une chose qui eût dû être sacrée. Elle attrapa une serviette pour se couvrir.

« Sors d'ici et laisse-moi m'habiller. Je n'aurais jamais pensé devoir m'excuser d'être... inexpérimentée, je croyais que l'homme que j'aimerais en serait heureux... » acheva-t-elle d'une voix qui se brisa sous les larmes d'humiliation.

D'un geste prompt, il la souleva et la porta sur le lit où il la coucha tendrement.

« Il en est très heureux, mon amour. Très heureux et comblé... et abominablement maladroit, lui murmura-t-il en s'étendant près d'elle.

– Je te veux, Lyon, je t'aime, souffla-t-elle en

nichant son visage dans son cou. Je veux te rendre heureux.

– Mais il faut que tu le sois aussi. Et je crois que c'est rare, la première fois. Vois-tu, dit-il en souriant, moi aussi c'est la première fois avec une vierge... Alors je ne suis pas plus à l'aise que toi.

– Aime-moi, Lyon. Sois à moi... c'est tout. »

Elle l'étreignit. Et cette fois elle serra les dents sur sa douleur. Quand elle le sentit se roidir et tressaillir, elle n'éprouva que de la surprise, car il s'était retiré d'elle. Mais il avait gémi dans son plaisir... Soudain, elle comprit et son bonheur redoubla. Au paroxysme de sa passion, il avait quand même songé à la protéger. Elle se pencha sur lui et le prit dans ses bras. Il avait le dos trempé de sueur. Elle connut alors l'accomplissement total de la femme : combler l'homme aimé. Elle se sentit une force extraordinaire en même temps qu'une fierté nouvelle de sa féminité.

Il la serra contre lui avec une tendresse accrue.

« Pas bien bon pour toi, cette fois-ci, mon pauvre amour... mais je te promets que ce sera meilleur par la suite.

– Promets-moi simplement de me garder tout près de toi. Je t'aime tant, Lyon.

– Et moi, je t'adore et je pourrais passer la nuit à te dire combien tu es belle et douce, dit-il en lui caressant les cheveux. Mais nous avons cette répétition demain à onze heures, il faut dormir un peu, ajouta-t-il en tirant les draps sur eux et en la serrant contre lui.

– Je ne peux pas dormir avec toi, Lyon.

– Pourquoi pas? demanda-t-il d'une voix déjà ensommeillée.

– Mmm... je ne sais trop... Si Helen ou Neely venaient dans ma chambre, demain matin?

– Ne t'en occupe pas. Je veux te retrouver dans mes bras quand je m'éveillerai.

– Je m'éveillerai souvent dans tes bras, mon amour, souvent, souvent, mais pas cette fois », murmura-t-elle en couvrant son visage de baisers.

Elle se coula hors de ses bras et alla s'habiller dans la salle de bain. Ce n'était pas tant Helen ou Neely... que trop de tout, d'un seul coup. Elle n'aurait pu fermer l'œil, couchée près de lui. Et au matin... Elle éprouvait le besoin d'un peu d'accoutumance. Les hommes prennent ces choses-là avec plus de simplicité. Mais l'événement le plus important du monde lui était arrivé : elle était amoureuse, et l'amour lui semblait la véritable raison de vivre.

Elle vint près du lit et vit qu'il dormait déjà. Souriante, elle écrivit un petit mot qu'elle déposa contre le téléphone.

Bonne nuit, mon bel endormi. A demain. Je t'aime.

Elle sortit sans bruit.

Elle se leva à neuf heures. Le vent soufflait; la journée était claire. Elle regarda par la fenêtre et vit un homme qui marchait contre les rafales, cramponné à son chapeau et une jeune fille qui attendait l'autobus. Elle eut pitié d'eux, pitié de tous ceux qui ne ressentaient pas aujourd'hui son allégresse merveilleuse. L'affiche au néon du restaurant d'en face semblait lui cligner de l'œil; elle lui répondit en confidence.

Elle prit un bain; l'eau chaude qui la pénétra réveilla sa douleur et le souvenir tangible de son amour l'éblouit. Elle se coiffa avec soin pendant que ses yeux allaient de sa pendulette au téléphone. A dix heures et quart, un certain malaise l'envahit.

Comptait-il la retrouver au théâtre? Non, il avait dit : « Nous irons ensemble. » Le téléphone sonna; elle se précipita comme une folle. C'était Neely :

« Tu aurais pu venir me voir après le spectacle, non? se plaignit celle-ci.

– Je pensais te voir à la soirée.

– Tu rêves? Je fais partie des girls. Et maintenant, il y a répétition. Tu te rends compte? Une répétition avant une matinée!

– Je t'y verrai.

– Pourquoi y viens-tu? Ça va être une belle barbe.

– Neely, n'en parle surtout à personne, mais il y a une chance pour qu'on te confie le rôle de Terry King. Tu le connais bien, n'est-ce pas?

– Le connaître? piailla Neely. Je pourrais le jouer à l'envers et les yeux fermés. C'est vrai, Anne?...

– Oui, c'est possible. Mais surtout, tais-toi, attends.

– Misère! Je ne peux pas y croire... Oh! la tête de Mel si c'était vrai! A tout à l'heure... »

Onze heures moins le quart. Lyon n'avait toujours pas appelé. Allait-elle passer sa journée à attendre dans sa chambre? Ridicule. Pas question d'étiquette entre Lyon et elle. Elle se dirigea résolument vers le téléphone. Il répondit d'une voix étouffée, puis s'éveilla d'un seul coup.

« Crénom, est-il vraiment onze heures moins cinq, chérie? Je croyais avoir dit qu'on me réveille à dix heures... Je lis ton petit mot, fit-il avec un rire penaud. Eh bien, quel amoureux galant je fais! Descends, viens me tenir compagnie pendant que je me rase. Je vais nous commander du café. »

La porte était entrouverte; Anne y frappa d'un doigt léger. Il répondit joyeusement : « Entre! » Il vint au-devant d'elle, en slip, la moitié du visage couvert de mousse à raser. Il l'embrassa avec précaution et reprit son rasoir. Son attitude toute simple mettait encore plus l'accent sur leur intimité nouvelle. Elle s'assit sur le lit défait, heureuse comme elle ne l'avait jamais été. Il se rinça enfin et vint l'embrasser tendrement, puis il commença à s'habiller. Sa chemise. Sa cravate en sifflotant...

Anne se sentait faible de bonheur. Lui ne ressentait sûrement pas le même émoi, il avait dû se raser en slip devant tant de femmes! Elle repoussa vivement cette image. Aucune de ces femmes n'avait été amoureuse comme elle, toute la différence était là.

Le valet de chambre frappa à la porte et entra, poussant une table roulante. Lyon but son jus d'orange debout et emporta sa tasse à café près du téléphone. Henry Bellamy n'était pas prêt non plus.

« Capon... rit doucement Lyon. Synchronisons nos montres, hein? J'ai onze heures trente. A onze heures quarante devant la porte. D'accord? Et maintenant en piste pour l'exécution, ajouta-t-il en raccrochant.

– Que va-t-il se passer?

– Horrible! Tu vas voir quelques malabars étrangler une pauvre petite fille. De temps à autre, la Terry King du jour est une Helen Lawson en puissance. On lui plante le couteau dans le dos, mais elle ne saigne pas; c'est elle qui a gagné. »

Ils rencontrèrent Henry dans l'ascenseur. S'il fut surpris de voir Anne avec Lyon, il n'en dit rien.

Toute la troupe, sauf Helen, était réunie pour la répétition. Assises par petits groupes, en pantalons chauds ou tassées dans leurs manteaux de fourrure, leurs yeux battus cachés derrière des lunettes noires, l'air maussade, les girls buvaient du café dans des gobelets en papier. Rigide sur le bord de sa chaise, tendue, Neely était prête à bondir. Anne s'assit dans la salle, entre Henry et Lyon. Jennifer North entra sur scène en coup de vent et s'excusa de son retard. Le metteur en scène interrompit sa discussion avec le chef d'orchestre pour lui dire avec bonne humeur :

« Il n'y a rien de changé pour vous, princesse. Si ça vous chante, vous pouvez retourner dormir quelques heures. »

Jennifer lui sourit et passa dans la salle sombre. Henry l'invita près de lui. Elle reconnut Anne et lui fit un généreux sourire :

« C'est sensationnel, hein? dit-elle avec enthousiasme. Quel succès nous avons eu! Quand je dis *nous*... je n'y suis pour rien...

– Vous apportez votre merveilleuse beauté au spectacle, répliqua Anne avec sincérité.

– Merci, mais ce n'est pas mon nom qui ferait jouer à bureaux fermés.

– Ne soyez pas si modeste, dit Henry. Vous verrez le nombre de lignes que les critiques new-yorkais vous consacreront. Je vous garantis un contrat de cinéma dans les six semaines qui suivront la première.

– J'en serais bien contente! s'épanouit Jennifer. Mais seulement avec un de ces gros contrats, pas de ces petits engagements de starlette. Je n'ai pas de talent, Henry, mais si j'ai un gros contrat, ils me feront travailler et tourner.

– Faites-moi confiance pour en décider. Si c'est un contrat peu payé avec une bonne firme et que je vous conseille d'accepter, signez. Avec la télévision dans l'air, ils sont beaucoup moins généreux de gros contrats qu'autrefois.

– Alors, je ferais peut-être mieux de rester à New York. Powers et Longworth m'ont proposé des cachets de cover-girl et je pourrais me faire pas mal d'argent, avec ça et la revue.

– Soyez franche avec moi, Jennifer, lui dit Henry en se tournant vers elle. Voulez-vous faire carrière au cinéma, oui ou non? Inutile que je me décarcasse si ça ne vous tente pas. Est-ce sérieux entre Tony Polar et vous?

– Les journaux en font tout un plat, lui sourit Jennifer. J'adore Tony, mais nous ne pensons au mariage ni l'un ni l'autre. De toute façon, je suis encore légalement mariée avec le prince Mirallo.

– Votre annulation est pratiquement dans la poche. Souvenez-vous de votre rôle quand vous serez convoquée devant le juge. Vous êtes une bonne petite catholique, vous vous êtes mariée pour avoir des enfants et votre salopard de mari n'en veut pas. Vous vouliez un mariage à l'église, le prince s'y est dérobé. Pleurez après les enfants qu'il vous refuse et c'est gagné. Anne vous servira de témoin.

– Je ferai quoi? s'exclama Anne.

– Il nous faut un témoin. J'ai oublié de vous en parler, mais ne vous inquiétez pas, ce sera un jugement à huis clos. Vous êtes une amie de Jennifer et avant de se marier elle vous a dit sa joie d'épouser le prince, de le suivre en Italie et d'avoir des douzaines d'enfants. Appuyez bien sur le côté enfants.

– Mais je mentirais sous serment! s'offusqua Anne.

– Vous croiserez les doigts, fit cyniquement Henry qui ajouta : Cramponnez-vous, nous y voici! »

Plantée au milieu de la scène, Terry King contemplait le metteur en scène, les yeux écarquillés.

« Couper ma ballade? glapit-elle. Mais vous êtes fou! Vous n'avez pas lu les critiques?

– Le spectacle est trop long, mon chou, et il y a assez de ballades comme ça, répondit le régisseur tout naturellement.

– Bon, alors coupez-en une autre. Vous savez pertinemment que ma ballade est la meilleure de toutes.

– J'obéis aux ordres qui m'ont été donnés.

– Ah!... Où est Gil Case?

– Pas là. En conférence avec les compositeurs. Hé, Bill Towley! cria-t-il en s'adressant à un jeune premier. Bill, on coupe votre scène d'amour avec Terry. Nous mettons au point un numéro de danse solo pour vous en remplacement. Au lieu de dire à Terry combien vous l'aimez, vous dansez, ça activera l'action. »

Ravi, Bill hocha la tête et disparut.

« Et qu'est-ce que je fais, moi, pendant qu'il danse? piailla Terry. Je reste dans ma loge? Vous rendez-vous compte que si vous coupez ma ballade et ma scène d'amour, mon rôle se réduit à deux lignes dans le premier acte et un numéro de danse chantée au deuxième?

– La danse chantée est maintenue, mais nous mettons les girls derrière vous. Elles danseront le deuxième couplet.

– Et moi, alors?

– Au lieu de chanter le deuxième couplet, vous attendez, côté jardin. Les lumières s'éteignent et vous sortez en coulisse pendant que les chœurs finissent le refrain.

– C'est ce que vous croyez! » s'exclama-t-elle, sortant de scène en trombe en attrapant son manteau au vol.

Le metteur en scène continua à donner des nouvelles directives comme si de rien n'était. Terry revint très vite, flanquée d'un petit homme à tête de raton-laveur.

« Que veut dire tout ceci? fit-il d'une voix hérissée en descendant la scène.

– Tout ceci quoi? fit le régisseur d'un air innocent.

– Je vous en prie, Leroy! brailla le raton-laveur. Votre air innocent ne me la fait pas. Je connais la chanson : Helen a peur de Terry, mais cette fois-ci, Terry a de la chance, c'est elle qui a la meilleure ballade de la revue. Je ne peux pas croire que les compositeurs vont accepter de la couper.

– Posez-leur la question, suggéra Leroy.

– Je l'ai fait. Ils sont en conférence avec Gil Case. Et vous allez me faire croire que Case est prêt à payer à Terry quatre cents dollars par semaine pour deux lignes et une demi-danse chantée?

– Si Terry se contente de ce rôle, bien sûr qu'il devra payer.

– Ah! nous y voilà! Coincés par le contrat du Syndicat, vous faites tout pour que Terry résilie d'elle-même, vous n'avez pas les moyens de lui payer son dédit. »

Leroy s'assit sur la rampe et expliqua d'une voix exagérément patiente :

« Personne ne cherche à résilier Terry. Il n'est pas question de personnalités, mais de la revue en soi. Vous, vous faites votre boulot d'imprésario, moi je pense à la revue. Elle est trop longue. Je coupe là où Gil Case et les compositeurs ont décidé de couper, quels que soient les acteurs qui en pâtissent.

– N'essayez pas de m'avoir avec ces couillonnades! glapit l'agent. Vous obéissez aux ordres que Case a reçus de Helen Lawson. Il n'a pas le choix, il faut bien protéger la Vieille Garde. Avec sa casserole, elle ne peut pas se permettre une jolie voix à côté d'elle!...

– Ça suffit comme ça! aboya de la salle Henry en descendant au premier rang.

– Ah! bonjour, monsieur Bellamy, je ne vous

avais pas vu, s'exclama l'imprésario en pivotant sur lui-même. Comprenez-moi. Je ne veux pas être insultant, mais je défends ma cliente, comme vous l'avez probablement fait pour Miss Lawson il y a vingt ans.

– Je n'ai jamais défendu Helen Lawson en esquintant une grande vedette en son absence, tonna Henry. Pour qui vous prenez-vous, espèce de petit margoulin?

– Monsieur Bellamy!... fit le petit homme apeuré. Que feriez-vous à ma place?

– Tout dépend de la cliente. Avec une Helen Lawson, je me retirerais avec dignité. Parce qu'avec une Lawson, même en ses débuts, je serais certain de lui trouver instantanément un autre spectacle avec un meilleur rôle. Mais dans votre cas, je vous conseille de faire accepter ce rôle tronqué par votre cliente et d'encaisser ses cachets. Tant pis si elle est la risée de Broadway, c'est elle qui y perdra, pas vous. Vous, vous toucherez vos dix pour cent que vous mourez de peur de perdre, parce que c'est peut-être le seul engagement qu'elle décrochera jamais.

– Je suis parfaitement capable de soutenir la comparaison avec Helen Lawson! glapit soudain Terry piquée au vif. Ni Al ni moi n'avons peur. Cette horrible revue n'est pas le seul spectacle en préparation. Je deviendrai une plus grande vedette que la Lawson. Je m'en vais! Et tout de suite...

– Une seconde, mon chou... plaida Al. En résiliant, vous jouez exactement leur jeu.

– Et que puis-je faire d'autre? grinça-t-elle. Paraître à Philadelphie et à New York dans un rôle d'utilité? Pour vous permettre de toucher vos sacrés dix pour cent?

– Vous savez très bien que vous pouvez gagner le double dans les cabarets, mais nous avions convenu qu'une revue à Broadway vous aiderait à décrocher un contrat de cinéma.

– Le cinéma! railla Henry. Mais cet espoir-là date du temps des films de Ruby Keeler! Bien sûr, Broadway est un tremplin : à condition d'avoir un bon rôle. Pour fabriquer une star, un imprésario doit ne lui autoriser que des représentations de star, que ce soit à Broadway ou dans une boîte de nuit. Mais comme je vous le disais, vous ne faites pas confiance au talent de votre cliente, et vous la laisserez jouer les utilités.

– Venez, Al, gronda Terry en tirant son agent par le bras. Partons!

– Pas si vite, la rappela Henry. Il y a une matinée aujourd'hui. Vous êtes toujours sous contrat et il prévoit un préavis de quinze jours après Philadelphie.

– Je n'entrerai pas en scène avec ces coupures! Je ne veux pas être humiliée de la sorte et jouer les utilités dans les critiques de Philadelphie, cria Terry. Je m'y refuse absolument!

– Pourquoi ces cris? Que se passe-t-il? demanda Gil Case qui venait d'apparaître sur la scène.

– Monsieur Case! pleura presque Terry en courant à lui. Vous m'avez coupé mon rôle, je ne veux pas affronter les critiques dans ce rôle d'utilité!

– Je lui ai dit que son contrat l'y obligeait, même si elle le résiliait séance tenante, dit lentement Henry.

– Doucement, doucement... Nous ne sommes pas des brutes, fit Case en regardant Terry avec sympathie. Ma pauvre petite, je n'ai pas compris combien votre rôle serait réduit après ces coupures... En effet, c'est tout juste une utilité, maintenant, acheva-t-il l'air ennuyé.

– Je ne paraîtrai pas en scène, insista Terry.

– Je vous comprends... Ça peut s'arranger, sourit soudain Case.

– Mais la matinée? insista Henry.

– Ne vous en faites pas, fit Case avec un geste négligent. Nous ferons jouer la doublure de Miss King. Le rôle est si petit maintenant, c'est sans importance. Allons dans mon bureau, ajouta-t-il en entourant l'épaule de Terry. Vous aussi, Al. Terry signera la formule de résiliation, et je lui donnerai deux mois de salaire en compensation. Je ferai même plus, reprit-il après une pause. Je vais prévenir mon attaché de presse pour qu'il diffuse la nouvelle aux journaux de New York. Ça va vous faire une publicité du tonnerre!... Pensez donc! Lâcher de vous-même une comédie musicale de Helen Lawson... La semaine prochaine, ce sera la ruée des producteurs sur vous, Terry. »

Il l'entraîna hors de scène, le raton-laveur à leur suite. Henry fit alors un signe au régisseur et lui glissa deux mots.

« Neely O'Hara! appela ce dernier, et Neely bondit vers lui. – Pouvez-vous mettre au point le couplet de la danse chantée pour quatorze heures trente?

– Je connais parfaitement les deux couplets.

– Bien, fit-il avec un petit sourire. Allez, les filles, on répète depuis le début. Un couplet et la danse. Neely, allez chez le costumier essayer les robes de Terry. »

Henry entraîna Anne, Lyon et Jennifer dehors. Ils se regardèrent en silence, contraints. Jennifer les quitta pour aller se reposer, Lyon serra la main d'Anne.

« C'est inique, dit Anne. Mais probablement monnaie courante dans le métier.

– Non, c'est ignoble, gronda Henry, ça me donne envie de vomir. Enfin, je vais toujours annoncer la bonne nouvelle à Helen », ajouta-t-il en se dirigeant vers l'hôtel.

Lyon emmena Anne au restaurant, en face.

« Henry se trompe, dit-il. Ils ont attaqué un chaton qui ne sait pas griffer, c'est tout, et son impresario ne vaut rien. Il y a vingt ans, Henry aurait défendu sa cliente tout comme aujourd'hui, et les autres se seraient cassé les dents sur Helen Lawson. Terry et Al n'ont aucune étoffe et tout est là.

– Mais comment Terry pouvait-elle se défendre si on lui coupe tout son rôle? Ce que lui a dit Henry était plein de bon sens.

– Mais, Anne, cette ballade va être reprise, expliqua-t-il en attaquant ses œufs. Dès que Terry aura signé sa résiliation et qu'elle sera dans le train de New York, la revue reprendra sa forme initiale. Si Terry avait encaissé, ils auraient maintenu les coupures pour le rodage en province, mais auraient tout rétabli pour la première à New York. Helen aurait empoisonné la vie de tout le monde, pourtant Terry aurait eu le dessus. C'était un coup de poker, Terry avait la meilleure main, mais Henry l'a bluffée. »

Neely tint son petit rôle avec une bonne aisance professionnelle, sans étincelle de génie. Anne alla ensuite la féliciter dans sa loge.

« Anne, Helen m'a dit que c'était à toi que je devais ce rôle, haleta Neely en l'étreignant. Je t'aime comme une sœur, tu sais... Tiens, je te présente Mel. »

Anne vit un grand jeune trop mince et effacé dont les yeux noirs et vifs étaient rivés sur Neely avec une adoration visible. Sa tendresse toucha Anne, soudain très heureuse pour son amie.

« Elle a été sensationnelle, n'est-ce pas? fit Mel avec orgueil.

– Et la semaine prochaine à Philadelphie, on me rétablit la ballade et la scène d'amour, débita Neely. Et Helen Lawson m'a promis de veiller qu'on me fasse d'autres costumes pour New York, elle trouve que ceux de Terry sont trop sophistiqués pour moi. »

Anne s'en fut ensuite voir Helen. Pressée de rejoindre Lyon, elle prit bientôt congé.

« Hé!... où allez-vous comme ça? la rappela Helen.

– Lyon Burke m'attend en bas.

– Ah! c'est donc ça! fit Helen en la regardant avec insistance. Je vous ai vus l'autre soir, la main dans la main. Si vous voulez vous envoyer en l'air à New Haven, ça vous regarde, ma cocotte, mais n'oubliez pas ce caillou à votre doigt. Ça, c'est du solide.

– Je vais rendre ma bague à Allen.

– *Quoaa!* hurla Helen. Annie, pour l'amour du Ciel, n'attachez pas d'importance au baisouillage d'une nuit. Ecoutez-moi, mon chou... se reprit-elle, car Anne avait tourné les talons. Vous êtes jeune. On sait ce que c'est, et Lyon est un beau morceau de virilité. Amusez-vous, on ne vit qu'une fois, mais n'envoyez pas promener Allen pour une amourette sans lendemain. »

Anne lui sourit faiblement et se dirigea vers la porte.

« Vous rentrez à New York maintenant? demanda Helen.

– Oui, je crois.

– Nous, nous partons demain matin pour Philadelphie où nous répéterons encore pour réintégrer la ballade et revoir quelques petites choses. Je crois que nous serons bien au point lundi soir. Et votre petite amie aura un joli rôle. J'ai dit à Gil Case de ne pas lui chercher de remplaçante, je suis très contente d'elle. A lundi donc, Anne. Je vous verrai avec Gino et Allen, comme convenu. »

Allen! La première! Gino!

« A lundi, mon chou! » lui cria gaiement Helen.

Lyon l'attendait dehors. Il passa son bras sous le sien.

« Finies, les visites? J'ai obtenu quartier libre, nous pouvons prendre le prochain train. C'est Henry qui reste; il suivra la troupe à Philadelphie et nous l'y retrouverons lundi. »

Elle eut une bouffée de joie en l'entendant l'inclure tout naturellement dans ses projets, mais son exubérance retomba en songeant à l'inévitable explication avec Allen.

Ils dînèrent dans le train et d'un accord tacite se rendirent chez Lyon. Elle eut un frémissement en franchissant le seuil de cet appartement qui lui semblait presque familier. Et Lyon lui dit :

« Tu es chez toi, ici. Je n'ai jamais pensé à cet appartement autrement que comme ça.

– Parce que tu pensais à moi avant de...?

– Croirais-tu par hasard, dit-il en la prenant dans ses bras, que je t'ai vue à New Haven pour la première fois?

– Je ne sais pas. Tu ne m'as jamais donné l'occasion de penser que tu faisais attention à moi.

– Je peux te retourner le compliment.

– Pourtant, je t'aime depuis le premier jour, mais je ne voulais pas le reconnaître, même en mon for intérieur.

– Pense à tout ce temps perdu... sourit-il en l'embrassant. Bon, maintenant, installe-toi sur ce canapé et je vais nous préparer à boire. Un léger Scotch, ça t'aidera à te détendre.

– Pourquoi, j'ai l'air crispé?

– Pas du tout, répondit-il en lui tendant un verre, mais tu dois quand même être un peu nerveuse.

Tout est si nouveau pour toi... moi... l'amour... ajouta-t-il en s'asseyant près d'elle pour lui caresser les cheveux.

– Je me sens proche de toi comme je ne l'ai jamais été de personne, répondit-elle en se blottissant contre lui. Je veux tout savoir de toi. Nous ne sommes plus qu'un, Lyon, et je t'appartiens. »

Il se leva et but une gorgée de whisky, l'air pensif.

« Je me demande si je suis capable de répondre à ce genre d'amour, Anne, et je ne voudrais pas te faire de peine.

– Tu ne pourrais pas m'en faire, tu m'as déjà tellement donné. Même si tout cassait aujourd'hui, je te resterais reconnaissante pour les deux plus beaux jours de ma vie. »

Il lui sourit tendrement, puis il lui prit la main et tapota le gros diamant.

« Et ça? Ne sommes-nous pas en train de l'oublier?

– C'est fini, ça. Je vais lui rendre sa bague.

– Anne, ce que je ressens pour toi est... très profond. Je veux que tu le saches. Mais je ne crois pas que je puisse te donner davantage. Je...

– Ça me suffit. Je ne te demande que ton amour. Je n'ai jamais aimé Allen et je n'ai jamais eu l'intention de l'épouser.

– J'aimerais pouvoir te croire, chérie. Ma conscience serait plus à l'aise.

– Ta conscience? Tu ne m'aimes donc pas, Lyon? »

Il regarda dans le vide comme s'il cherchait sa réponse, mais il vit les larmes qui montaient aux yeux de Anne.

« Mon amour! dit-il en la prenant contre lui. Mais si, je t'aime. Profondément. Et je te veux. Mais tu me fais... J'ai peur de ne pas être à la hauteur.

– Oh! c'est toi qui m'as fait peur, répondit-elle en fermant les yeux de soulagement. Je ne te demande pas de m'aimer comme je t'aime. C'est impossible, personne ne le pourrait. Donne-moi tout l'amour dont tu es capable, ajouta-t-elle en le regardant dans les yeux. C'est tout ce que je te demande, et laisse-moi t'aimer. »

Elle s'éveilla dans ses bras, le lendemain matin. Elle resta immobile, contemplant son beau profil bien découpé. L'amour lui avait été encore douloureux, mais elle avait été comblée par le plaisir qu'elle lui avait donné et, pour la première fois, elle avait le sentiment d'appartenir à quelqu'un. Elle se leva doucement et alla dans la cuisine préparer du café et des œufs. Elle regarda la pendulette; il était plus de midi.

Il venait de s'éveiller lorsqu'elle mit le couvert. Il se répandit en louanges : les œufs étaient parfaits, le café une œuvre d'art. Il s'installa ensuite avec le *Times* pendant qu'elle prenait sa douche. Il leva les yeux, tout surpris lorsqu'elle reparut, habillée de pied en cap, son manteau sur le bras.

« Tu m'abandonnes déjà? lui dit-il en l'attirant à lui sur le canapé. Tu es bien la plus insaisissable de toutes mes conquêtes... »

Il l'embrassa dans la nuque et elle se sentit fondre. Elle fit un effort pour se dégager.

« Il faut absolument que je rentre chez moi, changer de bas, de dessous, de robe. Je ne peux pas aller au bureau demain, habillée comme ça.

– C'est juste, reconnut-il en regardant sa montre. Je passerai te chercher à sept heures. Nous dînerons dehors. Et prends tes dispositions pour rester avec moi, cette nuit. »

Elle s'offrit le luxe d'un taxi; il était déjà tard et elle avait beaucoup à faire avant leur rendez-vous. La vie extérieure la reprit dès son entrée dans sa chambre. Un grand vase débordait de fleurs, sur sa table; une carte y était épinglée :

J'espère que je vous ai manqué autant que vous m'avez manqué. Appelez-moi sans perdre une minute, dès votre retour. Je vous aime. Allen.

Cette chambre avait abrité une autre vie. Elle s'y sentit une étrangère. Elle contempla les roses. Elle ne pouvait se dérober davantage. Elle partait pour Philadelphie le lendemain avec Lyon, alors que Allen et Gino croyaient y aller avec elle. Elle prit le téléphone, Allen répondit immédiatement.

« Alors, comment était New Haven et votre petite amie, la Vieille Garde?

– La revue est un gros succès.

– Je le sais déjà. Hier soir, à El Morocco, Gino a rencontré des gens qui revenaient de New Haven.

– Et comment était El Morocco?

– Je n'y étais pas. Je suis fiancé, vous savez... Je suis resté à la maison les deux soirs, avec un bon bouquin, attendant sagement le retour de ma bien-aimée.

– Allen... Allen, il faut que je vous dise quelque chose, se lança-t-elle précipitamment avant de perdre courage. Je ne suis pas votre bien-aimée et je veux vous rendre votre bague. »

Un long silence régna.

« J'arrive, Anne, dit-il enfin.

– Non, Allen, donnez-moi rendez-vous quelque part, que je vous rende votre bague.

– Je me fiche bien de la bague, je veux vous parler.

– Mais nous n'avons rien à nous dire.

– Rien à nous dire? Grand Dieu, Anne! Nous sommes fiancés depuis deux mois. Je vous aime. Et vous voulez tout terminer ainsi sur un coup de téléphone? Que s'est-il passé? Avez-vous rencontré quelqu'un à New Haven qui m'a dénigré? J'ai fait pas mal de bêtises autrefois, mais c'était avant de vous rencontrer, vous ne pouvez pas m'en tenir rigueur. Je ne peux pas vous perdre ainsi sans explication. J'y ai droit.

– Je n'ai rencontré personne qui vous connaisse à New Haven, et aucune explication ne changera rien à ma décision.

– J'arrive...

– Non! Je suis amoureuse, Allen... » cria-t-elle finalement.

Le silence se fit à nouveau, plus long cette fois.

« Avez-vous compris, Allen? reprit-elle d'un ton hésitant.

– Qui est-ce?

– Lyon Burke.

– Cet Anglais sans domicile à qui j'ai cédé mon vieil appartement? fit-il avec un ricanement déplaisant. Fort heureux de vous avoir offert un nid d'amour confortable...

– Je ne vous ai jamais rien promis, Allen. Souvenez-vous-en... C'est vous qui avez tenu à des fiançailles.

– Bien, Anne. Bonne chance.

– Mais je désire vous rendre votre bague.

– Pourquoi me la rendre? Lyon Burke serait-il offensé par sa vue? Ou l'a-t-il déjà remplacée? Quoique, d'après ce que j'ai entendu dire, le seul anneau qu'il vous offrira jamais est celui qu'il vous passera dans le nez...

– Ne nous séparons pas de cette manière, je vous en prie, Allen...

– De quelle manière, alors? Vous voulez que je

vous envoie un télégramme de fête? Je dois dire que c'est le bouquet! Pour la première fois que je me conduis bien avec une jeune fille, c'est moi qui reste en rade. Mais nous en reparlerons. Avec Lyon Burke, vous n'êtes pas encore à l'autel. Quant à ma bague, gardez-la, petit iceberg, je vous la laisse.

– Quoi?

– Je vous dis de la garder, petite garce. Je n'en ai pas besoin, je peux en acheter des douzaines d'autres. Vous, vous serez peut-être très contente de la mettre au clou, un jour. Ou mieux encore, portez-la! Qu'elle vous scie le doigt chaque fois qu'un gars vous laissera tomber comme vous le faites avec moi. J'ai comme une idée que Lyon Burke sera le premier de la liste », acheva-t-il en raccrochant brutalement.

Elle le rappela sur-le-champ.

« Allen, je veux vous parler de Gino. Il a promis d'aller à Philadephie demain.

– Ça tient toujours, cette soirée pour nous trois? demanda-t-il avec une nuance d'espoir dans la voix.

– Pas pour nous trois, je ne peux pas me joindre à vous. Mais il n'y a pas de raison pour que Gino n'y aille pas, Helen compte sur lui.

– Oh! non, c'est trop drôle! fit-il avec un rire qui était presque un gémissement.

– Pourquoi? Helen lui a réservé une chambre. Il opère indépendamment de vous, je ne vois pas pourquoi Helen serait déçue à cause de nous.

– Ah! vous ne voyez pas! Eh bien, ça, c'est le comble. Croyez-vous vraiment que Gino ait envie de s'envoyer la Vieille Garde?

– Je vous en prie, Allen, cessez d'appeler Helen comme ça! C'est une merveilleuse actrice, pleine de séduction, et votre père devrait être fier de l'avoir conquise. C'est une vedette et...

– Une vieille vedette et un coup de barbe monumental, oui! Mon père peut s'offrir n'importe quelle jolie fille de New York. Nous vivons encore l'ère du patriarcat et une femme n'a de valeur en ce monde que tant qu'elle est jeune. Vous vous en apercevrez un de ces jours. Votre Helen est peut-être la plus grande vedette de Broadway, elle n'en est pas moins une vieille femme bouffie et mal embouchée dès qu'elle sort de scène. Gino serait allé à Philadelphie, oui, mais pas de son plein gré. J'ai passé mon week-end à le persuader de faire ça pour moi. Je lui ai demandé de considérer cet effort comme mon cadeau de mariage et même de passer la nuit avec Helen... Vous vous rendez compte? Un fils qui prostitue son père pour faire plaisir à sa fiancée... Et pendant tout ce week-end où je m'acharnais sur Gino, vous, vous... – Il s'interrompit, sa voix se brisa. – Enfin! Un mal engendre un bien, cette corvée sera épargnée à Gino. Et je vous renvoie la balle, à vous et à Lyon Burke. Que *son* père se tape votre petite amie. »

Il raccrocha.

A Philadelphie, *Hit the Sky* fut un spectacle plus brillant encore que lors de la première de New Haven. Anne fut étonnée des améliorations apportées en un si court délai. Assise à côté de Lyon, elle vécut la revue sur la scène avec les acteurs plutôt qu'en spectatrice. Lyon la tenait par la main et elle se demanda s'il avait remarqué l'absence du gros solitaire; le diamant dormait maintenant dans une enveloppe, dans un coffre-fort de banque. Un murmure de Lyon la ramena au présent, qui allait être le grand moment de Neely. La ballade avait été rétablie.

Anne se dressa sur le bord de son fauteuil lorsque

Neely commença à chanter. Dans sa robe de satin rouge, Terry King avait eu l'air blasé et brûlant. Neely, habillée d'une robe bleue avec un col à la Peter Pan, était solitaire et désolée, envoûtante avec sa voix vibrante de *lamento*; avec elle, cette ballade était vraiment un chant d'amour plaintif. Elle fut l'objet d'une ovation délirante.

Anne jeta à plusieurs reprises un coup d'œil agacé vers les trois fauteuils restés vides au quatrième rang. Helen les avait réservés et pensait en ce moment même qu'Anne les occupait, encadrée par Allen et Gino. Anne ne lui avait rien dit pour ne pas la contrarier avant la représentation.

Le rideau tomba à onze heures quinze, le succès de cette comédie musicale ne faisait plus aucun doute. Bellamy lui-même en avait perdu son air las coutumier.

« La soirée se donne au Warwick, les prévint-il en les croisant dans les coulisses.

– As-tu vraiment envie d'y aller, Anne? demanda Lyon en regardant sa montre. Si nous nous dépêchions d'aller féliciter Helen et Neely, nous pourrions attraper le minuit vingt-cinq et rentrer à New York. »

La question la prit au dépourvu. Elle avait supposé que Henry leur avait réservé des chambres à l'hôtel. Elle avait fourré une chemise de nuit et sa brosse à dents dans son grand sac à main; elle constata soudain que Lyon, lui, n'avait pas sa serviette.

« Comme tu veux, Lyon.

– J'aimerais mieux boire mon verre dans la voiture-bar avec toi qu'à cette soirée. Nous avons tous les deux besoin d'une bonne nuit, et cette réjouissance va durer jusqu'au petit matin. »

Ils se frayèrent leur chemin parmi les admirateurs qui encombraient les abords des loges. Anne se dirigea vers celle de Neely qu'elle trouva devant sa porte, entourée de journalistes. Mel se tenait près d'elle, silencieux, mais le visage rayonnant de fierté.

« Tu as été sensationnelle, Neely, fit Anne en la prenant dans ses bras.

– C'est vrai? Vraiment vrai? Je serai encore mieux après quelques représentations et quand j'aurai mes nouveaux costumes. »

Lyon lui présenta ses félicitations. Neely le regarda, étonnée.

« Et où est Allen?

– Je te raconterai ça une autre fois, répondit Anne à voix basse.

– Il n'y a pas de pépin, non? insista Neely. Misère, Helen était comme une débutante à l'idée que Gino était dans la salle. S'il n'est pas venu, je te conseille de te méfier. »

Une foule plus dense barrait la porte de la loge de Helen. L'actrice se dégagea à la vue de Anne et la poussa à l'intérieur. Elle vint à elle les bras ouverts; son regard chercha derrière son amie, mais ne vit que Lyon.

« Où sont les autres? demanda-t-elle.

– Ils ne sont pas venus.

– *Quoi?*

– C'est une longue histoire que je vous expliquerai à un autre moment, Helen.

– Oh! le salaud! Vous allez me raconter ça pendant que je me change.

– Helen... Lyon et moi reprenons le train de minuit vingt-cinq pour New York.

– Vous plaisantez, j'espère. Vous allez venir à ma soirée.

– Il faut que je sois au bureau de bonne heure, demain matin.

– En voilà une connerie! Si je dis que je vous

veux ici, on se passera de vous au bureau, Henry me doit bien ça. Il est reparti, lui, alors j'ai besoin de vous. Hé! vous tous, cria-t-elle autour d'elle, la soirée est au Warwick, dégagez ma loge que je me change... »

On entendit le brouhaha habituel d'adieux mêlés à des félicitations. Quand tout le monde fut parti, Helen se tourna vers Lyon :

« Allez attendre dans le vestibule, Lyon, Anne va rester avec moi pendant que je m'habille.

– Il faut que nous partions, Anne, si nous voulons attraper le dernier bon train, répliqua-t-il en regardant sa montre.

– Merveilleux! Alors, Henry ne vous délègue même pas pour le remplacer? La prochaine fois, il m'enverra cette bille de chouette de George Bellows, si ça continue. Eh bien, il va m'entendre! Et qui va m'escorter à la soirée, alors?

– Pourquoi Henry n'est-il pas resté? demanda Anne.

– Parce que je lui ai dit que Gino serait là, grinça Helen. Et je veux que vous me racontiez ce qui s'est passé, bon sang!

– Je vais chercher un taxi, Anne, dit Lyon qui salua Helen d'un sourire et sortit.

– Eh bien, mais quels lapins de tous les côtés, ce soir! s'exclama Helen en s'asseyant devant sa table pour atténuer son maquillage.

– La représentation était formidable, Helen. Je suis désolée de vous abandonner, mais Lyon veut rentrer.

– Et alors? Laissez-le rentrer. Qu'est-ce que ça peut vous faire?

– On ne m'a pas réservé de chambre, avança Anne en guise d'excuse.

– Aucune importance. J'ai un appartement avec des lits jumeaux, je vous en offre un.

– Mais je suis venue avec Lyon, répliqua Anne en regardant la porte avec envie.

– Ah! c'est donc ça, fit Helen en ouvrant les yeux. On fait encore joujou avec Lyon! Bon Dieu, vous ne valez pas mieux que les autres. Vous, ma petite copine, la fille qui a de la classe, vous me lâchez, vous aussi. Bon, allez, allez... C'est toujours comme ça, dans ma vie. Je donne tout de moi... j'accorde ma confiance aux gens... continua-t-elle en pleurnichant. Je vous croyais une amie, Annie... Me voilà toute seule le soir de ma première, sans escorte, et ma seule amie me laisse tomber comme les autres.

– Helen, je vous en prie, je suis votre amie. Attendez, je vais parler à Lyon », fit Anne en se précipitant dehors.

Il l'attendait dans un taxi; elle courut à lui.

« Nous ne pouvons pas la laisser seule, Lyon, elle a trop de peine, elle pleure.

– Rien ne peut faire de peine à Helen, répondit-il. Elle pleure facilement et se console tout aussi vite et si elle est seule, elle n'a qu'à s'en prendre à elle. Nous ne lui devons rien d'autre que notre travail, des petites choses comme la crucifixion de Terry King. Ça, elle le sait et l'exige, mais il n'y a rien dans mon contrat qui m'oblige à l'escorter à ses soirées.

– Mais c'est mon amie...

– Et tu préfères rester avec elle?

– Nous devrions...

– Parfait, dit-il légèrement, avec un sourire. Au revoir, bonne amie. »

Il sauta dans le taxi qui démarra. Anne resta vissée sur place, médusée; elle oscillait entre la colère et l'angoisse. Qui, d'eux deux, avait déserté l'autre? Si elle était partie avec lui, elle eût certainement peiné Helen; elle avait déjà suffisamment blessé Allen. Les larmes lui montèrent aux yeux, tout s'écroulait autour d'elle. Elle faisait du mal à tout le monde, à commencer par elle-même.

A la différence près que cette fois Neely fut invitée avec les grands rôles, la soirée ressembla singulièrement à celle de New Haven. D'autres gens de théâtre de New York, encore des journalistes; et Helen, buvant sec, toujours la grande vedette joviale et bon enfant. Anne avait trouvé des gens dans sa loge, en remontant et elle n'avait pu expliquer la défection de Gino. Elle s'assit dans un coin pendant les festivités, muette, planant au-dessus de tout, s'inquiétant de Lyon. Lorsqu'elle vit Neely et Mel se sauver vers deux heures du matin, elle ressentit une pointe de jalousie. Lyon devait arriver à New York, à cette heure-ci; elle se demanda s'il était en colère, ou malheureux lui aussi?

Elles regagnèrent la chambre de Helen à trois heures.

« Bon, alors maintenant, racontez-moi l'histoire de Gino, fit l'actrice en se servant une large rasade de champagne.

– Tout est ma faute, je crois, répondit Anne en cherchant le mot juste. J'ai rompu avec Allen parce que... Lyon et moi...

– Et alors? Je sais bien que Lyon et vous avez fricoté à New Haven, mais quel rapport avec Allen?

– Je ne pouvais pas rester fiancée à Allen alors que je suis amoureuse de Lyon, quand même!

– Non, mais vous plaisantez, fit Helen en plissant les yeux. Vous ne croyez pas que parce qu'il vous saute, il va vous épouser, si? A-t-il seulement parlé mariage?

– Helen, tout ceci remonte à trois jours.
– Peut-être, mais où est votre grand Roméo actuellement? M'est avis qu'il vous a plantée là. »

Anne ne répondit pas. Helen continua, ponctuant sa victoire :

« Un type qui vous aime ne vous laisse pas tomber comme ça. Allen vous aimait et il doit beaucoup souffrir. Je parie que c'est pour ça que Gino n'est pas venu, il pense probablement que je ne vaux pas plus cher que vous.

– Helen!

– Vous vous croyez très maligne; vous portez la bague de l'un et vous sautez dans le plumard de l'autre, et vous foutez tout en l'air entre Gino et moi! Si vous ne vous étiez pas jetée à la tête de Lyon Burke, il serait avec moi, ce soir. Je perds un homme que j'aime parce que vous n'êtes qu'une petite coureuse! »

Anne se précipita vers son manteau.

« Et où allez-vous comme ça? demanda Helen en remplissant son verre.

– N'importe où, pourvu que ce soit loin de vous!

– Ha... railla Helen. Où que vous alliez, ce ne sera que pour tomber plus bas; vous croyez qu'on vous aime, vous et votre foutu sang bleu? Moi, au moins je parle haut et j'appelle un chat un chat; vous étiez quelqu'un tant que vous portiez ce gros diamant, maintenant vous n'êtes plus rien... rien qu'une fille de plus à se faire baisouiller par Lyon Burke.

– Dire que je vous prenais pour une amie... fit Anne suffoquée.

– Une amie? Non, laissez-moi rire! Pour qui vous prenez-vous? Vous n'êtes qu'une petite secrétaire constipée, et par votre faute, je perds un gars à qui je plaisais, s'exclama Helen qui se leva, vacillante. Je vais me coucher, dormez sur le divan si ça vous chante.

– Helen, dit Anne que sa rage même rendait froide, vous venez de perdre la seule amie que vous ayez. Au revoir, bonne chance.

– Non, ma petite, c'est à vous qu'il faut souhaiter bonne chance; encore quelques petites parties de jambes en l'air et Lyon vous laissera tomber. Il se lasse vite, je le sais, je l'ai pratiqué il y a six ans. Parfaitement, Lyon et moi, répéta-t-elle devant l'air médusé d'Anne. Il venait juste d'entrer chez Bellamy, il a très bien joué son rôle de grand amoureux, ça le flattait d'être vu avec moi, mais au moins, je n'étais pas une gourde comme vous, je l'ai pris pour ce qu'il m'apportait. J'en ai bien profité au lit et quand ça a cassé, au revoir. Et pourtant, j'avais plus à lui offrir que vous, une petite secrétaire de rien du tout. »

Anne se précipita dehors, malade de colère et de dégoût. Dans l'ascenseur, elle se rappela soudain qu'elle était partie sans prendre le temps de passer à la banque, pressée de rejoindre Lyon. Elle fouilla désespérément son sac. Pas même un dollar... Quatre heures du matin. Elle ne pouvait pas téléphoner à Neely; mais elle ne pouvait pas non plus rentrer à pied à New York.

Elle s'effondra dans un fauteuil près de l'ascenseur, dans le hall, envahie d'un sentiment d'échec. Elle avait perdu l'amitié de Helen (mais Helen avait-elle une amitié à donner?... Tout le monde l'avait mise en garde). On l'avait mise en garde contre Lyon aussi. Lyon et Helen. Non, c'était impossible. Elle se mit à sangloter, le visage dans les mains.

Elle perçut un bruit de porte. Elle se tamponna les yeux avec son mouchoir et baissa le front. Une femme sortit de l'ascenseur, dépassa le fauteuil d'Anne, puis se retourna et revint sur ses pas.

« Mais c'est Anne! s'exclama Jennifer North. Qu'est-ce qui ne va pas?

– Rien ne va..., répondit Anne en regardant la merveilleuse jeune femme.

– Je connais ça, fit Jennifer avec un bon sourire. Ma chambre est là, au rez-de-chaussée, venez me raconter vos malheurs. »

Elle prit Anne par la main et l'entraîna résolument. Assises toutes les deux sur le lit, fumant à la chaîne, Anne fut bientôt en train de tout raconter à Jennifer.

« Vous parlez d'un week-end! fut le commentaire souriant de l'actrice.

– Je suis désolée de vous y avoir fait participer, surtout à cette heure-ci.

– Aucune importance, je ne dors jamais. C'est mon gros problème; mais en tout cas, l'un des vôtres est résolu, vous allez dormir ici.

– Non, merci, je voudrais rentrer à New York. Pouvez-vous me prêter de l'argent?

– Servez-vous, répondit Jennifer en fouillant dans son sac à la recherche de son portefeuille qu'elle lança à Anne. Mais c'est de la folie. J'ai deux lits, vous pourriez passer une bonne nuit et rentrer demain matin avec un express.

– Je préfère rentrer cette nuit, répliqua Anne en prenant un billet de dix dollars. Je vous enverrai un chèque, demain. Merci.

– Non, dit Jennifer en secouant la tête. Vous m'inviterez à déjeuner quand je serai rentrée à New York, je veux connaître la fin de l'histoire.

– C'est la fin.

– Avec Helen, sûrement, sourit Jennifer. Et probablement avec Allen, mais pas avec Lyon, pas si j'en juge d'après votre expression lorsque vous parlez de lui.

– Mais comment pourrais-je le voir, après ce que Helen m'a dit?

– C'est ça qui vous tracasse? fit Jennifer, stupéfaite. Vous ne pensiez tout de même pas qu'il était vierge, si?

– Non, mais *Helen*... Il a une si piètre opinion d'elle en tant que femme!

– Il en avait peut-être une meilleure il y a six ans. Impressionné, flatté. Je ne le blâme pas d'avoir couché avec elle, mais je lui en veux, à elle, d'être assez garce pour vous envoyer ça à la figure alors qu'elle vous sait amoureuse. Elle le dit coureur? Tous les hommes la fuient, et elle sauve sa fierté en les traitant de volages. Elle va même se persuader que Gino l'adorait, vous allez voir. Anne, je suis certaine que Lyon est très attiré par vous.

– Mais j'ai tout gâché maintenant. Il est parti, en me laissant là.

– Sans doute pense-t-il de son côté que c'est vous qui l'avez trahi, en choisissant de rester avec Helen. Et pour cette bonne amie! grimaça Jennifer. Ecoutez-moi, Anne. Demain, quand vous verrez Lyon, soyez très douce, regardez-le avec des yeux pleins de larmes, dites-lui combien vous avez été bête de croire à l'amitié de Helen. Soyez attendrissante, et pour l'amour du ciel, ne faites aucune allusion à ce que Helen vous a dit. Souvenez-vous, ajouta-t-elle en suivant Anne vers la porte, il n'y a qu'une façon de conserver un homme : se faire désirer. Et pas avec des mots... Dormez là-dessus et faites-moi confiance, j'ai beaucoup de sympathie pour vous. Faites ce que je vous dis si vous voulez le reprendre.

– Je vais essayer, Jennifer », répondit Anne avec un petit sourire.

Le voyage de retour lui sembla interminable. Le soleil brillait lorsque son train entra en gare; les banlieusards débarquaient déjà. Elle n'avait que le temps de rentrer prendre un bain et boire une tasse de café avant de se rendre au bureau. Elle se sentait les paupières irritées et les jambes en plomb pour escalader ses deux étages. Elle vit le télégramme à demi glissé sous sa porte. Lyon, sûrement! Elle l'ouvrit d'un geste brusque.

TANTE AMY MORTE DANS SON SOMMEIL STOP FUNÉRAILLES MERCREDI STOP SERAIT BIEN TU SOIS LÀ STOP TENDRESSE MAMAN.

Elle le relut. Dans cette rédaction distinguée dépourvue d'émotion et de chaleur, elle retrouvait sa mère d'un seul coup. Elle n'irait pas. Sa mère se fichait pas mal de sa présence. Il serait bien qu'elle fût là pour Lawrenceville, oui. Mais elle appartenait à New York... à Lyon. Elle prit son téléphone et l'appela, obéissant à son impulsion. A la quatrième sonnerie, il répondit d'une voix ensommeillée. Elle eut un pincement de colère. Elle avait passé une nuit anxieuse dans un train glacial, pendant qu'il *dormait*! Elle s'aperçut qu'elle tenait toujours le combiné, sans mot dire.

« Allô... allô... fit Lyon bien réveillé et irrité de n'entendre personne. Qui est-ce? Elizabeth? »

Elle regarda stupidement l'appareil, apeurée, car il semblait en colère.

« Allons, voyons, c'est une plaisanterie idiote, dit-il froidement. Parlez ou je vais raccrocher. »

Ce qu'il fit presque immédiatement.

Anne réalisa là, pour la première fois, avec angoisse, que Lyon avait une vie personnelle dont elle ignorait tout; elle n'était dans sa vie que depuis quatre jours. Mon Dieu, seulement quatre jours! Bien sûr qu'il y avait une Elizabeth... probablement beaucoup d'Elizabeth!

Elle envoya un télégramme téléphoné à sa mère pour annoncer son arrivée, puis elle s'enquit des trains; le premier était à neuf heures trente. Elle prépara une petite valise; huit heures trente, elle aurait le temps de passer à sa banque prendre de l'argent, mais le bureau ne serait pas encore ouvert. Il fallait prévenir Henry; elle envoya un autre télégramme.

CHER HENRY STOP OBLIGÉE M'ABSENTER POUR AFFAIRES PERSONNELLES STOP SERAI DE RETOUR VENDREDI STOP ANNE.

Elle quitta New York sans jamais se douter que son message protocolaire allait donner lieu à un malentendu.

Henry avait froissé le télégramme avec humeur. « Nom de Dieu, elle s'est sauvée avec Allen Cooper! » pensa-t-il. Il garda ses soupçons pour lui, mais se surprit à parler d'un ton inhabituellement sec à Miss Steinberg et au personnel du bureau. Le vendredi, quand il trouva Anne déjà au travail, il la contempla avec une stupéfaction éblouie.

« Vous voilà! cria-t-il.

– Je vous ai dit que je serais de retour aujourd'hui.

– J'étais persuadé que vous étiez partie vous marier en vitesse.

– Me marier...? fit-elle les yeux écarquillés. Me marier? Mais avec qui?

– J'ai cru... commença Henry penaud. J'ai eu peur qu'Allen ne vous ait enlevée.

– Allen m'enlever? Ma tante est morte, j'ai dû

aller à Boston pour son enterrement. Le bureau n'était pas ouvert et je vous ai prévenu par télégramme. C'est tout. Qui a dit que je m'étais fait enlever?

– N'en parlons plus, vous êtes de retour et j'en suis bien heureux », répondit Henry en la prenant dans ses bras.

C'est le moment que choisit Lyon pour entrer à son tour. Il s'immobilisa abruptement à la vue de Anne. Henry la laissa aller.

« La voilà, Lyon! s'écria-t-il avec une gaieté juvénile.

– C'est ce que je vois, répondit Lyon d'une voix sans émotion.

– Je regrette de vous avoir tous inquiétés, dit Anne les yeux au sol.

– Elle était à Boston pour enterrer sa tante, expliqua Henry d'une voix joyeuse. Je suis désolé pour vous, Anne », acheva-t-il en se forçant à un ton de circonstance.

Lyon sourit et se dirigea vers son bureau.

« Venez avec moi, Anne, pria Henry. Asseyez-vous. Voulez-vous du café? Un petit cadeau? Une augmentation? N'importe quoi. Je vous donne n'importe quoi, je suis si heureux. »

L'interphone sur son bureau sonna. Il abaissa une manette et Anne entendit la voix brève de Lyon :

« Henry, pourriez-vous m'envoyer Anne, s'il vous plaît, avec notre contrat d'engagement de Neely O'Hara? »

Henry cligna de l'œil et ferma l'interphone. Il ouvrit un classeur et brassa quelques papiers. Il tendit un dossier à Anne.

« Nous prenons votre petite amie comme cliente. Elle n'avait pas d'agent. Elle n'a qu'un petit avenir, et uniquement sur la scène; nous l'avons prise à cause de vous. »

A son entrée, Lyon se leva.

« Henry vous a dit que nous prenions Neely? Elle a beaucoup insisté, prétendant que ça lui donnerait la certitude d'être une star.

– Oui, il vient de me le dire, répondit Anne, les yeux rivés sur son dossier.

– Vous a-t-il dit aussi que j'avais erré comme une âme en peine, ces quatre derniers jours? »

Il s'approcha d'elle et s'empara du dossier. Elle leva les yeux sur lui et il la prit dans ses bras.

« Oh! Lyon... Lyon... fit-elle en s'accrochant à lui.

– Je suis désolé pour toi de la mort de ta tante. Tout le monde se demandait pourquoi tu étais partie. Henry était persuadé que tu ne reviendrais jamais. Moi, je ne pouvais pas y croire, je ne pouvais pas croire que tu étais ainsi sortie de ma vie. Je reconnais que j'ai eu tort, Anne, j'aurais dû rester avec toi l'autre soir. Helen est ton amie et...

– Non, c'est moi qui ai eu tort. Je ne laisserai plus jamais rien ni personne passer avant toi. Helen n'en valait pas la peine, personne n'en vaut la peine. Je t'aime tant, Lyon.

– Je t'aime aussi.

– C'est vrai? Dis, Lyon, c'est vrai? répéta-t-elle en s'agrippant à lui.

– C'est vrai, vrai », dit-il en lui embrassant les cheveux.

Il l'avait dit légèrement, mais quand elle le regarda, elle vit qu'il était sincère, et une fois de plus, elle se dit que jamais elle ne pourrait être aussi heureuse qu'en cet instant.

Elle passa le week-end chez lui. Elle répondit à son amour avec ardeur. Et la seconde nuit, elle retomba sur les oreillers, tressaillante, toute faible. Il la tint tendrement et lui caressa la tête.

« Lyon... ça y est! fit-elle, encore secouée de frissons.

– Pour la première fois.

– Oui, je commençais à me faire du souci. Lyon, je suis une vraie femme! » s'écria-t-elle en l'embrassant avidement.

La nuit suivante, elle fut presque agressive en amour. Elle n'avait jamais pensé que sa passion physique égalerait son émoi cérébral. Elle en fut heureuse et effrayée à la fois. Non seulement elle aimait Lyon pour lui-même, mais voilà qu'elle en avait faim physiquement. Son amour lui semblait insatiable. Seule, une pensée taraudante gâcha un peu ces merveilleux jours; le lundi, elle devait se présenter au tribunal pour témoigner en faveur de l'annulation du mariage de Jennifer.

« Je sais que ceci vous déplaît intensément, Anne, s'était excusé Henry, mais vous êtes la seule à qui je puisse demander ce service en toute confiance. Jennifer ne connaît personne à New York. Ce sera terminé avant même que vous vous en aperceviez. Ne vous inquiétez pas, soyez au bureau à neuf heures trente, lundi matin. Nous avons rendez-vous chez le juge à dix heures trente. Jennifer viendra de Philadelphie pour la journée. Nous répéterons nos rôles avant de partir. »

Elle en parla plusieurs fois à Lyon.

« Ecoutc, lui dit-il, si ça t'ennuie à ce point, ne le fais pas.

– Je suis idiote, je le sais, mais j'ai peur. Ce sera me parjurer, n'est-ce pas?

– A la lettre, oui, mais ça se fait couramment. Personne ne s'en préoccupe, pas même le juge, mais si c'est contre tes principes, il n'y a qu'à en prévenir Henry. Il prendra Miss Steinberg, à la rigueur. Nous y avions pensé en premier; mais, même avec un juge compréhensif, c'est peut-être un peu gros. Comment croire qu'une femme comme Jennifer prendrait une Miss Steinberg comme confidente intime? Ne te tracasse plus, dit-il en étendant la main vers son téléphone. Je vais appeler Henry, après tout, tu ne lui dois rien ni à Jennifer North.

– Oh! miséricorde! fit-elle en s'asseyant brusquement dans le lit. Non, n'appelle pas... Ta phrase m'y fait penser : je dois beaucoup à Jennifer et en particulier dix dollars. Je l'avais complètement oublié, et elle a été formidable avec moi cette nuit-là, je lui dois bien ce service en remerciement.

– Bon, si tu crois que ça efface l'ardoise.

– Quelle formule de finalité, Lyon! fit-elle en le regardant. Comme si tu en terminais avec la personne. Une facture réglée. Je me souviens du jour où tu l'as employée pour moi, j'ai cru que tu me fermais la porte au nez.

– Pour toi? Quand donc?

– Quand je t'ai remercié d'avoir dépanné Neely en la faisant engager dans la revue. Tu m'as répondu que tu effaçais l'ardoise de ton appartement.

– *Notre* appartement, maintenant.

– Notre appartement? répéta-t-elle, émue.

– Pourquoi pas? A moins que tu ne sois particulièrement attachée à ta chambre meublée. Je crois qu'il y a toute la place nécessaire pour deux, ici, et je suis très ordonné, facile à vivre.

– Oh! s'exclama-t-elle en se jetant dans ses bras. Nous ne nous connaissons pas depuis longtemps, mais j'ai toujours su que tu étais l'homme que j'épouserais. »

Il se dégagea doucement.

« Je te propose d'emménager ici, Anne. C'est tout ce que je peux t'offrir, pour le moment. »

Elle se détourna, plus embarrassée que peinée. Il la prit tendrement par les épaules et la tourna vers lui.

« Je t'aime, Anne.

– Quand deux êtres s'aiment, ils se marient, répondit-elle, étranglée par les larmes qu'elle essayait vainement de refouler.

– Oui, à Lawrenceville, où tout est réglé dès la naissance, avec des avenirs bien en place.

– Ton avenir est parfaitement en place, Henry ne jure que par toi.

– Mais moi je ne suis pas sûr de vouloir rester avec lui. A dire vrai, je ne suis sûr de rien, sauf que je ne veux pas mener la vie de Henry, dit-il pensif. Vois-tu, après la guerre, j'avais décidé de ne pas revenir me plonger dans le train-train de Bellamy et Bellows. Mais je suis revenu. Et puis un jour, toi et moi avons déjeuné au Barberry Room, et tu m'as secoué, ce jour-là, tu m'as fait réfléchir. Et puis ce week-end à New Haven, l'exécution de Terry King. Et enfin ce coup de massue lorsque tu as disparu. J'ai commencé à perdre la mesure des choses et j'en suis arrivé à une décision. Je vais essayer d'écrire ce livre.

– Mais c'est merveilleux, mon amour. Et pourquoi le mariage t'en empêcherait-il?

– Mettons qu'il me reste quelques vieux principes désuets, dont celui qui veut que le mari entretienne sa femme. Si je t'épousais, je me lancerais tête baissée dans la carrière d'avocat-imprésario. Je gagnerais beaucoup d'argent, mais notre union ne serait pas une réussite.

– Tu as l'intention de quitter Henry?

– Je ne peux pas, malheureusement. J'ai juste assez d'argent de côté pour vivre quelques mois sans salaire. C'est trop risqué. Je vais écrire tout en travaillant chez Bellamy. Le soir, le week-end. Ce n'est pas le rêve, mais c'est le seul moyen, je n'ai pas de maison de campagne pour m'y retirer. Et je n'ignore pas les aléas de l'entreprise; même si mon manuscrit était accepté, l'avance consentie à un auteur inconnu serait bien modeste. Il s'écoule six ou huit mois avant que le livre ne paraisse et, même s'il est bon, un auteur ne gagne pas tellement d'argent. Les best-sellers sont de rares exceptions. Je n'ai donc que deux possibilités : travailler chez Henry et écrire à temps perdu, ou me dénicher une vieille dame riche pour m'entretenir...

– Je ne suis ni vieille ni riche, mais j'ai un peu d'argent et je peux continuer à travailler.

– Avec ton salaire grandiose et mes économies, nous n'arriverions même pas à payer le loyer de cet appartement, lui dit-il en laissant couler les beaux cheveux blonds entre ses doigts.

– Je te dis que j'ai de l'argent. J'ai cinq mille dollars que mon père m'avait laissés et je viens d'hériter sept mille dollars de ma tante. Ça fait douze mille; c'est plus qu'il n'en faut, Lyon.

– Grands dieux! siffla-t-il en l'embrassant tendrement. Voilà que je me suis trouvé une héritière... Je suis profondément touché, Anne, mais c'est impossible. Je ne suis même pas sûr de savoir écrire. En ce moment précis, il doit bien y avoir quelque cinq cent mille ex-G.I. assis devant leur machine à écrire et martelant leur version personnelle du débarquement en Normandie, à Okinawa, ou du blitz de Londres. Nous avons tous quelque chose à dire. C'est à celui qui le dira en premier et le mieux.

– Je suis sûre que tu sauras écrire.

– Alors, tu en sais plus que moi. C'est bien charmant de ta part, et je ne t'en aime que davantage, mon cœur.

– Quand ton livre sera écrit, est-ce que tu m'épouseras?

– J'en serais ravi, s'il est bon.

– Mais tu viens de dire qu'un livre, même bon, ne rapporte pas beaucoup d'argent, reprit-elle après un silence.

– Mais je n'ai pas dit que l'argent était un critère pour moi. Même si mon livre ne faisait pas un sou, mais qu'il soit bon, je continuerais à écrire. Je serais satisfait et nous nous débrouillerions, financièrement, mais si aucun éditeur n'en veut, je n'aurai plus qu'à travailler d'arrache-pied chez Henry. Je redeviendrais le vieux Lyon Burke d'autrefois pour rattraper le temps perdu et je ne crois pas que tu aimerais cet homme-là.

– Pourquoi? Comment était-il?

– Il ne perdait jamais son temps, fit-il après un instant de réflexion. Oui, je crois que la formule est juste. Je n'avais jamais un geste qui ne soit prémédité, même celui-ci... » ajouta-t-il en lui caressant un sein.

Le souvenir de la voix perçante de Helen emplit les oreilles d'Anne. C'était donc vrai : le vieux Lyon avait été l'amant de l'actrice en vogue. Il venait de l'avouer, somme toute. Il la prit dans ses bras.

« Mais ce vieux Lyon Burke a été tué à la guerre, ou bien il est mort la nuit où ce pauvre garçon lui a parlé de ses pêchers. Ce qui fait que la dernière nuit de ce malheureux n'aura pas été vaine.

Tu ne pourrais pas revenir en arrière. Plus maintenant que tu as compris, dit-elle en se serrant contre lui. Si ce livre-là n'est pas bon, tu en écriras un autre, et encore un autre. Et moi je t'attendrai. Je t'attendrai tout le temps nécessaire, même si ça veut dire des douzaines de livres, pourvu que tu restes toi-même.

– Je ne sais pas si ce « moi-même » est tellement

intéressant, mais je le préfère encore à un Henry Bellamy. C'est là que je voulais en venir. En m'y mettant, je pourrais surpasser la réussite de Henry, parce que je suis beaucoup moins bien que lui. Il hésite souvent. Il laisse la place à quelques sentiments. Moi, mon esprit est sur rails et ne suit qu'une voie. Je pourrais être un super-Henry, c'est-à-dire réussir formidablement dans mon métier, mais aux dépens de mon intégrité.

– C'est l'opinion que tu as de Henry?

– Henry a travaillé comme une brute pendant trente ans pour arriver là où il est, au sommet comme dit l'autre. Lui l'appelle son Everest. En effet, il est au sommet, financièrement et professionnellement, mais que dire de sa vie personnelle? Célibataire, pas de parents, pas de famille. C'est-à-dire, aucune vie en dehors de son travail, tout seul sur le sommet de l'Everest.

– Mais tu apportes de l'eau à mon moulin, mon chéri. Henry a toujours reculé le moment de se marier. Et c'est ce que tu vas faire, toi.

– A quoi sert le mariage sur le sommet de l'Everest? Si Henry avait épousé, disons une femme bien, en dehors du milieu de théâtre, il aurait fondé un foyer, eu des enfants. Ceux-ci seraient grands aujourd'hui, mariés de leur côté. La femme de Henry passerait l'hiver en Floride. Elle aurait renoncé depuis longtemps à rouspéter contre les heures irrégulières de son mari, elle se serait habituée à vivre sans lui, sans sa présence amicale qu'elle n'aurait du reste jamais connue. Elle se consolerait dans le luxe payé par le travail acharné de Henry. Il y a tant de Henry qui se marient et qui se retrouvent quand même seuls sur le sommet! C'est forcé, ils se sont aliéné tout le monde en route. Dans ce métier de margoulin, on se prostitue, on ment, on triche, tout est bon pour arriver. C'est ce travail qui veut ça, et c'est contre ça que je m'élève. Pas contre Henry en soi, mais contre l'homme qu'on devient si on reste assez longtemps dans ce panier de crabes. »

Ils gardèrent tous deux le silence. Lyon le rompit le premier :

« Tu ne m'en veux pas de cette explosion, mon amour?

– Non, j'en suis très contente. Je te comprends mieux, maintenant; mais je reste un peu inquiète...

– De quoi? demanda-t-il en la regardant avec tendresse.

– Partant de tout ça, *quand* nous marierons-nous? »

Il partit d'un rire franc. Elle se demanda s'il savait combien il était merveilleux, alors. Elle ne connaissait personne qui rît comme lui, qui renversât la tête pour éclater d'un rire sonore et magnifique.

« Je vais te dire : tu seras la première à lire mon manuscrit terminé, et alors, c'est toi qui me diras *quand*.

– Il faut dormir, murmura-t-elle en se blottissant contre lui. J'ai beaucoup à faire demain. Et le rendez-vous chez le juge... As-tu une seconde clef de cet appartement?

– J'en ferai faire une, répondit-il en la serrant très fort. Tu acceptes d'emménager avec moi?

– Non, mais j'emménagerai une machine à écrire toute neuve et une belle rame de papier blanc dès la première heure, demain matin. Ce sera mon cadeau pré-conjugal. Je viendrai aussi souvent que tu le voudras, et tous les week-ends. Je taperai tes pages au propre. Mais je ne vivrai pas avec toi. Je vivrai pour toi, et j'attendrai.

– En tant qu'avocat, je me dois de te prévenir que ce contrat est tout à ton désavantage, fit-il en l'embrassant sur le nez. En tant qu'amant, je te promets de veiller à ce que tu n'y perdes rien. »

La séance au tribunal fut rapide. Toutes les craintes d'Anne s'évanouirent lorsqu'elle vit la façon dont il était procédé. Henry remit quelques papiers au juge qui fit semblant de les lire, on posa quelques questions, Jennifer y alla de ses déclarations préfabriquées, Anne récita un bref témoignage. En moins de dix minutes, Jennifer obtenait l'annulation de son mariage. Henry emmena ensuite les deux jeunes femmes déjeuner. Il expédia son repas :

« J'ai du travail qui m'attend, mais restez donc toutes les deux à bavarder. Je vous laisse votre après-midi, Anne. »

A peine avait-il tourné les talons que Jennifer demandait à Anne comment les choses s'étaient arrangées avec Lyon. Anne lui raconta tout, surprise elle-même de sa spontanéité. Quelque chose en Jennifer inspirait la confiance et les confidences.

« Oui... fit Jennifer en secouant la tête. Il est coriace, vous aurez du mal à l'avoir. C'est pourtant avec la bague au doigt qu'une femme a le plus de sécurité.

– Une bague? fit Anne en regardant sa main nue. Ce n'est pas le plus important, d'ailleurs, j'en ai une très belle dans mon coffre-fort.

– Vous voulez dire que vous avez rompu vos fiançailles et réussi à conserver votre bague? s'émerveilla Jennifer en regardant Anne avec un respect nouveau.

– Il n'a pas voulu que je la lui rende.

– Vous devez être vraiment très agréable au lit. Moi qui croyais en connaître un bout!

– Je n'ai jamais couché avec Allen. »

Jennifer en resta sans voix. Puis elle sourit :

« Voilà l'explication. Vous étiez un défi pour lui.

– Peut-être. Je ne pourrais pas en dire autant pour Lyon...

– En tout cas, vous avez été sage : vous avez refusé d'aller vivre avec lui. J'en fais autant avec Tony Polar. Il voudrait que je laisse tomber la revue pour l'accompagner dans ses voyages, mais il ne parle pas de mariage non plus. Je ne marche pas. A ce propos, est-ce que votre appartement est grand?

– Je n'ai qu'une chambre meublée, dans la maison où habite Neely.

– Je ne saurai pas où me loger quand la revue viendra à New York. Ne pourrions-nous essayer de trouver un appartement à partager?

– Ce serait merveilleux, mais je ne crois pas que mes moyens me permettent de m'offrir, ne serait-ce que la moitié d'un appartement.

– Vous dites que Neely habite dans une chambre, elle aussi? fit Jennifer les yeux brillants. Si nous nous réunissions toutes les trois, nous pourrions nous payer un petit appartement.

– Ça me plairait beaucoup, répondit Anne.

– Nous serons à New York dans trois semaines. Croyez-vous trouver quelque chose d'ici là?

– Je chercherai, mais c'est assez difficile. Je n'ai eu celui de Lyon que parce qu'Allen m'a cédé le sien.

– Anne, qu'allez vous faire de cette bague? demanda soudain Jennifer.

– La laisser au coffre, j'imagine, répondit Anne en haussant les épaules. Je n'ai aucune envie de la porter.

– La laisser dormir alors qu'elle pourrait vous rapporter? Vendez-la et placez cet argent.

– Mais elle n'est pas vraiment à moi.

– Vous avez proposé de la rendre et il l'a refusée. Elle est à vous, et vous l'avez bien gagnée. Quand une femme offre le charme de sa compagnie à un homme qui ne lui plaît pas, elle a droit à un dédommagement. Vendez-la. »

Anne pensa à Lyon. Si le manuscrit était refusé et qu'elle eût de l'argent devant elle... Jennifer avait raison.

« Vendez-la, insista Jennifer, et demandez à Henry Bellamy de vous acheter des actions. Vous pouvez doubler votre capital en quelques années. Il y a toujours un « boum » en bourse après les guerres.

– Ne serait-ce pas risqué?

– Pas en ce moment et pas si c'est Henry qui s'en occupe. Il prévoit le « boum ». J'aimerais bien avoir de l'argent à lui confier, moi, mais je n'ai jamais un radis. Toute ma fortune est sur mon dos et je n'ai que ce que je gagne avec la revue. »

JENNIFER

Décembre 1945.

PLUS que trois représentations à Philadelphie. Henry avait vu juste. Le rodage n'avait pas besoin de Boston et *Hit the Sky* débuterait à New York plus tôt que prévu. La troupe attendait la consécration de son succès par New York avec impatience, une certaine anxiété quand même. Les critiques de la grande ville étaient parfois bizarres, on ne pouvait être sûr de rien.

Jennifer restait en dehors de ce trac collectif. Philadelphie lui avait été très profitable. Assise dans le hall de son hôtel, elle dédia un de ses plus beaux sourires à l'avocat opiniâtre qui insistait pour l'emmener boire un dernier verre.

« Il est trois heures du matin, j'ai besoin de dormir un peu, se récusa-t-elle.

– Tu peux dormir toute la journée demain. Viens, je connais un bar très sympathique qui reste ouvert toute la nuit, juste au bout de la rue.

– Il fait très froid, et il faut vraiment que je me repose, Bobby. Et puis je ne bois pas d'alcool. Si j'ingurgite un autre Coca-Cola, je vais exploser...

– Comment peux-tu avoir froid avec ce manteau? s'étonna-t-il en regardant avec intention le castor neuf.

– Tu as été un amour de me l'offrir, répondit-elle

en tapotant affectueusement la fourrure. C'est bien plus chaud que mon vison, mais j'ai quand même besoin de dormir.

– Laisse-moi monter avec toi, pria-t-il.

– Tu es monté hier soir, Bobby.

– Est-ce qu'il y a un règlement qui interdit deux nuits de suite?

– Oui, quand je travaille. Téléphone-moi demain, lui dit-elle avec un sourire prometteur. Vers six heures. Nous irons dîner avant la représentation.

– Et je monte après?...

– Tu montes. »

Elle lui envoya un baiser et se dirigea vers l'ascenseur. Elle trouva plusieurs messages glissés sous sa porte. Le premier était d'un journaliste, les deux autres lui enjoignaient d'appeler Cleveland. Sa mère. Il était trop tard. Le quatrième était d'Anne qui venait de signer le bail de leur appartement et lui disait que tout allait bien. Quelle fille formidable, cette Anne! Jennifer l'enviait et lui enviait aussi son amour pour Lyon. Ce devait être merveilleux d'aimer ainsi. Mais quand on aime, on n'est plus bonne à rien. Elle caressa son manteau de castor – une nuit avec Bobby. L'avantage d'un beau corps. Elle pensa à Lyon Burke.

« Nous allons à la première de Tony Polar ce soir, lui avait dit Henry. Il faut vous montrer, faire du battage autour de vous. Lyon Burke sera votre escorte. Moi, j'accompagne Helen. »

Elle ne s'était pas attendue que Lyon fût si séduisant. Elle avait ressenti une bouffée de désir pour cet homme, un désir purement physique et désintéressé. Elle avait eu l'intention de se le payer cette nuit-là. Et puis Tony Polar était entré en scène. Le projecteur sur Tony; Tony qui chantait pour elle; tous les regards braqués sur eux; son sourire figé à soutenir; troublée par le charme de Lyon, mais sensible à l'hommage public de Tony. La virilité de Tony ne pouvait se comparer à celle de Lyon. La trentaine tous les deux, mais l'un serait toujours un adolescent, alors que l'autre était un homme depuis longtemps. Lyon n'était qu'un imprésario; Tony était une vedette. Elle avait pris sa décision.

Elle se déshabilla et lança ses vêtements à la volée sur une chaise. Elle laisserait probablement Bobby monter le lendemain. Elle avait besoin d'une nouvelle robe du soir. Elle fronça le nez. Il était affreux et il soufflait comme un phoque. Mais c'étaient les hommes comme Bobby qui payaient bien. Forcément. Les Lyon Burke étaient un luxe qu'elle ne pouvait s'offrir. Du reste, une sorte de mécanisme inconnu se déclenchait en elle pour éliminer automatiquement, avec la précision d'une machine I.B.M. toutes les fantaisies sans rendement matériel.

Ce barrage-là n'avait pas toujours existé. Autrefois, sa sentimentalité se rebellait, mais maintenant elle prenait ses décisions sans hésiter. Elle repensa à Lyon Burke. Il avait semblé la comprendre. Elle fut soudain frappée par une constatation : lui et elle étaient de la même race. Elle était un luxe qu'il ne pouvait s'offrir... Mais alors, que venait faire Anne dans ce tableau? Peut-être, après tout, Lyon n'aimait-il pas les femmes comme Jennifer? Ridicule. Elle plaisait à tous les hommes. Elle examina son corps nu dans la grande glace avec un intérêt détaché. Il était parfait. De profil, ses seins étaient aussi bien accrochés qu'autrefois. Elle plia les bras et exécuta vingt-cinq mouvements de gymnastique pour les raffermir. Elle prit un grand pot de beurre de cacao et avec une dextérité de spécialiste et des mouvements fermes et doux, elle se massa les seins avec cette crème nourrissante. Elle se fixa sur le nez, entre les sourcils, un petit papier collant spécial pour empêcher la formation des rides. Encore vingt-cinq mouvements pour le buste et elle enfila sa chemise de nuit.

Grand Dieu! Quatre heures et elle n'avait pas sommeil. Quand allumaient-ils donc le chauffage dans cet hôtel? On gelait. Elle se glissa sous les couvertures et prit les journaux du matin. Deux photos d'elle, dont l'une de propagande, en compagnie de Tony. Tony! N'eût été sa fichue sœur, il lui aurait déjà demandé de l'épouser. Elle fronça les sourcils à la pensée de Miriam. Le papier collant la rappela à l'ordre. Elle se détendit instantanément. Comment se débarrasser de Miriam? De fait, en y réfléchissant bien, elle ne voyait Tony sans Miriam qu'au lit...

Le téléphone sonna timidement, comme gêné de se manifester à cette heure indue. Elle décrocha, remplie d'espoir. Tony se couchait souvent très tard, lui aussi. Mais c'était Cleveland. Résignée, elle accepta la communication en P.C.V.

« Jen... fit la voix geignarde de sa mère. J'ai essayé de te joindre toute la nuit.

– Je viens juste de rentrer, maman. J'ai jugé qu'il était trop tard pour te rappeler.

– Mais je ne peux pas dormir! Je suis si inquiète. J'ai lu toute une histoire sur toi dans les journaux de Cleveland. Il paraît que le prince ne va pas te donner de pension alimentaire, après votre divorce?

– C'est vrai.

– Tu es folle, Jen? Tu sais bien que John va prendre sa retraite l'année prochaine et nous ne pourrons jamais vivre de sa pension. Déjà, nous avons du mal à joindre les deux bouts.

– Je t'ai envoyé cinquante dollars la semaine dernière, maman. Et je t'en enverrai encore cinquante dès que j'aurai touché mes cachets de cette semaine.

– Ta grand-mère a été malade. J'ai dû l'emmener chez le docteur, le chauffage central a une fuite et...

– J'essaierai de t'en envoyer davantage, répondit Jennifer en pensant à Bobby. Mais je ne gagne que cent vingt-cinq dollars par semaine, moins la Sécurité sociale et les impôts.

– Je ne me suis pas privée de tout pour t'envoyer à l'école en Suisse pour te voir finir dans une comédie musicale qui te paie aussi mal...

– Je ne t'ai rien coûté, maman. C'était l'argent que papa m'avait laissé, et tu ne m'as envoyée en Suisse que pour me séparer d'Harry.

– Parce que je ne voulais pas te voir épouser un mécanicien de garage. Il faisait peut-être des études d'ingénieur, mais il est toujours mécano, avec des ongles noirs et trois gosses crasseux. Harriet Irons était une des plus jolies filles d'ici. Elle a ton âge et fait quarante ans maintenant. Quand une fille se marie par amour et sans argent, elle vieillit vite. L'amour ne dure pas. Les hommes ne pensent qu'à une seule chose. Souviens-toi de ton père!

– Maman, nous parlons sur l'inter, se plaignit Jennifer d'un ton las. Tu ne m'as pas appelée pour te plaindre de papa, n'est-ce pas? De plus, John est un merveilleux mari. Je ne me souviens pas de mon père, mais je ne crois pas qu'il aurait pu l'égaler.

– C'était un vaurien, ton père. Riche et beau, et un vaurien, mais je l'aimais. Ma famille n'a jamais eu d'argent, mais nous avons un nom. Ta grand-mère est une Tremont de Virginie. Et toi, je te voyais bien mariée, mais tu as tout envoyé promener sans y gagner un centime...

– Et pourquoi crois-tu donc que je me suis sauvée, maman? Juste avant de partir pour l'Italie, j'ai appris que le prince n'avait pas un sou!

– Tu plaisantes! J'ai vu vos photos dans les journaux. Le collier de diamants, le manteau de vison...

– Le collier est un bijou de famille. Il m'a offert le vison, mais je crois que le fourreur le lui a donné pour rien en raison de la publicité que nous lui avons faite. Il avait tout un appartement au Waldorf, mais c'était une firme d'alcool qui payait la note à titre de relations publiques. Son titre est authentique, sang royal, mais il n'a pas un sou vaillant. Ils ont tout perdu sous Mussolini. Ils ont un horrible et énorme vieux château près de Naples. C'est là que j'aurais vécu, en fréquentant le gratin international, en portant les bijoux de famille et en rognant sur tout avec classe... Heureusement que je l'ai su à temps. Après notre mariage, il m'a parlé d'un certain riche marchand de vins italien avec qui je devrais être très aimable, aimable jusqu'au bout si le gars voulait de moi... Un beau salopard, mon prince, oui. J'ai eu de la chance de conserver le vison.

– Et ce Tony Polar?

– Il est charmant; il me plaît beaucoup. Et il a beaucoup d'argent. De plus, mon imprésario pense m'obtenir un contrat de cinéma.

– Ah! ça, n'y songe pas! N'oublie pas que tu n'as plus les dix-neuf ans de ta publicité... Tu es très belle et tu as un genre qui attire les hommes, mais un corps comme le tien s'abîme très vite. Qu'as-tu dit de ta vie privée à ce Tony Polar?

– J'ai arrangé la vérité. Mon père était très riche, a été tué lors d'un bombardement à Londres et sa seconde femme a hérité de toute sa fortune. Il m'avait laissé une certaine somme qui m'a permis de faire mes études en Suisse. Pour justifier mes dix-neuf ans, je n'ai pas dit que j'y étais restée cinq ans.

– Tu lui as parlé de moi?

– Je lui ai dit que tu étais morte.

– Quoi?

– Tu ne voulais tout de même pas que je lui avoue que j'avais une mère, un beau-père et une grand-mère qui n'attendaient qu'un signe pour emménager chez moi? Si je l'épouse, tu deviendras ma tante, la sœur chérie de ma mère, que je suis obligée d'aider.

– Bon... Est-ce que tu surveilles ta ligne?

– Je suis très mince.

– Je sais, mais ne t'amuse pas à grossir et à maigrir. C'est la pire des choses pour des gros seins comme les tiens qui tomberont bien assez tôt et alors, ce ne sera pas beau à voir. Fais-en une source de rapport pendant qu'ils tiennent. Les hommes sont des animaux, ils aiment ça. Je n'aurais peut-être pas perdu ton père si je n'avais pas eu la poitrine aussi plate... Et j'aurais eu une vie aisée. Oh! Jen, pleurnicha-t-elle soudain, je n'en peux plus, je voudrais tout laisser tomber et venir près de toi...

– Je t'en prie, maman, fit Jennifer exaspérée. Laisse-moi d'abord épouser Tony et je m'occuperai de toi.

– Qu'attends-tu pour l'amener au mariage? Dans cinq ans, tu auras trente ans. J'en avais vingt-neuf quand ton père m'a laissée tomber. Ne perds pas de temps...

– Ce n'est pas si simple que ça. Il a une sœur, elle lui sert d'imprésario et gère sa fortune. Leur mère est morte à la naissance de Tony. Miriam l'a élevé et l'adore, elle me déteste.

– Sois énergique, Jen, débarrasse-toi d'elle et prends sa place. Il ne faut pas la garder près de vous quand vous serez mariés. Elle gâcherait ta vie et m'empêcherait de venir m'installer chez toi. Sois plus fine qu'elle. Quand une femme a de l'argent, rien ne peut l'atteindre, et je voudrais tant que tu sois heureuse, ma petite fille... »

Les radiateurs commencèrent à siffler; le jour pointait à travers les volets. Jennifer ne dormait toujours pas. Si le coup de téléphone de sa mère l'avait laissée indifférente – elle en avait l'habitude – par contre ses insomnies l'inquiétaient. Pour rester jeune et belle, il faut dormir. Elle avait lu quelque part que le repos au lit, même les yeux ouverts, reposait tout autant le corps, mais elle ne pouvait rester allongée, elle marchait dans sa chambre et fumait un paquet de cigarettes. Elle alla dans la salle de bain se remettre de la crème nourrissante autour des yeux. Pas encore de rides, mais pour combien de temps? Depuis ces dernières semaines en Espagne, elle ne pouvait plus dormir au-delà de trois heures par nuit, et encore... Elle soupira. Avant, elle dormait si bien. De fait, le sommeil était une échappatoire, lorsque les problèmes l'assaillaient trop nombreux... Jusqu'à ces dernières semaines en Espagne, avec Maria.

Maria... La plus jolie fille de l'école et Jennifer, comme toutes les « nouvelles » étrangères, avait idolâtré la froide beauté espagnole. Maria était une ancienne. Hautaine, elle ne parlait à personne, n'avait pas d'amie. Elle terminait ses études et quitterait la Suisse sans avoir laissé quiconque pénétrer dans son enceinte réservée. Mais un jour, à la bibliothèque... Jennifer s'y trouvait, en larmes, une lettre de sa mère à la main. Tout l'argent pour ses études avait été dépensé; il fallait qu'elle rentre à la maison. S'était-elle fait des relations intéressantes? Cleveland souffrait encore de la crise, quoique la guerre en Europe fît ouvrir de nouvelles usines.

Harry avait épousé Harriet Irons et travaillait toujours dans son garage...

« Allons, rien ne vaut tant de larmes... »

Jennifer leva les yeux. C'était Maria, la majestueuse Maria qui condescendait à lui adresser une parole de sympathie. Elle écouta le récit de Jennifer.

« Je me demande bien ce que maman espérait, dit celle-ci finalement. Que notre professeur d'anglais soit un lord avec un château, peut-être?

– Ah! les parents! fit Maria, souriante, dans un anglais haché mais parfait. J'ai vingt-deux ans. Mon père s'attend à me faire épouser l'homme de son choix. Question d'intérêts de famille ou de terrains. La guerre civile a dévasté notre pays; les quelques grandes familles qui restent ont le devoir de s'unir. Je reconnais la valeur de ce principe, malheureusement, en tant qu'épouse, je devrai coucher avec ce cochon.

– Moi, j'aimais Harry, dit tristement Jennifer. Mais il ne convenait pas à maman.

– Quel âge as-tu, Jeannette? – c'était le véritable prénom de Jennifer.

– Dix-neuf ans.

– As-tu déjà couché avec un homme?

– Non, répondit Jennifer en rougissant, les yeux au sol. Mais avec Harry... nous sommes allés assez loin. Je l'ai laissé me caresser... et moi aussi... j'ai touché sa...

– Moi, j'ai couché avec un homme.

– Complètement?

– Oui. L'année dernière, en vacances. J'étais en Suède avec ma tante et j'ai rencontré un homme magnifique. Le professeur de natation. Je savais que mon père voulait me faire épouser un de ces gros Allemands réfugiés en Espagne avec des fortunes, alors j'ai décidé de faire mes premiers pas avec un beau garçon.

– Je regrette bien de ne pas l'avoir fait avec Harry! Maintenant il est marié...

– Ne regrette rien. C'est affreux! Il nous presse les seins, ... nous pénètre durement. Ça fait mal. Il est trempé de sueur et il halète comme un animal. J'ai saigné. Et je me suis trouvée enceinte. »

Jennifer n'en croyait pas ses oreilles. C'était bien Maria, la déesse lointaine, qui lui confiait de tels secrets?

« Oren! cracha Maria. Il s'est occupé de tout; un docteur... encore des souffrances... et ma grossesse terminée, mais j'ai fait de l'infection. L'hôpital... une opération... je ne peux plus avoir d'enfants.

– Oh! Maria, quel drame!

– Non, c'est très bien, fit Maria avec un sourire rusé. Je vais laisser mon père combiner tous les mariages qu'il veut et puis je préviendrai cet homme; on n'épouse pas une femme stérile, je ne serai donc jamais contrainte de me marier, acheva-t-elle d'un ton triomphant.

– Mais ton père...?

– Ma tante a prévu une explication; j'étais sous sa responsabilité, alors... Je dirai que j'avais une tumeur des ovaires et qu'il a fallu me les enlever. »

Jennifer ne voyait pas la nécessité d'offrir sa sympathie attristée à une fille qui jugeait cet accident un coup de chance...

« Toi, tout s'arrange à ton goût, mais moi il faut que je rentre en Amérique.

– Tu n'as pas besoin de rentrer, tu es trop belle pour attendre bêtement que la vie t'envoie un homme qui te blessera, toi aussi... L'année scolaire se termine dans quinze jours, viens passer l'été en

Espagne avec moi; nous trouverons alors une solution.

– Ce serait merveilleux, Maria, mais je n'ai pas d'argent; je n'ai que mon billet de retour.

– Je t'invite, j'ai plus d'argent qu'il n'en faut. »

Les deux dernières semaines avaient marqué le triomphe personnel de Jennifer. La nouvelle avait fait rapidement le tour : la petite Jeannette Johnson était devenue l'amie de Maria. Les autres la contemplèrent avec envie. Maria conserva son attitude majestueuse, même envers Jennifer à qui elle ne parlait que brièvement, mais son comportement changea du tout au tout le jour de leur départ. Elle devint amicale et affectueuse dans le taxi que les deux jeunes filles prirent pour se faire conduire à Lausanne. Elle ne rentrait pas encore chez elle, expliqua-t-elle à Jennifer. Son père lui avait écrit, lui conseillant de passer l'été en Suisse car l'Espagne se ressentait durement de sa guerre civile. Il lui ouvrait un compte dans une banque suisse. Elles y passèrent trois ans.

Elles s'aimèrent le premier soir.

Jennifer fut surprise des avances de Maria mais en ressentit plus de curiosité que de déplaisir, et les explications logiques de son idole la convainquirent :

« Nous nous plaisons et je veux te faire connaître la sexualité, t'en donner toutes les joies sans que tu sois malmenée par une brute d'homme. Nous ne faisons rien de mal, nous ne sommes pas de ces affreuses lesbiennes à cheveux courts et à tailleurs masculins, nous sommes deux femmes douces et tendres qui s'adorent. »

Ce soir-là, Maria se déshabilla devant son amie avec orgueil. Elle avait un très joli corps. Jennifer se réjouit secrètement à la pensée que le sien était encore plus beau. Elle se dépouilla timidement de ses vêtements. Elle perçut l'exclamation étouffée de Maria à la vue de ses seins.

« Tu es encore plus belle que je ne le pensais », dit Maria doucement.

Ses mains caressèrent légèrement, avec tendresse, les seins généreux. Elle se pencha sur eux et y posa sa joue.

« Tu vois, j'admire ta beauté et je la respecte. Un homme serait déjà en train de te déchirer. »

A son étonnement, Jennifer ressentit une certaine excitation... son corps se mit à vibrer sous les doigts fins qui la parcouraient toute...

« Viens, lui dit Maria en la prenant par la main. Viens te coucher à côté de moi et fumer une cigarette.

– Non... continue à me caresser...

– Tout à l'heure... tout ce que tu voudras... mais je veux que tu te sentes bien avec moi... »

Maria avait été très tendre et très patiente, prenant un peu plus de libertés chaque soir, apprenant à Jennifer à répondre à ses caresses, effaçant toute gêne entre elles.

« Tu ne dois pas seulement te laisser aimer, répétait-elle. Tu dois me rendre la pareille... Donne-moi autant de plaisir que je t'en donne... »

Et Jennifer finit par répondre à son amour avec une ardeur égale. Elle atteignit des paroxysmes de volupté dont rien ne lui avait permis de rêver.

Ses relations avec Maria étaient doubles. Le soir, elle était l'amoureuse exigeante et comblée, mais dans la journée elle considérait Maria comme une amie. Lorsqu'elles faisaient des courses ensemble ou exploraient des petites villes inconnues, Maria n'était pour elle qu'une femme comme les autres à qui rien de spécial ne la rattachait.

Il leur arrivait de rencontrer des hommes agréables, et Jennifer se trouvait alors en difficulté. Maria restait indifférente à leurs avances, mais Jennifer se sentait parfois très attirée. En dansant, ses sens répondaient à l'appel du corps viril qui la tenait dans ses bras.

Un jour, elle était allée se promener avec un Panaméen particulièrement beau garçon, un étudiant en médecine qui partirait pour New York, dès la fin de la guerre, pour compléter ses études. Il l'embrassa et elle s'accrocha à lui, répondant à son baiser avec la même passion. C'était merveilleux, cette solide épaule, cette poitrine d'homme contre la sienne, cette main forte après la douceur de celle de Maria, ces lèvres fermes... Elle eut follement envie de lui. Elle s'enfuit. Maria lui fit une scène, ce soir-là.

Mais, dans l'ensemble, la vie était belle, Maria était généreusement extravagante, elle offrait de jolies choses à son amie. Elles apprirent à skier, à parler français couramment. Lorsqu'elles furent lasses de Lausanne, elles s'installèrent à Genève.

Puis le père de Maria lui écrivit de rentrer en Espagne. Elle refusa. En 1944, il lui coupa les vivres. Elle dut s'incliner.

« Tu vas venir avec moi, dit-elle à Jennifer. Mais il faut que nous vendions ton billet de retour pour l'Amérique, je n'ai plus assez d'argent. »

Jennifer sut qu'elle aliénait là sa liberté. L'amour de Maria avait commencé à lui peser cette dernière année, mais Cleveland et sa mère avaient encore moins de charme. L'Espagne! Peut-être y trouverait-elle un bel Espagnol de bonne famille? Elle n'avait que vingt-trois ans, et toujours vierge... au pied de la lettre...

Elle vécut une année en Espagne. Elle y rencontra de nombreux partis possibles, mais Maria veillait et l'empêchait de poursuivre ses relations.

Elle commença à se rebeller. Très possessive, Maria l'étouffait. Pour la première fois, Jennifer comprit la peur de la pauvreté qui hantait sa mère. L'argent achète la liberté. Bien habillée, elle vivait luxueusement, mais elle était la propriété de Maria. Si elle retournait à Cleveland, ce serait pour s'y enfermer dans une autre prison, le mariage avec un homme qui lui réclamerait aussi l'usage de son corps. Sans argent, on est toujours la captive de quelqu'un.

Elle endura l'amour de Maria, répondant à une passion qu'elle ne ressentait plus. Lorsque son amie dormait enfin, Jennifer se levait et s'asseyait près de la fenêtre, fumant à la chaîne, réfléchissant au moyen de s'évader.

De l'argent. Elle voulait de l'argent. Son corps en gagnerait pour elle; il l'avait fait jusqu'à présent. Elle irait à New York sous un autre nom... peut-être pourrait-elle poser comme cover-girl... Elle ne se laisserait plus jamais prendre au piège.

Quand la bombe atomique explosa, Madrid ne vécut plus que pour les nouvelles. Jennifer profita de ce que Maria était restée devant la T.S.F. à écouter le bulletin pour écrire secrètement à sa mère, lui enjoignant de réclamer la présence de sa fille sous le prétexte qu'elle était malade.

Maria dut s'incliner devant cette lettre d'Amérique. Elles se séparèrent avec des promesses de fidélité éternelle; Jennifer jura de revenir dès que sa mère serait guérie. Pour éviter tout soupçon, elle laissa derrière elle la plupart de ses robes. Elle eut un remords lorsque Maria lui glissa dans la main un carnet de Traveller's chèques.

« Ça te fera trois mille dollars américains. Essaie

d'économiser dessus ton billet de retour, mais si tu n'en as plus, télégraphie-moi, je t'en enverrai. »

Jennifer débarqua à New York et prit une chambre dans un hôtel modeste. Elle envoya cinq cents dollars à sa mère avec défense absolue de révéler à quiconque son adresse et son nouveau nom.

Au début, Maria écrivit tous les jours et la mère de Jennifer fit suivre les lettres à New York. Jennifer n'y répondit jamais. Par un de ces étranges coups du sort, elle avait retrouvé l'étudiant panaméen de Suisse dès son premier jour à New York. Elle coucha avec lui tous les soirs pendant trois semaines; un jour il lui présenta le prince Mirallo.

Sept heures : elle écrasa sa dernière cigarette. Il fallait qu'elle dorme. Elle voulait tenir sa promesse envers Bobby, ainsi décrocherait-elle peut-être et la robe du soir et l'argent à envoyer à sa mère.

NEELY

Janvier 1946.

Hit the Sky avait été chaleureusement accueilli par les journalistes new-yorkais unanimes dans leurs louanges. La célébrité d'Helen Lawson était à son apogée et Neely avait eu de très bonnes critiques. Rien qui pût exciter l'animosité d'Helen, mais plus qu'il n'en fallait pour combler les rêves les plus extravagants de la jeune fille.

Une rubrique de théâtre avait même déclaré qu'elle était une révélation comme on en avait peu vu depuis quelques années. Ce compliment et le nouvel appartement lui donnèrent le sentiment d'être quelqu'un.

Anne avait eu une chance extraordinaire, et toujours par le truchement des Cooper. Gino, cette fois, avait plaqué Adèle. Folle de rage, celle-ci s'était engagée dans une revue qui partait pour Londres, et elle avait sous-loué son ravissant appartement à Anne. Neely ne parvenait pas à se rassasier de ce luxe; elle caressait tout, les dessus-de-lit, les lampes... Jamais elle n'eût pensé marcher un jour sur un tapis blanc...

Adèle revenait le 1er juin, mais d'ici là, Jennifer aurait probablement épousé Tony, Anne serait peut-être mariée avec Lyon et elle épouserait Mel. Mel qui venait de débuter à la radio, avec l'équipe de

Johnny Mallon, pour écrire leurs textes! Deux cents dollars pour commencer; elle en gagnait deux cents, la revue était maintenant à New York. Misère, la vie était belle...

Elle allait s'acheter de nouvelles robes; on connaissait par cœur sa robe de taffetas rouge. D'abord, un manteau d'hiver. Il y avait des soldes chez Ohrbach. Misère, toutes les robes que Jennifer avait rapportées de Philadelphie! Pas étonnant qu'elle fût toujours fauchée.

Elle avait réveillonné chez Johnny Mallon avec Mel, toute l'équipe de la radio et de nombreuses célébrités. Et tout le monde semblait la connaître... Elle n'en revenait pas. Misère, quelle soirée! Il fallait qu'elle cesse de dire ainsi « misère » à tout propos. On lui riait souvent au nez. Oh! pas méchamment... Si elle fréquentait ces amis cultivés de Mel, elle apprendrait peut-être d'autres expressions. Mel parlait si bien... Il était allé à l'université. Misère, un érudit comme Mel amoureux d'elle!

Elle s'était agrippée à lui au retour de ce réveillon.

« J'ai peur, Mel, je suis trop heureuse.

– Allons... Nous avons bien débuté 1946; mais j'ai eu de la peine pour Helen Lawson ce soir. Elle avait l'air si seule quand nous l'avons laissée dans sa loge.

– Helen n'a jamais d'escorte, répondit Neely en fronçant son petit nez. Ce soir, encore, elle avait de la chance, elle avait déniché cette tantouse de modéliste pour l'emmener à un réveillon. Misère, Mel, ton hôtel est rudement anglais! Pas de chauffage et nous sommes presque au matin... Nous sommes chauffées toute la nuit à l'appartement, ajouta-t-elle en grimpant dans le lit et dans ses bras, frissonnante.

– Bon. Fixe un jour et je déménagerai. Nous

pouvons nous marier maintenant. Je nous dénicherai un gentil appartement. »

Neely s'était coulée contre lui, enroulant ses jambes autour des siennes pour se réchauffer.

« Alors, Neely? Tu as entendu Johnny ce soir. Ma situation est assurée. Deux cents dollars par semaine.

– Moi aussi.

– Alors, tu m'épouses?

– Oui, le 1er juin. J'ai loué cet appartement avec les filles jusqu'à cette date, et il faudrait que je crache quand même le tiers du loyer, si je partais. Je ne veux pas payer deux loyers.

– Mais moi, je te veux.

– Mais tu m'as... fit-elle en pouffant. Vas-y... prends-moi... maintenant... Nous nous marierons le 1er juin. Allez, Mel, fais-moi l'amour... Non, pas comme ça, je n'ai pas mon diaphragme... Comme j'aime, tu sais... Je t'en prie, Mel... »

Février 1946.

Muettes d'ahurissement, Anne et Jennifer contemplaient Neely qui dirigeait tranquillement les livreurs de piano pour l'installation d'un demi-queue.

« Je viens de signer avec le bureau de Johnson Harris, leur dit-elle ensuite.

– Et Henry?

– Je lui en ai parlé, hier. Je lui ai dit que Johnson Harris m'avait fait des offres et il m'a immédiatement dégagée de mon contrat avec lui. Je ne suis pas encore assez importante pour avoir un imprésario, j'ai besoin d'une grande agence théâtrale derrière moi. Et regardez...

– Ils t'ont offert un piano? s'enquit Jennifer.

– Non, mais ils en assument la location. Et ils m'ont obtenu un tour de chant à La Rouge, je débute dans trois semaines.

– Et *Hit the Sky,* alors? fit Anne.

– Je ferai les deux, je ne passerai à La Rouge qu'à minuit. Trois cents dollars par semaine! Formidable, hein? Et ce n'est pas tout... L'agence a obtenu de Zeke Whyte – et elle le paie pour ça – de me préparer mon tour de chant. Zeke ne travaille que pour les plus grandes vedettes. Il m'a entendue chanter et il a dit qu'avec un peu de travail, je pourrais être très bonne. Il dit que je tiens de Judy Garland et de Mary Martin.

– Si tu y ajoutes un peu d'Helen Lawson, nous flanquons les trois par la fenêtre, fit Jennifer avec un clin d'œil à Anne.

– Il n'est pas formidable, mon piano? fit Neely en caressant avec amour le vieux Steinway égratigné. C'est Zeke qui l'a spécialement choisi. Ça transforme la pièce, non?

– Oh! pas de doute, dit Jennifer. Ça lui donne grand air, l'air d'une salle d'audition...

– Mis...! commença Neely qui s'interrompit. Ça t'ennuie de l'avoir là? poursuivit-elle, son visage enfantin tout chagriné.

– Non, sourit Jennifer. Je me demande simplement où tu as l'intention de fixer la barre de danse, maintenant? C'est ce qui vient ensuite, non?

– Ne la décourage pas dans ses ambitions, Jen, rit Anne. Ce sera merveilleux d'avoir une vedette dans la famille.

– Je veux gagner de l'argent, rétorqua Neely avec une grimace. Quand je me marierai en juin, je veux avoir assez d'économies pour meubler un appartement aussi bien que celui-ci.

– Et quand ton Mel trouve-t-il le temps d'écrire ses textes pour Johnny Mallon? questionna Jennifer. J'ai l'impression qu'il consacre le plus clair de son temps à tes relations publiques. Je n'ai jamais vu personne avoir autant de publicité que toi.

– Et pourquoi ne m'aiderait-il pas? répliqua Neely. Après tout, ce que je gagne est pour nous.

– Tu n'as vraiment pas envie de devenir une vedette?

– Ah! non alors! Pour se retrouver toute seule un soir de réveillon, sans autre escorte qu'un pédé de modéliste. Je continuerai à travailler après mon mariage, mais mon foyer passera toujours en premier. Et je te conseille de parler, toi qui viens de refuser un contrat avec la Twentieth pour rester avec ton Tony...

– Ce n'était qu'un petit contrat. Cent vingt-quatre dollars par semaine...

– Mais Henry t'avait conseillé de signer. En aurais-tu accepté un meilleur?

– Peut-être, je ne sais pas, mais je n'ai pas de talent, Neely, alors que tu en as.

– Voui... mais une carrière exige plus que du talent. Il faut ranger un peu ici, Zeke va arriver, ajouta Neely en courant dans la pièce pour vider les cendriers. Jen, tu mets des mégots partout. Zeke dit que c'est une chance que je ne fume pas, même la fumée qui flotte dans une pièce abîme la voix d'une chanteuse.

– Est-ce qu'on va interdire les cigarettes dans ta boîte de nuit? fit Jennifer, les sourcils arqués.

– Non, mais ce n'est pas une raison pour que tu enfumes ma maison! »

A dater de ce jour, Zeke Whyte envahit l'appartement. Pendant trois semaines, il fit travailler Neely sans relâche. Agréable, un peu efféminé, sûr de son importance, c'était un excellent professeur et musicien. Il la poussa impitoyablement.

« Mais pourquoi me tarabuste-t-il comme ça?

venait-elle parfois se plaindre aux filles, en faisant irruption dans leur chambre, en larmes. Je me débrouillais très bien sans avoir pris une leçon de chant de ma vie. Voilà que maintenant il veut faire de moi une Lily Pons! En trois semaines... Anne, va lui dire de me laisser tranquille! »

Zeke venait alors les rejoindre.

« Ça suffit comme ça, Neely... Au travail.

– Je ne peux pas, sanglotait-elle. Vous m'en demandez trop.

– Il le faut. Pourquoi se contenter de la moyenne quand on peut faire beaucoup mieux? »

Neely reprenait sa leçon... et ses gammes... encore une crise... encore des gammes... La plus belle discussion eut lieu à la fin de la seconde semaine. Neely se précipita au bureau de Bellamy et Bellows.

« Où est-il? demanda-t-elle à Anne.

– Qui ça?

– Henry! Je veux le reprendre comme imprésario, j'ai besoin de lui pour me débarrasser de Zeke.

– Henry est à la N.B.C. Qu'est-ce que Zeke a encore fait?

– Il veut que je brûle toutes mes robes!

– Quoi?

– Tu as très bien compris. Brûler toutes mes robes! Il ne veut même pas que je les donne, elles sont trop laides, dit-il. Même mon nouveau manteau, fit-elle en caressant son col de renard roux avec amour. Je l'ai payé soixante-dix dollars chez Ohrbach.

– Il fait un peu vieux pour toi, répondit Anne en dissimulant un sourire.

– Ecoute, toute ma vie j'ai porté les défroques de ma sœur, aujourd'hui, je voudrais bien avoir le droit de m'habiller à mon goût. Et je ne sais même pas ce qu'il veut. Je dois le retrouver chez un modéliste, tout à l'heure. C'est pourquoi j'ai besoin d'Henry pour qu'il lui fasse comprendre que j'ai quand même mon mot à dire.

– Tu n'as pas besoin d'Henry pour ça, tu peux le lui dire toi-même.

– Non, je ne veux pas me fâcher avec lui. Il pourrait me planter là; et c'est formidable ce qu'il a fait de ma voix. Je n'en reviens pas. En deux semaines... J'attrape des notes dont j'ignorais l'existence et je les tiens avec volume. C'est un génie.

– Alors, fais-lui confiance pour tes robes.

– Bon, concéda Neely, je vais lui laisser choisir la robe de mon tour de chant. Elle doit être spéciale parce qu'il me fait danser un peu sur certains numéros, mais je ne lui sacrifierai jamais ce manteau. »

La semaine suivante, elle expédiait à sa sœur un colis contenant la robe de taffetas rouge, les six nouvelles robes achetées depuis le début de la revue et le fameux manteau. Zeke lui choisit une robe du soir pour sa première, deux robes de lainage et un manteau-tailleur bleu marine. Elle contempla sa maigre garde-robe avec une grimace. Elle alternait ses deux robes, n'osant presque manger de peur de les tacher, ce qui l'aurait laissée sans rien.

« Tu te rends compte... dit-elle à Mel en étalant soigneusement sa serviette de table sur sa robe bleue, un jour chez Sardi. Cent vingt-cinq billets d'un dollar pour ça...

– Elle est très jolie, mais elle ne fait pas ce prix-là.

– Zeke dit que je dois créer un type et m'y conformer. Quel type est-ce que je crée, dans cette robe? Tu devrais savoir ça, toi qui as fait des études.

– Ah!... fit Mel, pensif, en mordant dans son sandwich. On ne peut pas dire que tu aies l'air d'une de ces starlettes de Broadway. Plutôt d'une étudiante... Voilà, c'est plutôt ça, une jeune fille fraîche émoulue d'une de ces grandes écoles élégantes.

– C'est bon, ça?

– Je ne sais pas, mon trésor, je t'aime avec n'importe quoi sur le dos, même avec cet effroyable machin de taffetas rouge.

– Mel! Tu ne m'as jamais dit que tu n'aimais pas ma taffetas.

– Tu la portais le soir où je t'ai connue, je ne voulais pas te faire de peine.

– Et mon manteau noir avec le col de renard roux alors?

– Il faisait très ordinaire, et trop vieux pour toi.

– Et tu trouves que ce manteau bleu marine sort de l'ordinaire, toi?

– Je ne sais pas, mon amour, mais je trouve qu'il te va bien. Les pédés ont toujours beaucoup de goût.

– Ah! bon... » soupira-t-elle en attaquant son sandwich...

Mars 1946.

Personne ne s'attendait à la sensation produite par Neely, le soir de sa première. Anne était là, en compagnie de Lyon et d'Henry. Plus loin, Jennifer occupait une grande table, avec Tony Polar, Miriam et quelques compositeurs de chansons. Helen Lawson, entra, escortée d'un petit metteur en scène. Elle fit un signe amical à Henry et ignora délibérément Anne.

La soirée commença sous les auspices d'une

première habituelle de cabaret. Les journalistes étaient là par obligation, les célébrités étaient là pour se faire voir. Personne ne s'attendait à grand-chose. Le fait était courant : une petite débutante se servait du support d'un spectacle en cours pour améliorer son mois. Ils étaient venus avec de la considération pour son courage et son ambition; ils repartirent en la portant au pinacle.

Anne n'en revenait pas. Elle croisa le regard de Jennifer à plusieurs reprises, et elles échangèrent un coup d'œil ravi. Henry Bellamy était assis sur le bord de sa chaise.

Neely fut sensationnelle. L'éclairage rendait son petit visage enfantin presque beau et sa robe – un chemisier de satin blanc tout uni et une simple jupe courte de satin bleu marine – mettait en valeur ses jambes ravissantes et sa fine silhouette avec ses seins de petite fille.

« Doux Jésus, Lyon! murmura Henry. Comment l'avons-nous laissée nous glisser entre les doigts?...

– Quand nous faisons une bêtise, elle est gratinée, répondit Lyon en secouant la tête.

– Elle est vraiment formidable, murmura Anne.

– Formidable n'est pas le mot, dit Lyon. Elle est incroyable, et unique... »

Après cela, la vie devint affolante dans l'appartement. Le téléphone sonnait sans cesse, le salon était occupé pour les interviews, les photos, les répétitions. Neely fut invitée à de nombreuses émissions de T.S.F. Elle signa un contrat avec une grande firme de disques, la Métro la voulait, la Twentieth la voulait. Et Helen Lawson cessa de lui adresser la parole. Neely s'en plaignit, désolée.

« Tu te rends compte, dit-elle à Anne. Elle m'ignore complètement.

– Ça prouve que tu as réussi, elle continue à être adorable avec moi, grimaça Jennifer.

– J'allais rester avec la revue jusqu'au bout, Gilbert Case m'a proposé une augmentation et de plus grandes lettres sur l'affiche, mais je ne peux pas travailler dans cette ambiance.

– Voyons, Neely, rit Anne, tu n'as aucune scène avec elle. Tu cherches simplement une excuse pour quitter la revue le 1er juin. »

Elle signa finalement avec la Century Productions.

« C'est un studio plus petit que les autres, expliqua-t-elle à Mel. Mais Johnson Harris juge que c'est le meilleur pour moi. Deux de leurs films ont été sélectionnés pour le Grand Prix l'année dernière, ils se sont attachés toutes les nouvelles étoiles et j'ai un contrat de star. C'est parfait, je resterai avec la revue jusqu'à fin mai, de toute façon, en juin, nous n'avions plus d'appartement, puisque Adèle revient.

– Que vont faire Anne et Jennifer? demanda Mel, peu heureux du contrat de cinéma.

– Les choses sont plus faciles maintenant, je crois qu'elles s'installeront temporairement à l'hôtel Orwin qui n'est pas trop cher.

– Et nous?

– Nous nous marions le 1er juin, comme je l'avais décidé.

– Enfin! sourit Mel. J'ai cru que tu ne me demanderais jamais ma main.

– Et nous passerons notre lune de miel en Californie, reprit-elle en le caressant. Le patron m'y loue une maison. Je l'ai vu la semaine dernière, il était de passage. Cyril H. Bean, mais on ne l'appelle que le Patron. Un charmant petit vieux, cinquante ans, bien bronzé, de jolis cheveux blancs, très paternel. Il me loue une grande maison à Hollywood, trois cents dollars par mois avec une piscine, mais il me défend de m'exposer au soleil parce que j'ai assez de taches de rousseur comme ça. Imagine,

Mel! Une maison avec une piscine... Et je débute à mille dollars par semaine. Quel argent nous allons gagner!

– Neely... fit Mel en lui prenant la main. Tu sais combien je t'aime... Mais mon travail avec Johnny Mallon est à New York...

– Laisse tomber, tu ne gagnes que deux cents dollars.

– J'en gagnerai trois cents l'année prochaine.

– Et moi *mille*! Sans compter mon pourcentage sur mes disques. L'agence dit que je me ferai vingt-cinq mille dollars l'année prochaine avec mes disques, tu te rends compte?

– Et qu'est-ce que je ferai, moi? La planche dans la piscine?

– Nous faisons équipe, chéri. J'ai besoin de toi, j'ai besoin de plus de publicité que jamais. L'attaché de presse du studio travaille pour tout le monde, toi, tu ne travailleras que pour moi. Et puis tout cet argent à manipuler, Mel. Je n'ai jamais signé un chèque de ma vie, et misère, je ne saurais jamais commander à des domestiques, encore bien moins les engager. Je n'ai jamais eu de maison. Tu t'occuperas de tout. Il faut absolument que tu viennes, je serais perdue sans toi. Et puis, après tout, c'est toi qui est responsable de tout. L'agence Johnson Harris ne s'est intéressée à moi qu'à cause de toute la publicité que tu m'as décrochée...

– Je ne crois pas que ça puisse marcher, Neely. Je ne suis jamais allé à Hollywood mais je sais comment ça se passe, là-bas. J'y deviendrais Mr. Neely O'Hara.

– Tu ne crois quand même pas que je vais fréquenter tous ces acteurs et sortir tout le temps, non? Nous y vivrons comme ici. J'ai sans cesse des invitations aux premières et autres. Nous y allons parfois, personne ne t'y appelle Mr. O'Hara.

– C'est différent, ici, Neely.

– Mais nous resterons les mêmes. Je veux travailler dur, gagner de l'argent et me retirer dans cinq ans, si possible. Tout le monde saura que tu t'occupes de moi, que c'est ton travail, d'ailleurs, je n'irai que si tu viens avec moi.

– Bon, je cède, dit-il en lui serrant la main. J'ai toujours rêvé d'un bronzage californien pour épater les copains de Brooklyn. »

JENNIFER

Décembre 1946.

DEBOUT sur une chaise, Jennifer tentait de caser un carton à chapeau sur la dernière planche de son placard. Elle se baissa lestement pour éviter deux valises que sa manœuvre avait fait basculer.

« Quel placard ridicule! grogna-t-elle. Ces hôtels sont construits de façon dérisoire... Ce que je regrette notre appartement! Comme si Adèle ne pouvait se dégoter un lord et rester en Angleterre.

– Ces placards ne sont pas si petits que ça, Jen. Je t'offrirais bien le mien mais il éclate aussi de toutes les robes que tu m'as données; Lyon a les yeux écarquillés de me voir tous les jours dans une nouvelle création. Tu mets une robe une fois et tu t'en fatigues.

– Si Tony m'offre un nouveau vison pour Noël, je te donnerai mon vieux.

– Vieux! Il date de l'année dernière, mais je te l'achèterai. J'ai de l'argent, Henry a placé le produit de ma bague, plus mes douze mille dollars.

– Comment vont tes placements?

– Nous n'avons tiré que vingt mille dollars de la bague. Elle valait beaucoup plus mais ce n'était pas le moment, paraît-il... Henry a tout placé en actions. Elles n'ont pas beaucoup monté, mais j'encaisse de jolis dividendes.

– Ne touche pas à tes actions.

– C'est toi qui me dis ça? Tu fais photos sur photos dans *Vogue* et *Harper's*, et tu n'as pas mis un sou de côté. Tu as dû gagner une fortune depuis que tu travailles pour Longworth, mais tu dépenses tout en robes, et encore si elles te plaisaient...

– Entre mes robes et l'argent que j'envoie à maman, comment veux-tu que je fasse des économies? Je gagne trois ou quatre cents dollars à poser pour ces photos. C'est peu de chose. Non, mon gros lot, c'est Tony. J'ai vingt-six ans, Anne, je n'ai plus tellement de temps. Mes robes font de l'effet sur Tony et sur les journalistes, je mise là-dessus. Tout pour ma garde-robe et jouer la carte Tony. Si je retourne le mariage, je suis tranquille pour le reste de ma vie.

– Ce n'est pas une raison pour gaspiller ton vison.

– Tout le monde me l'a vu sur le dos depuis un an. C'est du vison sauvage, il ira très bien avec tes cheveux. Moi, j'ai envie d'un vison noir. Si j'épouse Tony, j'en aurai des douzaines, et à moins que le livre de Lyon ne soit un best-seller monumental, tu attendras longtemps avant d'en avoir un.

– Peut-être... Je prie le Ciel... Il a fini son livre la semaine dernière.

– Formidable! Maintenant vous pouvez vous marier.

– Ce n'est pas si simple que ça, rit Anne. D'abord il faut qu'un éditeur l'accepte. Il l'a remis à Bess Wilson, une très bonne agence littéraire. Si elle le prend, il aura beaucoup plus de chance d'intéresser un éditeur. Il espère en avoir des nouvelles avant Noël. Hé!... Neely est en panne... s'exclama-t-elle en courant pousser l'aiguille du pick-up.

– Tu les as usés, ces disques, remarqua Jennifer.

– Je les aime tellement et je suis si fière d'elle. Je ne me tiens plus de voir son film. Mais il est deux heures, ajouta-t-elle en fermant l'appareil. Au lit!

– Je voudrais lire un peu. Est-ce que ma lumière te gêne?

– Ce qui me gêne, c'est de voir que tu dors si mal. Je m'éveille parfois au milieu de la nuit et ton lit est vide.

– Oui, je vais fumer dans le salon, voilà plus d'un an que je ne peux plus dormir. Je suis un peu tracassée au sujet de Tony aussi, ajouta-t-elle en haussant les épaules. Il part pour la Californie, en février, pour un programme de radio, Miriam nous colle perpétuellement et je n'obtiens rien de lui qu'au lit, seuls tous les deux; je ne peux tout de même pas cacher M. le maire entre nos draps!

– Pourquoi ne te sauves-tu pas avec lui?

– J'y ai pensé, il y a le Maryland, mais ce n'est pas si facile. Au lit, il me promet tout ce que je veux, dès qu'il est debout, il n'écoute plus que Miriam. Couche-toi, ajouta-t-elle en se dirigeant vers la salle de bain, inutile de nous tracasser toutes les deux, je trouverai bien un moyen.

– Essaie surtout de dormir, lui conseilla Anne en tapotant son oreiller.

– Oui, mais il faut d'abord que je fasse ma culture physique et que je graisse mon matériel. »

Elle ferma la porte et prit avec lassitude le pot de beurre de cacao. Elle examina son visage sous la lumière crue; de fines lignes s'inscrivaient sous ses yeux. Trente ans dans quatre ans! Tony croyait qu'elle n'en avait que vingt, mais s'il s'intéressait un jour à une de ces très jeunes femmes que Miriam lui fourrait toujours dans les pattes, il s'apercevrait de la différence... Dieu merci, il n'était pas très fin; elle s'arrêta net. C'est vrai qu'il n'était pas très brillant. Ou bien était-ce parce que Miriam s'occupait de tout pour lui? Car il était très brillant dans son travail; il remarquait immédiatement une note à côté... une fraction de mesure manquée... Oui, c'était cette Miriam qui lui enlevait toute initiative. Encore un peu d'huile pour les paupières. Il fallait qu'elle dorme. Elle grimpa dans son lit et éteignit la lumière.

Une heure plus tard, toujours aussi éveillée, elle comprit qu'elle avait encore une nuit blanche en perspective. Elle se leva doucement et passa au salon. Elle fouilla dans son sac à main et prit le petit flacon. Elle contempla les petites pilules rouges qu'Irma lui avait données. « Une seule et tu dormiras des heures. » Quatre pilules de Seconal. « Ça vaut de l'or pour moi. Je ne peux pas t'en donner davantage. » Irma était l'actrice qui avait remplacé Neely dans la revue. « Je voudrais bien t'en donner d'autres, Jennifer, mais je n'en ai que dix par semaine. Il faut une ordonnance médicale. »

L'idée que cette petite pilule rouge pouvait la faire dormir était un peu terrifiante, mais une seule ne pouvait pas lui faire de mal. Irma, si nerveuse à la pensée de remplacer la merveilleuse Neely, en prenait une tous les soirs et s'en trouvait très bien. Elle l'avala avec une gorgée d'eau et se recoucha rapidement. Combien de temps lui fallait-il pour agir? Elle se sentait tout aussi éveillée. Elle entendait la respiration d'Anne dans le lit à côté, le tic-tac de la pendulette sur la table de chevet, le trafic dans la rue... Des sons familiers, intensifiés, même...

Et puis, elle se sentit partir. Mon Dieu, quelle sensation merveilleuse... son corps sans poids... sa tête très lourde et pourtant légère... Elle allait dormir... dormir... Formidable « poupée » rouge, comme l'appelait Irma.

Le lendemain, elle alla consulter le médecin de Bellamy. Il la trouva en excellente condition. Il n'allait certainement pas lui prescrire des somnifères. Quelle plaisanterie! Un peu moins de café, moins de cigarettes, et elle dormirait.

« Tu n'obtiendras rien d'un bon médecin, lui expliqua Irma. Il faut que tu t'adresses à un de ces petits margoulins du West Side. Il t'examinera en vitesse, te prendra dix dollars, et te donnera l'ordonnance pour une semaine de provisions, sachant que tu retourneras lui donner tes dix dollars la semaine suivante. »

Jennifer trouva le médecin en question dans la 48e Rue Ouest.

« Voilà de quoi vous procurer une semaine de Seconal, lui dit-il, en lui tendant l'ordonnance. Cela devrait rééduquer votre sommeil, sinon, revenez me voir. »

Anne ignora l'histoire des « poupées » mais fut heureuse de voir Jennifer dormir. Elle se demanda si Tony lui avait fait une promesse rassurante; et soudain, quelques jours avant Noël, un soir où elle préparait son sac pour aller passer le week-end avec Lyon comme à l'accoutumée, Jennifer prit sa décision.

« Voilà, déclara-t-elle, Tony m'emmènera dans le Maryland nous marier ce soir, ou je refuserai de le revoir. J'ai mis quelque chose au point. Si ça échoue, j'aurai encore six semaines devant moi pendant lesquelles je me montrerai partout avec un autre homme pour le rendre fou de jalousie, assez fou pour céder et m'épouser. Si j'attends qu'il parte pour la Californie, je suis fichue.

– Où sera Miriam, ce soir?

– Là où elle est toujours. Avec nous! Il y a une première à la Bombra. J'ai dit à Tony de venir me prendre ici parce que je veux me changer après la représentation. Miriam nous attendra à la Bombra avec son groupe. J'aurai Tony à moi toute seule. Je lui réserve une surprise... »

Tony la trouva en déshabillé.

« Hé!... Dépêche-toi de passer une robe! Le spectacle est à minuit et demi.

– Embrasse-moi d'abord », dit-elle doucement en venant à lui.

Il l'embrassa en lui caressant les seins.

« Miséricorde! laisse-moi émerger... J'étouffe! Déjà que j'ai besoin d'une transfusion sanguine rien qu'à ton contact... » fit-il.

Ses doigts s'attaquèrent fébrilement aux boutons du déshabillé, qu'il défit jusqu'à la taille. Il se recula, la respiration haletante.

« Jen, on n'a pas le droit d'avoir des nichons pareils! fit-il en les pétrissant.

– Ils sont à toi », sourit-elle.

Il enfonça son visage entre les globes généreux. Sa bouche se fit gourmande. Elle lui tenait gentiment la tête.

« Oh! souffla-t-il. Je n'en reviens jamais... Chaque fois que je les touche... Je voudrais rester là toujours... »

Il déboutonna maladroitement le bas du déshabillé qui tomba au sol. Elle recula. Il la suivit. Elle recula encore.

« Tony... mes seins sont à toi... Mais tout le reste n'est *pas* à toi. C'est à moi! »

Elle l'évita de nouveau. Redressée, elle se caressa les cuisses en remontant lascivement vers son ventre.

« Tout ça, c'est à moi, murmura-t-elle d'une voix prenante. Mais *nous* te voulons, Tony. Déshabille-toi... »

Il ôta brutalement sa chemise dont les boutons

sautèrent. Il vint à elle, nu. Elle se caressa les seins en affichant un certain plaisir. Il la regarda, soufflant à petits coups. Il courut à elle mais elle se déroba.

« Tu as un joli corps, lui dit-elle avec un sourire lent, mais le mien est plus beau. Tu peux le regarder, mais tu n'y toucheras que quand il sera à toi.

– Mais il est à moi... tu m'appartiens... rugit-il presque.

– Non, je te l'avais prêté, sourit-elle délicieusement. Et je le reprends, à moins que tu n'en veuilles vraiment, que tu en veuilles pour toujours.

– Oui, je te veux pour toujours. Mais viens... tout de suite... fit-il en la poursuivant, tremblant.

– Pas maintenant, pas tant que nous ne serons pas mariés.

– Je t'épouserai... », dit-il la voix rauque.

Il la suivit dans la chambre, mais elle se dérobait toujours, lui souriant et se frôlant les seins, se caressant partout, devant lui. Ses yeux ne le quittaient pas.

« Quand? demanda-t-elle.

– Nous en reparlerons tout à l'heure... après... »

Il continuait à la poursuivre, hypnotisé par ce nouveau jeu qu'elle lui imposait. Elle le laissa approcher... il lui prit les seins... y colla goulûment sa bouche... ses mains remontèrent le long de ses cuisses. Elle se dégagea.

« Jen! s'écria-t-il la voix cassée. A quoi joues-tu? Tu veux donc me tuer...?

– Epouse-moi, ou tu ne me toucheras plus jamais. Jamais! Epouse-moi ce soir.

– Comment veux-tu nous marier ce soir? Il faut des papiers, des examens... Nous nous occuperons de tout dès demain matin, je te le jure.

– Non, demain matin Miriam t'embobelinera de nouveau. Prends ta voiture, allons à Elkton, dans le

Maryland. Nous pouvons nous y marier en cinq minutes. Viens, Tony... *Nous* voulons t'appartenir pour de bon... fit-elle en ondulant et en se frottant les seins contre lui.

– Mais Miriam...?

– Je me charge de Miriam. Nous la préviendrons, après. Ne t'inquiète pas. Et toi, tu seras dans mes bras. Je t'appartiendrai toute... pour toujours... murmura-t-elle en se collant à lui. Caresse-moi partout, Tony... Tout t'appartiendra. Et je t'accorderai ce que j'ai toujours refusé... Tout... Je ferai ce que tu m'as souvent demandé.

– Maintenant... supplia-t-il. Tout de suite... Nous irons à Elkton après...

– Non. Après Elkton.

– Je n'en peux plus! Je ne peux pas attendre jusque-là.

– Si, tu le peux... Viens. Après, je te promets tout...

– Tu as gagné, céda-t-il pantelant, les lèvres sèches. Mais pour l'amour du Ciel, dépêchons-nous.

– Tu ne le regretteras pas... fit-elle en lui jetant les bras autour du cou. Je te rendrai fou... »

On frappa sèchement à la porte. Etonnée, elle enfila son déshabillé. C'était un télégramme.

« Pour Anne, dit-elle, en s'asseyant sur le lit. Il faut que je l'appelle chez Lyon, c'est peut-être important. »

Lyon répondit. Il allait lui passer Anne. Tony essayait de lui ôter son déshabillé. Elle le repoussa.

« Anne. Un télégramme vient d'arriver pour toi. Je l'ouvre? Bon, une seconde... »

Tony la poussait doucement mais fermement sur le dos. Elle tenait le télégramme d'une main, le téléphone de l'autre et tentait de l'écarter. Elle étouffa le combiné.

« Non, Tony! Pas maintenant. Non! » Il était déjà sur elle. Elle lut le télégramme. La bouche de Tony avait pris ses seins. Oh! miséricorde! « Anne... oui, je suis là... Anne, ta mère est morte... »

Tony venait de pénétrer en elle et l'ébranlait. Elle serra les dents et tenta de maîtriser sa voix.

« Oui, Anne, c'est tout. Pas de détails. Je suis désolée pour toi... »

Elle raccrocha. Il retomba sur elle, comblé, soufflant d'épuisement.

« Tony... tu as triché, tu as pris avantage de la situation...

– Avantage? C'est toi qui es née avec deux avantages formidables, fit-il en souriant paresseusement, avec une chiquenaude sur ses seins.

– Il faut nous habiller, Anne va arriver d'une minute à l'autre.

– Grands Dieux, ce que ça pressait! Cette chemise n'a plus un seul bouton, constata-t-il en l'enfilant. Je vais passer chez moi en mettre une autre.

– Fais ta valise, en même temps. Nous partons pour le Maryland, tu t'en souviens?

– Pas maintenant, mon chou, sourit-il. En nous dépêchant, nous pouvons encore arriver à temps à La Bombra. Sois prête quand je reviendrai, dans vingt minutes.

– Tony, si tu ne tiens pas ta promesse, je ne te reverrai jamais.

– Tu me reverras, mon chou, fit-il en la prenant gaiement par le menton. Qui pourrait me remplacer? Je suis le plus brillant... Mets une robe à sensation, tous les journalistes seront là », ajouta-t-il en se dirigeant vers la porte.

Elle l'entendit se refermer. Merde! Merde! Quelle malchance! Merde pour la mère d'Anne! Merde pour toutes les mères! Même mortes, elles s'arrangeaient pour tout gâcher... Elle se souvint qu'elle n'avait pas envoyé à la sienne son chèque hebdomadaire, et Noël était proche. Sa mère avait vu un manteau d'agneau des Indes en vitrine et voulait absolument s'offrir un manteau de fourrure une fois dans sa vie. Jennifer se précipita vers son secrétaire et gribouilla un chèque de cinq cents dollars qu'elle accompagna d'une carte : *Joyeux Noël, bon agneau des Indes. Tendresse, Jeannette.* Au moins sa mère, elle, passerait de bonnes fêtes.

Elle s'habilla rapidement; il ne fallait pas qu'elle fût là quand Tony reviendrait, si elle voulait lui forcer la main.

Elle irait à Lawrenceville avec Anne. Voilà, elle devait bien ça à son amie. Elle téléphona à Henry Bellamy dont la voix ensommeillée s'anima à ces nouvelles. Mais oui, qu'elle accompagne donc Anne, il ferait le nécessaire auprès de Gil Case, et qu'elle loue une voiture au compte de l'agence; ce serait plus facile pour atteindre Lawrenceville. Pauvre Anne, sa tante et sa mère dans la même année!

Quand Anne et Lyon arrivèrent, tout était arrangé, Jennifer avait même préparé la petite valise de son amie, avec deux robes noires et un tailleur gris.

« Il n'est que minuit, dit Jennifer, et je n'ai jamais sommeil. Je conduirai et tu dormiras dans la voiture. Nous y serons demain matin. La voiture que j'ai louée va arriver d'une minute à l'autre.

– Je viendrai pour l'enterrement, dit Lyon.

– Non, mon amour, tu ne connaissais pas maman. Tout ira bien, sois tranquille. Garde ce temps-là pour ton livre.

– Téléphone-moi dès ton arrivée. »

Jennifer les entraîna. Une conduite intérieure noire les attendait en bas, le chauffeur remit les clefs et les papiers à Jennifer qui démarra immédiatement. Lyon regarda les feux arrière disparaître au tournant, surpris de l'efficience de la jeune femme qu'il avait toujours prise pour une fantaisiste. Il s'éloigna, manquant de peu Tony Polar qui débarquait allégrement d'un taxi.

La mère d'Anne avait voulu continuer à se servir de la voiture que tante Amy conduisait autrefois. Atteinte de cataracte, elle y voyait très mal et, par une nuit pluvieuse, rentrant d'un tournoi de bridge à la paroisse, elle avait percuté un camion-remorque. La mort avait été instantanée.

L'enterrement eut lieu le lundi, simple et digne. Lyon et Henry avaient envoyé des fleurs magnifiques, Miss Steinberg et les filles une couronne.

Le mardi matin, Jennifer aborda le sujet de leur retour à New York. Le séjour à Lawrenceville lui avait plu, elle s'était amusée de l'admiration éperdue de la petite ville à son endroit, mais surtout elle était impressionnée par la magnifique maison qui appartenait à Anne, maintenant.

« Moi, il faut que je rentre pour la revue, dit-elle. Mais j'imagine que tu vas rester un peu, tu ne peux pas partir comme ça, en coup de vent, et laisser cette belle maison.

– Oh! si, répondit Anne. J'en ai parlé à mon homme d'affaires, hier, je lui ai dit de la mettre en vente, meubles et tout. Je veux en finir avec cette ville que je déteste. Si je gardais la maison, je serais obligée d'y renvenir.

– Tu n'aimais pas ta mère?

– Non. Elle ne m'en a jamais donné l'occasion. Ce n'était pas sa faute, c'était Lawrenceville. J'aimerais mieux vivre toute ma vie dans l'affreuse chambre meublée de la 52e Rue que de revenir ici, Jennifer. Lawrenceville m'étouffe. Il m'a suffi de ces deux jours pour que je la sente m'étreindre, fit-elle avec un frisson. Si tu veux penser que pendant ma jeunesse, j'ai connu ici plus de trente jeunes filles sans m'y faire une seule amie... A New York, en un an à peine, j'ai trouvé Neely, Lyon et toi.

– Il ne te reste plus que Lyon et moi. Pas de nouvelles de notre vedette de cinéma depuis des mois...

– Son film sort en mars, en grande première, tu te rends compte!

– Oui, elle doit être très bonne. J'ai lu qu'elle préparait son deuxième film. Je me demande quand elle va mettre les bébés en route? Et Mel, crois-tu qu'il a grossi, un peu? »

Elles rirent. Jennifer reprit une tasse de café.

« Je vais partir cet après-midi pour être à New York ce soir, reprit-elle. Comme ça, je pourrai jouer en matinée demain. Seigneur! fit-elle en fronçant les sourcils. Tony doit croire que je me suis fait enlever, je n'ai pas laissé de message, et Miriam doit pavoiser... »

Elle pensa à Tony tout en roulant sur l'autoroute monotone. Elle ne désirait pas seulement son argent et la sécurité du mariage, elle voulait être une bonne épouse, avoir des enfants. Tony ne ferait pas une mauvaise affaire en l'épousant, elle lui serait fidèle. Pourquoi pas, d'ailleurs?... Un homme en valait un autre et Tony la satisfaisait; elle savait s'y prendre...

Son casier à lettres débordait de petits papiers, à son hôtel, et la plupart étaient de Tony. La standardiste l'informa que Mr. Tony Polar venait juste d'appeler, pour la dixième fois de la journée; Jennifer eut un sourire de satisfaction. Il était deux heures du matin, elle gagna sa chambre mais ne prit pas de Seconal, elle se coucha et attendit.

Vingt minutes plus tard, le téléphone sonna. Elle

perçut le soulagement dans l'intonation de Tony lorsqu'elle répondit.

« Et où avais-tu disparu, crénom? gronda-t-il.

– J'étais absente.

– Pas possible! railla-t-il. Ne te moque pas de moi, enchaîna-t-il d'un ton différent, troublé. J'étais aux cent coups. Où étais-tu?

– A l'enterrement de la mère d'Anne.

– Et depuis quand te précipites-tu en province pour assister à un enterrement? ironisa-t-il, ni convaincu ni apaisé. Anne est ta meilleure amie, c'est entendu, mais tu es restée bien longtemps absente. Il y avait un bel homme parmi ceux qui tenaient le cordon du poêle?

– Pas seulement là, répondit-elle mielleusement. Cette ville regorge de beaux garçons, assura-t-elle. (Elle n'avait pas rencontré un homme de moins de cinquante ans.)

– Puis-je venir, Jen? demanda-t-il doucement.

– Il est presque trois heures, Tony, et je suis claquée, bâilla-t-elle.

– Demain, alors? De bonne heure dans l'après-midi. J'enregistre à trois heures, mais je n'en ai que pour une heure.

– Demain, c'est mercredi, j'ai une matinée.

– Bon, je te retrouverai chez toi après la représentation.

– Non, tu sais bien que je garde mon maquillage pour la soirée, et tu me décoifferais.

– Oh! bon, bon, grogna-t-il. Alors, je viendrai te chercher pour aller dîner ensemble.

– Nous verrons... » dit-elle en raccrochant.

Elle ne rentra pas à son hôtel, après la matinée. Elle se força à passer ces quelques heures dans un cinéma. Après la représentation du soir, elle prévint le concierge de dire à Tony qu'elle était déjà partie, s'il venait la chercher. Elle attendit dans sa loge la ronde finale du concierge qui bouclait tout. Oui, Mr. Polar était venu et il lui avait fait la commission. Elle lui donna cinq dollars et regagna son hôtel. Le téléphone sonnait lorsqu'elle entra dans sa chambre. Elle ne décrocha pas. Il sonna toutes les vingt minutes. Elle s'enquit à chaque fois auprès du standard. C'était bien Mr. Polar. A cinq heures du matin, elle répondit enfin.

« Où étais-tu? explosa-t-il fou de rage.

– Je suis allée au cinéma entre les deux représentations, dit-elle en hésitant comme si elle mentait.

– Je n'en doute pas! Et ce soir? Tu as dû partir comme une flèche...

– Mais j'étais dans ma loge, le concierge s'est trompé.

– Et tu étais chez toi toute la nuit, aussi, peut-être?

– Ouuuui...

– Eh bien, pour ta gouverne, j'ai appelé toutes les vingt minutes depuis onze heures trente. Tu viens juste de rentrer! fit-il triomphant.

– Je dormais sans doute, et je n'ai pas entendu la sonnerie.

– Tu parles! Tu étais probablement avec un de ces types de Boston que tu as rencontrés à l'enterrement, oui... »

Elle lui raccrocha au nez et se pelotonna dans son lit avec un sourire extasié. Cela marchait! Elle se leva et alla chercher son petit flacon rempli de pilules rouges. Elle en prit deux; une lui suffisait mais deux lui procuraient un tel bien-être! Elle posa doucement sa tête sur l'oreiller; la merveilleuse sensation de légèreté l'envahit presque tout de suite. Oh! Dieu, mais comment avait-elle pu vivre jusque-là sans ces extraordinaires « poupées » rouges!

Elle joua encore au chat et à la souris avec Tony

pendant deux jours. Elle contemplait tous les soirs son petit flacon de Seconal avec reconnaissance. Elle n'aurait jamais tenu le coup sans ses poupées, elle aurait passé d'interminables nuits blanches à se tracasser, à s'énerver, à fumer et elle aurait flanché.

Le vendredi soir, elle trouva Tony à l'entrée des artistes. Il la prit brutalement par le bras.

« Ça va bien, tu as gagné, grinça-t-il. J'ai la voiture, nous partons pour Elkton.

– Mais je joue ce soir et j'ai une matinée demain.

– Je vais aller dire au régisseur que tu es malade.

– Les journaux de demain parleront de notre mariage, je serai renvoyée et j'aurai un dédit à payer.

– Et alors? Tu seras Mme Tony Polar et tu ne vas pas continuer avec cette revue, n'est-ce pas? »

Bien sûr que non! Avait-elle perdu la tête? Et puis Henry arrangerait tout.

« Va leur dire que je suis malade, Tony, fit-elle en s'accrochant à son bras. D'ailleurs, c'est vrai, je me sens faible... »

Jennifer était aux anges et Tony sous le choc. Ils étaient mariés, les journaux d'Elkton en avaient été informés, les jeunes époux avaient posé et souri devant les photographes locaux et fait des déclarations à la presse. Et ils avaient ensuite pris une chambre dans un petit hôtel aux abords de la ville. Jennifer défaisait sa valise; assis au pied du lit, Tony se remettait doucement.

« Miriam va me tuer! dit-il soudain affolé. Il faudra que tu me soutiennes lorsque nous la retrouverons en rentrant...

– Tu n'es plus un enfant, dit-elle en l'entourant de

ses bras. Et je suis ta femme, Tony, je te soutiendrai toujours.

– Mais elle va être tellement furieuse, Jen... j'ai peur... oh! j'ai peur... »

Les larmes lui vinrent aux yeux et il s'enfouit le visage dans l'oreiller pour sangloter. Jennifer en resta médusée, puis elle pensa à la vie professionnelle de Tony, à son talent qui le rendait plus émotif que les autres hommes. Elle se pencha sur lui et le berça tendrement.

« Ne t'en fais pas, Tony, tout ira bien... je serai près de toi.

– C'est vrai, promis? demanda-t-il en la regardant les yeux pleins de larmes. Après tout, c'est ta faute, c'est toi qui m'as forcé à t'épouser.

– Mais oui, dis-toi que je suis ta femme, maintenant. »

Il étendit le bras et lui caressa un sein. Il s'essuya lentement les yeux en grimaçant et la regarda d'un air sournois.

« C'est vrai... Je peux faire de toi ce que je veux...

– Oui, Tony, admit-elle en s'efforçant de sourire.

– Tourne-toi », gronda-t-il en lui arrachant son déshabillé.

Elle serra les dents sur sa douleur lorsqu'il la prit. Elle sentait ses ongles lui lacérer le dos. « Souris, Jen, tu as gagné, tu es madame Tony Polar... »

Le télégramme froissé en main, Miriam regardait dans le vide. Elkton... Et voilà! Elle avait pourtant pris toutes ses précautions. Elle attrapa son téléphone et son doigt boudiné forma rageusement un numéro.

« On dirait qu'ils vous ont échappé, monsieur Ornsby! aboya-t-elle dans l'appareil. Où étiez-vous ce soir? Ils se sont sauvés et sont allés se marier à Elkton. Et je vous paie deux cents dollars par semaine pour ce joli travail. Quel genre de détective êtes-vous donc?

– Un des meilleurs, ma bonne dame, lui répondit-il d'un ton glacial. Je me suis gelé le cul nuit après nuit à les surveiller dehors, alors qu'ils s'envoyaient en l'air, bien au chaud. Mais je ne suis pas un escadron de police à moi tout seul. J'ai besoin de manger de temps à autre, et de pisser aussi. Je l'ai vue entrer au théâtre, et je me suis dit que le moment où je pouvais être tranquille était bien pendant que cette nana était en scène. Comment prévoir qu'elle allait laisser tomber la revue? »

Miriam raccrocha brutalement. Il avait raison, Jennifer avait été très maligne. Elle soupira. Tant de précautions, tant de surveillance et maintenant tout était fichu! Elle avait réussi à berner tout le monde, jusqu'à présent. On prenait les réparties de Tony en bonne part comme faisant partie de son charme; on pensait même que c'était un genre. Elle seule connaissait la vérité : en amour Tony était un homme, son talent était un don et son travail instinctivement parfait, mais il avait l'âge mental d'un enfant de dix ans.

Jennifer s'en était-elle aperçue? Miriam n'avait rien en soi contre cette jeune femme qui semblait sincèrement attachée à Tony, mais elle avait toujours veillé à ce que les sens exigeants de son frère fussent satisfaits par des passades sans lendemain dont on se débarrassait avec un cadeau et des promesses. Elle avait tout fait pour éliminer Jennifer, jetant les plus jolies filles dans les bras de Tony. Il les prenait, d'ailleurs, mais revenait toujours à Jen. Le séjour en Californie aurait peut-être enfin brisé cet attachement. Plus que deux semaines à courir. Et voilà...

Elle soupira derechef. Tout le monde croyait qu'elle se cramponnait à Tony pour profiter du rayonnement de sa célébrité. Miséricorde! Elle aurait donné la lune pour vivre sa vie personnelle bien tranquille. Quarante-quatre ans, célibataire et attelée à la tâche surhumaine de maintenir Tony sur la voie du succès...

Bella, leur mère, une théâtreuse de caf'conc' les avait conçus de pères différents. Elle était morte à l'hôpital en donnant le jour à Tony. Miriam avait quatorze ans. Elle avait ramené le nouveau-né à la maison et l'avait élevé. Oh! ces effroyables semaines, les biberons à doser correctement, les couches à laver, en vivant sur les maigres économies de Bella et en se nourrissant de boîtes de soupes et de crackers!...

Tony avait eu ses premières convulsions à quatre semaines. De nouveau l'ambulance, sirènes hurlantes comme pour sa mère, et l'hôpital. On avait procédé à des tests, à toutes sortes d'examens. Les docteurs avaient gardé le bébé un an. Miriam était devenue folle d'anxiété, mais au moins avait-elle pu trouver un travail à plein temps, et elle avait mis un peu d'argent de côté. On lui rendit Tony guéri, semblait-il, mais il rechuta et il fit de fréquents séjours à l'hôpital jusqu'à l'âge de cinq ans. Elle le mit alors en classe; il progressait péniblement, incapable de passer dans la classe supérieure. On le lui rendit en lui conseillant un établissement spécialisé. Non, pas une maison de débiles mentaux pour son Tony... Patiemment, elle l'instruisit elle-même, de son mieux.

Elle avait envisagé un instant de mettre Jennifer en garde contre un mariage, en lui racontant la vérité. C'était trop risqué. Si la jeune femme se tournait contre eux et répandait l'histoire? La carrière de Tony en serait brisée... Et Tony aussi.

Mais elle n'allait pas renoncer. Elle avait trop donné de soi-même, elle avait bataillé trop dur et trop longtemps pour laisser une espèce de blonde tapageuse venir tout gâcher aujourd'hui. Elle resterait auprès du jeune ménage. Ils partaient pour la Californie sous peu; elle irait habiter avec eux. Elle ramena les pans de sa robe de chambre sur son corps informe d'obèse et réfléchit aux choses à faire dans l'immédiat.

ANNE

Décembre 1946.

ANNE regagna New York cette même nuit. Elle trouva un désordre effarant chez elle et une carte de Jennifer sur sa table de chevet :

La bataille fut dure mais j'ai gagné. Quand tu liras ceci je serai madame Tony Polar. Pense à moi. T'embrasse. Jen.

Lyon lui avait téléphoné à Lawrenceville pour lui annoncer sa grande nouvelle : Bess Wilson aimait beaucoup son livre, y voyait de grandes possibilités mais demandait qu'il fût entièrement remanié. Anne avait fait de son mieux pour avoir l'air aussi enchantée que lui... mais encore six mois de machine à écrire!... Et Jennifer partie... sa chambre lui semblait bien solitaire...

Elle tiendrait le coup. Elle aurait beaucoup d'argent lorsque la maison et les meubles seraient vendus et qu'elle toucherait l'héritage de sa mère et celui de tante Amy. Le tout lui ferait près de cent vingt mille dollars, lui avait dit le notaire. Malheureusement, il fallait qu'elle retourne à Lawrenceville régler toutes les paperasseries légales et la vente du mobilier. Au moins une semaine. Elle frissonna, cette maison la déprimait au-delà de toute expression.

Elle prit une douche, changea de robe et se rendit chez Lyon en taxi. Elle le trouva devant sa machine à écrire.

« Viens dans le donjon, fit-il en l'embrassant tendrement. Il y a une belle pagaille... J'ai travaillé comme une brute depuis ton départ. Ça avance à grands pas et ça prend bonne tournure. »

Elle se força à sourire et se baissa pour ramasser les feuilles éparses sur le tapis.

« Pas de chance que je m'exile à Lawrenceville juste en ce moment, mais je vais emporter ce qui est prêt et je le taperai au propre là-bas.

– Qu'est-ce que je ferais sans toi?... Ce que je tape ressemble à des hiéroglyphes! Et je suis désolé de ce retard, ajouta-t-il en fronçant les sourcils. Tant de temps pour tout récrire, alors que tu attends toujours ma réussite pour que nous puissions nous marier.

– Je t'attendrai encore, Lyon, je suis heureuse comme ça. C'est Lawrenceville qui m'a déprimée... Ça va passer. »

Il rit et la prit dans ses bras, et Lawrenceville disparut à des milliers de kilomètres.

Et ce soir elle faisait les cent pas sur le quai, attendant le train qui devait lui amener Lyon pour le week-end. Elle venait de vivre trois jours d'ennui mortel. Tant de formalités à accomplir et elle n'en voyait pas la fin; elle se sentait prise au piège de cette ville sinistre. La présence de Lyon chez elle allait faire marcher les langues mais que lui importait! Elle entendait le grondement du train.

Il neigeait légèrement et les flocons blancs parsemaient les cheveux noirs de Lyon, là-bas, sur le quai. Elle ressentit sa joie habituelle à sa vue, cette joie si intense qu'elle en avait le cœur serré. Il lui sourit chaudement et elle s'émerveilla de penser que cet homme magnifique lui appartenait. Il avait fait tout ce long voyage pour venir passer deux jours avec elle!

« Quel tortillard depuis Boston! s'exclama-t-il en la prenant dans ses bras. Il s'arrête partout. Qui eût jamais pensé qu'il y avait une Rome dans le Massachusetts? Et comment allons-nous au manoir des ancêtres? En traîneau? »

Elle l'entraîna vers un taxi qui démarra sans poser de questions.

« Il sait où nous allons? murmura Lyon étonné.

– Mr. Hill sait où chacun habite ici. Si tu avais débarqué seul, il t'aurait conduit tout droit à l'Auberge.

– Ça me plaît, ça, sourit-il. Très différent de New York, et la campagne est belle...

– Oui, la neige y est pour beaucoup, répondit-elle sans enthousiasme.

– Depuis quand neige-t-il ici? New York était sec.

– Depuis le mois d'août, sans aucun doute, répondit-elle en haussant les épaules. Ici, il neige toute l'année.

– Toujours aussi coriace quand tu détestes quelque chose, hein? fit-il en l'entourant de ses bras. C'est ta maison? s'exclama-t-il avec admiration alors que le taxi s'arrêtait. Mais, Anne, c'est magnifique!

– Pittoresque sous la neige, oui », fit-elle avec hargne.

Elle lui fit visiter cette demeure qu'il admira sincèrement, sans réserve. Anne fut obligée d'admettre que la belle flambée dans la grande pièce lui donnait un aspect confortable et accueillant. Ils dînèrent devant l'âtre, et Lyon insista plus tard pour faire un feu de bois dans la cheminée de leur chambre. Elle s'étonna de sa dextérité à manier pelle et pincettes.

« Tu oublies que j'ai vécu une bonne partie de ma vie à Londres où on ignore le chauffage central, fit-il remarquer. Tu sais que c'est une maison magnifique... Tu la connais trop, tu ne la vois plus comme elle est. Et elle te va très bien, miraculeusement.

– Ne me dis jamais ça, même en plaisantant, menaça-t-elle. Je ne le prends pas comme un compliment. »

Le dimanche, la neige cessa et ils allèrent se promener. Ils rencontrèrent la moitié de la ville à la sortie de l'église; Anne fit un signe amical sans s'arrêter, et elle sentit les regards curieux dans son dos à la vue de Lyon.

« Tu es une femme perdue, lui dit-il plus tard en ranimant le feu. J'ai remarqué qu'on nous examinait... Ils vont vérifier à l'Auberge et constater que je n'y suis pas descendu. Je crains d'avoir à t'épouser bien vite pour sauver ta réputation.

– Je me fiche éperdument de ce que cette ville pense de moi.

– Allons, ma petite têtue de la Nouvelle-Angleterre... fit-il en s'asseyant près d'elle, un verre de xérès à la main. Lâche le morceau pour une fois et reconnais que cette maison est très belle. Et cette pièce! N'est-ce pas un Sergent au-dessus de la cheminée?

– Oui, c'est le portrait de mon grand-père par Sergent. Je l'envoie à vendre à une galerie de tableaux de New York, on m'en a offert un bon prix.

– Garde-le, Anne, il ne peut que prendre de la valeur. C'est curieux, reprit-il, vraiment, jamais tu ne m'as semblé aussi belle. Ce décor te sied à la perfection et tu ne me sembles pas déprimée du tout, Lawrenceville te convient, tu racontes des histoires.

– Parce que tu es là, Lyon.

– Ah! oui!... Le foyer là où est l'amour..., fit-il en la serrant contre lui. Ça pourrait marcher, peut-être, ajouta-t-il rêveusement en regardant les bûches crépiter.

– Qu'est-ce qui pourrait marcher?

– Notre mariage.

– Je te l'ai toujours dit, fit-elle en se serrant davantage contre lui.

– J'ai près de six mille dollars. Combien paies-tu d'impôts pour cette maison?

– Pour cette maison?...

– Ça ne doit pas être tellement gros. Tu te souviens, je t'ai toujours dit que je ne voulais pas t'épouser si je devais vivre à tes crochets, mais je veux bien accepter l'hospitalité de cette maison. Mes six mille dollars nous feront vivre un an, et si j'obtiens une avance sur mon livre actuel, je pourrai alors en commencer un autre. Ça pourrait marcher, Anne! acheva-t-il en se levant et en regardant autour de lui. Ici, je pourrais écrire, je le sais...

– Ici?... fit-elle, et le mot s'étrangla dans sa gorge.

– Rien n'a été très conventionnel entre nous, chérie, mais ici, dans cette maison respectable, je vais te demander ta main dans les formes, à genoux... Veux-tu m'épouser?

– Bien entendu, mais tu voudrais que je garde cette maison pour que tu viennes y écrire? Je veux bien mais ça me semble un peu loin pour le week-end...

– Pas question de week-end. Nous y habiterons complètement. La maison t'appartient, mais je pourrai en payer les impôts et nous nourrir; ainsi, c'est moi qui te ferai vivre. Un jour, je l'arrangerai, quand je serai devenu un écrivain célèbre. Et nous aurons des racines, Anne... tu verras. Je vais retourner à New York prévenir Henry que nous le quittons tous les deux. Si tu le préfères, nous pouvons nous marier à New York, Jennifer y sera.

– Jennifer? Et *tout* aussi... Tout est à New York!

– New York ne nous apporte rien dont nous ne puissions nous passer.

– Mais, Lyon, je déteste Lawrenceville! Je déteste cette maison, je déteste tout ici...! »

Il s'aperçut enfin de sa panique.

« Même avec moi? » demanda-t-il doucement.

Elle se mit à arpenter la pièce, essayant désespérément de réunir ses arguments.

« Lyon... tu me dis que tu pourrais écrire, ici. C'est sans doute vrai. Tu t'y plongerais toute la journée. Et moi, qu'est-ce que je ferais? J'irais me joindre à toutes ces femmes et à leurs clubs? Jouer au gin-rummy une fois par semaine? Renouer avec ces filles si ennuyeuses que j'ai toujours connues? Et on ne t'accepterait pas si vite que ça, tu sais. Tu n'es pas d'ici. Il faut trois générations à Lawrenceville pour que ces snobinards consentent à vous regarder.

– C'est ça qui t'inquiète? fit-il, soulagé. Ne t'en fais pas, j'ai la peau dure. Leur ostracisme ne me gênera pas. Et puis nous irons à l'église, nous nous montrerons, ils s'adouciront rapidement quand ils comprendront que nous sommes là pour de bon.

– Non...! *Non...!* Je ne peux pas vivre ici, ça m'est impossible!...

– Pourquoi? demanda-t-il d'une voix très calme.

– Tu ne veux donc pas comprendre, Lyon? Toi, tu as des principes bien ancrés; tu n'acceptes pas que je nous aide à vivre à New York. Moi, j'ai des côtés tout aussi aveugles. Pas beaucoup, en vérité, un seul, Lawrenceville. J'ai vécu des années ici, dans ce mausolée, je n'étais rien, j'étais morte. A New York, le brouillard s'est dissipé, je vois, je respire, je vis...

– Mais maintenant, je suis là, nous sommes tous les deux, dit-il en la regardant bien en face, en l'observant.

– Oui, mais pas ici!... gémit-elle. Pas ici. Tu ne comprends pas? Une partie de moi mourrait...

– Alors, tu ne m'aimes qu'à New York, si je comprends bien; c'est un *amour* qui dépend d'un décor.

– Je t'aime, *toi*, Lyon, répondit-elle, le visage ruisselant de larmes. Et je t'aimerais partout, partout où tu voudrais m'emmener pour travailler, mais pas ici...

– Tu ne veux même pas faire l'essai d'un an ou deux?

– Je vendrai la maison... je te donnerai tout l'argent... je vivrai dans une seule pièce avec toi... mais pas ici!

– Bien, n'en parlons plus, fit-il en se détournant pour tisonner le feu. Il va mourir, je vais mettre une autre grosse bûche avant de prendre le train de quatre heures. Demain, j'ai une journée chargée et mercredi, c'est Noël.

– Je vais t'accompagner à la gare. »

Il resta silencieux pendant le trajet en taxi et le train s'éloigna sans qu'il vînt à la fenêtre lui faire un signe d'adieu. Elle en eut le cœur étreint et, de retour chez elle, la grande pièce lui sembla vide et nue.

Jennifer lui téléphona le lendemain. Elle et Tony avaient un appartement dans un très bon hôtel, Miriam avait très bien pris la nouvelle, ils partaient pour la Californie le 2 janvier et ils organisaient un grand réveillon la veille de Noël. Anne serait-elle des leurs?

« Oui, promit Anne. Je veux passer Noël avec Lyon, mais rien ne s'arrange ici, ça n'en finit pas. Il doit me téléphoner ce soir, je lui parlerai de ton réveillon. »

Mais il ne téléphona pas le soir; il boudait, probablement. C'était leur première dispute depuis l'histoire de Philadelphie. Anne serra les dents, elle ne céderait pas, mais elle lui téléphonerait le lendemain au bureau pour le prévenir de son retour dans la soirée.

Elle appela le bureau à dix heures. Pas d'Henry ni de Lyon. Elle eut George Bellows.

« Non, je ne sais pas où est Lyon, répondit-il. Personne ne me dit jamais rien, ici. Henry est parti pour la Californie vendredi de toute urgence pour le show de Jimmy Grant. Peut-être s'est-il fait accompagner par Lyon? Je ne sais rien. »

Elle défit sa valise. A quoi bon ce long voyage? Lyon lui téléphonerait sans doute ce soir de Californie. Elle passa le réveillon de Noël toute seule. Pas de nouvelles de Lyon. A trois heures du matin, elle appela son appartement. Pas de réponse. Elle eut des fêtes affreuses, seule dans cette grande maison et elle en voulut personnellement à Lawrenceville... Elle consacra la majeure partie de la semaine à son homme d'affaires. Les choses prenaient tournure, mais toujours rien de Lyon. Au bout de cinq jours, anxieuse, elle finit par appeler Henry à l'hôtel de Beverly Hills, à Hollywood.

« Henry, où est Lyon?

– C'est justement ce que j'aimerais savoir. Il n'est pas avec vous?

– Il est parti dimanche et je ne sais plus rien de lui.

– Pas possible? fit Henry inquiet. J'ai appelé le bureau hier, George m'a dit qu'il ne l'avait pas vu depuis lundi. J'en ai conclu qu'il était allé passer

Noël avec vous. Où peut-il bien être? J'ai téléphoné chez lui trois soirs de suite sans obtenir de réponse.

– Je rentre demain, cria-t-elle soudain angoissée. Henry, trouvez-le, trouvez-le, je vous en prie...!

– Allons, allons, du calme. Vous vous êtes disputés?

– Non, pas vraiment, une discussion, sans plus, je n'y ai pas attaché d'importance.

– Je rentre demain par avion, à moins de mauvais temps. Ne vous inquiétez pas, Lyon ne nous laisserait pas tous tomber. Il sera là lundi avec une explication logique. Pourquoi ne vous reposez-vous pas encore ce week-end?

– Me reposer! Je piaffe de partir, oui... »

A New York, elle trouva une lettre de Lyon dans son casier.

Mon amour,

Merci pour ce moment de vérité, je dirai même, pour ces cinq heures de bilan de vérité. Le voyage est long et j'ai eu le temps de faire le point.

Si je veux devenir un écrivain, je n'ai qu'une chose à faire : écrire. Mais il semble que je me cherche des excuses et que je désire voir tout s'arranger selon mes goûts pour que je puisse écrire à ma convenance. Après tout, qui suis-je pour oser te demander de te glisser dans la peau de la petite femme effacée du grand écrivain? Pour le moment, je me cherche. Je ne suis plus l'arriviste que Henry a connu mais pas encore non plus l'écrivain à plein temps. Je ne vois que des arrangements bancals : à moitié auteur, à moitié imprésario, temporisant pour quitter Henry tant que je ne suis pas certain de mon succès littéraire, temporisant pour me marier de crainte de ne t'offrir qu'un demi-mari, temporisant pour écrire parce que je dois continuer à travailler avec Henry. Et à tout ça, je ne donne que la moitié de moi-même. Ce n'est pas honnête, ni envers toi ni envers Henry, les deux êtres que j'aime au monde. Henry a sous la main George Bellows qui me remplacera. J'espère, mon amour, que tu trouveras dans ton merveilleux New York l'homme qu'il te faut et qui t'y attend.

Je t'avais dit que j'avais un peu d'argent. J'ai aussi accès à un vieux manoir énorme, sans chauffage, dans le nord de l'Angleterre. J'en ouvrirai quelques pièces et j'y écrirai tout mon soûl, avec des mitaines s'il le faut et les doigts bleus. Les journées y sont bien courtes en hiver, Lawrenceville est sous les tropiques en comparaison, mais rien ne m'y dérangera.

Ci-joint les clefs de mon appartement, chérie. C'est le cadeau pratique que je peux t'offrir. C'est à toi que je le devais, il est juste qu'il te revienne. Ce n'est pas grand-chose. Par contre, j'ai emporté ton merveilleux présent, la machine à écrire. Et ne sois pas assez bête pour m'attendre. Je t'en préviens, j'épouserai la première petite jouvencelle anglaise dodue qui s'occupera de moi et me fera la cuisine. Dans des années, si j'ai produit un livre moyen, nous pourrons dire tous les deux : « Voilà au moins quelque chose qu'il a fait en s'y consacrant tout entier. »

Je t'aime, Anne, mais tu es trop extraordinaire pour te contenter d'un petit morceau d'un petit bonhomme qui se disperse dans toutes les directions. En me concentrant sur ma littérature, je n'entraverai plus personne.

Merci pour la plus belle année de ma vie,

LYON.

JENNIFER

Mai 1947.

Assise à l'ombre près de sa piscine, Jennifer relisait la lettre d'Anne, la première sans mention de Lyon et assez enjouée. Son amie se remettrait-elle enfin? Mais pourquoi diable continuer à vivre dans l'appartement de son amour? Anne espérait-elle encore que Lyon lui reviendrait, après cinq mois sans un mot, sans la moindre nouvelle? Tout briser ainsi alors qu'ils avaient l'air si heureux! Comme elle et Tony sur leurs photos, d'ailleurs : le jeune couple modèle de Hollywood.

Le soleil se glissa sous le parasol qu'elle inclina. Encore une histoire, ça. Alors que sa peau était allergique au soleil, il fallait justement qu'elle vienne vivre en Californie! Elle foudroya du regard le disque orangé, une des rares choses sur laquelle elle pût compter à coup sûr. Un peu de brouillard, le matin, que le disque jaune perçait, timidement d'abord, et absorbait très vite pour émerger, triomphant et éblouissant, dans un ciel de porcelaine bleue. Elle soupira. Elle vivait depuis janvier comme en plein juillet. Comment ces foutues oranges pouvaient-elles bien pousser alors qu'il ne pleuvait jamais? Mai à New York... la première douceur de l'air... les gros manteaux remplacés par un tailleur printanier... les gens assis devant la Cafeteria dans Central Park... Et au moins on pouvait marcher à New York, marcher, ce privilège inapprécié tant qu'on n'avait pas vécu à Hollywood! On pouvait déambuler dans la 5e Avenue, regarder les vitrines, descendre Broadway le soir, s'acheter un hot-dog... Ici, si on marchait cinq minutes dans Beverly Drive la nuit, une voiture de police vous ramassait.

Anne, au moins, avait New York. Elle semblait sortir beaucoup mais sans parler de quiconque en particulier. Et même si elle vivait dans l'attente du retour improbable de Lyon, c'était au moins vivre pour quelque chose.

Mais elle, qu'attendait-elle? Que le lendemain s'écoulât comme la veille? Ils avaient un cocktail, ce soir. Cela ne l'enchantait guère, mais c'était encore mieux que de jouer au gin-rummy avec Tony qui ne pouvait même pas jouer tout seul, parce que Miriam lui soufflait tout, derrière sa chaise. Si seulement Miriam voulait bien le laisser avoir une opinion à lui, un jour...

Elle sirota son Coca-Cola. La glace avait fondu, mais elle n'avait pas le courage d'aller en chercher. Elle n'avait plus de courage pour rien. Et ce cocktail... pour le travail, encore! Tony allait avoir un rôle de vedette dans le prochain film de Meeker, et il fallait que Mme Polar fût aimable et souriante avec tout le monde.

« Vous êtes une rien du tout, ici, lui serinait Miriam. Et vous êtes entourée de vedettes et de personnalités, alors soyez aimable et souriante. »

Aimable et souriante, elle traversait les cocktails telle une zombie grimaçante. Pas d'amies et Miriam avait raison : la beauté était monnaie courante à Hollywood. Des millions de merveilleuses rien du tout. Les serveuses de restaurants, les receveuses d'autobus, les moindres filles étaient des beautés.

Par contre, les stars ne l'étaient pas tellement, Barbara Stanwyck, Rosalind Russell avaient de la personnalité, du chic, Joan Crawford était remarquable. Quel coup, quand on a vécu jusque-là en se disant que ses dents sont ravissantes, son nez fin et droit et ses nichons plantureux! Les seins n'étaient même pas de mode. Adrian, Ted Casablanca et autres modélistes en vogue avaient créé le style « épaules larges » et les seins les gênaient.

Elle ne pouvait pas se distraire non plus à faire les magasins comme avant son mariage. Elle n'avait été autorisée à s'acheter qu'une seule robe du soir depuis son arrivée.

« Il y a plus de robes dans votre armoire que dans celle d'un grand magasin », lui avait dit Miriam d'un ton sec.

Elle avait cinquante dollars d'argent de poche par semaine, que Miriam lui remettait. Elle envoyait tout à sa mère qui se plaignait de ne pas en avoir assez. Il faudrait attaquer le sujet argent avec Tony, mais elle ne le voyait pour ainsi dire jamais. Ou bien il enregistrait, ou bien il apprenait ses nouvelles chansons ou il répétait son programme de radio, et au dîner, Miriam était entre eux. Elle l'avait à elle au lit, oui; mais là, il redevenait le vieux Tony qui la prenait goulûment, après quoi, il s'endormait, et elle ne pouvait l'atteindre.

« Miriam s'occupe de tout, arrange-toi avec elle », lui disait-il.

Combien de temps encore supporterait-elle de rester assise près de sa piscine à ne rien faire? Elle avait lu trois livres cette semaine et on n'était que vendredi. Le soleil venait de déborder le parasol. Elle bondit sur ses pieds. Faire quelque chose... aller quelque part... Voir Neely, peut-être? Neely venait de terminer son deuxième film et le studio lui avait consenti un mois de vacances. Elle entra dans la maison et mit un pantalon. Elle était bien heureuse pour Neely dont le premier film avait été un triomphe. Le deuxième était tout aussi bon, elle venait d'en voir la projection privée. Elle prit sa voiture.

Mel lui ouvrit, en slip de bain. Il avait grossi et son teint hâlé lui donnait presque bonne mine. Il l'emmena près de la piscine, la même piscine en forme de rognon que la sienne, avec le même tennis, la même cabane, le même bar. Elle regarda les collines empourprées à l'horizon. Est-ce que Mel se contentait de s'asseoir devant sa piscine, lui aussi?

« Neely est au studio, expliqua-t-il. Essayage de robes.

– Je croyais qu'elle avait un mois de vacances?

– Oui, un mois avant de tourner. Ça veut dire un mois d'essayages, d'essais de maquillages, de photos de publicité, etc. Mais elle va rentrer d'une minute à l'autre. Vous savez que c'est Ted Casablanca qui dessine ses robes?

– Ça prouve qu'elle est dans les huiles, il ne travaille que pour les super-stars.

– C'est tout Hollywood, ça, fit Mel en remontant ses épaules osseuses. Les femmes qui s'évanouissent parce qu'une tapette daigne dessiner leurs robes... Partout ailleurs, il suffit de payer pour acheter le modèle, mais ici, tout est le symbole de votre statut. Et voilà Neely qui suit un régime pour maigrir. Risible, non?

– Pourquoi, elle a grossi?

– Mais non, elle pèse cinquante-sept kilos pour un mètre soixante-huit, mais ce Casablanca veut lui faire perdre sept kilos. Il prétend qu'elle sera beaucoup plus intéressante et que ses robes tomberont mieux. Elle prend des pilules vertes et ne mange plus rien. »

Neely arriva, pétillante et volubile comme toujours.

« Jennifer! fit-elle ravie de voir son amie. Tu sais la grande nouvelle? C'est Ted Casablanca qui dessine mes robes! Oh! Jen, il est divin! Je vais enfin être belle, pour changer. Il me fait des robes à sensation... Misère! quand je pense à mon horreur de taffetas rouge! Ted dit que je dois avoir le type gamin, la petite fille espiègle, mais chic. Après tout, j'ai dix-huit ans, il est temps...

– Il paraît que tu suis un régime?

– Oui. Mel, donne-moi un peu de lait écrémé, veux-tu? Je n'ai rien de bon à t'offrir, Jen, je ne garde rien d'engraissant dans la maison. Mel, fais-lui une citronnade, hein? »

Neely attendit que Mel se fût éloigné, puis elle se tourna vers Jennifer, ses yeux enfantins écarquillés d'ennui.

« Je ne sais plus quoi faire de lui, Jen. Il a tellement changé. Il ne s'adapte pas, ici, il ne fait que des bêtises. C'est le studio qui m'obtient toute ma publicité, on l'a mis à la porte, on ne veut plus l'y voir. Il paraît qu'il me paralyse. Ted Casablanca dit qu'il est la risée de Hollywood.

– Je ne prendrais pas ça très au sérieux, à ta place. Tu sais comme ces tantouses peuvent être vaches, souvent.

– Une tantouse! s'exclama Neely les yeux brillants de colère. Comment oses-tu?... C'est un homme formidable, oui! Il n'a que trente ans et il s'est fait plus de trois millions de dollars... Ce n'est pas un pédé. Et je peux te le garantir... J'ai dit à Mel que j'avais une séance d'essayages; en réalité, je faisais l'amour avec Ted... dans toutes les positions... Il est... – elle s'interrompit car Mel revenait avec un plateau chargé de boissons.

– J'ai déjà perdu deux kilos cinq cents. Quelle

invention extraordinaire, reprit-elle en avalant une pilule verte avec son lait écrémé. Ça vous coupe complètement l'appétit, mais ça me remonte tellement que je ne peux plus dormir.

– Prends du Seconal, suggéra Jennifer.

– Ça fait dormir?

– Oh! merveilleusement. Des petites pilules rouges que j'appelle mes « poupées ». Elles me procurent neuf heures de sommeil divin pendant lesquelles j'oublie tout mes soucis.

– C'est vrai? Je vais essayer ça. Mel, veux-tu aller téléphoner au docteur Holt de m'en faire envoyer? »

Il s'éloigna vers la maison et Neely se pencha vers Jennifer.

« Il faut que j'aille me faire poser un nouveau diaphragme. Deux fois le mois dernier, Mel ne s'est pas retiré à temps. Ce salaud-là voudrait bien me faire un enfant et je n'en veux pas de lui, je veux le larguer.

– Neely!

– C'est une entrave, Jennifer. Il a complètement changé, il n'a plus aucun goût à rien, il ne me pousse plus. Le Patron est de mon avis, d'ailleurs. Mais la Californie est sous le régime de la communauté, il faut que je fasse attention, il pourrait bien me réclamer la moitié de ce que j'ai.

– Que vas-tu faire?

– Tout est prévu, murmura-t-elle. Le Patron va lui faire avoir un poste important dans la publicité, à New York. Je le pousserai à accepter. Le Patron s'arrangera pour le faire prendre en flagrant délit et j'aurai mon divorce. Que puis-je faire d'autre?... J'ai parlé divorce la semaine dernière; il s'est mis à pleurer comme un bébé, disant qu'il ne pouvait pas vivre sans moi. Tu parles d'un poids! J'ai besoin de m'appuyer sur quelqu'un et non le contraire.

– Comment vas-tu lui faire accepter ce poste?

– En lui promettant d'aller le rejoindre dès qu'il aura réussi, de travailler ensuite à Broadway et de vivre à New York avec lui.

– Et tu le feras?

– Tu es folle? fit Neely suffoquée. Quitter la Californie? Je me suis fait une place au soleil, ici, mon prochain film me consacrera grande star.

– Mais tu pourrais être une star à Broadway.

– C'est de la roupie de sansonnet! Une star de cinéma est connue du monde entier. Mon film passe à Londres en ce moment. Tu te rends compte? Je suis connue, à Londres! Un seul film et me voilà plus célèbre qu'Helen Lawson ne le sera jamais. Tu n'imagines pas la façon dont on traite les stars, ici. Pense donc : j'ai simplement dit, en passant, au Patron que je voulais maigrir. Eh bien, dans ma loge qui est un véritable bungalow, il a fait installer un sauna et il a engagé une masseuse rien que pour moi, que le studio paie. Quand je sors pour une première, une soirée, le studio m'envoie une voiture avec chauffeur et me prête des robes et des fourrures. Si mon prochain film réussit comme les deux précédents, le Patron me fera un nouveau contrat. Deux mille dollars par semaine. Je lève le doigt et j'obtiens tout ce que je veux. L'année prochaine, je quitterai cette maison louée et je m'en achèterai une à Beverly Hills.

– Pourquoi ne pas mettre de l'argent de côté, plutôt?

– Non, je n'ai plus peur de l'avenir, parce que j'ai vraiment du talent, Jen. Je chante, je danse et je joue aussi la comédie. As-tu remarqué la scène où je pleure dans mon dernier film? Ce n'était pas de la glycérine, j'ai vraiment pleuré, en me mettant dans la situation de cette pauvre fille.

– Tu m'as fait pleurer, d'ailleurs. Je t'ai vue la semaine dernière.

– J'adore cette vie, j'adore tout ici, fit Neely avec enthousiasme en ouvrant les bras. J'étais faite pour y vivre !

– Les pilules seront là très bientôt, fit Mel de retour en s'asseyant. Le docteur Holt a dit que c'était une très bonne idée. Tu veux aller au cinéma, ce soir, Neely ?

– Peux pas. Je me lève à six heures, essais de couleurs.

– Moi, rien ne m'oblige à me lever, fit-il en regardant vaguement la piscine. Je deviens complètement cinglé à ne rien faire. »

Jennifer pensa à Mel en rentrant chez elle. Elle se demanda soudain si Tony la considérait comme un poids, elle aussi ? S'il ne décrochait pas son prochain contrat à Hollywood, elle allait insister pour rentrer à New York. Mais il aurait ce rôle... et elle allait continuer à se tourner les pouces, devant sa piscine.

L'inspiration lui vint soudain et elle manqua en brûler un feu rouge. Comment n'y avait-elle pas pensé plus tôt ? Un bébé !... Voilà. Il rapprocherait Tony d'elle et elle aurait de l'occupation. Quelqu'un à aimer... oh ! comme elle l'aimerait ! Une petite fille; elle en serait si proche, une mère parfaite. Elle rentra chez elle tout exubérante. Elle s'habilla avec soin pour ce cocktail. Elle réaliserait son nouveau projet dès ce soir !

Septembre 1947.

Le gynécologue lui confirma ses espoirs et la félicita. Tony enregistrait et il ne pouvait être question de le déranger. Débordante de joie, elle irait annoncer sa grande nouvelle à Neely.

Elle la trouva dans sa loge-bungalow, entre les mains de la masseuse que son amie renvoya.

« Tu arrives bien, Jen, j'allais t'appeler ce soir. Ça y est! Mel part pour New York demain.

– Et c'est toujours Ted?

– Evidemment, pour qui me prends-tu? Regarde, ajouta-t-elle en se débarrassant de sa serviette de bain. Quarante-huit kilos!

– Moi, c'est le contraire... J'attends un bébé, Neely! Un bébé que j'ai désiré, que j'ai fait sur commande.

– Mais c'est *sensationnel*! Ça se voit, du reste, maintenant que tu me le dis, tu as perdu ton tour de taille *sensationnel*.

– Je m'en fiche éperdument, je veux faire un *bébé sensationnel*..., fit Jennifer en imitant l'intonation de Neely.

– Après ton accouchement,. je te donnerai un flacon de mes pilules vertes, fit Neely en riant de bon cœur. Tu retrouveras ta ligne en un rien de temps, c'est un produit extraordinaire. Le seul ennui est qu'il faut continuer à en prendre sinon on grossit abominablement, et vite! Mais ça vous dope! Je pourrais danser des heures, et je te bénis tous les soirs pour les pilules rouges, elles m'ont sauvé la vie. As-tu essayé aussi le Nembutal? Des pilules jaunes. Une rouge et une jaune, le soir; alors, là, tu dors... La rouge agit vite et la jaune prolonge le sommeil. Je ne le fais que le week-end. Je ronfle parfois douze heures...

– Je ne veux plus rien prendre maintenant que je suis enceinte, je ne veux pas faire de mal à mon bébé. Pour la première fois de ma vie, ma beauté ne m'importe plus, je veux un bébé parfait. Tant pis si je passe toutes mes nuits blanches. »

Miriam l'attendait à la maison.

« Tony a signé son contrat! s'exclama-t-elle, son visage bouffi rayonnant de joie. Un contrat de cinq ans avec la Metro et il commence à tourner lundi en huit. Habillez-vous sobrement, ce soir; le metteur en scène et sa femme viennent dîner. Le chef d'orchestre et quelques autres passeront boire un verre dans la soirée. »

Jennifer prit un martini-cocktail avant le repas. Miriam la regardait avec ahurissement. Elle brillait, elle était aimable, elle passait les canapés : la parfaite épouse de l'étoile ascendante. Au champagne, elle se leva, son verre à la main. Evitant soigneusement le regard hostile de Miriam, elle annonça :

« Je voudrais me porter un toast. C'est-à-dire, pouffa-t-elle, un toast à ce que je porte. J'attends un enfant. »

On la félicita joyeusement. Tony bondit de sa chaise pour la prendre dans ses bras, mais l'exclamation étouffée et l'air consterné de Miriam n'échappèrent pas à la jeune femme.

Le lendemain matin, après le départ de Tony et de sa sœur pour la répétition, elle appela Henry Bellamy à New York, lui exposa sa situation et lui relata l'effroyable scène de Miriam après le départ des invités, la conversation qu'elle avait surprise ensuite entre Miriam et son frère et la dispute qui avait suivi avec Tony.

« Oui..., fit Henry en réfléchissant. Elle va vous faire perdre ce bébé, c'est certain, quand ce ne serait qu'en vous tarabustant sans cesse. Aimez-vous toujours ce gribouille?

– Je ne sais plus; parfois j'ai pitié de lui parce que

Miriam lui a lavé le cerveau. D'autres fois, comme hier soir, je ne ressens plus que du dégoût. Mais il n'est pas méchant, c'est un enfant, tout simplement, et c'est la faute de Miriam. Elle le persuade que le monde est à lui et qu'il a tous les droits du moment qu'il chante. Je suis sûre que nous pourrions nous entendre sans Miriam entre nous, mais je ne parviens pas à l'atteindre.

– Vous êtes jeune, Jennifer. Je vous conseille de vous tirer de là au mieux. Ce n'est pas une vie pour vous et si vous avez votre bébé, Miriam vous le prendra aussi.

– Ah! *non!*

– Alors, rentrez à New York et on verra si Tony a assez d'envergure pour venir vous y chercher. S'il vient, je lui parlerai et j'essaierai de le persuader que je peux m'occuper de sa carrière aussi bien que Miriam que l'on renverra chez elle avec une rente. Et vous, vous vous emploierez à faire de lui un homme. S'il ne bouge pas, vous n'aurez rien perdu.

– Oui, vous avez raison, je n'en peux plus.

– Bon, je vous réserve un appartement au Pierre, mais prenez toutes les précautions et obéissez-moi à la lettre. »

Jennifer prit note de ses instructions qu'elle exécuta fidèlement. Elle partit pour New York où, à sa grande joie, Tony la suivit par le premier avion.

Il cria, il supplia, il jura ses grands dieux qu'il n'aimait qu'elle, qu'il l'adorait, qu'il ferait tout ce qu'elle désirait. Tout, tout, sauf se débarrasser de Miriam.

Il repartit pour Hollywood et Henry prépara les modalités de la séparation qui mettrait Jennifer à l'abri financièrement, pour élever son enfant. Ils n'engageraient la procédure du divorce qu'après la naissance.

Les journaux s'emparèrent de la nouvelle avec photos en première page. Jennifer se terra au Pierre pour y dormir la plupart du temps, grâce à ses pilules rouges. Anne, inquiète, intervint et la força à venir habiter avec elle.

Octobre 1947.

Elle était dans son troisième mois de grossesse lorsque Miriam lui téléphona un jour de l'aéroport, demandant à la voir de toute urgence.

Jennifer l'attendit de pied ferme; Miriam ne lui faisait plus peur. Peut-être venait-elle la supplier de reprendre Tony. Elle lui tiendrait la dragée haute alors...

« Asseyez-vous, Miriam, lui sourit-elle en l'accueillant dans l'appartement impeccable. Puis-je vous offrir un peu de café?

– Non, merci, fit Miriam en se laissant lourdement tomber dans un fauteuil. Pas de mondanités, c'est inutile. Combien voulez-vous pour vous débarrasser de cet enfant? demanda-t-elle en regardant la taille de Jennifer.

– C'est Tony qui vous envoie? demanda Jennifer, le regard glacé.

– Tony ignore tout de ma démarche. Je suis venue vous faire entendre raison avant qu'il ne soit trop tard pour faire le nécessaire.

– Miriam, fit Jennifer la voix tendue et vibrante, c'est maintenant que je vous déteste vraiment. J'ai toujours pensé que vous étiez égoïste, mais que c'était par amour pour Tony; là, je me rends compte que vous êtes foncièrement mauvaise.

– Et vous, vous êtes la mère modèle américaine,

railla Miriam. Vous mourez du désir de promener ce bébé au parc, dans son landau, n'est-ce pas?

– Oui, je désire ce bébé, répondit Jennifer avec sincérité. Personne ne m'a jamais aimée, Miriam. Pour ma mère et ma grand-mère, j'ai été un poids et une dépense. Je n'ai jamais entendu que ça : combien je coûtais à nourrir, à élever, à habiller. Je grandissais trop vite... Plus tard, c'est à moi qu'on demanda toujours de l'argent : donne, donne, donne... Alors j'ai épousé le prince, j'espérais pouvoir aider ma mère et je voulais être une bonne épouse, mais lui aussi voulait se servir de moi. J'ai aimé Tony, je ne demandais qu'à le rendre heureux et à assumer mon rôle d'épouse, mais vous m'en avez empêchée, vous m'avez écrasée, annihilée. Alors, maintenant, je veux ma petite fille. Elle m'aimera, m'appartiendra, je travaillerai pour elle. Je fais déjà des économies, je ne m'achète plus de robes. Après sa naissance, je poserai pour les photographes, elle ne manquera de rien, je ferai tout pour elle. »

Miriam garda le silence en contemplant ses doigts boudinés.

« Je vous ai peut-être mal jugée, Jennifer, fit-elle enfin en soupirant lourdement. Je le regrette. Ça va bien, revenez auprès de Tony, je vous laisserai vous occuper de la maison, nous essaierons de nous entendre. Je ferai de mon mieux, mais il faut que vous vous débarrassiez de ce bébé.

– Partez, Miriam, partez, je vous en prie, parce que je ne veux pas être grossière envers vous. Je garde mon enfant, et je reprendrai Tony aussi. Quand son enfant sera né, il voudra le connaître et il restera avec moi. Vous verrez.

– Jennifer, dit Miriam d'une voix presque compatissante, écoutez-moi bien. Vous avez quitté Tony et vous étiez l'amour de sa vie, n'est-ce pas? Il n'a fait qu'un effort enfantin pour vous reprendre, c'est tout. Déjà, il vous trompait tant et plus; depuis votre départ, il couche chaque nuit avec une fille différente. Il vous a oubliée au bout de trois semaines. Le comportement enfantin de Tony ne vous a donc jamais frappée? C'est un enfant, émotivement et intellectuellement. »

Jennifer la regarda avec curiosité, décelant dans la voix de Miriam un élément nouveau.

« Il est assez enfantin, oui, reconnut-elle, mais c'est votre faute, Miriam, vous l'avez toujours trop protégé.

– Non, c'est le contraire, je le protège parce que *c'est* un enfant. Ecoutez-moi encore. Tout bébé, Tony a eu des convulsions; il est né avec une malformation du cerveau. Les docteurs de l'hôpital me l'ont expliqué, mais j'étais trop jeune pour comprendre alors. Plus tard, quand j'ai constaté qu'à sept ans, il ne pouvait même pas suivre le jardin d'enfants, je l'ai fait examiner avec toutes sortes de tests. Ne vous êtes-vous jamais aperçue qu'il ne peut même pas assimiler les romans-photos, Jen? Ni faire une addition de trois chiffres? Il ne se rend pas compte de ses déficiences; j'ai toujours tout fait pour lui, sous le prétexte qu'il n'avait pas de temps à perdre avec des détails matériels, que son unique travail dans la vie était de chanter.

– Vous venez de dire qu'il avait eu des convulsions étant bébé; c'est probablement ça qui l'a handicapé. Il n'y a pas de raison pour que notre bébé ne soit pas normal, argua Jennifer.

– Si, son cas est héréditaire. Il y a toutes les chances pour que Tony soit complètement fou avant l'âge de cinquante ans et son enfant hériterait ses tendances. Les docteurs sont formels. Vous ne savez pas ce que c'est, Jen..., ajouta-t-elle, plongée dans ses souvenirs. Quand j'ai appris ça, je me suis tournée vers la religion, je priais, j'allais dans les églises et j'y emmenais Tony. Je l'ai mis dans une chorale, et c'est ainsi que j'ai découvert sa voix. J'ai compris que c'était sa seule chance et tout ce que je gagnais, je le dépensais en leçons de chant. Mais ça, c'est du passé, soupira-t-elle. Aujourd'hui, nous avons un autre grave problème, votre bébé n'hériterait peut-être pas la voix de son père mais sûrement sa maladie.

– Et vous, la folie vous guette aussi? demanda Jennifer.

– Non, répondit Miriam en secouant la tête. Nous ne sommes pas du même père. Ça peut se deviner, d'ailleurs, je suis assez laide alors que Tony est beau. Jennifer, je vous en supplie...

– Qu'est-ce qui me prouve que vous me dites la vérité?

– Voici les rapports des médecins, dit Miriam en fouillant dans son sac à la recherche d'une grosse enveloppe. J'ai bien pensé que vous ne me croiriez pas, je n'ai rien fait pour gagner votre confiance. Portez-les à n'importe quel neurologue. Mais soyez bonne, Jen, ne parlez de ceci à quiconque, je vous en supplie. Cela briserait la carrière de Tony et il serait fini. Je sais qu'il terminera ses jours dans un établissement spécialisé, mais une histoire comme ça dans la presse l'y enverrait sans délai. Vous me jugiez avare? Je fais simplement des économies pour lui constituer une rente qui paiera sa pension dans un établissement bien, le jour où je ne serai plus là. Il a peut-être encore quinze ans devant lui, du moins, je l'espère!

– Je vous crois sur parole, Miriam, dit Jennifer en

lui rendant son enveloppe. Personne ne pourrait inventer une histoire aussi effroyable. »

Après le départ de Miriam elle resta dans son fauteuil plusieurs heures, les yeux perdus dans le vide. Puis elle prit trois pilules rouges et alla se coucher.

Elle n'expliqua jamais la raison de sa brusque décision, pas même à Anne. Elle trouva toute seule un docteur très bien, dans le New Jersey. Quand elle sortit de l'anesthésie, tout était terminé; deux semaines plus tard, elle s'envola pour Mexico où elle demanda le divorce. Elle revint à temps pour les collections d'automne et elle se lança dans une orgie de nouvelles robes qu'on portait beaucoup plus longues. Et il n'était question, partout, que d'un petit écran de quarante centimètres appelé télévision. On n'y voyait guère, et bien mal, que des séances de catch, de football et autres, mais tout le monde disait que c'était l'avenir.

Jennifer reprit son travail de modèle de photographes. Le téléphone sonnait sans cesse dans l'appartement, elle sortait énormément, entraînant Anne à sa suite. Elle fréquentait beaucoup d'hommes et en particulier Claude Chardot, un Français, producteur de cinéma, très latin, charmant, séducteur. Anne ne l'aimait pas, mais Jennifer se lança à corps perdu dans cette histoire. Il parlait très mal anglais et Anne fut ébahie par le français volubile de son amie.

La veille de Noël, elles décorèrent un petit arbre. Claude venait fêter le réveillon avec quelques amis.

« Il part dans huit jours, remarqua Jennifer tristement.

– Est-ce que tu l'aimes vraiment? demanda Anne.

– Je ne sais pas. Il me change... dit Jennifer en fronçant le nez. Et toi, dis-moi honnêtement ce que tu en penses?

– Pas grand-chose, parce que je ne comprends pas la moitié de ce qu'il dit en anglais et le reste du temps, vous bavardez tous les deux en français. Mais du peu que j'ai compris du mauvais anglais de son copain français, j'en conclus que Claude a une épouse quelque part en France.

– Bien sûr, et une maîtresse aussi probablement, répliqua Jennifer tranquillement. Si j'attire un homme, tu peux être sûre que c'est un salopard. Il voudrait que j'aille à Paris faire du cinéma, il prétend que j'y serais une révélation, avec mon allure américaine et ma connaissance du français.

– Mais tu dis toujours que tu es incapable de jouer?

– Il voudrait me faire faire des films artistiques demi-nus. C'est permis là-bas. Je ne veux pas parler de films pornographiques, ne t'affole pas... Ce sont des films avec scénarios, comme les autres, mais si la vedette prend un bain, on la filme dans sa baignoire. Tu vois?... Après tout, qu'est-ce qui me retient ici? J'y suis quelque peu brûlée. Je vais avoir vingt-huit ans, j'ai deux mariages derrière moi, je fais peur aux hommes. Paris est peut-être la solution. Je sais que Claude me joue la comédie pour m'amener à signer avec lui, il espère gagner de l'argent grâce à moi. Pourquoi pas? Je n'ai rien à perdre, j'en ai par-dessus la tête du Stork, d'El Morocco et de voir toujours les mêmes têtes. Et toi, toujours l'amour du siècle pour New York?

– Non, répondit Anne en secouant la tête. New York a perdu beaucoup de son intérêt du jour où

Lyon en est parti. Je viens de lire dans le *Times* que son livre sort le mois prochain.

– As-tu couché avec quelqu'un d'autre, depuis son départ ?

– Non, je ne peux pas. Je sais que je suis idiote mais je l'aime toujours. »

ANNE

Janvier 1948.

CLAUDE donna un grand déjeuner au « 21 » le jour de son départ. Caviar d'Iran, champagne. Radieuse, Jennifer présidait. Anne les retrouva à leur table où se trouvaient également François et un inconnu.

« Mr. Kevin Gillmore, lui présenta Jennifer. Tu as sûrement entendu parler de Kevin Gillmore et des produits de beauté Gillian.

– Mais oui, vos produits sont excellents, répondit Anne en se servant de caviar.

– Partez-vous pour Paris, vous aussi? demanda Gillmore.

– Non, c'est Jennifer qui va faire sensation en France.

– Elle va prendre Paris d'assaut, dit Claude avec son effroyable accent. Mais pour l'amour du Ciel, Anne, je compte sur vous pour l'embarquer, j'ai besoin d'elle à la fin du mois.

– Dès que j'ai mon passeport et mon visa, et que j'ai mis mes affaires en ordre, j'arrive, lui promit Jennifer en riant de bon cœur et en se serrant contre lui.

– C'est merveilleux, n'est-ce pas? dit Anne à Gillmore en essayant de faire preuve d'enthousiasme.

– Probablement, oui. Ce sont vos dents?

– Quoi?

– Ce sont vos dents ou des couronnes jacket?
– Ce sont mes dents, pourquoi? lui sourit Anne sans pouvoir prendre ces manières directes en mauvaise part.
– Et vos cheveux?
– C'est leur teinte naturelle, répondit-elle un peu agacée cette fois.
– Je m'en rends compte, je m'y connais assez. Je parlais de leur épaisseur, portez-vous une mèche? insista-t-il en tirant sur les mèches de la nuque d'Anne.
– Une quoi?
– Une mèche en dessous pour les épaissir.
– Pourquoi le ferais-je? »
Il eut soudain un petit sourire humble hors de tout rapport avec ses questions indiscrètes.
« Parce que la plupart des femmes en ont besoin, dit-il tristement. J'ai un mal fou à trouver la femme qu'il me faut, il y a toujours quelque chose qui cloche, les dents, les cheveux ou le nez. Est-ce que ça vous intéresserait de travailler pour nous en exclusivité?
– Travailler à quoi? demanda Anne en espérant que Jennifer viendrait à son secours, mais celle-ci était bien trop occupée à susurrer des mots d'amour à Claude.
– Voyez-vous, avec l'avènement de la télévision, je prévois la mort de la publicité-radio dans l'année, pour les grandes émissions en tout cas. Je veux créer une « Miss Gillian » qui poserait pour toute ma gamme de produits, pour tous les journaux et magazines. J'ai vu plusieurs filles qui me plaisent, mais elles sont très demandées, elles posent pour tout et elles gagnent trop d'argent pour me réserver leur exclusivité. Moi, je veux que ma Miss Gillian s'identifie à mes produits; je ne veux pas la voir passer dans *Vogue* avec une robe de Ted Casa-

blanca ou dans *Harper's* avec un flacon de Chanel, et je ne peux pas lui donner plus de trois cents dollars par semaine pour débuter. »

Anne but une gorgée de champagne, ne sachant que répondre. Il prit son silence pour un refus.

« Je vous ferais un contrat d'un an, avec promesse de cinq cents dollars au bout de six mois, et des suppléments si nous vous utilisons à la télévision. Jennifer! je voudrais faire de votre amie ma Miss Gillian...

– C'est une idée formidable, Anne serait parfaite!

– Oui, elle est très belle sans être trop sexy, la véritable Américaine.

– Encore! s'exclama Claude en levant les mains au ciel. Ah! ces Américains! Vous ne savez pas utiliser vos belles filles, vous faites tout pour les uniformiser. Regardez Jennifer, je vais en faire une sensation en la singularisant, au contraire. Elle sera le rêve de tout homme.

– Oui, mais ça, ça ne marche pas pour la publicité, répondit Kevin. Nous y glissons bien un peu de sexualité mais d'une façon subtile. Anne est très belle, d'un type de beauté en lequel une femme peut s'identifier. Une étudiante, une jeune mère de famille pensera qu'elle sera aussi jolie qu'Anne si elle emploie mes produits, jamais elle ne penserait pouvoir ressembler à Jennifer. Vous vendez des films, je vends des produits de beauté, Anne est parfaite pour attirer les femmes, Jennifer leur ferait peur.

– Moi, j'emmène à Paris ma beauté qui fait peur, rit Jennifer, et je trouve que tu devrais accepter les offres de Kevin, Anne. Tu as besoin de te changer les idées, comme moi d'ailleurs. Viens, je veux refaire ma fameuse beauté... »

Elle se leva en entraînant Anne, mais se retourna pour envoyer à Kevin un clin d'œil de connivence. Il lui répondit en croisant le médius sur l'index. Les deux amies s'assirent devant la grande glace des lavabos.

« Alors, attaqua Jennifer, pourquoi pas?

– Je ne suis pas un mannequin de photos.

– Et je ne suis pas une vedette de cinéma, mais je pars pour Paris pour le devenir.

– Toi, tu seras extraordinaire.

– Ne dévie pas la conversation. Que gagnes-tu chez Henry?

– L'argent est le dernier de mes soucis, j'en ai, mais ce travail me fait peur et je ne peux pas lâcher Henry.

– Ah! non, Anne, pas avec moi! Avoue plutôt que tu ne veux pas quitter ce damné bureau parce qu'il te rattache à Lyon; mais il faut que tu cesses d'espérer qu'il va réapparaître un jour et t'enlever sur son palefroi. C'est bien terminé, ça. Je ne voulais pas te le dire mais... Anne, Lyon est venu et il est reparti pour l'Angleterre.

– Venu et reparti? bégaya Anne la bouche sèche, au bord de la nausée.

– Oui, dit Jennifer en hochant la tête avec componction. Il a passé une semaine à New York pour voir son éditeur, il a complètement récrit son livre, et ça lui a demandé tout ce temps-là. Il est très bon, paraît-il. C'est Henry qui m'a dit tout ça, il a vu Lyon, ils ont déjeuné ensemble. Lyon a commencé son deuxième livre, avec une assez belle avance de son éditeur. Il est retourné à Londres où il a pris un appartement.

– Lyon était ici... dit Anne, le visage ruisselant de larmes, Henry l'a vu... Pourquoi ne m'a-t-il pas prévenue?...

– Non, Anne, ne pleure pas! s'exclama Jennifer en la prenant dans ses bras. Henry dit que Lyon ne pense qu'à sa littérature, rien d'autre ne lui importe plus. Les hommes se soutiennent entre eux et ceci te prouve que tu ne dois rien à Henry. Il faut changer de vie. Claude n'avait pas invité Gillmore à déjeuner, il est passé par là et s'est joint à nous. C'est un signe du destin.

– Tu as peut-être raison, reconnut lentement Anne. Il faut que je quitte ce bureau, j'y vis avec la mort de mon amour.

– Voilà, tu deviens raisonnable, et largue aussi cet appartement. Maintenant, refais-toi une beauté, ne perds pas ta situation avant de l'avoir décrochée... »

Henry commença par réagir violemment, puis il fut obligé de reconnaître que l'offre de Gillmore était tentante.

« Apportez-moi votre contrat avant de le signer, grogna-t-il. La télévision arrive à grands pas et je veux vérifier qu'elle y est mentionnée. S'il vous veut pour ses photos, maintenant, il faut qu'il vous garantisse aussi sa publicité à la télévision, plus tard.

– Mais je mourrais de trac devant une caméra de télévision! protesta Anne.

– Ce ne sera pas plus difficile que de poser devant une caméra de photo et vous aurez pris de l'expérience entre-temps. A propos, allez donc voir Lil Cole, ajouta-t-il en griffonnant une adresse sur une carte. Lil Cole est le meilleur professeur de diction de New York, il vous débarrassera de cet accent de Boston. J'ai comme une idée que cette publicité à la télévision ne sera pas muette. Prenez au moins deux leçons par semaine, il coûte cher, mais vous en avez les moyens.

– Mais il n'est pas question que je devienne une actrice!

– Ecoutez-moi, Anne, dit-il d'un ton sérieux. Quand on fait quelque chose, il faut le faire à fond. Vous avez été une secrétaire épatante ici, soyez une extraordinaire Miss Gillian. Vous serez très occupée, c'est exactement ce qu'il vous faut. »

Il se renversa dans son fauteuil, l'air soudain épuisé. Anne lui jeta impulsivement les bras autour du cou.

« Je vous aime, Henry, lui dit-elle.

– Ça, alors! gronda-t-il pour cacher son émotion. Comment trouvez-vous ça, Jennifer? Voilà deux ans que j'adore cette fille, et c'est le jour où elle me plaque qu'elle m'avoue m'aimer... Allez, sauvez-vous toutes les deux, Jennifer n'est plus là pour longtemps, profitez de vos derniers jours. On m'enverra bien quelqu'un de l'agence de placement pour me dépanner. A propos, Jen, votre pension alimentaire se monte à sept cents dollars, tous impôts déduits. Vous connaissant, je paierai les impôts avant de vous verser le reste. Dois-je vous envoyer vos chèques à Paris?

– Non, dit-elle en riant. Gardez tout ici et faites-moi devenir aussi riche qu'Anne.

– Mes deux Rockfeller... sourit-il. Paris vous attend, Jennifer, vous allez devenir la Lana Turner française, mais faites-moi plaisir, ne dépensez pas tout ce que vous gagnez. Vous me devez deux mille dollars, je vais me rembourser sur votre pension alimentaire, alors ne me demandez pas d'argent tout de suite, laissez-moi la possibilité d'en investir un peu.

– Vous m'y faites penser, fit délicieusement Jennifer. Avancez-moi donc mille dollars, s'il vous plaît. J'ai besoin de robes, il ne faut pas que je rate mon entrée à Paris. »

NEELY

1950.

NEELY referma le scénario avec lassitude. Elle connaissait son rôle sur le bout des doigts. Elle s'étira voluptueusement dans son grand lit et but une gorgée de whisky. Onze heures trente et parfaitement éveillée. Encore une pilule, peut-être! Elle en avait déjà pris deux; une autre rouge, alors, parce qu'elle devait être au studio à six heures.

Elle aperçut soudain son agenda ouvert à la page d'aujourd'hui.

Rentre de bonne heure. C'est le premier anniversaire de Bud et de Jud, avait écrit Ted.

Misère! Elle n'avait pas regardé le carnet ce matin, abrutie par ces pilules comme elle l'était! Il lui avait fallu deux Dexmerol pour se réveiller. Et voilà qu'elle avait manqué leur goûter d'anniversaire. Sacrées séquences à refaire... Elle se dirigea à pas de loup vers la chambre de ses fils; une bouffée d'orgueil l'envahit à la vue des deux têtes blondes.

« Bud et Jud, murmura-t-elle dans le noir. Maman a manqué votre anniversaire, mais maman vous adore... Elle n'a pas vu l'agenda sinon elle aurait été là, mes trésors... »

Elle regagna sa chambre en vacillant. Ted devait être furieux, il boudait quelque part. Un gâteau, deux bougies, Ted qui leur souhaitait leur anniversaire en chantant... Une grosse larme suivit la pente de son petit nez enduit de crème. Misère! Heureusement qu'ils n'étaient encore que des bébés, ils ne pouvaient avoir compris, avoir souffert.

Et Ted se vengeait, sans doute; il draguait chez les éphèbes, ce salaud... Elle se souvint du jour où elle l'avait surpris avec cet acteur anglais, l'embrassant à pleine bouche; elle avait absorbé tout un flacon de pilules, ce soir-là. On lui avait fait un lavage d'estomac, elle ne recommencerait pas de sitôt.

Ted avait été adorable, ensuite, il l'avait prise dans ses bras, si tendrement... et cette nuit-là, elle avait conçu ses jumeaux, deux beaux bébés blonds. Vingt-deux ans... la plus grande star de la Century... une maison à elle à Beverly Hills... et deux ravissants fils.

Les pilules restaient sans effet; elle se demanda si Jennifer en prenait parfois trois? Sûrement, avec le travail qu'elle devait fournir. Psssh... quels films! On faisait la queue des heures à La Jolla pour la voir. Jennifer, les seins nus, parlant français comme une française. Et cet article dans *Look*, ses photos dans son appartement parisien... on disait qu'elle vivait avec ce producteur français, Claude Chardot.

Elle se demanda ce qu'Anne pensait de tout ça. Misère! Elle lui devait une lettre pour la remercier du dernier livre de Lyon. Les critiques en avaient été très mauvaises, on accusait l'auteur d'écrire pour se vendre sans pour autant y parvenir; son premier livre avait été un succès littéraire mais n'avait pas fait un sou. Anne pensait sûrement encore à lui pour se donner la peine de faire lire ses livres par ses amies; pourtant, on disait partout qu'elle était la maîtresse de Kevin Gillmore. Anne, Miss Gillian! Incroyable... on ne voyait qu'elle dans tous les magazines, et dimanche soir... ah! oui, ne pas oublier de regarder la télévision, Anne y passait pour la première fois.

La télévision... Misère! Quelle panique à Hollywood à cause de cette horrible petite boîte! Comme si cela pouvait jamais porter tort à l'Industrie... Néanmoins les contrats de longue durée des vedettes n'étaient pas renouvelés, on ne signait d'engagements que pour un film, deux à la rigueur. Dieu merci, elle était si célèbre qu'ils s'étaient précipités malgré tout pour lui renouveler son contrat. Cinq belles années... l'argent allait tomber toutes les semaines, pendant cinq ans...

Si seulement Ted voulait rentrer... Elle avait besoin de lui, demain matin. Ces séquences de danse étaient trop dures, il faudrait que Tel lui dise qu'elle ne pouvait pas se démener ainsi dans ces robes. Ils lui composeraient un numéro plus facile. Ces pilules vertes étaient formidables pour doper et couper l'appétit mais elles faisaient battre le cœur et deux heures de danse la laissaient pantelante, sans souffle.

Minuit. Un peu de whisky ferait agir les pilules; elle dévala l'escalier de marbre sur ses pieds nus. Pendant qu'elle tâtonnait à la recherche du commutateur, elle entendit un bruit d'éclaboussement dans la piscine. La cabane était éclairée et de la porte du patio elle reconnut Ted. Elle en rit de soulagement, elle l'aimait tant. Et pourquoi, miséricorde? Ce n'était pas un homme. Elle l'avait cru fort, au début, il la guidait, la conseillait et puis finalement, tout comme Mel, il s'était effondré dans ses mains. Quelle idée de se baigner à cette heure! Elle ouvrait la bouche pour l'appeler lorsqu'elle vit la fille sortir de la cabane, cramponnée à la serviette qui lui ceignait les reins.

« Lâche cette serviette, l'eau est chauffée! lui cria Ted.

– Et si elle se réveillait? fit la fille en regardant craintivement la maison sombre.

– Penses-tu! Avec ce qu'elle prend, un tremblement de terre ne la réveillerait pas. Allez, plonge, Carmen, ou je viens te tirer par les pieds. »

Carmen dénoua pudiquement son pagne. Elle avait un corps magnifique. Neely la reconnut : Carmen Carver. Elle avait gagné un prix de beauté et le studio lui faisait faire des bouts d'essai. Ted nagea jusqu'à elle, Neely entendit Carmen pousser un glapissement.

« Oh! non, Ted! Pas dans la piscine...

– Pourquoi pas? Nous l'avons fait de toutes les manières imaginables. »

Neely sentit son estomac se révulser. Oh! Dieu non, pas ça! Un éphèbe de temps en temps à la rigueur, le psychiatre lui avait dit que c'était une faiblesse de Ted qu'elle ne devait pas considérer comme une infidélité. Mais ça!

Elle attrapa une bouteille de whisky au passage et courut se réfugier dans sa chambre. Elle but une solide rasade pour faire descendre une autre pilule et se recoucha. Que Ted et sa putain aillent au diable! Elle tiendrait déjà une assez belle gueule de bois comme ça. Debout à cinq heures...

Elle s'assit subitement dans son lit. Et que se passerait-il si elle ne se présentait pas au studio demain matin? De toute sa carrière, elle n'avait jamais été cinq minutes en retard sur le plateau et qu'y avait-elle gagné? Cinq mille dollars par semaine. Oui et alors? Elle payait encore des traites pour la maison, elle avait emprunté de l'argent au studio. Les impôts, sa femme de chambre, sa secrétaire, impossible de mettre un sou de côté. Et en y réfléchissant, Ted ne payait pas toute sa part; pourtant ses affaires marchaient très bien, *Vogue* passait pages sur pages de lui. Elle but une autre gorgée de whisky et sentit une agréable euphorie l'envahir. Quant tout serait payé, dans trois ans, elle serait enfin tranquille.

Tranquille! Alors que Ted était en train de baiser cette fille dans *sa* piscine? Elle bondit du lit, elle vacillait, la tête lourde. Elle descendit l'escalier en trébuchant et abaissa le commutateur d'un air triomphant pour illuminer la piscine. Lorsqu'elle y parvint, la nouvelle bouteille de whisky qu'elle venait de prendre dans le bar à la main, elle vit Ted et la fille qui en sortaient précipitamment.

« Vous vous payez du bon temps à baiser dans *ma* piscine, mes enfants? glapit-elle. Videz-la, s'il vous plaît, n'oublie pas que *tes* enfants y barbotent tous les matins, Ted. Tiens, peut-être que ceci la désinfectera, fit-elle en vidant le whisky dans l'eau. Alors, maintenant, c'est une putain au lieu d'un garçon, Ted? Probable que le psychiatre va me dire que tu as besoin de ça, aussi! »

Droit et silencieux, Ted avait passé ses bras derrière lui pour protéger la malheureuse Carmen qui s'était blottie contre son dos, terrifiée. Ce geste tendre attisa la rage de Neely.

« Et tu la protèges par-dessus le marché, cette pouffiasse qui vient de contaminer ma piscine! Vous savez, mon chou, vous n'avez aucune valeur pour lui, en général il se distrait avec des garçons. »

Carmen se dégagea et s'enfuit vers la cabane. Ted ne bougea pas; même nu, il conservait une certaine dignité. Neely fut prise du désir de courir à lui, de lui dire qu'elle l'aimait, qu'elle lui pardonnait. Il était si grand... si bronzé... mais elle ne pouvait encaisser ainsi.

« Allez, ma petite tantouse, explique-toi un peu... fit-elle.

– Tu dois avoir besoin de lunettes, Carmen n'a rien d'un éphèbe.

– J'aimerais mieux ça! murmura-t-elle, la lèvre tremblante.

– Oui, je le sais, tu m'y as poussé plusieurs fois, dit-il lentement. Et tu m'as aussi donné le sentiment que je n'étais pas désirable pour une femme. Neely, quand as-tu voulu de moi pour la dernière fois?

– Voulu de toi? Mais qu'est-ce que tu baragouines? Tu es mon mari, je veux toujours de toi.

– Oui, tu me veux *près* de toi, pour me bagarrer à ta place au studio, pour dessiner tes robes, pour t'accompagner aux premières, mais comme amant, hein? Tu es toujours trop fatiguée pour faire l'amour. A quand remonte la dernière fois?

– Tu es complètement fou! glapit-elle. Et n'essaie pas de renverser les rôles. Je te prends la main dans le sac et là, tout nu, quéquette au vent et ta putain dans ma cabane, tu viens me sermonner? Qui paie cette maison et cette piscine?

– Qui l'a voulue? demanda-t-il en prenant nonchalamment une serviette pour s'en faire un pagne. J'avais un appartement de huit pièces, mais Madame voulait une salle de massage, une salle de projection, tout ce bazar.

– Je n'ai jamais eu de maison à moi, dit-elle en se mettant à sangloter. J'en voulais une absolument, ça m'est égal de la payer.

– Alors, pourquoi me l'envoies-tu à la figure dix fois par jour? »

Elle avait du mal à garder les yeux ouverts; les pilules commençaient à faire leur effet. Elle le regarda s'asseoir paisiblement sur une chaise longue.

« Ted, je rentre du studio à huit heures... Je suis

crevée! J'ai mon rôle à apprendre pour demain, mon massage, comment veux-tu que je pense à l'amour?

– Pourquoi as-tu signé ce nouveau contrat? demanda-t-il tranquillement. Tu es célèbre maintenant, et moi je me débrouille très bien. Tu aurais pu signer pour deux films par an et nous laisser la possibilité de vivre un peu ensemble. Je gagne assez d'argent pour nous deux, même sans ton travail, mais sans m'en parler, tu t'es engagée de nouveau pour cinq ans. Toi, tu as ta maison et ton contrat, et moi j'ai retrouvé un certain équilibre. Je n'étais plus grand-chose à vivre près de toi, Neely, tu m'as pompé. Mais c'est fini.

– Ça suffit. Fais sortir cette putain de ma cabane et viens me retrouver dans ma chambre, j'ai à te parler. »

Elle remonta dans sa chambre, déboucha une nouvelle bouteille de whisky et s'en servit une bonne rasade. Peut-être avait-il raison? Peut-être devrait-elle être un peu plus entreprenante? Pourtant, elle l'aimait tellement... elle l'adorait... mais comment être amoureuse le soir après toute une journée sur le plateau? Son regard tomba sur son pyjama tout simple. Et misère, son visage était enduit d'une épaisse couche de crème nourrissante, ses cheveux hirsutes, raides de lanoline! On les lui lavait tous les matins au studio et il fallait les assouplir le soir, elle avait de beaux cheveux épais, mais si elle devait dormir avec cette laque spéciale et cette poudre d'or qui accrochait la lumière, elle se réveillerait chauve, un beau matin.

Elle revit cette Carmen, nue, devant la piscine. Vacillante, elle se dirigea vers son grand miroir. « Doux Jésus, j'ai l'air d'un masque de carnaval! » Pas difficile d'être belle quand on n'a rien d'autre à faire. Elle ne gagnait pas cinq mille dollars par semaine, la Carmen. Elle n'était pas une star célèbre, elle essayait de le devenir et si elle y réussissait, elle serait au lit à neuf heures à son tour, avec de la crème sur la peau et de l'huile sur les cheveux. Les larmes inondaient son visage. Elle avait rêvé toute sa vie d'avoir une grande maison, un mari aimé, de beaux enfants... Elle avait tout ça, mais il ne lui restait plus le temps d'en profiter.

Elle alla dans la salle de bain essuyer sa couche de crème mais Dieu qu'elle avait sommeil... Elle fouilla dans sa commode. Où étaient donc ses chemises de nuit affriolantes? Cette jaune-là, très bien. Misère, ses cheveux! Elle se noua un fanchon de mousseline jaune. Pas mal, pas mal du tout... Elle se glissa dans son lit, Ted allait monter. Elle entendit le crissement des pneus d'une voiture sur le gravier. La putain était partie, Ted allait monter, tout penaud. Elle le laisserait ramper un peu et puis elle le prendrait dans ses bras et elle ferait l'amour comme autrefois, avec ardeur, pas simplement passive. Cela avait été tellement formidable entre eux, au début... mais elle n'était pas aussi fatiguée, alors. Le sommeil l'envahissait doucement. Où était-il, bon Dieu? Elle sortit du lit et dévala jusqu'en bas.

« Ted? »

La piscine était plongée dans l'obscurité. Elle courut au garage, pieds nus sur le gravier aigu. La voiture de Ted manquait. Il avait peut-être raccompagné la fille chez elle? Il aurait pu la renvoyer en taxi, elle allait lui sonner les cloches à son retour, oui... Elle se mit à sangloter. Peut-être était-il parti pour de bon? Oh! Seigneur, qu'avait-elle fait?

1953.

Son divorce avait duré trois ans. Il était venu chercher sa garde-robe après l'incident de la piscine. Elle avait laissé tomber le studio toute une semaine, plongée dans la torpeur des barbituriques. Le Patron avait refusé un divorce qui eût fait du tort à la publicité de Neely. Ted était sous contrat, il devait escorter Neely aux premières, poser pour des photos de couple heureux, sourire en public. Trois années de cauchemar, film après film... le régime... les pilules... et sachant Ted quelque part avec cette fille qu'il entretenait.

L'Oscar avait dénoué la situation. Le plus grand moment de la vie de Neely. Quand le jury l'avait appelée, elle s'était tournée vers Ted, le souffle court. Il lui avait souri, sincèrement heureux pour elle. Les photos, les actualités et Ted qui la tenait par le bras... Tout allait s'arranger, elle avait gagné son Oscar et Ted lui souriait. Il était resté jusqu'à la dernière seconde, puis il l'avait ramenée chez elle et avait laissé sur le perron la star à l'Oscar pour retourner auprès de sa putain. Le lendemain matin, elle avait appelé le Patron et l'avait prié de venir la voir dans sa loge. A elle, maintenant! Et le Patron était venu. Elle lui avait dicté ses conditions : son divorce sans délai et Ted Casablanca résilié par le studio. Le Patron s'était humblement incliné. Ah! la puissance d'un Oscar!

Elle avait constaté aussi qu'elle ne risquait plus rien en manquant de temps à autre au studio. Elle était la plus grande star d'Hollywood, l'Oscar l'avait prouvé. Si elle dormait mal et se reposait le matin, merde pour eux. Elle était Neely O'Hara. Si elle prenait quelques centaines de grammes en mangeant du caviar, merde pour eux. Une semaine de régime pour les reperdre? Et merde. Ses films faisaient leur fortune.

Tremblante, elle se réfugia dans le studio à air conditionné de son bungalow-loge. Elle venait de tout planter là pour la troisième fois en cinq semaines. Foutu John Stykes! C'était peut-être le plus grand metteur en scène du monde, mais il la suppliciait dans ce film. Elle arracha ses bandes de faux cils et se plaqua son démaquillant avec rage.

« Miss O'Hara, non, pour l'amour du ciel! la supplia sa femme de chambre. On va passer une heure à vous remaquiller et nous sommes déjà en retard.

– *Nous*? s'écria Neely en la regardant. Vous êtes du métier, maintenant, vous aussi? Je ne travaille plus aujourd'hui. »

John Stykes frappa à la porte. Un bel homme dans son genre, hirsute, battu par les embruns.

« Allez, Neely, on reprend, fit-il avant de voir, consterné, le visage démaquillé de l'actrice.

– Oui, mon trésor, parfaitement... fit-elle malicieusement. Fini le travail pour aujourd'hui

– Bon, se résigna-t-il en s'asseyant. Il est trois heures, on fermera tôt.

– Mais je n'accepte pas cette dernière séquence, aboya-t-elle. Tous les gros plans étaient sur nos pieds.

– Neely, le studio paie Chuck Martin cinquante mille dollars pour la petite danse qu'il fait avec vous. C'est un merveilleux danseur, vous ne voudriez tout de même pas que je prenne ses *oreilles* en gros plan?

– Non, sacré bon Dieu, mais des gros plans de *moi*, des plans rapprochés de nos corps parce que mes pieds ne peuvent pas le suivre, je ne suis pas assez bonne danseuse.

– C'est-y pas Dieu possible! s'exclama-t-il ironiquement. Je vous aurai entendue admettre, une fois dans ma vie, que quelqu'un a plus de talent que vous...

– Chuck Martin danse dans les revues de Broadway depuis trente ans, il ne sait faire que ça, danser. Il est assez vieux pour être mon père. Je n'ai que vingt-cinq ans, mais je peux chanter, danser et jouer. Personne ne m'égale quand il s'agit de chanter mais pour la danse, c'est d'accord, je ne suis ni Ginger Rogers ni Eleanor Powell. Chuck Martin est presque aussi bon que Fred Astaire, mais est-ce une raison pour me faire paraître mauvaise?

– Puisque vous reconnaissez qu'il est très bon, pourquoi ne pas nous accorder cinq minutes sur ses pieds?

– Parce que c'est *mon* film. C'est quelque chose que j'ai appris d'une professionnelle, dans ma première revue à Broadway : ne jamais laisser quiconque se tailler un succès sur votre dos. Et d'ailleurs, pourquoi Chuck Martin? J'ai toujours dansé avec des boys de revue, jusqu'à présent.

– C'est le Patron qui a engagé Chuck personnellement, répondit Stykes en allumant une cigarette. Vous fumez, maintenant? ajouta-t-il surpris de voir Neely lui en demander une.

– Oui, depuis le jour où mon divorce a été prononcé. J'ai constaté que ça me coupait l'appétit.

– Très mauvais pour la voix, Neely.

– Je n'en fume que dix par jour, dit-elle en inhalant profondément. Alors, c'est fini, cette histoire? A vous de réfléchir au moyen de prendre cette séquence pour me mettre en vedette, au lieu des pieds de Chuck. Je sais ce qui a incité le Patron à l'engager : la télévision. La télévision qui flanque la panique partout. Si le Patron croit que les pieds de Chuck, à raison de cinquante mille dollars, vont écarter tout danger, ça le regarde, mais moi je ne veux pas en pâtir.

– Vos deux derniers films ont perdu de l'argent.

– Quelle bonne blague! J'ai lu *Variety* et j'ai vu les résultats. Formidables!

– Oui, les résultats auraient été formidables si l'ardoise n'avait pas excédé les deux millions cinq prévus, mais chaque film a coûté plus de six millions de dollars. Le studio a gardé ces chiffres secrets jusqu'à présent. C'est la première fois qu'un film dépasse tellement le budget prévu.

– J'ai eu la grippe, personne ne peut m'en vouloir.

– Oui et ensuite vous avez disparu dix jours pour dormir avec des somnifères. Ce n'est pas moi qui ai fait ce film mais j'en connais l'histoire. Vous avez bu et mangé. D'accord, vous aviez été malade, et il fallait vous remonter, mais il a fallu aussi trois semaines pour vous faire perdre vos kilos excédentaires et comme vous aviez encore cinq kilos de trop, toutes les robes ont été à recommencer.

– C'est vrai. Mon divorce m'a causé un choc et Sam Burns, mon cameraman favori, a été malade. Je ne veux pas tourner sans Sam, et ces robes étaient tellement mal foutues qu'elles me grossissaient. Encore une chose, ça! explosa-t-elle en fondant sur lui. Il me faut un autre modéliste, Ted ne m'aurait jamais laissé porter ces horreurs.

– Ellen Small a gagné neuf Oscar.

– Alors, qu'elle aille habiller ses statuettes, mais pas moi.

– Neely, je vous aime beaucoup, c'est pourquoi je vous parle au lieu d'aller trouver le Patron. Je ne lui dirai rien de votre scène d'aujourd'hui, mais croyez-vous qu'il va accepter encore longtemps vos caprices et vos défections? Vous êtes un monstre sacré, toutes les stars en sont. Un talent comme le vôtre est rare, parfois vous frôlez le génie. Mais, dit-il en lui prenant les mains, les actionnaires ne se préoccupent pas d'art, mais de dollars, de *cents* et du bénéfice final. Nous avons pris dix jours de retard, mon chou, mais si vous voulez vous y mettre nous pouvons le rattraper. Je travaillerai quelques nuits; je ferai les scènes de foule avec votre doublure. Nous pouvons y arriver, Neely... »

Elle vacilla un instant, puis elle eut un sourire froid :

« Vous m'avez presque attrapée avec votre petit sermon sirupeux, mon petit Johnny. Il y a sept ans, je vous aurais dit « oui monsieur, oui monsieur, oui monsieur », et je me serais cassé le cul pour faire la fortune du studio, finalement. Je suis devenue une star, un monstre sacré comme vous dites et où en suis-je? J'ai le meilleur champagne qui existe, reprit-elle en prenant une bouteille de bière légère dans le réfrigérateur, mais je ne peux pas en boire parce que ça me fait grossir, j'ai une piscine dont je ne peux pas profiter pour éviter les taches de rousseur, j'ai deux placards qui débordent de robes que je n'ai jamais le temps ni l'occasion de porter parce que je reste chez moi le soir pour apprendre mon rôle. John, fit-elle en s'asseyant à ses pieds, que s'est-il donc passé?

– Vous êtes arrivée trop vite, voilà tout, dit-il en lui frottant les cheveux.

– Non, ce n'est pas l'explication. J'ai fait du music-hall, j'ai vécu sur les planches toute ma vie, je ne suis pas un de ces prix de beauté qui émerge un beau jour. On m'a engagée parce que j'ai du talent. J'ai vingt-cinq ans et je m'en sens quatre-vingt-dix. J'ai perdu deux maris. Ma vie, c'est d'apprendre mes rôles, mes chansons, mes danses, de suivre un régime de famine, de dormir grâce à des pilules, de rester éveillée grâce à des pilules... Il doit y avoir autre chose, quand même? Qu'est-ce qu'il m'apporte ce talent inné? Je donne tout aux autres, il ne me reste rien. C'est le bouquet, du reste, ça! Attendez que j'en parle au docteur Mitchell!

– Votre psychanalyste?

– Oui. Encore une histoire de fous... Moi, la plus équilibrée des femmes, voilà que j'ai besoin d'un psychanalyste maintenant. Je l'ai vu pour la première fois après une histoire abominable avec Ted, et depuis je ne peux pas m'en passer. Il a fouillé dans mon passé, et il prétend que si je ressens le besoin d'amour de mon public, c'est parce que j'ai été frustré d'amour maternel.

– Quelle connerie! s'exclama John en colère. Je peux vous en citer des stars qui aiment l'amour de leur public et qui ont pourtant des parents qui les adorent. Ces charlatans qui rendent ces malheureuses mères responsables de tout en ce bas monde me donnent envie de vomir. Votre mère est morte jeune, elle l'a fait exprès pour vous embêter peut-être? Laissez tomber ce psychanalyste, Neely, à vingt-cinq dollars la consultation, vous avez tout à y gagner. Vous êtes une star parce que vous avez du talent, et vous feriez mieux de compter sur vous-même pour vous diriger.

– Tout est facile à vous entendre, soupira-t-elle. Mais quand on passe des nuits blanches, toute seule, sans personne à qui se confier... Au moins le psychanalyste est impartial, lui, il vous écoute pour vous aider.

– Bon, alors allez le voir ce soir si ça vous est nécessaire mais, Neely, faites quelque chose pour *vous*. Ne grognez plus contre les robes, faisons la séquence de la boîte de nuit demain, apprenez votre texte et finissons notre film dans les délais.

– Ah! voilà la raison de toutes ces belles paroles,

fit-elle en plissant les yeux. M'embobiner pour mieux m'assommer!

– Vous avez raison, dit-il en plaquant son verre sur la table. Vous avez besoin d'un réducteur de tête, vous n'avez même plus confiance en vos amis! Je viens vous parler en père parce que je vous aime beaucoup, parce que je ne voudrais pas voir votre carrière se briser, votre talent se perdre, mais si vos films continuent à coûter plus cher qu'ils ne rapportent par votre faute, vous n'en avez plus pour longtemps. L'année dernière, trois films à petits budgets sans star ont rapporté plus que vos deux dernières productions. Et si vous ne me croyez pas, demandez à vos imprésarios.

– Eux? Ils marchent avec le studio. Je sais, on s'attend à ce que je travaille comme une brute pour que le Patron se paie ses petits voyages dans les palaces ou s'envoie toutes les starlettes dans sa villa au bord de la mer. Et qui paie tout ça? Moi et mon talent. Et en admettant que je vous fasse confiance, est-ce une raison pour que j'aie l'air d'un cornet de glace dans cette robe?

– Cette robe en question vous va parfaitement, vous étiez merveilleuse. Non, la vraie raison, c'est que vous voulez Ted Casablanca comme modéliste et ça, ce n'est plus possible.

– Ce n'est pas vrai, pleurnicha-t-elle. Vous parlez comme le docteur Mitchell.

– Et vous lui faites confiance, n'est-ce pas? Alors, croyez-moi et soyez-là demain matin, à l'heure, toute prête. »

Elle hocha la tête, momentanément vaincue. Il l'embrassa sur la joue et la laissa. Elle se servit une bonne rasade de whisky. Six heures. Elle avait rendez-vous avec le docteur Mitchell à neuf heures. Elle ne serait donc pas au lit avant minuit. Avec le texte de la séquence de demain à apprendre... Elle prit son téléphone et annula son rendez-vous avec le docteur.

Assise dans son lit, le plateau de son dîner près d'elle, elle faisait un effort pour mémoriser son rôle. Pourquoi avait-elle bu tout ce whisky dans la soirée? Sa mémoire ne fonctionnait pas. Et si elle s'endormait maintenant et se faisait réveiller à cinq heures? Après huit heures de sommeil elle serait en pleine forme pour apprendre ce texte.

Elle renvoya son plateau intact; autant sauter un repas. Elle était à cinquante-six kilos aujourd'hui; de plus, les pilules agissaient plus vite sur un estomac vide. Elle en prit deux rouges et une jaune avec un verre de whisky. La merveilleuse euphorie l'envahit, mais toujours pas le sommeil. Elle n'en avait pas pris suffisamment. Son esprit restait alerte, elle pensait à Ted et à cette fille. Elle était seule... personne ne s'occupait d'elle.

Elle piqua une suée. Trempée, elle se leva pour changer de pyjama. Le docteur Mitchell avait raison : elle s'accoutumait à ces pilules. Une autre jaune, peut-être? Non, elle serait sonnée le lendemain. Hier, déjà, elle avait dû prendre trois pilules vertes pour tenir le coup sur le plateau toute la matinée. Alors, une rouge? Oui, elles agissaient plus vite. Et ne boire ce whisky que petit à petit. Et si elle lisait, un peu? Anne lui avait envoyé ce livre de Lyon. Encore un de ces machins intellectuels. Elle le feuilleta.

Elle eut soudain envie d'Anne auprès d'elle; Anne qui avait réponse à tout. Mais impossible de la faire venir. Elle devait se faire une fortune à la télévision. On ne voyait plus qu'elle présentant la publicité pour de la crème ou du rouge à lèvres. Et Jennifer! Elle n'avait pas la classe de Anne, mais elle se faisait aussi une fortune, en France, rien qu'à montrer ses seins et ses fesses. Et Hollywood la priait à genoux de venir. On l'habillerait, ici, et on en ferait encore une star, simplement parce qu'elle avait étalé ses nichons ailleurs...

Elle but une gorgée de whisky. Toujours pas sommeil. Mais un peu paf... et faim, avec ça! Il y avait du caviar dans le réfrigérateur. Non! Et merde pour Ted qui lui avait appris à aimer ça. Ses robes étaient déjà assez serrées... C'était la faute du whisky... et si elle mangeait, en plus... Non, ce ne serait pas loyal envers John. Il avait été si charmant aujourd'hui. C'est drôle, elle n'avait jamais remarqué comme ses yeux étaient bleus. Il devait avoir la cinquantaine, mais bien séduisant... Si John était là, dans ce lit, avec elle... Il la prendrait dans ses bras, elle se sentirait protégée.

Dix heures trente. Si elle lui téléphonait, il viendrait peut-être. Il dirait à sa femme qu'ils avaient une séquence à mettre au point. Non, pas ce soir, elle avait déjà enduit ses cheveux de lanoline; mais demain, demain, elle l'inviterait à souper avec elle. Il la prendrait... et elle s'endormirait dans ses bras, après. Et pas seulement pour un soir... Il viendrait souvent. Elle travaillerait avec lui, elle coopérerait au succès et elle l'exigerait ensuite pour tous ses films. Elle allait l'appeler et lui dire qu'elle étudiait son rôle. Il s'endormirait rassuré, en pensant à elle.

Une femme répondit. Neely prit sa voix la plus suave :

« C'est madame Stykes?

– Non, c'est la domestique. Monsieur et Madame sont sortis. Dois-je prendre un message?

– Non, merci », dit Neely en raccrochant.

Sorti avec sa femme! Probablement chez Romanoff, en train de lui raconter comment il avait entortillé Neely O'Hara. « Oui, elle fait des tas d'histoires comme ça, mais au fond c'est une petite mauviette qui meurt de peur. Il faut savoir la prendre. Moi, j'en fais ce que je veux... » Une mauviette, Neely O'Hara? Une star, oui, et personne ne la commanderait.

Il n'y avait personne à la cuisine. Elle mangea le caviar à même la boîte, à grosses cuillerées. « Et voilà, Neely, tu peux t'offrir tout ce que tu veux... parce que tu es une grande star... » Elle vacilla et prit appui sur le réfrigérateur. « Encore un peu, pourquoi pas?... C'est toi qui l'as payé... Et puis une boîte de pâté dans ta chambre, au cas où tu aurais faim cette nuit... Rien n'est trop bon pour toi, Neely... »

Elle prit une autre bouteille de Scotch dans le bar et remonta dans sa chambre en trébuchant. « Voilà, Neely, encore un petit verre... et puis quelles pilules? Une poupée rouge, une poupée jaune, une poupée bleue? Tout ce que tu veux, mon trésor. » Deux pilules rouges. Au lit en butant sur tout, et elle décrocha son téléphone intérieur.

« Charlie, ne me réveillez pas demain matin. Vous téléphonerez au studio et... vous direz que miss O'Hara a une laryn... une laryngite. Et qu'on ne me dérange pas. Je vais dormir... et manger... et dormir... et manger... pendant une semaine. Demain matin, je veux des gaufres au beurre et au sirop d'érable... Une orgie de gaufres. »

1956.

Neely s'était habillée avec soin. Un pantalon blanc et une blouse vague qui dissimulerait ses bourrelets. Misère, quel mal elle avait pour éliminer ces cinq kilos, cette fois-ci! Et les essayages de robes dans quelques jours... Le Patron l'avait fait mander sans lui demander si ce rendez-vous lui convenait. Ils avaient la mémoire courte, dans les huiles, il y a trois ans, quand elle avait gagné cet Oscar, c'était lui qui était venu à elle. Mais ce nouveau film remettrait tout d'aplomb. Quel rôle, et quelles chansons!... Elle gagnerait un autre Oscar, pas de doute.

Elle regarda le Patron, assis de l'autre côté de un kilomètre de bureau Early American.

« J'ai à vous parler sérieusement, petite fille, commença-t-il d'un ton paternel. Je pense que vous avez lu les journaux d'hier qui vous traitent de Miss Poison 1956? Charmant, hein?

– Oui, ça m'a fait beaucoup de peine, répondit-elle de sa voix de petite fille. Mais ces journaux! Ils disent n'importe quoi et mes films ont toujours autant de succès.

– Auprès du public, oui, nous, ils nous coûtent très cher.

Voilà que cela allait recommencer... les sermons à cause du temps perdu... des répétitions manquées...

– ... Ce nouveau film va être très coûteux. Les prix ont augmenté et nous sommes en compétition avec la télévision. Les gens se dérangent beaucoup moins pour aller au cinéma, alors qu'ils voient des films chez eux, gratuitement. *Let's live tonight* a le plus gros budget de tous nos films, quelques heures de plus que prévu et nous sommes morts. Sam Jackson va travailler sur un horaire très tendu. J'ai conclu un arrangement avec lui, il aura droit à une gratification de mille dollars par journée gagnée sur l'horaire de base, et au premier retard, il saute.

– Vous résilieriez Sam Jackson au milieu d'un film?...

– Je résilierai n'importe qui si on ne me donne pas satisfaction. Hollywood a changé, Neely. Vous êtes la dernière de nos vedettes sur un contrat à long terme. Encore un an à courir; quand nous le renouvellerons, *si* nous le renouvelons, il ne sera pas comme autrefois. »

« A qui le dis-tu, pensa-t-elle. Je formerai ma propre société de films dont je serai actionnaire, mes conseillers fiscaux m'ont assez expliqué la manigance. »

« Oui, tout a changé, soupira-t-il. Je ne peux plus envoyer mes actionnaires sur les roses. Je suis obligé de répondre à leurs questions, qui ne concernent que les bénéfices; c'est pourquoi je vous retire de la distribution. »

Elle le regarda les yeux écarquillés.

« Je ne peux pas courir un risque aussi gros. Je peux facilement remplacer Sam Jackson en cours de tournage, mais pas vous. Tout serait à recommencer depuis le début.

– Mais vous ne pouvez pas me remplacer avant même que j'aie commencé, bégaya-t-elle.

– Pourquoi pas? Regardez-vous. Vous êtes trop grosse. Les essayages débutent la semaine prochaine et vous ne serez pas encore à votre poids. Non, le risque est trop important, je prends Janie Lord.

– Janie Lord? C'est une débutante, sourit-elle en comprenant qu'il voulait lui faire peur.

– Elle a fait trois films bon marché qui ont tous rapporté de l'argent. Elle est dans tous les magazines de cette semaine. Ce film la consacrera star et j'ai Brick Nelson avec elle, comme sécurité. Vous ne pouvez rien contre nous légalement, ajouta-t-il en voyant son expression. Nous avons récrit le rôle pour une plus jeune femme.

– Plus jeune! J'ai vingt-huit ans, ce n'est pas encore le gâtisme, non?

– Vous avez l'air d'en avoir quarante, dit-il tranquillement. Vous avez les yeux cernés, un début de double menton, c'est une catastrophe. Voilà, c'est tout, fit-il en la congédiant du geste.

– Mais je croyais que nous déjeunions ensemble? bafouilla-t-elle.

– Passez-vous de déjeuner, avec le ventre que vous avez, ça vous fera du bien. Je vous aurais cru enceinte de quatre mois si je ne vous avais pas déjà vue ainsi trop souvent.

– Et qu'est-ce que je vais faire? Me tourner les pouces?

– Si ça vous chante. Et perdez vos kilos. Vous serez payée quand même.

– Pour qui me prenez-vous pour me traiter de la sorte? rugit-elle, les yeux brillants de colère.

– Je suis le directeur de cette firme et vous, vous n'êtes qu'une petite morveuse dont j'ai fait une star. Seulement, voilà, vous ne rapportez plus rien, alors vous vous tournerez les pouces et vous regarderez quelques nouvelles stars se faire leur place, comme Janie Lord. Et que ça vous serve de leçon. Maintenant, laissez-moi, je n'ai pas de temps à perdre. »

Elle dévala collines et canyons en sanglotant, au volant de sa voiture. Elle avait travaillé si dur et tout le monde se liguait pour la crucifier... Qu'allait-elle faire de son temps? Ses fils n'avaient pas besoin d'elle, ils avaient leur gouvernante, leur école. Seule, elle était complètement seule, maintenant...

Elle se précipita dans sa chambre dont elle ferma les stores, coupa son téléphone et avala cinq pilules rouges avec un verre de Scotch. Elle s'éveilla à minuit. La nuit... plus sommeil... rien à faire... Elle déambula vers la salle de bain et grimpa sur sa balance, distraitement. Elle avait perdu un kilo. Tiens... c'était une idée... Si elle dormait en prenant pilules sur pilules sans manger, elle perdrait ces cinq kilos en un rien de temps. Elle avala une pilule de vitamines pour sa santé et encore quelques poupées rouges avec un verre de whisky.

Le soleil brillait derrière les stores lorsqu'elle s'éveilla de nouveau. Embrumée, elle se dirigea vers la salle de bain, s'enduisit le visage de crème et les cheveux de lanoline. Que la cure soit complète... poids... beauté. Cette fois, elle prit cinq pilules jaunes et deux rouges pour en hâter l'effet. Il restait juste assez de Scotch pour une bonne rasade.

Elle ouvrit les yeux sur un décor beaucoup trop blanc et lisse. Et que faisait cette foutue aiguille dans sa veine? Miséricorde, une chambre de clinique! Elle tenta de s'asseoir, une infirmière se précipita.

« Doucement, Miss O'Hara, dit-elle d'un ton professionnel et enjoué.

– Qu'est-ce que je fais ici? Que s'est-il passé? »

L'infirmière lui tendit un journal. Mon Dieu! En première page, une petite photo d'elle, toute fraîche, lors de ses débuts et à côté une énorme photo d'un pantin désarticulé porté à bras d'homme, la tête dodelinante, les pieds nus en premier plan. *Une star absorbe trop de somnifères,* disait le gros titre. *C'est un accident, déclare le directeur de son studio,* rectifiait la légende.

« Miss O'Hara et moi avions eu une longue conversation et j'avais émis l'idée qu'elle était peut-être un peu trop fatiguée pour entreprendre son prochain film. Elle m'avait assuré qu'il n'en était rien, qu'elle n'avait besoin que de quelques jours de repos. J'imagine que c'est ce qu'elle a voulu faire. Si elle se rétablit à temps, elle sera la vedette de notre plus grand film. Il n'est pas exact que nous avons envisagé de la remplacer par Janie Lord, personne ne peut remplacer Neely O'Hara. Nous formons des vœux pour que notre Neely, la star incomparable, se rétablisse. »

Les journaux la portaient au pinacle, toutes les stars de Hollywood, même celles qu'elle n'avait jamais rencontrées, se répandaient en louanges sur elle. Elle avait dû n'en réchapper que de justesse pour que le Patron s'avançât ainsi, il serait contraint de lui rendre le rôle, maintenant.

« Ai-je été très malade? demanda-t-elle à l'infirmière.

– Malade? Vous avez été sous une tente à oxygène pendant vingt-quatre heures. Nous ne pensions pas vous en tirer.

– Mais je n'ai pris que quelques pilules de somnifère, je voulais dormir un peu, c'est tout.

– Vous avez eu de la chance que votre maître d'hôtel s'inquiète de vous voir rester trois jours sans nourriture. Il est entré dans votre chambre. Vous respiriez à peine. Il a appelé le médecin.

– Je dois être rudement mince, maintenant », fit-elle avec un sourire en coin.

Dès le lendemain, elle convoquait son conseiller juridique. Le studio ne pourrait plus lui refuser le rôle après les déclarations du Patron à la presse, et la sympathie du public allait à elle, lui dit-il, mais qu'elle ne s'avise pas de manquer une seule journée de prises de vues. De son côté, son imprésario la prévint :

« Le Patron est fou de rage. Vous l'avez coincé, alors une heure de retard, une journée manquée et vous sauterez, même au prix du sacrifice du film. Il n'aime pas qu'on lui force la main. »

Elle avait le trac, le premier jour. Elle vit Sam Jackson dans un groupe et il lui sembla nerveux, lui aussi. Tout le monde paraissait nerveux, du reste, mais elle connaissait son texte impeccablement.

« Une répétition et puis on tourne, dit Sam. La

séquence de la boîte de nuit. Vous réclamez le silence des spectateurs, et puis vous chantez, Miss O'Hara. La figuration en place », cria-t-il.

La répétition suivit son cours. Tout se passa très bien, mais pourquoi diable étaient-ils tous si nerveux? Et pourquoi Sam évitait-il soigneusement son regard? Elle vit qu'on préparait tout pour la prise de vues. Sam n'espérait tout de même pas tourner maintenant, après une seule répétition? Jamais elle n'avait fait ça, personne d'ailleurs.

La scène marcha à peu près. Elle manqua une ou deux répliques, mais pour un premier essai... Sam en tirerait peut-être trente centimètres de bon, ce qui n'était déjà pas si mal. Elle se tourna vers lui avec un sourire.

« Vous avez cafouillé les paroles de votre chanson, lui dit-il.

– Deux lignes, répondit-elle en haussant les épaules. La chanson est déjà enregistrée, j'ai mal mimé les paroles. Ce sera pour le prochain coup.

– On recommence. Et que ce soit bon et définitif, cette fois. »

Mais il était tombé sur la tête, ma parole! Il ne tiendrait jamais le coup à ce rythme-là. Tant pis pour lui, ça le regardait.

Elle remonta sur le plateau. Cette fois elle se tourna la cheville et se prit le pied dans le fil du micro dans lequel elle devait mimer sa chanson.

« Coupez! hurla-t-il. Vous sentez-vous bien, Neely? demanda-t-il en s'approchant d'elle.

– Parfaitement bien, mais ne pressez pas le mouvement comme ça, Sam. Vous n'espériez pas que la seconde fois serait la bonne, quand même?

– J'espérais que la première fois serait la bonne. En place pour le troisième essai! » cria-t-il en lui tournant le dos.

Elle se retint de tout planter là comme autrefois.

Elle se contint, tremblante de rage. Elle, Neely O'Hara, traitée de la sorte par un merdeux de metteur en scène devant tout le plateau! Elle se força à retourner à sa place. La maquilleuse lui retoucha le visage. L'ardoise claqua. Troisième essai. Elle bafouilla une ligne dès le début. Coupez... Quatrième essai, moteur! Encore un bredouillage. Cinquième essai. Sixième essai...

A la fin de la journée, ils en étaient au quinzième essai. Incroyable! Elle n'avait jamais fait plus de huit essais dans sa carrière. C'était Sam qui lui communiquait sa nervosité.

« La pause du dîner! cria Sam. Tout le monde sur le plateau à sept heures. »

Comment?... Elle n'avait plus jamais tourné le soir après son premier film. Elle se dirigea vers lui.

« Vous tournez ce soir les séquences dont je ne suis pas, j'imagine? lui demanda-t-elle.

– Je tourne votre séquence jusqu'à ce que vous me fassiez quelque chose de propre, répondit-il sans se déranger de l'appareil dans lequel il était plongé.

– Oh! non, mon petit vieux. J'ai rempli mon contrat, j'étais là à l'heure et maintenant je pars à l'heure. Je ne vais pas me casser le cul pour vous faire gagner vos mille dollars par jour de gratification.

– Si vous partez, je le signalerai à la direction.

– A votre guise. J'ai mes droits, moi aussi! » répondit-elle en tournant les talons.

Toute la troupe revint à sept heures. On attendit jusqu'à dix heures avant de téléphoner chez Neely. Le maître d'hôtel répondit qu'elle s'était retirée pour la nuit. Sam Jackson se leva et congédia tout le monde.

« Pas de convocation pour demain ni jusqu'à nouvel ordre », dit-il.

Il prit sa voiture. Devant une villa sur la plage, il donna un coup de klaxon. Une jeune fille magnifique avec de longs cheveux noirs, nue sous un peignoir éponge, ouvrit la porte et lui fit signe d'entrer.

« Voilà, Janie, le rôle est à vous.

– Vous y êtes arrivé, Sam! cria-t-elle. Que je suis heureuse... »

Elle se tourna vers le Patron assis dans un fauteuil, fumant en silence.

« Tu as entendu? reprit-elle. Sam a réussi.

– Oui, j'ai entendu. Bravo, Sam, du bon travail. Convoquez tout le monde pour après-demain. Je préviendrai la presse moi-même, et envoyez un télégramme à Neely lui disant de ne pas se présenter. Signez de mon nom. »

ANNE

1957.

Anne raccrocha pensivement. Kevin Gillmore étendit le bras et lui prit la main.

« Neely de nouveau? Elle voudrait venir habiter chez toi, d'après ce que j'ai compris? Et toi, tu es toujours aussi prude. Pourquoi ne pas lui dire simplement que tu as en effet des lits jumeaux mais que tu as aussi un homme qui occupe souvent l'autre? » rit-il.

Anne se rassit sur son lit avec le manuscrit qu'elle étudiait.

« Parce que je n'avais aucune raison de répondre ça, et tout est bien compliqué. Je suis inquiète, Kevin, Neely est mal partie.

– Pourquoi? Parce qu'on ne lui a pas renouvelé son contrat? Voilà sept mois qu'elle se repose en étant grassement payée. Les studios ne font plus de contrats à long terme. Ici, elle n'aurait que le choix, tous les producteurs de Broadway se rueraient sur elle, elle pourrait faire de la télévision, tout ce qu'elle veut.

– Elle avait une drôle de voix... désespérée. Elle dit qu'il faut qu'elle quitte Hollywood et j'ai entendu des rumeurs bizarres, fit Anne.

– Viens près de moi, sur mon lit, que nous

n'ayons pas à hurler ainsi, dit Kevin en tapotant son lit.

– Ce qu'il y a de sûr, c'est que je hurlerai demain matin si je ne connais pas mon texte devant les caméras, sourit-elle.

– Est-ce que tu m'aimes, Anne?

– Je t'aime beaucoup, Kevin, répondit-elle en reposant son manuscrit et en s'armant de patience pour une séance bien connue.

– Mais tu n'es pas follement amoureuse de moi, tu penses toujours à cet écrivain de pacotille, hein?

– Le fol amour dont tu parles est l'apanage de la toute première jeunesse, Kevin, et je n'ai pas revu Lyon depuis des années. J'aime ta compagnie, fit-elle en lui prenant la main, je t'aime au lit, j'aime travailler pour toi. C'est sans doute de l'amour, tout ça.

– Si je t'offrais le mariage, m'aimerais-tu davantage?

– Au début, je souffrais beaucoup de notre situation, dit-elle sans émotion mais en pesant ses mots. Mais maintenant le mal est fait, je suis officiellement ta maîtresse, ça n'a plus d'importance.

– Où est le mal? Tu es devenue célèbre comme Miss Gillian. Moi, j'ai cinquante-sept ans, deux grands enfants mariés, des petits-enfants. Mon remariage aurait déplu à mes enfants. Et puis, ajouta-t-il d'un ton léger, je suis plus sûr de toi ainsi, une fois mariée, tu ne ferais plus attention à moi. »

Il se replongea dans la page financière du *Times*. Un jour prochain, il reprendrait cette conversation qui se terminerait de la même façon. Kevin avait un sentiment de culpabilité envers elle. C'est vrai qu'elle était connue comme sa maîtresse, partout, mais elle était aussi Miss Gillian, grâce à lui. Elle aimait son travail qui payait bien et l'intéressait en la tenant occupée. Elle aimait bien Kevin, aussi. Aucun rapport avec la folle passion qui l'avait unie à Lyon... Quand elle se rappelait l'abandon avec lequel elle se donnait à lui, leurs étreintes délirantes et leurs nuits enlacées, ses relations avec Kevin prenaient un petit air très antiseptique.

Elle se souvint de la première fois où elle était devenue la maîtresse de Gillmore. Elle n'avait pu que se soumettre; elle l'avait laissé se satisfaire en la prenant. L'amour physique était pour lui un acte tout simple, presque chaste. Anne était une femme bien, comme sa femme l'avait été; il accepta son manque de passion, sa frigidité même, comme une des caractéristiques de la femme bien, et l'homme bien élevé qu'il était n'en demanda jamais davantage.

Pas de hauts et de bas avec Kevin, et peut-être était-ce cela l'amour de la maturité? Elle se disait souvent qu'elle était privilégiée, toute jeune, elle avait connu l'amour-passion et maintenant elle avait l'amour-sécurité. Elle savait que Kevin serait toujours là.

Neely débarqua la semaine suivante; trop grosse, le visage bouffi, elle avait l'air en mauvaise santé. Elle était élégamment habillée, mais son vernis à ongles était écaillé, son bas avait filé, et elle avait un aspect général tout chiffonné et morne.

Anne eut du mal à dissimuler son saisissement. Elle entoura son amie, Kevin se montra charmant et sortit les deux femmes. Acclamée, fêtée partout où elle se montrait, choyée, Neely se transforma rapidement. Plus de journées solitaires à se consoler dans l'alcool; elle élimina cinq kilos en quinze jours et redevint l'exubérante Neely d'autrefois.

Kevin qui l'observait en silence et qui constatait l'adoration dont elle était l'objet de la part du public, lui proposa un jour de passer à la TV pour son programme.

« Vous plaisantez? La TV, une heure en direct? Je ne pourrais jamais.

– Le direct ne présentera aucune difficulté si vous chantez vos vieux airs à succès. Pas de mise en scène, pas d'arrangements, rien que vous et vos chansons.

– Pas question! Je connais ces caméras de télévision, elles vous ajoutent cinq kilos et vingt ans. Je n'ai pas besoin de la TV, l'agence Johnson Harris est à deux doigts de me faire signer un contrat de trois films avec la Métro. »

Mais Kevin avait mordu à son idée.

« Tâche de la convaincre, dit-il à Anne. Je lui accorderais quatre semaines de répétitions, nous lancerions un nouveau produit, et ce show serait une publicité formidable pour Gillian.

– Je ne veux pas la forcer, Kevin, elle a peur. »

Il prit des places pour la première d'une revue d'Helen Lawson, dans l'espoir de réanimer les ambitions de Neely et de lui réinstiller le goût du public.

Helen avait disparu de la scène de Broadway depuis six ans, occupée à un nouvel essai de vie conjugale, tout aussi catastrophique que les précédents, à la Jamaïque, cette fois. Elle était revenue en déclarant « que la Jamaïque était une petite île sous les tropiques remplie de riches oisifs et de sales bestioles ». On n'y avait d'autre occupation que de boire et de cancaner, son merveilleux mari était un salopard qui buvait et la trompait. Elle avait obtenu son divorce à Mexico et s'était immédiatement lancée dans la préparation d'une nouvelle comédie musicale.

Elle fut accueillie avec enthousiasme par son public habituel, mais au bout de dix minutes, on humait un parfum de « four ». Kevin sentit ses espoirs prendre corps à la vue de Neely tendue sur son fauteuil et saluant mentalement en même temps qu'Helen, mais il reçut une douche lorsqu'elle leur murmura :

« Je la trouvais vieille quand je l'ai connue. Misère, c'était un enfant au maillot en comparaison de ce qu'elle est maintenant! »

Helen avait en effet doublé le cap du certain âge pour entrer dans l'âge certain et elle avait encore grossi, mais ses jambes étaient toujours belles, et elle secouait toujours son abondante crinière noire avec entrain.

« Mon vieux, elle est tombée dans le flacon de teinture! continua Neely. J'aime beaucoup les cheveux noirs, mais là elle se fout de nous. C'est de l'encre! Et elle n'a même pas un bon livret pour la sauver. Pourquoi a-t-elle accepté ce rôle? Elle est riche à millions.

– Que pourrait-elle faire d'autre? fit Kevin en pesant ses mots. Une actrice ne vit que pour la scène et son public.

– Oh! fit Neely avec un geste de la main, c'est un vieux cliché, ça.

– Ce n'est que le début, dit Anne. La fin sera peut-être mieux.

– Non, c'est un four, je le sens », répliqua Neely.

Elle avait raison. Helen batailla vaillamment. Sa voix était toujours puissante et belle, bien qu'on y décelât une légère trace de *vibrato*. Au fur et à mesure que la représentation avançait, elle donna encore plus d'elle-même comme pour infuser de son propre sang à cette création agonisante. Elle eut de nombreux rappels, son public s'inclina en hommage devant sa reine, mais à la sortie du théâtre les critiques allèrent bon train.

« Je n'ose pas aller en coulisses, dit Neely. Elle sait sûrement que j'étais dans la salle, mais qu'est-ce que je pourrais bien lui dire? Que nos fauteuils étaient confortables, par exemple? On laisse tomber Sardi, elle n'y viendra pas après un four pareil. Allons au Persian Room, Frank Salla y débute ce soir. Je l'adore, j'allais le voir tous les soirs au Ciro's à Hollywood, je ne voudrais pas manquer sa première à New York. »

Pour Neely qui fit sensation à son entrée dans le cabaret, on ajouta une table en bordure de piste. Kevin commanda du champagne, mais elle en but à peine. Anne pensait à son émission de télévision en direct, le lendemain. Elle n'aurait pas le temps d'apprendre son texte, ce soir, elle devrait avoir recours au « nègre », le souffleur muet, ce cadre de bois qui suivait la caméra et qui comportait les courts textes de présentation. Ce système lui enlevait beaucoup de son aisance. Elle regarda la foule envahir la salle. Toujours les mêmes, les habitués de premières de cabarets. On rajoutait des tables, ceux qui s'étaient installés en bordure de piste se trouvaient relégués au troisième rang. Alors qu'il semblait impossible de caser une table supplémentaire, Anne vit un garçon s'avancer avec un guéridon qu'il plaça en face d'eux, de l'autre côté de la piste. Helen Lawson apparut alors, escortée par un jeune danseur de sa revue, efféminé et ravissant, et s'installa à cette table. Elle salua ses connaissances dans la salle avec sa jovialité d'antan. Anne l'entendit glapir :

« Ici, c'est un de ces endroits chichiteux où on ne sert pas d'alcool pendant le show. Alors, donnez-moi une bouteille de champagne tout de suite, avant que ça ne commence. »

Les lumières s'éteignirent et Frank Salla fit son entrée. Il avait une voix puissante, particulièrement chaude dans ses chansons italiennes. On lui fit bisser plusieurs mélodies. Après quelques mots de remerciement, avec son accent charmant, il se tourna gravement vers la première rangée de tables et présenta d'un ton solennel, comme impressionné :

« La reine de la comédie musicale, la super-vedette, la grande dame qu'on acclame depuis des années... Helen Lawson! »

Helen se força à sourire. Elle se leva et salua à la ronde avec bonne humeur, la salle éclata en applaudissements sonores et prolongés.

Puis Frank se tourna vers Neely. La salle suivit son regard. Ses yeux se firent tendres d'admiration et sa voix s'adoucit :

« Et voici maintenant la star unique... l'actrice que le monde entier adore... la chanteuse que les chanteurs admirent... »

Il s'interrompit comme s'il cherchait les superlatifs susceptibles de s'appliquer à Neely. Il sourit et termina simplement :

« Miss Neely O'Hara! »

L'ovation fut assourdissante. Quelques spectateurs se levèrent pour mieux acclamer et soudain, d'un seul élan, toute la salle fut debout, criant, tempêtant, réclamant une chanson. Kevin se leva aussi, Anne hésita. N'étaient restés assis que Helen Lawson et son danseur, Helen avec un sourire figé et qui applaudissait du bout des doigts. Muet, son danseur la regardait, attendant ses ordres.

Neely se leva et s'avança vers le micro. Elle salua gracieusement, remercia et voulut regagner sa place, mais devant l'insistance bruyante du public, elle eut un geste résigné et se tourna vers l'orchestre pour lui glisser quelques mots. Puis elle s'avança au milieu de la piste et se mit à chanter. Sa voix s'éleva, claire et puissante, et elle chanta délicieusement. Sous le charme, en transes, la salle ne lui fit grâce qu'après six chansons. Elle regagna sa table, aux anges, les yeux brillants de larmes d'excitation. Elle y fut submergée par un raz de marée de journalistes, d'admirateurs réclamant des autographes. Quand le calme revint, elle but un grand verre de champagne.

« Je pourrais bien me mettre à aimer ça, fit-elle.

– Aimer quoi? Chanter dans une boîte de nuit? demanda Kevin plein d'espoir.

– Non, boire du champagne. C'est bon. Il vaut mieux que je m'en tienne au whisky ou à la vodka, mais ce soir est une exception. Ça fait grossir, ça, regardez la Vieille Garde, là-bas. Tous ces bourrelets, c'est du champagne bon cru.

– Vous avez été absolument merveilleuse, Neely, dit Kevin.

– Oh! c'est facile d'être merveilleuse avec les vieilles rengaines. On ne fait plus de chansons comme ça, maintenant.

– Ce sont celles-là que vous chanteriez pour mon show. Neely, le public vous adore...

– Encore! Oui, le public m'adore, il adore mes films aussi, mais les impôts, les taxes et tout le tremblement font qu'ils coûtent trop cher.

– Ce n'est pas ce qu'on dit, Neely, on dit que c'est vous qui coûtez cher, qu'on ne peut pas compter sur vous et que vous avez perdu votre voix.

– Vous venez de m'entendre chanter, non? Alors, n'écoutez pas ce qu'on dit. Je passe une très bonne soirée, monsieur Rabat-Joie, je me suis levée et j'ai chanté pour gagner mon souper. Que voulez-vous de plus?

– Mon show.

– Nous y revoilà! soupira-t-elle.

– Vous venez de prouver à cette salle que vous pouviez toujours chanter, pourquoi ne pas en convaincre le monde entier? Savez-vous combien de spectateurs vous toucheriez avec un seul programme de télévision? Je vous annoncerais des semaines à l'avance, ils seraient tous devant leurs postes pour vous voir.

– Rien à faire. Tiens, plus de champagne... Si vous nous en redemandiez, Kevin? Anne, viens avec moi, je veux me refaire une beauté. »

Anne qui aurait voulu rentrer se coucher en prévision de sa répétition tôt le lendemain matin, soupira mais la suivit. Neely s'assit devant le grand miroir pour se recoiffer.

« Il faut que tu dises à Kevin de me laisser tranquille, Anne. Il est charmant et tout, mais il rabâche comme un disque cassé. Dis-lui une bonne fois pour toutes que je ne ferai pas ce show. »

La porte s'ouvrit devant Helen Lawson. Elle dévisagea Anne froidement, puis changea d'avis et lui sourit.

« Ça fait plaisir de vous revoir, Anne. Il paraît que vous êtes devenue une grande star de la télévision? Et vous, Neely, vous avez été formidable ce soir, continua-t-elle en s'asseyant près de la jeune femme qu'elle tapota sur l'épaule. Je donnerais gros pour avoir du Cole Porter ou de l'Irving Berlin dans cette patate de revue que j'ai jouée ce soir. Vous étiez dans la salle, hein? Pourquoi n'êtes-vous pas venue me voir en coulisses, après?

– Ah!... c'est... Nous... Nous étions pressés de venir ici, pour occuper notre table, bafouilla Neely avec un sourire amical.

– Pas de conneries comme ça avec moi! Je sais parfaitement que personne n'aime venir en coulisses après un four. C'est bien ma faute, j'ai pris cette revue pour lancer deux jeunes compositeurs. C'est l'histoire de ma vie, je prends toujours des risques. J'ai pris le risque de débarquer une pouffiasse pour vous donner votre chance, quand vous étiez toute jeune. C'est grâce à ça que vous avez percé, mais vous oubliez de m'en remercier, comme les autres.

– Ce n'est pas votre revue qui m'a lancée, Helen, mais ma soirée à La Rouge, répliqua Neely, tout sourire évanoui. Mais je vous remercie; il me semble bien, d'ailleurs que je vous remerciais à peu près tous les soirs. Merci, Helen. Allez, viens, Anne.

– Ne le prenez pas de si haut avec moi! s'exclama Helen. Je lis les journaux, vous savez. Vous êtes sur le sable en ce moment. La petite chatte de gouttière à qui j'ai donné sa chance est allée loin, mais...

– Comment m'avez-vous appelée? l'interrompit Neely en bondissant sur ses pieds, les yeux brillants de colère.

– Une chatte de gouttière, parfaitement, répondit Helen qui se leva et fit face. Une petite théâtreuse de music-hall. Je ne vous ai donné ce rôle que pour faire plaisir à ma grande amie Anne. Nous avons eu une petite discussion, elle et moi, mais je l'aimais beaucoup. C'est vrai, continua Helen en se tournant vers Anne. Et je suis bien heureuse de votre réussite, mon trésor, maintenant que je suis de retour, nous allons sortir ensemble comme autrefois, hein?

– Viens, Anne, jappa Neely.

– Vous êtes bien pressée, dit Helen d'un air innocent. Pour aller où? D'après ce que j'ai entendu dire, vous avez beaucoup de temps à vous en ce moment.

– Lorsque les critiques de votre revue sortiront, vous aurez aussi beaucoup de temps à vous.

– Si ma revue ferme boutique, demain à midi, j'aurai six offres pour un autre spectacle. Mais vous, qu'avez-vous en perspective? D'autres concerts gratuits comme ce soir?

– Avec le *vibrato* de votre voix, dans quelque temps, vous ne pourrez même plus chanter à l'œil, et il ne m'a pas semblé entendre la salle réclamer votre concours, tout à l'heure.

– Un *vibrato*? fit Helen la voix perçante, le cou envahi d'une rougeur. Non, mais écoutez-moi qui parle... Bien sûr qu'on vous applaudit, le public est toujours ravi d'un extra gratuit. Continuez comme ça, parce que vous n'aurez plus jamais rien d'autre. Vous êtes finie, terminée. Allez, dégagez le passage, « souvenir du passé ». Vous ne savez peut-être pas où aller, mais moi j'ai un homme qui m'attend.

– Un homme! railla Neely. Vous appelez *ça* un homme? Mais vous avez raison de ne pas le faire attendre car bientôt, vous ne trouverez même plus une tante comme lui pour vous escorter, même si vous payez l'addition.

– C'est vrai, vous vous y connaissez... Vous en avez épousé une, pas vrai? grinça Helen. Et vous n'avez même pas réussi à la conserver, votre tante de mari, même pas avec des jumeaux pour l'accrocher. Tiens, est-ce que vos fils seraient des petites tantouses aussi? Laissez-moi passer, ajouta-t-elle en écartant Neely pour gagner la porte.

– Oh! mais non, sale vieille brute! hurla Neely qui bondit derrière Helen et l'agrippa par les cheveux. Qu'est-ce que vous avez osé dire de mes fils? »

Elle s'arrêta net et contempla la chose dans sa main. Helen porta les siennes à sa tête avec horreur.

« Une moumoute! hurla Neely en tendant le bras pour qu'Anne voie la perruque. Grand Dieu, ses cheveux sont aussi faux qu'elle! »

Helen tendit la main pour reprendre son bien, mais Neely se déroba. Elle se planta la perruque sur la tête et se mit à sautiller en criant : « Regardez la belle brune! » Helen la poursuivit.

« Rendez-moi mes cheveux, petite garce, cria-t-elle. Ils m'ont coûté trois cents dollars, rendez-moi ça, bon Dieu!

– Elle vous rend affreuse, Helen, vous avez beaucoup plus de chic comme ça, en garçon.

– J'attends qu'ils repoussent, fit Helen, sombre, en tirant sur ses courtes mèches hirsutes. Ces coiffeurs à la gomme de la Jamaïque ne savent pas se servir de teintures. A ma première permanente, ici, ils se sont cassés. Rendez-moi cette perruque, Neely! »

Vive comme l'éclair, Neely plongea dans un des W.C. dont elle verrouilla la porte. On entendit un bruit de chasse d'eau.

« Bon Dieu, qu'est-ce que vous faites? cria Helen en tambourinant sur la porte. Je parie qu'elle l'a jetée dans la lunette, dit-elle à Anne. La garce, je la tuerai! »

Helen continua à sacrer pendant qu'Anne et la dame des lavabos exhortaient Neely. Elles n'obtinrent pour réponse que le bruit réitéré de la chasse d'eau et les rires de Neely. La dernière cataracte fut suivie d'un étrange gargouillement, puis d'un éclaboussement. Elles virent un filet d'eau se glisser sous la porte et s'étendre. Neely sortit enfin, sur la pointe des pieds, avec précaution, secouée par un fou rire inextinguible.

« Crénom! hoqueta-t-elle. Cet imbécile de machin ne veut même pas descendre dans les chiottes! »

La dame des lavabos réapparut en tenant du bout des doigts une masse noire informe et dégoulinante, tel un animal noyé.

« Oh! hurla Helen consternée. Je ne peux pas

remettre ça! Qu'est-ce que je vais faire? » demanda-t-elle à Anne, le visage ruisselant de larmes.

Anne la regarda, incapable de proférer un son. L'eau gagnait dans la pièce.

« Voilà pour vous, fit Neely en glissant cinq dollars à la dame des lavabos. Envoyez-moi la note si j'ai abîmé quelque chose. Je n'en regretterai pas un sou, je me suis trop amusée. Viens, Anne, laissons le vieil aigle chauve pleurer en paix. J'espère que votre tantouse ne prendra pas froid, tout seul là-bas », glissa-t-elle mielleusement à Helen en sortant.

Anne la suivit.

« Ce n'est pas bien ce que tu as fait là, Neely.

– Pas bien...? J'aurais dû l'égorger, oui. Elle est bloquée là-dedans pour la soirée, c'est entendu, mais demain elle s'achètera une nouvelle perruque alors que je me souviendrai encore de ce qu'elle a dit de mes petits garçons et de moi. Ah! je suis terminée, finie, ah! je ne peux plus chanter que gracieusement... C'est ce qu'on va voir! Kevin, fit-elle en rejoignant leur table, vous voulez toujours que je fasse ce show? »

Kevin lui répondit par un large sourire en coin.

« D'accord, je marche, fit Neely en se servant de champagne. Préparez les contrats et soumettez-les à mes imprésarios.

– Demain matin, à la première heure », l'assura Kevin ravi.

La salle commençait à se vider. Anne et Neely observèrent le malheureux garçon assis à la table de Helen, les yeux rivés sur la porte, inquiet pour l'addition.

« Je me demande où est passée Helen Lawson?

fit Kevin. Se serait-elle fait enlever par un de ses admirateurs?

– Il l'a peut-être scalpée?... » dit innocemment Neely.

Kevin prit joyeusement Anne par le bras pour sortir.

« Vous n'allez pas changer d'avis, hein, Neely? Je marche pour ce show?

– Marchez, répondit-elle en glissant son bras sous celui de Kevin. Je chanterai de tout mon cœur pour votre petit produit, mais vous allez bien me payer.

– Avec plaisir », répondit Kevin.

Il regarda Anne avec reconnaissance. Allez donc comprendre les femmes... Il s'était rendu aphone à essayer vainement de convaincre Neely depuis des semaines. Là où il avait échoué, Anne avait réussi en dix minutes dans les lavabos.

Kevin fit tout le battage promis pour annoncer ce show, il engagea un chorégraphe et un réalisateur de talent et il fit hâter la sortie de nouveaux produits que Anne présenterait ce soir-là dans de nouveaux décors. Le show passerait sur les ondes au début de novembre, ce serait l'événement de la saison à la TV.

Neely s'installa à l'hôtel avec un piano et passa le mois d'octobre à répéter, à suivre un régime, travaillant avec la discipline rigide de ses débuts. Elle allait leur montrer, à Hollywood! Et faire rentrer les mots dans la gorge d'Helen.

Elle prit trois Seconal pour bien dormir la veille du grand jour. La répétition en costumes était prévue pour dix heures et elle se présenta à l'heure, reposée, en pleine forme, sûre d'elle-même et de son succès. La première heure fut employée à des essais de maquillage. A onze heures trente, on commença la répétition. Elle joua son dialogue de présentation avec un enthousiasme juvénile, puis elle attaqua sa première chanson, un de ses vieux succès.

« Coupez! cria le réalisateur après trois mesures. Neely, lui dit-il en venant à elle, vous chantez en vous tournant vers la mauvaise caméra.

– Comment ça? fit-elle, étonnée d'avoir à se préoccuper des caméras.

– La caméra un était sur vous pour votre présentation. Pour votre chanson il faut vous tourner vers la caméra deux, celle qui a une lumière rouge. Pour le refrain, vous vous tournez vers la caméra trois et pour les huit dernières mesures, vous revenez à la caméra deux.

– Misère! Il me faudrait une table de logarithmes pour m'en tirer! Pourquoi toutes ces caméras?

– Ça a l'air plus difficile que ça n'est, mon chou. La caméra qui est sur vous a une lumière rouge, c'est simple à retenir et à voir. »

Elle recommença, regardant avec soin les caméras. Tout se passa bien, mais elle perdit sa ligne sur le « nègre »; à l'essai suivant, les yeux rivés sur le « nègre », elle manqua la caméra trois.

« Ne vous occupez pas du « nègre », la supplia le réalisateur. Il vous suivra. Concentrez-vous sur les caméras.

– Mais j'ai l'habitude que ce soit les caméras qui me suivent, gémit-elle.

– Vous y arriverez, dit le réalisateur avec patience. Recommençons. »

On répéta encore deux fois. Le visage du réalisateur refléta bientôt cette expression où prévaut un désespoir résigné.

« Neely, vous êtes sortie des marques de craie par deux fois, hors du champ de la caméra.

– Je ne peux pas chanter sans bouger.

– D'accord, mais alors délimitons l'espace qui vous est nécessaire, pour que je règle mes caméras.

– Impossible. Je bouge quand j'en ai envie et c'est différent à chaque fois. »

Ainsi passèrent les heures, lassantes. Le maquillage de Neely « tourna », ses cheveux s'écroulèrent. A cinq heures, ils n'avaient pas réussi une seule répétition complète; le réalisateur décréta une pause.

« A six heures, nous recommencerons tout du début, dit-il à Neely en la prenant par les épaules. Vous enchaînerez, même si vous faites une erreur. Je les noterai et vous les expliquerai avec les modifications à apporter. Vous prendrez ensuite le temps de refaire votre maquillage et de souffler un peu avant l'émission. »

La répétition finale en costumes fut un cauchemar pour Neely. L'œil rouge de la caméra lui échappait constamment. Au milieu d'une chanson qu'elle ressentait profondément, elle attrapait une jolie note et la tenait en fermant les yeux... qu'elle rouvrait précipitamment, prise de panique. A Hollywood, il y avait une merveilleuse caméra qui la suivait partout; on coupait les mauvais bouts, on montait les bons. Ici, c'était à elle de suivre ces monstres aux yeux rouges et de retrouver sa ligne d'enchaînement sur cet imbécile de « nègre » mobile. En fermant les yeux pour chanter, elle perdait sa ligne sur le « nègre ». Quelle caméra, maintenant? Ah! celle de gauche. Dieu merci, cette chanson-là était finie. Bon, le « nègre... » Que disait-il? Ah! oui, présenter Anne et le nouveau produit. Anne prenait la relève, Dieu merci. Elle devait courir en coulisses, l'habilleuse lui faisait des signes désespérés. Elle avait un changement rapide. Trois minutes pour changer de robe et déjà Anne en était à la moitié de son texte.

« Je ne peux pas! hurla-t-elle. J'y renonce! Je ne peux pas me donner à mon chant si je dois me préoccuper de marques de craie, de caméras et de changements rapides. Si j'ai envie de fermer les yeux, il faut que je les ferme. C'est comme ça que je vibre. C'est impossible! »

Kevin descendit sur le plateau et tenta de la calmer, aidé du réalisateur.

« J'y renonce! Je vais me rendre ridicule, gémit Neely la voix brisée.

– Neely, vous êtes une professionnelle, la raisonna le réalisateur. Quand cette salle sera pleine et que vous entendrez les applaudissements, ça marchera tout seul.

– Non, sanglota-t-elle. J'aurais besoin d'une semaine de répétitions avec ces histoires de caméras. Je ne peux pas penser à huit choses à la fois et être bonne. Je ne peux pas chanter enfermée dans des marques de craie et regarder en même temps des caméras et le « nègre ». Je ne peux pas... je ne peux pas...

– Souviens-toi de Philadelphie, Neely, lui dit Anne en la prenant dans ses bras, et comme tu as merveilleusement joué au pied levé.

– Je n'avais rien à perdre, pleura Neely. Je ne jouais pas ma réputation. Je suis une star aujourd'hui, si je suis mauvaise ou si je cafouille, c'est la fin.

– Vous serez très bonne, ne cessait de lui répéter le réalisateur.

– Non! Non! J'y renonce. J'y renonce.

– Tu ne peux pas faire ça, dit Anne. Les heures d'antenne sont payées, le show démarre dans une heure.

– Je ne peux pas... sanglota-t-elle.

– Alors, vous ne travaillerez jamais plus! aboya soudain le réalisateur.
– Je m'en fiche! La télévision et moi, c'est bien fini!
– Mais je veux dire nulle part ailleurs, compléta le réalisateur.
– Qui dit ça?
– Le Syndicat. Contrat non respecté, etc.
– Et si je mourais, là, à vos pieds?
– Malheureusement, rien dans votre comportement ne laisse prévoir cette éventualité, sourit-il froidement.
– Ne pourriez-vous annoncer que j'ai un mauvais cas de laryngite? supplia-t-elle.
– Le docteur de la chaîne de TV viendrait vous examiner. Allons, vous avez une heure devant vous, ne pensez plus à rien, allez vous reposer dans votre loge. »

Elle s'y retira et appela de toute urgence son hôtel au téléphone. Un chasseur se présenta dix minutes plus tard, porteur d'un petit flacon; elle lui glissa vingt dollars.

« Petites poupées rouges, murmura-t-elle en jouant avec son flacon, aidez-moi. Je compte sur vous. Je n'ai rien mangé, vous agissez vite sur un estomac vide. »

Elle en avala huit d'un seul coup et s'allongea. Elle se sentit bientôt légère et détachée. Elle s'enfonça dans son bien-être. Elle perçut, très étouffés, les bruits de remue-ménage de la salle qui se remplissait, des musiciens qui accordaient leurs instruments. Elle entendit à peine l'appel de son nom. Elle flottait, loin, loin...

La chaîne passa le film d'un vieux show. On s'excusa auprès des téléspectateurs d'incidents techniques s'opposant à la diffusion du show de Miss O'Hara. Si Kevin s'abstint d'attaquer Neely en justice, la chaîne de TV le fit; on ne pouvait la laisser créer un précédent, dirent les directeurs, trop de célébrités étaient au programme de la saison à venir, c'était courir au désastre. Elle fut frappée d'une année de suspension de tout travail, film, scène, boîtes de nuit, télévision.

Elle s'enfuit en Californie où elle se terra près de sa piscine. La presse l'attaqua sans merci, la traitant de lunatique, d'instable, insinuant qu'elle buvait; à l'unanimité, les journaux la déclarèrent finie.

Elle s'en moqua; elle avait assez d'argent pour tenir une année. Ce scandale se tasserait et elle retournerait à Broadway en pleine forme. Elle leur montrerait! En attendant, elle allait manger à satiété... et boire... Et dormir à l'aide de ses merveilleuses poupées rouges et jaunes et de bleues bigarrées, nouvelles venues.

Anne fut bouleversée par le comportement de Neely. Son premier désir avait été de la suivre à Hollywood pour ne pas la laisser seule dans l'état où elle se trouvait, mais son propre contrat de télévision l'obligeait à rester sous le harnais et aussi sa loyauté envers Kevin. Elle se sentait personnellement responsable de la défection de Neely qui avait coûté cher. Kevin avait dû payer tous les frais du show sans aucune contre-partie publicitaire de valeur. Les semaines passant, son inquiétude pour Neely s'estompa sous les difficultés croissantes de ses émissions de télévision en direct. La chaleur des projecteurs lui était parfois insupportable, pourtant elle ne pensa jamais à lâcher son travail. Rien d'autre ne la tentait spécialement.

Plus d'une décade avait passé depuis son arrivée

à New York qui ne lui apportait plus le même émerveillement. L'arbre de Noël monumental de Rockefeller Center n'était plus une nouveauté. Une première dans un cabaret lui faisait retrouver les mêmes visages familiers cent fois vus, mais c'était tout de même et de loin une existence plus intéressante qu'à Lawrenceville où les gens hibernaient en attendant que la vie s'écoulât. Elle tenait la scène, dans une certaine mesure. Sa vie ne s'était pas dessinée dans le sens qu'elle avait espéré, le mariage, les enfants, mais elle était attrayante. Elle se scrutait attentivement parfois. Avait-elle changé? Elle se maquillait, maintenant; elle se sentait toute nue sans fond de teint, sans fard aux yeux.

Un soir, au bras de Kevin, elle rencontra Allen au Colony. Il lui présenta sa femme, jeune, jolie et qui portait un solitaire de dix carats, le jumeau de celui qu'il lui avait offert autrefois. Il perdait ses cheveux, arborait toujours ses cravates rayées, et il faisait toujours tandem avec Gino qui avait pris un sérieux coup de vieux, lui. Cette rencontre, qu'elle avait toujours un peu appréhendée, fut toute simple et anodine. Allen eût désiré paraître indifférent et laconique, mais la vieille admiration lui emplit les yeux.

« Vous êtes merveilleuse, Anne, lui dit-il. Nous vous voyons très souvent à la télévision.

– Allen me fait toujours remarquer votre passage, lors de cette publicité, fit la jeune femme.

– Ça me fait plaisir de savoir que vous au moins, vous me regardez. En général, les gens en profitent pour aller chercher de la bière dans le réfrigérateur...

– Oh! moi, je vous regarde toujours, bien que je ne me serve pas des produits Gillian. Mon esthéticienne prétend... – elle s'interrompit, alertée par la pression de Allen sur son bras.

– Bien entendu, vous êtes trop jeune et trop jolie pour avoir besoin du secours des produits de beauté », intervint Kevin pour sauver la situation.

Le maître d'hôtel vint prévenir Kevin que sa table l'attendait. Il s'éloigna en entraînant Anne, après avoir pris congé.

Anne se sentit attristée. On se séparait, les années s'écoulaient, on se rencontrait et tout restait superficiel, sans bons souvenirs à évoquer. Seule dominait la constatation que le temps avait passé, et que plus rien n'était aussi beau ni agréable. Elle fut heureuse de savoir Lyon à Londres, ce serait affreux de le rencontrer inopinément, de constater que ses cheveux se clairsemaient et que la fille qu'il escortait était trop jeune et insipide. Mieux valait garder un beau souvenir intact.

Et elle pensa à Jennifer, Jen qui avait peur de revenir, semblait-il. A la dernière minute, elle avait refusé un contrat avec la Century pour rester en Europe. Comment Hollywood pouvait-il faire peur à la plus grande star d'Europe? Ses films avaient le même succès en Amérique, du reste. Elle y était merveilleuse. Sa publicité lui attribuait vingt-sept ans, mais elle en avait trente-sept. Peut-être, en effet, était-il plus sage de rester là-bas. Si Neely en était un exemple, Hollywood avait de quoi effrayer.

JENNIFER

1957.

OUI, Jennifer avait peur de Hollywood. Une peur bleue. Un demi-flacon de Seconal suivi d'un lavage d'estomac avait contraint Claude à revenir sur sa décision et à annuler le contrat de la Century, l'année précédente. Mais cette année, une proposition fantastique s'était offerte, trop belle pour la refuser. Un contrat de trois films, et un million de dollars versés dans une banque suisse, nets d'impôts. Claude en prendrait la moitié mais quand même, cinq cent mille dollars! A trente-sept ans, elle était toujours aussi belle et Claude serait là pour tout superviser et veiller aux éclairages doux et à la soie sur la caméra.

Elle débarqua à Idlewild par une belle journée de décembre. Quand les flashes explosèrent et que les reporters se pressèrent à l'étouffer, elle bénit intérieurement Claude qui l'avait persuadée de se soumettre à un lifting du visage, à des piqûres d'hormone pour raffermir sa poitrine et à une cure de sommeil pour éliminer cinq kilos sans fatigue. Son corps était magnifique pour les scènes dénudées d'Europe, mais à Hollywood elle devrait le vêtir de ces dernières créations qui exigeaient une silhouette filiforme.

Elle vit que quelques journalistes féminines l'observaient de près et elle leur sourit, très à l'aise. Elle ne craignait ni le soleil cruel ni les regards inquisiteurs, elle se savait parfaite. Les journalistes le constatèrent également, ils furent unanimes à proclamer qu'elle était encore plus belle à la ville qu'à l'écran.

Elle insista pour passer une semaine à New York avec Anne. Les deux jeunes femmes bavardèrent de longues heures, Jennifer parla de toutes ses aventures et de ses amourettes éphémères, Anne lui confia finalement ses relations avec Kevin.

« Aussi charmant que tu le dises, moi, je trouve que c'est un salaud de ne pas t'épouser, déclara Jennifer.

– Ça n'a plus d'importance, redit Anne. Je ne suis pas vraiment amoureuse de lui, c'est très bien comme ça.

– Tu attends toujours l'amour-de-ta-vie ? J'en suis arrivée à la conclusion qu'une femme aime ou est aimée dans sa vie, mais qu'il lui est quasiment impossible d'avoir les deux simultanément. Et je me demande bien pourquoi. Regarde, Allen t'aimait et voulait t'épouser, Kevin t'aime, et tu as quitté l'un et tu pourrais quitter l'autre sans en souffrir. Toi, tu aimais Lyon et c'est lui qui t'a quittée.

– Tout fut ma faute. Si tu savais comme je regrette... Encore maintenant, il m'arrive de tout revivre, la nuit, et je vois ce que j'aurais dû faire.

– Vivre avec lui à Lawrenceville ?

– Oui, nous n'y serions pas restés éternellement. Sa carrière d'écrivain aurait été la même. Son premier livre aurait été très bon, sans gagner d'argent; il aurait écrit cette seconde horreur, pour se vendre – un geste de bravade – puis encore quelques livres et finalement des scénarios de films comme il le fait à Londres, mais il aurait fait tout ça à New York ou à Hollywood et nous aurions été ensemble. J'ai été prise de panique, j'aurais dû réfléchir davantage...

– Mais te quitter comme ça, Anne! Il ne t'aimait pas vraiment.

– Si, il m'aimait, je sais qu'il m'aimait, répondit Anne, les mâchoires serrées.

– En tout cas, tu as Kevin maintenant. Et moi... j'ai Hollywood!

– Tu aimes ta carrière, ta célébrité, n'est-ce pas? demanda Anne.

– Parfois, répondit Jennifer en haussant les épaules. Mais je déteste mon travail, je ne suis pas une actrice de vocation. Et j'avais déjà goûté à la célébrité, entre le prince et Tony, une célébrité qui ne devait rien à moi-même mais tout à ma beauté. Mon Dieu, mais je donnerais ma vie pour rencontrer un homme qui m'aime pour *moi*!

– Tu finiras par le rencontrer, Jen, j'en suis sûre.

– Que le Ciel t'entende, Anne, dit-elle en agrippant la main de son amie. Je voudrais un homme qui m'aime, je voudrais des enfants. Il est encore temps. Prie pour que je rencontre cet homme-là et que je puisse dire à Claude et à tous ces crabes du panier d'aller nager ailleurs! »

ANNE

1960.

Au printemps de 1960, Kevin Gillmore souffrit d'une grave crise cardiaque. Livide et inerte, il passa deux semaines sous une tente à oxygène. Dès qu'il eut la force de parler, il tendit la main vers celle d'Anne. Il eut l'air un peu rassuré en sentant sa pression répondre à la sienne.

« J'espère m'en tirer, chérie. Si oui, veux-tu m'épouser?

– Ne te fatigue pas à parler, commence par te remettre et puis nous verrons.

– J'ai peur, lui dit-il avec des larmes dans les yeux. J'ai peur, tout seul. Je m'en sortirai si tu me promets de m'épouser, si je sais que tu seras toujours là. Il est trop tard pour ces enfants que tu désirais, Anne, mais je t'offrirai tout ce que tu voudras. Je vendrai mon affaire, nous voyagerons. Promets-moi de m'épouser et de ne jamais me quitter.

– Bon, je te le promets, Kevin, sourit-elle, mais ne parle plus. Repose-toi. »

Elle le veilla pendant six longues semaines. Les forces lui revenaient et il ne cessait de parler de leur mariage, de faire des projets. Elle se résigna à cette idée; après tout, pourquoi ne pas l'épouser? Elle avait trente-cinq ans. Miséricorde! Trente-cinq ans, était-ce possible? On se sentait toujours la même, mais les années s'accumulaient. Elle avait laissé échapper la chance de vivre son grand amour et d'avoir des enfants, mais elle avait eu d'autres compensations. Elle était riche, entre ses placements que Henry lui avait toujours fait fructifier et les actions de Gillian que Kevin lui avait données tous les ans.

D'ailleurs, pour elle, l'argent n'avait jamais été un problème, alors que pour Jennifer... Elle était très fière du succès foudroyant de Jen à Hollywood. Cinq films en technicolor et tous une réussite. Son nom avait été associé successivement à celui d'un directeur, puis d'un acteur; sa dernière conquête était un producteur mais, d'après ses lettres et ses coups de téléphone, elle cherchait toujours l'homme de sa vie.

« Tu es sûre que tu ne regretteras pas ton travail? lui demanda un jour Kevin vers la fin de son séjour en clinique.

– Mon travail? rit-elle. C'est toi qui m'as tout offert sur un plateau d'argent.

– Je t'ai fait débuter avec les photos, mais tu as progressé toute seule à la télévision. Tu es très bonne, Anne, tu es le pilier de notre publicité.

– Je crois que tu peux lui enlever son pilier sans crainte, ta firme n'en mourra pas.

– Je t'aime, dit-il en lui pressant la main. Je vais me retirer des affaires.

– Pour le moment, repose-toi et organise notre voyage de noces pendant que ton pilier va faire son travail.

– Anne... tu sais que je ne pourrai pas faire l'amour d'ici longtemps... et peut-être jamais plus...

– Ne pense pas à ça, Kevin, ne te fais pas de souci.

– Je te perdrai... je le sais, je le sens! » dit-il en se mettant à sangloter.

En dépit d'elle-même, elle le regarda avec déplaisir. Quelle force destructrice que la maladie pour dépouiller ainsi un homme de toute dignité! Elle se reprit et lui caressa la main.

« Je serai près de toi, je te le promets. »

Il reprit son travail en août, ayant retrouvé tout son allant et son sens coutumier des responsabilités. Il voulait toujours épouser Anne. Son infarctus avait été bénin, mais il était encore effrayé parfois. Surtout la nuit, seul...

« Je garde pour douze millions d'actions dans la société, dit-il à Anne. Et j'en reste président honoraire. Tant que cette firme portera mon nom, je veux pouvoir veiller à son standing. Tout sera réglé pour le début de l'année prochaine, nous nous marierons en février et nous ferons un voyage de noces autour du monde.

– Pas seulement Londres, Paris et Rome? sourit-elle. Un vrai voyage autour du monde? L'Orient, les Indes, la Grèce, l'Espagne?

– Un vrai tour du monde, répondit-il en l'observant. Je remarque que tu y as inclus l'Espagne. Entendu, nous fouillerons l'Espagne de la cave au grenier, et nous trouverons Neely, je te le promets. »

Neely qui, Kevin le savait, était le souci constant d'Anne.

Après le fiasco de la télévision, Neely avait subi sa peine d'un an sans travail. Puis dans une fanfare de publicité, redevenue mince, radieuse, pétillante et le centre de l'attention, elle était partie pour Londres qui l'avait accueillie avec enthousiasme et photos en première page des journaux. Elle sortait beaucoup, fêtée partout; elle avait décroché un contrat au Palladium. A la dernière minute, elle fit faux bond et on entendit alors parler de ses exploits en Espagne où elle semblait s'être fixée. Elle y tourna un film dont on parla beaucoup, mais qu'on ne vit jamais. Le silence s'étendit graduellement à son sujet; les lettres que Anne lui écrivit revinrent un jour avec la mention « inconnue à cette adresse ». Neely s'était évanouie dans l'espace.

JENNIFER

1960.

Jennifer débarqua à New York fin novembre, incognito. Son coup de téléphone prit Anne par surprise.

« Il faut que je te voie, dit joyeusement Jennifer. Je suis descendue au Sherry.

– J'arrive. Il n'y a rien de grave, non?

– Non, au contraire, tout est merveilleux, formidable! Quand te maries-tu?

– Le 15 février, si tout marche bien.

– Parfait, nous pourrons faire une double cérémonie.

– Si tu veux... Qu'est-ce que tu viens de dire? se reprit Anne, stupéfaite.

– Viens... Je te raconterai tout. »

Elle attendait impatiemment dans sa chambre où elle avait fait monter une assiette de sandwiches et des bouteilles de Coca Cola. Elle accueillit Anne avec pétulance.

« Regarde, j'ai prévu de quoi te nourrir, nous allons nous offrir une bonne séance de bavardages comme autrefois. As-tu du temps à me consacrer?

– Tout l'après-midi. Qui est-ce, Jen? Vite, raconte.

– Oh! je suis si heureuse! s'exclama Jennifer les yeux brillants. J'en oublie que je vais avoir quarante ans vendredi prochain. Je suis toujours réglée, je peux donc encore avoir des enfants, et je me fiche de la quarantaine, maintenant. »

La quarantaine! Anne se souvint combien Helen Lawson lui avait semblé vieille à quarante ans... et sa propre mère, complètement desséchée à quarante-deux ans... Mais Jennifer était toujours d'une beauté éblouissante, le corps ferme, le visage lisse; elle en paraissait vingt-cinq.

« Tu te souviens, quand je suis allée à ce grand meeting républicain à Washington, juste avant la Convention? demanda Jennifer.

– Si je m'en souviens! rit Anne. Kevin prétend que c'est ta faute si les Démocrates sont passés.

– C'était une histoire de publicité organisée par mon studio. J'aurais fait n'importe quoi pour eux, pour les remercier de m'avoir libérée de Claude. Ça leur a coûté cher; ils l'ont fait pour me faire plaisir. Je n'étais plus qu'un instrument de rapport pour Claude. Non pas que le studio me regarde d'un autre œil, mais au moins ils y mettent plus de délicatesse. Ils ont même la gentillesse de me faire croire que j'ai du talent, fit-elle en éclatant de rire.

– Je t'ai trouvée excellente dans ton dernier film.

– C'était mon premier rôle sérieux et je ne me suis pas trouvée trop mauvaise, non plus, mais le film ne fait pas d'argent. Je sais bien que ça arrive à toutes les vedettes, c'est l'impondérable du métier. N'empêche que je serais dans tous mes états si je ne l'avais pas rencontré, *lui*. Mon studio est aux cent coups. Ils se sont précipités sur les meilleurs auteurs de scénario et les meilleurs metteurs en scène pour mon prochain film. Je m'en fiche éperdument, fit-elle en haussant les épaules. Ce matin, je me suis découvert deux nouvelles petites rides sous les yeux et ça ne m'a même pas émue.

– Qui est-ce...? »

Jennifer reposa son sandwich intact et but une gorgée de Coca-Cola.

« Donc, pour en revenir à cette partie de campagne à Washington; il en était. Nous nous sommes rencontrés à tous les cocktails. Il était charmant, mais il ne s'est pas rué sur moi comme les autres. Il était poli et plutôt lointain. Il...

– Jen, *qui* est-ce?... l'interrompit Anne au comble de l'exaspération.

– Winston Adams, répondit-elle en plissant les yeux et en guettant la réaction de son amie.

– *Le sénateur*? fit Anne qui bondit sur son siège.

– Oui, le sénateur! fit Jennifer en sautant sur ses pieds pour tournoyer dans la chambre. Winston Adams, sénateur, gratin social, milliardaire, issu de générations de milliardaires. Et ça me serait égal qu'il soit pauvre comme Job, je l'aime! »

Anne se renversa dans son fauteuil. Winston Adams! La cinquantaine, séduisant, brillant, extrêmement connu.

« Mais, Jen, d'après ce que j'ai entendu dire, c'est le grand favori des Républicains. Il paraît qu'on le pousse vers...

– Oui, fit Jennifer de la tête. C'est vrai, et il est prêt à tout abandonner pour moi.

– Raconte ce qui s'est passé...

– Comme je te l'ai dit, j'ai fait sa connaissance, reprit Jennifer, le visage empreint de douceur. J'ai aussi fait la connaissance de douzaines de sénateurs qui se sont précipités pour être photographiés avec moi. Tu n'imagines pas ce qu'ils peuvent être cabotins... pis que nous! Mais pas Winston Adams qui s'est toujours tenu à l'écart.

– Pas bête! Le meilleur moyen de t'intriguer.

– Non, il était sincère. La veille de mon départ, les réjouissances terminées, il m'a téléphoné. Il m'a dit qu'il voulait me voir et il m'a invitée à dîner chez lui. Je croyais trouver des tas de gens, mais c'était un dîner en tête-à-tête.

– Il doit être démocrate, de vocation, sourit Anne.

– Non, il ne s'est rien passé. Il n'a même pas essayé de me faire du charme. Il s'est excusé d'avoir refusé de poser avec moi; il a horreur de ce genre de publicité. Nous avons bavardé. Il m'a posé toutes sortes de questions et il m'a vraiment écoutée. Nous avons parlé de Paris, il y a suivi des cours en Sorbonne quand il était jeune, et il voulait savoir si Paris avait changé depuis la guerre.

– Mais pourquoi vous cachez-vous ainsi? Il n'est pas marié.

– Nous allons tout annoncer très bientôt, sourit joyeusement Jennifer. Il y a eu deux ans la semaine dernière que sa femme est morte, il ne trouvait pas convenable de parler de remariage plus tôt.

– C'est vrai, ils étaient très unis.

– Seulement pour la galerie. Il avait fait un de ces mariages préfabriqués, comme celui qui te guettait à Lawrenceville. Deux familles bien, pleines d'argent, qui s'unissaient; il avait cru l'aimer, au début, mais c'était une de ces femmes frigides qui détestait coucher. Non pas que ça compte tellement pour lui avec moi, ajouta-t-elle vivement. Nous sommes sortis pendant des mois sans qu'il me fasse la moindre avance. Nous nous rencontrions dans des villes sans danger comme Kansas City, Chicago. Je portais une perruque noire! Et puis il est venu passer une semaine en Californie et j'ai couché avec lui. Il est merveilleux, si tendre. Il m'aime, il m'aime, *moi*. Il a été absolument soufflé quand il a vu mes nichons, il avait toujours cru que je portais un rembourrage.

Anne, c'est le premier homme amoureux de moi et pas de mon corps. Il était si timide, au début, il n'osait pas me caresser les seins, mais je lui ai appris à le faire et maintenant, psssh!...

– Il a découvert la sexualité, sourit Anne.

– Découvert? C'est à croire qu'il l'a inventée, oui! Mais sa frénésie ne me gêne pas, parce qu'il m'a d'abord aimée sans ça. Et il veut des enfants, Anne. Sa femme était de ce type chevalin à poitrine plate qui ne lui en a jamais donné. Il a pleuré de joie quand je lui ai dit que je voulais abandonner le cinéma et avoir un bébé. Il avait le sentiment que jusqu'à maintenant, la vie lui avait refusé tout ce qu'il avait toujours désiré : une femme amoureuse, des enfants. C'est pourquoi il s'était lancé à corps perdu dans sa carrière, mais elle lui importe peu, il dit que les Républicains ne passeront pas un président avant au moins huit ans et qu'on ne peut pas lui enlever son mandat de sénateur parce qu'il épouse une vedette de cinéma.

– Il sait l'âge que tu as? Je parle du vrai.

– Oui, il en est ravi, il avait peur que je le trouve trop vieux. J'ai passé un week-end dans sa ferme, sans maquillage, avec des petites nattes, et il m'a trouvée sensationnelle. Je retourne en Californie la semaine prochaine et j'y lâche ma bombe; je vais tourner mon prochain film parce que les robes sont prêtes et les extérieurs tournés et puis fini, fini!

– Quand vous mariez-vous?

– Nous sortons publiquement pour la première fois ce soir. Après le théâtre, nous irons souper au « 21 » avec Sam Belson et sa femme, demain, nous serons dans tous les journaux, et Win admettra timidement que nous sommes fiancés.

– Je te verrai, alors, sourit Anne. Je dîne au « 21 » avec Kevin, un dîner d'affaires avec les futurs acheteurs de Gillian. Une belle barbe!

– Oh! mon amie de toujours, n'est-ce pas merveilleux! s'exclama Jennifer en serrant impulsivement Anne contre elle. Nous finissons toutes les deux au sommet, avec la célébrité, la sécurité et un homme que nous aimons et respectons? »

Anne lui sourit doucement mais sentit son regret poignant coutumier l'étreindre.

Jennifer était radieuse en entrant au « 21 » et Anne convint que le sénateur Adams était un homme imposant. Grand, les cheveux gris fer coupés très courts et la silhouette plate qui témoignait de la séance de culture physique quotidienne. Jennifer s'arrêta à leur table et présenta le sénateur qui se fit très galant et charmeur.

« J'ai l'impression de vous connaître depuis longtemps, dit-il à Anne. Je vous ai souvent vue à la télévision et bien entendu, Jennifer me parle de vous sans cesse. »

Anne observa son amie toute la soirée. Empreints d'adoration, les yeux de la jeune femme, des yeux de jeune amoureuse, ne quittaient pas le visage du sénateur. Anne l'envia. Elle regarda Kevin. Dieu merci, il était complètement remis; il était si bon, si délicat. Pourquoi ne pouvait-elle l'aimer comme elle avait aimé Lyon? Ce n'était pas une histoire de couchage, car elle avait désiré la présence de Lyon toutes les minutes de la journée... désiré pénétrer ses moindres pensées. Elle abaissa le rideau sur ses souvenirs, Henry avait raison, elle était restée amoureuse d'une image...

Comme prévu, Jennifer et le sénateur occupèrent la première page des journaux du matin. Winston Adams annonça son mariage pour le début de 1961. Dans un tapage de publicité, d'agitation et au comble du bonheur, Jennifer regagna la Californie pour y faire son dernier film.

1961.

Elle revint à New York dans la première semaine de janvier. Le sénateur Adams était retenu à Washington pour quelques jours encore et Jennifer acheta son trousseau en compagnie d'Anne.

« Il me faut des vêtements très différents, dit-elle. Beaucoup de chic, mais un chic de bon aloi. Il faut que tu m'aides, Anne. »

Elles étaient dans le salon d'essayage de Bergdorf lorsque Jennifer s'appuya soudain contre le mur, livide et les pupilles dilatées. L'essayeuse se précipita à la recherche d'un verre d'eau, Jennifer se laissa choir sur une chaise.

« Ne prends pas cet air terrifié, Anne, dit-elle en se forçant à sourire. Ce n'est rien, je suis indisposée, et avec toute cette agitation, j'ai pris de l'avance; je souffre affreusement cette fois-ci.

– Tu m'as fait peur, dit Anne en se détendant.

– Ça va mieux, constata Jennifer en allumant une cigarette. Mais quand cette douleur me prend, je me sens laminée. Si ceci est un petit exemple des contractions de l'accouchement, je vais m'adresser à un de ces aimables docteurs qui administrent une anesthésie, pour mettre mes bébés au monde... »

L'essayeuse revint avec un verre d'eau et un comprimé d'aspirine, et la première vendeuse la suivit, l'air inquiet.

« Je sais ce que c'est, dit-elle. Moi, je grimpe aux murs, heureusement que ça n'arrive qu'une fois par mois!

– Vous avez de la chance, remarqua Jennifer. Depuis quelque temps, moi, c'est toutes les deux ou trois semaines. »

Plus tard, alors qu'elles se reposaient au Palm

Court devant un verre, Anne dit, sans avoir l'air d'y toucher :

« Au fait, Jen, quand t'es-tu fait examiner pour la dernière fois ?

– Voyons... répondit Jennifer en réfléchissant. Je me suis fait avorter en Suède il y a quatre ans. C'est légal, là-bas, et le docteur m'a dit que j'étais en parfait état.

– Ça ne te ferait pas de mal de te soumettre à un nouvel examen. J'ai un excellent gynécologue.

– Oui, peut-être », approuva Jennifer.

Le docteur Galens remplit sa fiche d'un air calme et placide.

« Est-ce que le sénateur est à New York en ce moment ? demanda-t-il.

– Non, il est à Washington, il arrive la semaine prochaine, pour notre mariage.

– Bon, alors, je vous suggère d'entrer en clinique ce soir même.

– En clinique ce soir ? fit Jennifer en écrasant sa cigarette. Qu'est-ce qui ne va pas ?

– Rien de grave, vous avez des polypes sur l'utérus. C'est très fréquent. Vous entrez ce soir en clinique, je vous opère demain matin, et vous êtes sur pied le surlendemain et parfaitement d'aplomb pour votre mariage. »

Inquiète, Anne téléphona de son côté au docteur Galens. Il la rassura, il n'avait rien caché à Jennifer, c'était un cas tout simple.

Anne attendit dans la chambre de la clinique qu'on ramenât Jennifer de la salle d'opération. C'est le docteur Galens qui entra au bout d'une heure. Elle flaira immédiatement la catastrophe.

« Elle dort encore, dit-il. Une intervention toute simple et tout va bien de ce côté-là, mais alors que l'anesthésiste vérifiait son cœur, il a découvert une grosseur de la taille d'une noix dans le sein gauche. Il n'est pas possible qu'elle ne s'en soit pas aperçue.

– Mais il y a des grosseurs qui ne veulent rien dire, bégaya Anne anéantie. C'est-à-dire, il y en a qui ne sont que des kystes, n'est-ce pas?

– J'ai opéré cette grosseur, répondit-il doucement. Cela ne demandait qu'une petite incision qui ne laissera pas de cicatrice importante. J'ai fait faire une biopsie d'urgence. C'est une tumeur maligne, Anne, il faut procéder à l'ablation du sein sans délai. »

Anne se sentit glacée d'horreur. Oh! non, pas Jennifer! Pas maintenant! Les larmes inondèrent son visage.

« Dites-le lui, vous, sanglota-t-elle. Moi, je ne peux pas! »

Jennifer ouvrit lentement les yeux, luttant pour s'éveiller; elle sourit à la silhouette blanche, encore floue, près de son lit.

« Tout s'est bien passé?

– Voici le docteur Galens, répondit l'infirmière d'un ton enjoué.

– On se réveille? demanda-t-il en lui pressant doucement le front.

– Mmmm... Dites-moi, c'est bien ce que vous pensiez, simplement des polypes?

– Oui, tout va bien de ce côté-là, mais pourquoi ne m'avez-vous pas dit que vous aviez une grosseur dans le sein gauche? »

Elle porta instinctivement la main à sa poitrine et sentit le petit pansement.

« Je l'ai enlevée. Depuis combien de temps l'avez-vous?

– Sais pas... fit-elle embrumée de nouveau par les vapeurs de l'anesthésique. Un an peut-être... peut-être plus...

– Bon, je vous laisse dormir, nous en parlerons plus tard. »

La peur traversa le brouillard dans lequel elle flottait, elle étendit le bras et saisit le docteur par la main.

« Parler de quoi plus tard? Dites-le moi tout de suite.

– Il faut que je vous garde ici et qu'on vous opère demain, de nouveau.

– M'opérer de *quoi*?

– Cette grosseur était une tumeur maligne, Jennifer, il faut opérer d'urgence. Le docteur Richards, un de nos meilleurs chirurgiens, spécialiste de la question, procédera à l'ablation de ce sein malade. »

Elle tenta de s'asseoir dans son lit.

« Non! cria-t-elle. *Jamais*. Oh! Dieu. *Non!* »

Elle retomba sur ses oreillers, en proie à un vertige. On lui fit une piqûre dans le bras et elle s'endormit d'un sommeil agité; à son réveil, elle s'accrocha au bras de son infirmière.

« J'ai rêvé? Dites-moi que j'ai fait un cauchemar sous l'anesthésie... Ce qu'il m'a dit de mon sein, ce n'est pas vrai, n'est-ce pas? Dites-moi que...

– Doucement, doucement, ne vous agitez pas. »

Elle lut la compassion sur le visage de cette infirmière. Oh! Dieu, c'était donc vrai.

Anne s'était précipitée au bureau de Kevin et lui avait tout raconté en sanglotant. Il l'avait écoutée en silence.

« Est-ce que le docteur Galens a bon espoir? demanda-t-il enfin.

– Bon espoir? répéta Anne en le fusillant du regard. Tu n'as donc pas écouté un mot de ce que je viens de te dire?

– J'ai parfaitement écouté et compris. Il faut lui enlever un sein. C'est épouvantable, mais ce n'est pas la fin du monde, Anne, tu n'as pas idée du nombre de femmes qui ont subi l'ablation d'un sein. Le tout est d'opérer à temps. »

Anne le regarda avec gratitude. C'était tout Kevin, ça, prendre les choses avec assurance et optimisme. Il téléphona immédiatement au docteur Galens qui lui répondit qu'il avait toute raison d'avoir bon espoir. Ce n'était qu'une petite tumeur, mais ni lui ni le docteur Richards ne pouvaient s'avancer davantage avant d'avoir procédé à l'ablation du sein et d'avoir jugé de l'envahissement des ganglions lymphatiques. Un tant soit peu rassérénée par la réaction de Kevin, Anne retourna à la clinique; elle y trouva Jennifer complètement éveillée et étrangement calme.

« Le docteur Galens a téléphoné à Win, murmura-t-elle en prenant la main d'Anne. Je lui ai recommandé de ne rien lui dire, c'est à moi de le faire; Win arrive par le premier avion. Je me sens très bien, ajouta-t-elle en souriant faiblement à l'infirmière. Voulez-vous me laisser seule avec mon amie, je vous prie? »

Elle attendit que la silhouette blanche eût refermé la porte et elle bondit de son lit.

« Mais qu'est-ce que tu fais? s'écria Anne affolée.

– Je me sauve en vitesse et tout de suite! Je ne vais pas les laisser me mutiler. Win ne voudrait plus de moi.

– Ne sois pas stupide! Tu as dit toi-même qu'il t'aimait pour toi, pas pour tes seins.

– Je ne reste pas ici, je préfère courir tous les risques. Il a enlevé le cancer, je ne le laisserai pas couper mon sein, répondit Jennifer en sortant ses vêtements du placard.

– Cette opération est la seule assurance contre l'avenir, Jen.

– Tant pis! C'est déjà affreux que je ne puisse pas donner d'enfants à Win, je ne vais pas de surcroît aller à lui avec un sein en moins.

– Ce serait un suicide que de refuser cette opération, tu n'as pas le droit de faire ça à Win. Imagine que l'année prochaine, ton cas soit plus grave? Et quel rapport avec les enfants? Le docteur Galens a dit que tes ovaires étaient en parfait état.

– Oui, mais il m'interdit d'avoir des enfants. Une grossesse pourrait provoquer une tumeur maligne des ovaires, il y a une relation directe entre les seins et les ovaires. Il dit même qu'il me fera des rayons X sur les ovaires, après mon opération, pour me rendre stérile. Qu'est-ce que j'offrirais à Win, alors? Pas d'espoir d'enfants, un corps mutilé...

– Tu lui offrirais toi! C'est tout ce qu'il demande. Ecoute, tu m'as seriné que tu en avais plus qu'assez de vivre pour ton corps. Prouve tes dires, et si vous voulez vraiment des enfants, vous pouvez toujours en adopter. »

Jennifer remonta doucement dans son lit.

« Personne ne saura jamais rien de cette opération, poursuivit Anne rapidement. Win t'aime et se fera une raison pour les enfants, j'en suis certaine. Un bébé adopté tout jeune sera le vôtre, aussi. Et l'opération ne sera rien. C'est vrai, Jen, avec tous les produits calmants qui existent maintenant, et les extraordinaires faux seins qu'on fabrique. Ce n'est pas la fin du monde!

– C'est drôle, tu sais, fit Jennifer les yeux perdus au plafond. Toute ma vie, le mot cancer a évoqué pour moi la mort, une horreur qui me donnait la chair de poule et voilà que j'en ai un! Et c'est curieux, le cancer en soi ne me fait pas peur même si c'est une sentence de mort; c'est la peine que je vais faire à Win qui me désespère. Pas d'enfant et ma mutilation.

– Ça ne se verra pas, Jen. Il y a tant de femmes qui n'ont pas de seins et qui trichent, et pense à toutes celles qui sont victimes d'accidents d'automobile et qui sont défigurées. Alors, un peu de cran! Aie confiance en toi et fais confiance à Win.

– Oui... sourit faiblement Jennifer. Alors passe-moi une de mes jolies chemises de nuit et ma boîte à maquillage que je me fasse une beauté pour l'accueillir... et tout lui dire. Adieu, Sam, dit-elle à son sein gauche en enfilant sa chemise vaporeuse. Tu ne le sais pas, mais tu n'en as plus pour longtemps. »

Winston se précipita vers le lit et la prit dans ses bras.

« Mon Dieu, j'ai manqué mourir de frayeur! Ton docteur a été tellement sibyllin au téléphone, il m'a parlé d'une opération, insinué que notre mariage en serait retardé. Et je te trouve là, si belle, avec une mine magnifique; de quelle opération s'agit-il?

– C'est affreux, Win, répondit elle en l'observant attentivement. On va m'abîmer et je ne pourrai plus te donner d'enfants, on va...

– Chhhut... tais-toi, l'interrompit-il en la regardant avec adoration. Je vais t'avouer une chose, j'avais accepté l'idée d'avoir des enfants pour te faire plaisir mais à mon âge, ça n'a plus d'importance. Ce qui m'importe, c'est toi.

– Oh! Win! s'exclama-t-elle en se serrant contre lui, les yeux emplis de larmes de joie.

– Tu n'as pas eu peur de me perdre, j'espère? dit-il en lui caressant les cheveux. Je serai toujours près de toi, ma merveilleuse chérie. Je ne vis que depuis que je te connais – il lui embrassa un sein à travers la légère chemise de nuit. C'est toi que je veux, pas des enfants, *toi*. Tu es la seule femme qui m'ait révélé à moi-même. Jennifer, je rendais cette pauvre Eleanor responsable de ma froideur, mais il est probable que je ne l'inspirais pas non plus. Mais avec toi... Tu m'as appris à aimer et je ne renoncerai jamais à ça. »

Elle pressa contre elle la joue qu'il avait posée sur sa poitrine. Il l'embrassa dans le cou et lui caressa les seins.

« Les voilà, mes bébés, dit-il doucement. Les seuls merveilleux bébés que je désire... pouvoir y enfouir mon visage toutes les nuits... Qu'est-ce que c'est que ça? s'interrompit-il en sentant le léger pansement. Ont-ils touché à un de mes bébés?

– Ce n'est rien, dit Jennifer dont le sourire s'estompa. J'avais un petit kyste.

– Tu vas garder une cicatrice? demanda-t-il sincèrement horrifié.

– Non, Winston, pas de cicatrice, on l'a ponctionné avec un trocart.

– Ah!... fit-il soulagé. C'est tout ce qui m'importe. Ils peuvent bien t'enlever tes ovaires, ça m'est égal, du moment qu'ils n'abîment pas mes bébés. Pourquoi diable ce docteur avait-il un tel ton de catastrophe?

– Il... il savait que je voulais des enfants... il croyait que tu...

– Il n'avait qu'à le dire, qu'il ne s'agissait que d'une hystérectomie! Quels corbeaux, ces chirurgiens! Mais je suis bien content d'être venu. Je vais repartir en pensant à toi qui seras bientôt dans mes bras, je te verrai comme tu es maintenant, fit-il en la serrant tendrement Je ne peux pas revenir avant vendredi, dis à Anne de m'appeler au numéro que voici dès que l'opération sera terminée. On saura où me joindre, si je n'étais pas là. »

Il fit une pause sur le seuil de la porte et ses yeux l'enveloppèrent toute.

« Je t'aime, *toi*, Jennifer, rien que toi. Tu me crois, n'est-ce pas?

– Oui, Win, je te crois », lui sourit-elle.

Longtemps après son départ, ce sourire demeura, figé, sur le visage de Jen.

Le docteur Galens passa la voir dans la soirée.

« Demain matin à huit heures, lui dit-il avec douceur. Et tout se passera très bien, Jennifer.

– Je n'en doute pas », lui sourit-elle.

Elle sortit de son lit à trois heures du matin et ouvrit sa porte, silencieusement. A la faible veilleuse du couloir, elle vit l'infirmière près de l'ascenseur; elle referma la porte et s'habilla rapidement. Heureusement qu'elle était venue en pantalon avec un trench-coat pour dérouter les photographes! Elle noua un foulard sur ses cheveux et gagna le couloir sur la pointe des pieds.

Elle se glissa le long du mur et se cacha dans un renfoncement. Assise sous une ampoule vive, l'infirmière de service griffonnait dans un grand livre; pas moyen de gagner l'ascenseur sans passer devant elle. Jennifer attendit, dans l'espoir qu'elle serait appelée ailleurs. La grosse pendule égrenait les secondes avec bruit et l'infirmière écrivait toujours. La sueur coulait dans le dos de Jen; elle s'aperçut qu'elle était tout contre un radiateur. Soudain, une sonnette retentit. Dieu merci, un malade appelait;

mais l'infirmière poursuivait sa besogne. La sonnette retentit de nouveau, plus insistante et continue. L'infirmière se leva avec lassitude, regarda le numéro de la chambre inscrit au tableau et enfila le couloir de l'autre côté.

Jennifer attendit qu'elle fût entrée dans la chambre et courut vers l'ascenseur. Non, il serait peut-être long à venir et il ferait du bruit. L'escalier... Elle dévala les huit étages, hors d'haleine, elle aborda le hall d'entrée avec précaution. Personne ne fit attention à elle. Le liftier bavardait avec la caissière, en fumant une cigarette. Elle courut vers la rue et fit un bon trajet à pied avant de héler un taxi; il était quatre heures du matin lorsqu'elle parvint à son hôtel.

Lorsque l'infirmière découvrit la chambre vide le lendemain matin, elle en informa le docteur Galens qui téléphona immédiatement à l'hôtel de Jennifer. N'obtenant pas de réponse de son appartement, on enfonça la porte.

Elle était allongée sur son lit, vêtue de sa plus jolie robe et toute maquillée. Sa main tenait un flacon de somnifère, vide. Il y avait deux lettres; celle destinée à Anne disait :

Anne, aucun embaumeur ne pourrait me maquiller comme je sais le faire. Heureusement que j'avais ces poupées! Désolée de ne pas être là pour ton mariage. Je t'aime. Jen.

Et celle adressée à Winston Adams :

Win, il fallait que je parte pour sauver tes bébés. Merci d'avoir presque réalisé mon rêve. Jennifer.

Pressé par les journalistes, le sénateur Adams leur répondit par un brusque « sans commentaires ». Anne fut tout aussi bouche cousue, et le docteur Galens se refusa à toute explication sur la nature du mal de Jennifer; elle avait subi une petite opération toute simple, la veille, et il n'avait rien à ajouter.

L'enterrement fut un cauchemar. La foule envahit les abords de l'église, bloquant tout trafic sur la 5e Avenue, la police montée dut intervenir pour prêter main-forte et dégager les embouteillages. Les journaux publièrent la biographie de Jennifer et la photo d'Anne parut en première page. Au beau milieu de cette effervescence, la mère de Jennifer fit son apparition, sanglotant à la demande et réclamant un inventaire précis de la garde-robe de sa fille, de ses fourrures et de ses bijoux.

Claude Chardot débarqua de son côté, porteur d'un testament l'instituant légataire universel. Henry Bellamy chercha partout, en hâte, le testament ultérieur, l'arrivée de Neely vint couronner le tout.

Elle était en Espagne. Désespérée d'avoir manqué l'enterrement. Elle s'installa chez Anne et les projecteurs se braquèrent sur elle. Elle était mince à souhait, en pleine forme et désireuse de travailler; mais pas avant de s'être remise de l'affreux choc de la mort de son amie, bien entendu.

Malgré tout cela, Anne mena à bien ses émissions de télévision qu'elle enregistrait à l'avance, maintenant. La publicité faite autour d'elle lors de la mort de Jennifer avait accru sa valeur commerciale, les nouveaux directeurs de Gillian la suppliaient de continuer à travailler en lui faisant miroiter des cachets plus importants. Elle avait dû repousser la date de son mariage avec Kevin.

Les journaux venaient à peine de faire silence

autour de Jennifer que la nouvelle explosa en gros titres : Mr. Winston Adams s'était désisté de son mandat de sénateur. Atteint de dépression nerveuse, il avait l'intention de voyager pendant un an; le suicide de Jennifer rebondit, et le docteur Galens fut harcelé de questions. Oui, il avait révélé au sénateur Adams la nature du mal de Miss North; en tant que fiancé, Mr. Adams avait droit à la vérité mais elle ne concernait que lui, et non la presse.

Anne enregistra quelques émissions à l'avance et s'envola pour Palm Beach avec Kevin. Elle y vécut une des meilleures semaines qu'elle eût connues depuis des années et elle échappa ainsi à l'ambiance hystérique de Neely qui devait passer à la télévision, comme invitée de gala dans un show de variétés, émission enregistrée, alors Neely avait accepté. Anne regarda le show de Palm Beach. Neely y fut magnifique, sa voix était ravissante, ses grands yeux sombres étincelaient; c'était à peine croyable, mais elle fut meilleure qu'elle ne l'avait jamais été. On cria de nouveau au génie, à la légende vivante; elle signa un contrat d'un film à Hollywood.

Neely était remontée en fanfare au firmament des étoiles.

NEELY

1961.

ELLE revint en trombe de Hollywood trois semaines plus tard, au bord de la dépression nerveuse.

« Ma voix, Anne! gémit-elle. J'ai perdu ma voix dès le troisième jour de mes enregistrements. Je ne peux plus chanter! »

Anne tenta de la calmer; c'était un accident qui arrivait à bien des chanteurs et il y avait de si bons laryngologistes.

« Non, je suis finie, pleura Neely. J'ai été examinée par je ne sais combien de spécialistes, je n'ai même pas un polype sur les cordes vocales. Il paraît que c'est nerveux. Mon dernier psychanalyste prétend que j'ai une tendance à l'autodestruction et que je me punis toujours pour des péchés imaginaires. Tout ça, c'est de la bouillie pour les chats, je n'ai jamais fait de mal à quiconque. »

Elle s'adressa à un nouveau psychanalyste très connu, le docteur Massinger. Anne insista pour la garder chez elle, persuadée que des soins sérieux dans une chaude atmosphère amicale contribueraient à la remettre d'aplomb.

Et Neely fit de son mieux, elle essaya d'être ordonnée, de ne pas tout laisser traîner autour d'elle dans l'appartement, mais elle ne dormait jamais. Elle sortait avec des musiciens et de retour au milieu de la nuit elle s'installait dans le living-room et elle attendait l'aube en avalant des pilules de Seconal et en écoutant ses vieux disques. Un matin de bonne heure, Anne la trouva blottie dans un fauteuil, le visage ruisselant de larmes.

« Je suis fichue, Anne. J'ai essayé de chanter avec mes disques, je ne peux même pas! Le docteur Massinger dit que c'est nerveux et que c'est la conséquence de Hollywood, alors, je viens d'essayer, là toute seule, sans caméras et sans Hollywood. Ma gorge se contracte, je ne peux plus chanter! As-tu du Scotch, Anne? Mes pilules n'agissent qu'avec un peu de whisky. »

Anne lui tendit la bouteille, prévoyant encore une de ces journées où Neely sombrerait dans la torpeur des barbituriques. C'était un dimanche et elle avait invité Kevin à dîner à l'appartement. Impossible avec Neely, là, dans cet état. Elle appela Kevin et ils décidèrent de passer la journée chez lui et de dîner dehors.

Neely entendit la porte se refermer sur Anne. Elle avait feint le sommeil, Anne s'inquiétait tant, craignant qu'elle ne mette le feu en s'endormant avec une cigarette. Il ne lui en restait plus qu'une, du reste, et Anne avait dû cacher les autres. Elle se servit une bonne rasade d'alcool, elle s'endormirait bientôt.

Elle s'aperçut qu'elle vidait son verre trop vite. Mieux valait boire lentement, en prenant trois autres pilules. Pas plus; le docteur Massinger l'avait prévenue que sa résistance pourrait flancher un jour. Et alors? Sa carrière était brisée, à quoi bon rester. Toute sa fortune se montait à dix mille dollars. Misère, dix mille dollars quand elle avait fui de Californie! Depuis, elle avait envoyé un chèque de douze cents dollars pour la pension de ses fils, le psychanalyste tous les jours à raison de vingt-cinq dollars la visite, des chèques à droite et à gauche. Il ne devait pas lui rester plus de cinq mille dollars, cela ne la mènerait pas loin. Anne se mariait le mois suivant, plus d'appartement... Misère, comment trouver de l'argent? Sa maison de Hollywood avait été vendue, l'argent envolé. Autant avaler le reste du flacon, va... Qui se souciait d'elle? Dieu, peut-être, s'il y en avait un au ciel... « Hé! Jen, es-tu là-haut?... Je sais bien que tu ne voles pas avec des grandes ailes et tout ce fourbi, mais s'il y a une autre vie et que tu es par là, peut-être peux-tu m'entendre? As-tu ressenti le même désespoir que moi? Misère, ce que j'aimerais être avec toi! C'est sûrement mieux qu'ici... Qu'est-ce qu'il me reste, dans la vie? Les jours qui se suivent, les nuits sans sommeil... Aller au Jilly avec des types sans intérêt qui veulent se montrer avec moi et qui attendent que je paie l'addition. Dis, Jen, est-ce que ça fait mal de mourir? As-tu eu peur? Attends-moi, Jen, je vais prendre encore des pilules, je vais venir te retrouver. »

Elle courut à la salle de bain où elle avait caché son flacon derrière les sels de bain. Plus que six pilules! Elle les avala une à une. Six pilules ne feraient pas l'affaire. Un tube d'aspirine en plus, peut-être. Merde! Il ne restait que cinq comprimés. Elle les avala. Plus de scotch non plus, mais il y avait le bourbon de Kevin. Elle pivota sur elle-même, glissa sur le carrelage et le verre de cristal lui échappa des doigts. Misère! Anne était tellement fâchée quand elle cassait quelque chose. Elle se baïssa pour en ramasser les morceaux. Ah! voilà!... Une entaille au poignet et on lui ferait d'aussi belles funérailles qu'à Jennifer. Mais elle serait morte... elle n'en profiterait pas. Par contre, si elle était *mourante*, il y aurait le même tapage, comme l'autre fois à Hollywood. On la supplierait de revenir, elle ne serait plus nerveuse, elle retrouverait sa voix...

Un peu de bourbon, d'abord. Elle chaloupa vers le bar et prit la bouteille. Elle en but une bonne rasade et se recoucha. Elle étudia attentivement les veines de son poignet pour ne pas couper la grosse, ce qui serait fatal, mais les petites qui la feraient simplement saigner. Elle enfonça l'éclat de verre sur un centimètre, elle s'allongea et regarda le sang jaillir. Misère, mais c'est qu'il en venait beaucoup et ça coulait vite!... Hé! elle avait peut-être coupé la grosse veine? Misère! Elle prit le téléphone. Où diable était donc Anne? Le sang coulait abondamment et elle sentait ces foutues pilules agir, maintenant. Grâce au bourbon, sûrement. Elle forma le numéro des secours d'urgence.

« Je suis Neely O'Hara, bredouilla-t-elle. Je me meurs...

– Quel est votre numéro de téléphone?

– Je ne sais pas... Je ne m'en souviens pas... Venez à mon secours... Je me suis coupé le poignet, je perds mon sang...

– Votre adresse?

– La 62e Rue Est, près du Park. C'est l'appartement d'Anne Welles.

– La vedette de la télévision? fit la voix soudain anxieuse.

– Oui... oui... faites vite... »

Neely laissa tomber l'appareil et ses yeux embrumés virent tout ce sang sur les draps d'Anne. Son bras pendait inerte le long du lit et le sang se répandait sur la moquette beige. Déjà tant de sang et il en coulait toujours; mais elle n'était pas mourante. On ne meurt pas avec l'esprit aussi clair... « Je m'endors simplement... je m'endors... foutues poupées... c'est maintenant qu'elles jugent bon d'agir... »

ANNE

1961.

ANNE s'assit près de la fenêtre et alluma une cigarette. Quelle effroyable visite! Cette pauvre Neely avait crié, supplié, sangloté pour qu'on la sorte de là. Anne avait promis de le faire mais les rapports des trois médecins traitants avaient parlé plus haut. Neely était une malade mentale avec tendance latente au suicide, la sortir trop tôt de cet établissement spécialisé serait signer son arrêt de mort.

Anne avait cédé aux instances de Kevin; elle avait autorisé l'internement de son amie pour une cure de désintoxication de trois mois, et elle se torturait en se demandant si elle avait bien fait. Les docteurs lui affirmaient que Neely aurait dû se soigner énergiquement bien avant cette dernière crise, mais que le mal était encore bénin et que ces trois mois la remettraient complètement d'aplomb, prête pour une seconde carrière. Et l'établissement qui la soignait était de toute première classe. Pour quinze cents dollars par mois, il pouvait l'être! Mais ces yeux suppliants la hantaient; aussi luxueuse que fût la cellule, l'internement avait quelque chose d'horrible. Elle irait la voir dans quinze jours et elle espérait la trouver moins agitée.

Elle la trouva d'excellente humeur.

« J'ai été promue! cria Neely dès qu'elle la vit. J'ai

un paquet de cigarettes de temps en temps. M'as-tu apporté la cartouche? Parfait, je vais la cacher. On ne m'autorise pas encore les allumettes mais l'infirmière de mon pavillon est une de mes admiratrices; la nuit dernière, je me suis faufilée dans ses quartiers et nous avons fumé comme une cheminée en regardant un de mes vieux films à la télé. »

Elle avait pris du poids et elle avait bonne mine. Elle se plaignait de douleurs dans le dos et de ses nuits sans sommeil, mais elle tiendrait les trois mois, promit-elle.

En mai, elle eut une rechute. Son amie l'infirmière, congédiée séance tenante à la suite de cet épisode, lui avait laissé chaparder un flacon de Nembutal. On avait découvert le flacon à moitié vide sous son matelas. Elle s'était battue comme une tigresse lorsqu'on avait voulu le lui reprendre, sacrant et jurant, et piquant une rage qui lui avait valu un bain de dix heures. Elle avait perdu tout le bénéfice de sa promotion, Anne la trouva maussade et renfermée.

Du fait des soins à payer pour Neely, Anne avait renouvelé son contrat avec les produits Gillian. Retiré de la marche active de son affaire, Kevin hantait le studio d'enregistrement et sa présence silencieuse pesait plus sur Anne que des jérémiades bruyantes. Il en voulait à Neely de s'être ainsi mise en travers de tous leurs projets. Il se sentait sûr d'Anne, oui, elle était à lui depuis longtemps, avec ou sans mariage, et il savait qu'il avait tort de traîner dans les jambes de tout le monde, mais que faire d'autre? Ses journées étaient longues... A chaque fois, il se promettait de ne plus revenir.

Il se le promettait pour la... nième fois, un jour de juin froid et pluvieux. Assis dans le hall, il attendait que la répétition d'Anne prît fin; dans trois semaines, elle en aurait terminé avec les enregistrements de la saison d'été. Elle lui avait promis de partir en vacances avec lui, mais elle opterait pour Dune Deck, dans les Hamptons, pour rendre visite à Neely chaque semaine.

Le réalisateur, Jerry Richardson, entra, accompagné d'un inconnu.

« Je voudrais vous présenter un vieil ami à moi, Kevin. Nous avons fait la guerre ensemble. Lyon Burke, Kevin Gillmore. »

Kevin se raidit. C'était sûrement le même, ce nom n'était pas courant, pourtant il ressemblait davantage à un acteur qu'à un écrivain. Un bien bel homme... et ce teint hâlé... Kevin se sentit soudain grisâtre et vieux et il prit conscience de ses cheveux clairsemés. Les cheveux de Burke étaient noir jais, épais, juste un peu grisonnants aux tempes. Et le sourire de ce salopard... Kevin eut un petit tic nerveux et lui serra la main.

« Vous venez travailler pour le studio? demanda-t-il.

– Non, je suis arrivé à New York il y a quelques jours et j'ai déjeuné avec Jerry. Il m'a dit qu'Anne Welles travaillait ici, c'est une de mes vieilles amies, je suis venu lui dire bonjour en passant.

– C'est moi qui l'ai lancée, qui en ai fait la Miss Gillian, répondit vivement Kevin. Venez, elle répète. »

Il prit Burke par le bras, désireux de guetter la réaction d'Anne. Elle terminait la répétition en costume, aussi Kevin emmena-t-il Lyon dans la salle. Elle ne pouvait les reconnaître derrière les projecteurs et il s'attacha à observer l'expression de Lyon.

« Elle est vraiment excellente, dit celui-ci comme s'il en était surpris. C'est la première fois que je la vois, je vivais en Europe.

– Elle a été excellente dès le début. Ah! ils ont

fini... Voulez-vous venir lui dire bonjour? demanda Kevin tranquillement.

– Oh! mais oui! » répondit Lyon.

Anne parlait avec le réalisateur lorsque les deux hommes s'approchèrent. Elle vit Kevin et lui fit un clin d'œil de connivence; son regard glissa sur Lyon sans s'attarder, mais revint à lui, stupéfait et incrédule.

« Mais oui, c'est bien moi », lui dit-il avec son sourire chaleureux.

Il alla à elle et lui prit les deux mains. Elle eut du mal à lui sourire, ses lèvres tremblaient; Lyon, plus mûr, plus séduisant que jamais... Elle retrouva enfin sa voix pour lui dire qu'elle était ravie de le revoir.

« Pouvons-nous aller nous asseoir ailleurs? demanda-t-il. Il fait bigrement chaud sous ces projecteurs, mais peut-être n'avez-vous pas fini?

– Si, je suis libre jusqu'à l'heure des prises de vue.

– J'ai du travail au bureau, intervint Kevin. Allez donc bavarder un peu tous les deux, vous devez en avoir des choses à vous raconter... »

Il s'éloigna, les épaules redressées, raidi dans son orgueil et sa dignité, mais souffrant de son geste magnanime. Anne eut le cœur serré; il avait peur mais faisait montre de courage. Elle avait peur, elle aussi, en entraînant Lyon vers sa loge. « Le voilà, comme ça... Dois-je oublier quinze ans de silence et lui ouvrir les bras? Et c'est bien ce que j'ai envie de faire, j'ai du mal à le regarder sans broncher. Mais il y a Kevin... Où serais-je si je n'avais pas eu Kevin? »

Ils s'assirent dans sa loge. Elle le laissa lui allumer sa cigarette et attendit volontairement qu'il prît la parole.

« Eh bien voilà, vous aviez raison... New York...

votre grand amour... Vous aimiez la vie ici, fit-il en embrassant tout d'un geste des bras. Et vous avez réussi; je suis très fier de vous, Anne.

– Vous avez réussi aussi, Lyon.

– Pas tellement, seulement dans la mesure où je fais ce que j'ai toujours désiré faire.

– Qu'est-ce qui vous amène à New York?

– Nous sommes très intéressés, là-bas, par votre publicité à la télévision. Un de nos journaux m'a chargé d'écrire quelques articles sur tous les aspects de votre télévision, les filles qui se font des millions avec un « tube », les cowboys qui deviennent des stars et s'achètent des usines et les jeunes femmes qui parviennent à la célébrité en vantant les mérites d'un vernis à ongles.

– Vous n'avez pas ça, en Angleterre? rit-elle.

– Pas encore, nous avons dix ans de retard sur vous. Ça vient, et mon travail consiste précisément à conditionner les îles Britanniques pour l'invasion future, sourit-il. C'est très loin du genre de littérature de mon choix, mais c'était une aubaine, une pige bien payée et l'occasion de revenir aux Etats-Unis.

– Combien de temps nous restez-vous?

– Environ six semaines, je pense.

– Avez-vous vu Henry?

– Nous avons déjeuné ensemble hier. Il est fatigué et il voudrait vendre sa part d'actions de l'agence. George Bellows essaie de réunir les capitaux nécessaires et il n'y parvient pas, c'est l'agence Johnson Harris qui prendra la place d'Henry. J'ai vu George, aussi, il a l'air prospère mais je ne l'envie pas; rien n'a changé dans ce genre de travail.

– Rien n'est facile, Lyon.

– Non, rien, même pas ce petit journalisme auquel je vais m'essayer. J'ai toute une documentation à réunir, des tas de sacrés chiffres à vérifier et à re-vérifier; je ne peux pas écrire cet article d'inspiration. Mais ça m'amuse. Et vous, demanda-t-il en se penchant pour lui prendre les mains. Pas de mariage, pas d'enfants? Henry m'a dit que vous étiez toujours célibataire. »

Elle regarda au loin en espérant que son maquillage de cinéma dissimulerait sa rougeur envahissante. Il garda fermement ses mains dans les siennes.

« Moi non plus, rien de ce côté-là, dit-il. Vous êtes mon seul regret. Personne n'a pu vous remplacer, Anne, personne ne le pourra jamais. J'aimerais beaucoup vous voir pendant mon séjour, reprit-il après une pause. Mais Henry m'a dit que vous et Kevin Gillmore...?

– Vous pouvez me voir, Lyon, répondit-elle tranquillement.

– Formidable! Quand?

– Demain soir, si ça vous va.

– Très bien. Comment puis-je vous joindre?

– Laissez-moi vous appeler, dit-elle vivement. Je serai en ville, j'ai des rendez-vous dans la journée. »

Il griffonna le nom de son hôtel et son numéro de téléphone. Elle remarqua qu'il se trouvait à trois pâtés de maisons de son appartement; elle lui sourit et promit de l'appeler.

« Nous dînerons ensemble. Je vais vous laisser maintenant, dit-il en se levant. Vous avez certainement envie de vous reposer avant d'affronter la caméra, à demain, Anne... »

Elle resta longtemps sans bouger. Lyon était de retour et rien n'avait changé... Mais il y avait l'amour de Kevin, sa confiance. « Kevin a besoin de moi. Lyon débarque pour six semaines et je me comporte comme une imbécile, déjà prête à oublier toutes ces années de silence. Demain, je l'appellerai pour lui dire que je suis occupée. Bien mieux, je ne l'appellerai pas; je le laisserai mijoter. Qu'il attende un peu, à son tour... »

Mais elle savait qu'elle irait.

Après le dîner, Kevin lui demanda d'un ton léger ce qui avait amené Lyon à New York. Il l'écouta sans mot dire, le regard fixé sur son verre de fine.

« Maintenant que je l'ai vu, je comprends qu'une jeune fille de vingt ans se soit laissée prendre à son charme, et par son physique.

– Oui, répondit-elle en sirotant sa fine. Ce qui fait surtout le charme de Lyon, c'est qu'il ne pense pas à son physique, justement.

– Ah! là, tu te trompes! s'exclama Kevin avec une pointe d'irritation. Cet oiseau-là connaît son pouvoir et il joue de son physique; il n'a pas un geste qui n'ait une intention. Il sait même s'attirer la sympathie des hommes, j'aurais marché, moi, s'il n'était pas ton Lyon Burke. »

Elle sourit et prit une cigarette.

« Anne, dis quelque chose! fit-il d'un ton suppliant. J'essaie de le prendre de loin, comme dans les films, mais pour l'amour du Ciel, aide-moi, dis-moi par exemple, qu'il t'a laissée froide.

– Ce serait mentir, Kevin.

– Tu vas le revoir?

– Pas si tu me l'interdis, non.

– Mais tu en as envie? fit-il d'un ton qui quémandait un démenti.

– Il serait peut-être plus sage que je le revoie, répondit-elle en évitant son regard. Plus sage pour toi et pour moi. Tout ce qui m'a plu autrefois me paraîtrait peut-être enfantin aujourd'hui. Je n'ai peut-être jamais connu le vrai Lyon, j'ai peut-être façonné son image à mon goût. Henry m'avait mise en garde. Mais il serait plus sage que je m'en assure, si je veux t'apporter le bonheur que tu désires.

– Tu pourrais tout casser entre nous parce que ce salopard a décroché un reportage aux Etats-Unis? C'est ça que tu insinues? Sans ce travail, tu ne l'aurais jamais revu, tu le sais, je pense?

– Oui, je le sais. Kevin, je t'aime profondément et rien ne pourra jamais nous enlever les années que nous avons vécues ensemble, mais cette histoire avec Lyon s'est terminée sur un point d'interrogation; je m'apercevrai peut-être qu'il n'y avait rien derrière, mais il faut que je m'en assure.

– Anne... non, je t'en supplie... fit-il d'une voix rauque. Tu es ma vie, je ne peux pas me passer de toi.

– Je ne te quitterai pas, Kevin.

– Tu me le jures? demanda-t-il en la tenant sous son regard, et elle vit des larmes dans ses yeux.

– Je te le jure », répondit-elle le cœur serré.

Ils se retrouvèrent au Petit Club. Assis au bar, Lyon sauta sur ses pieds à son arrivée et l'entraîna vers une table.

« Vous n'êtes pas du genre à vous asseoir à un bar, lui dit-il en la regardant intensément. Que vous êtes belle, Anne! Vous n'avez absolument pas changé, non, ce n'est pas exact, vous êtes encore plus belle.

– Vous vous êtes bien conservé aussi, dit-elle d'un ton forcé.

– J'ai si souvent pensé à vous! Quand j'étais trop triste, je me consolais en me disant que vous étiez devenue une grosse dadame avec cinq ou six marmots pleurnichards accrochés à vos jupons. Au moins, comme ça, je retournais à ma machine à écrire.

– Oh! Lyon, fit-elle en riant de bon cœur, et moi je me disais que vous étiez chauve!... »

Après cela, tout fut facile. Elle lui parla de Jennifer mais en contournant la vérité, elle ne pouvait se résoudre à abîmer le souvenir de cette beauté radieuse en l'associant avec le cancer, cette effroyable maladie. Ils discutèrent du cas de Neely qui le stupéfia.

« Elle a un tel talent, dit-il. On l'adore en Angleterre. Malgré tout le clinquant et le cul-cul-la-praline de ses productions hollywoodiennes, elle s'en tirait comme une grande artiste; elle va se remettre, oui?

– Ses docteurs disent qu'elle souffre d'une tendance à l'autodestruction, répondit Anne, les yeux assombris. Et que ce genre de maladie est difficile à guérir. On peut la stabiliser, et elle peut revenir à une vie normale, mais cette tendance sera toujours là, latente.

– Je crois que les grands artistes sont tous un peu cinglés, c'est probablement pour ça que je n'ai pas réussi, soupira-t-il. Je m'endors la tête sur l'oreiller, je ne bois pas beaucoup, et je n'ai jamais pris un cachet d'aspirine de ma vie.

– Je ne dois pas être une grande artiste, non plus, dit-elle en riant. Je fume un peu trop, mais je ne bois jamais plus d'un verre, et bien que je ne veuille pas le reconnaître, il m'arrive de m'endormir au milieu d'un film, si je vais à la dernière séance.

– Non, rit-il à son tour. Vous êtes de toute première qualité, Anne. Je n'ai jamais rencontré quelqu'un comme vous, votre souvenir a fait pâlir toutes les femmes que j'ai rencontrées après vous. »

Pendant le dîner, ils bavardèrent avec facilité, de New York, des changements qui y étaient survenus, de la vie qu'on y menait, et soudain Lyon la regarda en face :

« Rien n'a changé, Anne, j'ai envie de te prendre dans mes bras comme autrefois. Ces années de séparation ne comptent pas...

– Et j'ai envie d'être dans tes bras, Lyon. »

Elle ne parvenait pas à y croire. Etre allongée près de lui... regarder la fumée de leurs cigarettes s'infiltrer sous l'abat-jour de la lampe de chevet... Leur union s'était faite complète, totale, sans hiatus; ils s'étaient retrouvés dans l'accomplissement parfait de leur désir, de leur amour, et dans ses bras, elle avait soudain compris qu'il était important d'aimer, plus important que d'être aimée. Il lui restait à prendre sa décision. Lyon l'aimait à sa manière, avec lui, elle serait sans cesse sur le qui-vive. En était-elle capable, après avoir connu la tendresse de Kevin, son amour de tous les instants dénué d'égoïsme?

« Ce fut merveilleux, mon amour, dit-il en la serrant contre lui. Ça l'a toujours été avec toi.

– Moi aussi, Lyon, et seulement avec toi.

– Mais il y a Kevin Gillmore, dit-il doucement, et il calma sa réaction en lui caressant les cheveux. Votre liaison est de notoriété publique, mon chéri, tout le monde sait qu'il veut t'épouser. Je ne suis pas tombé sur le plateau par hasard, hier, tu t'en doutes? reprit-il après un silence. Je me suis arrangé pour rencontrer Jerry Richardson, je voulais connaître Gillmore, je voulais te revoir.

– Et que devais-je faire, moi? répondit-elle en se redressant dans le lit, loin de lui. M'asseoir dans un fauteuil et t'attendre, toutes ces années? Pas une lettre, Lyon, pas un mot. Rien.

– Tais-toi, lui dit-il en lui mettant un doigt sur les lèvres. Je ne te fais pas de reproches. J'ai voulu t'écrire. Mon Dieu! le nombre de lettres que je n'ai jamais postées... Mon fichu orgueil. Je me disais que mon prochain livre me permettrait de revenir en héros reconquérir ma femme, quel que fût le gars du moment. Mais voilà, je n'ai rien du héros en question, et Kevin Gillmore n'est pas un gars quelconque, c'est un homme bien et d'après ce que j'ai entendu dire, il est fou de toi. »

Elle garda le silence.

« Si j'avais la moindre force de caractère, je ne te reverrais plus, dit-il.

– Lyon! s'exclama-t-elle avec de la frayeur dans la voix.

– J'ai dit, *si* j'avais de la force de caractère, reprit-il en éclatant de rire. Mais je n'en ai pas beaucoup et ta vue a mis en charpie le peu que j'avais. Je serai là, Anne, ajouta-t-il d'un ton sérieux. A ta disposition, quand tu voudras. C'est tout ce que je peux t'offrir.

– Que veux-tu dire?

– Que je retourne à Londres après ce reportage; j'ai un nouveau livre en chantier.

– Ne pourrais-tu l'écrire ici?

– Si, sans doute. Mais je ne pourrais pas vivre, pas aussi bien en tout cas. J'ai un appartement très agréable et je me fais un peu d'argent avec ces articles. C'est une vie très différente, elle me plaît. Je gagne juste assez pour me permettre ces longues heures pénibles devant ma machine et je vis de l'espoir que ce livre-là sera le bon. J'aime écrire, j'aime ce que je fais et si je le fais, c'est grâce à toi. Je t'ai perdue pour me lancer dans ce travail, mais c'était probablement inévitable.

– Pas du tout! s'exclama-t-elle avec certitude. Si j'avais gardé un bœuf sur la langue ce fameux jour au Barberry Room au lieu d'insister pour que tu te mettes à écrire, tu serais aujourd'hui le plus grand imprésario-avocat de New York, nous aurions eu des enfants et...

– ... et notre mariage n'aurait pas tenu, pas plus que si tu avais consenti à vivre à Lawrenceville, ce qui était une idée extravagante de ma part. Mon destin est de vivre seul, j'imagine. Mais je suis tellement heureux de t'avoir retrouvée... Je vais chérir chaque seconde de ta présence et j'emporterai ces beaux souvenirs pour égayer mes tristes soirées anglaises et pluvieuses. »

Il la prit dans ses bras et la peine d'Anne s'évanouit dans la plénitude éblouissante de son amour.

Elle rentra chez elle à l'aube; elle vit la lumière en ouvrant sa porte.

« Comment as-tu fait pour t'arracher si tôt? On n'est pas encore au matin », dit Kevin qui fumait une cigarette, assis dans un fauteuil.

Elle alla à lui et lui enleva la cigarette de la bouche.

« Tu n'as plus fumé depuis ta crise cardiaque. Qu'est-ce que ça veut dire, ça?

– Ne t'inquiète pas pour ma santé, ricana-t-il. Après cette nuit, je n'en ai plus pour longtemps.

– Pourquoi es-tu venu m'attendre ici, Kevin?

– Parce que je savais que tu étais avec lui. T'a-t-il libérée de toutes tes inhibitions? Vous êtes-vous balancés, accrochés au lustre?

– Assez, Kevin! C'est très mauvais pour toi de te mettre dans cet état. Si tu veux finir la nuit ici, viens te coucher.

– Feras-tu l'amour avec moi, là, maintenant?

– Nous n'avons pas fait l'amour depuis ta crise, répondit-elle, braquée. J'ai accepté cet état de choses en pensant à ta santé et à...

– A mon âge! Vas-y, dis-le... Alors, je dois tout

supporter, laisser à Lyon le rôle de l'étalon en me réservant celui du fidèle servant gâteux?

– Tu es mon ami, une partie de ma vie, un homme que j'aime profondément. Lyon est... autre chose.

– Je ne supporterai pas cette situation; il faut que tu choisisses.

– Très bien, Kevin, dit-elle d'un ton las. Si tu m'y pousses...

– Non! Non! Ne me quitte pas, Anne... »

Il la prit contre lui et se mit à sangloter. Elle eut envie de s'écarter, mais elle lui caressa les cheveux, emplie de pitié pour cet homme qui s'effondrait par sa faute. Mais n'était-ce pas plutôt la conséquence de sa santé ébranlée et de son âge?

« Kevin, dit-elle en cherchant ses mots. Je ne te quitterai pas. Ecoute-moi. Nous savons, toi et moi, que j'étais avec Lyon cette nuit. Il repart pour Londres. Il sait que tu es dans ma vie, il m'a même dit que tu es un homme bien.

– Ça c'est son côté anglais, ricana-t-il. Tous les Anglais sont décadents; ça l'excite sans doute de te partager avec moi.

– Je reste avec toi.

– Pourquoi? Il ne veut pas de toi? »

Elle tourna les talons et alla dans sa chambre se déshabiller, hébétée. L'histoire se répétait. Kevin venait de ressembler à Allen Cooper : la même expression bovine et la même fureur enfantine. Et comme l'autre fois, Lyon se dérobait, ne demandait rien, ne promettait rien, et elle était déchirée. Que devait-elle exactement à Kevin? Elle lui avait été fidèle, ignorant les avances d'hommes plus jeunes et plus séduisants; elle lui avait donné quatorze ans de bonheur, mais pouvait-elle faire peser ces années dans le plateau de la balance pour équilibrer la reconnaissance qu'elle lui devait? Il avait besoin d'elle... Il avait passé la nuit à l'attendre... à attendre l'être aimé... Elle eut un grand élan de tendresse et de pitié vers lui. Il lui avait semblé si vieux, si vulnérable, elle ne le ferait pas souffrir.

Elle le trouva assis à la même place, anéanti, vaincu; elle lui tendit les bras.

« Je t'aime, Kevin. Viens dormir, il est tard. Je suis là et je serai toujours là, tant que tu voudras de moi.

– Tu ne le reverras plus jamais, dis? murmura-t-il en allant à elle d'un pas mal assuré.

– Non, je ne le reverrai plus jamais. »

Elle lutta vaillamment pour tenir sa promesse. De son côté, Lyon garda le silence mais elle le savait là, qui l'attendait. Nuit après nuit, elle regarda son téléphone, taraudée par le désir lancinant de l'appeler et de courir à son hôtel si proche. Ces chaudes nuits de juin, faites pour l'amour, elle les passa seule sur sa terrasse, et aux heures les plus variables, Kevin lui téléphonait pour s'assurer de sa présence.

Elle participait à un dîner d'affaires au « 21 » avec lui lorsqu'elle vit entrer Lyon. La journée avait été chaude et humide, elle avait travaillé de longues heures au studio, elle était lasse et ce dîner lui pesait. Lyon escortait ce que Kevin dénommait un « régal » et, entraîné de l'autre côté du restaurant, il n'avait pas vu Anne, mais elle vit les doigts aux ongles argentés démesurément longs s'entrelacer avec ceux de Lyon, elle vit le regard énamouré que la jeune fille portait sur lui en secouant sa crinière brune, elle vit Lyon renverser la tête en arrière et rire franchement, puis se pencher et déposer un baiser sur le bout de ce petit nez soigneusement hâlé. Elle en ressentit un malaise physique. Combien de régals de ce genre s'était-il offerts alors qu'elle le croyait seul et triste, comme elle, attendant son appel? L'acuité de sa peine lui fit peur. Alors qu'elle les croyait mortes, ces émotions poignantes qu'elle avait connues autrefois avec lui et qu'elle avait mises sur le compte de sa toute première jeunesse se réveillèrent, comme si elles n'avaient attendu que cette occasion. Elle ne pouvait détacher son regard du couple. Quand elle suivit Kevin et ses amis, elle jeta un dernier coup d'œil vers cette table; Lyon prêtait une oreille attentive à une histoire certainement captivante.

Elle plaida la fatigue mais Kevin insista pour monter chez elle.

« Je les ai vus aussi, lui dit-il à peine arrivés.

– Qui?

– Ton amant et cette fille magnifique. Tu t'es rongée le cœur toute la soirée, n'est-ce pas? fit-il d'une voix mauvaise. Tu comprends ce que je ressens maintenant?

– Je suis fatiguée, Kevin.

– Elle pourrait être ta fille.

– Quand même! Je n'ai que trente-six ans.

– Les femmes ont des enfants à dix-huit ans, non? Tu vois, ma jolie, ton Lyon cavale toujours et il n'a que l'embarras du choix. Au fait, il ne t'est pas venu à l'idée qu'il ne t'avait baisée l'autre soir que par pitié, en souvenir du passé? La même pitié que je reçois de toi. Console-toi, nous faisons la paire, toi et moi : deux laissés-pour-compte, et je commence à avoir pitié de toi, à mon tour. Tu rêves encore de cette merveilleuse nuit d'amour? Dis-toi qu'il ne te l'a offerte que par compassion... » Sa colère augmenta devant la peine qui ombrageait les yeux d'Anne. « De la compassion, pas autre chose. T'a-t-il suppliée de me quitter pour t'épouser? Sûrement pas. Tu es toujours très belle mais tu as dépassé la trentaine, il drague chez les jeunes, maintenant. Il t'a aimée quand tu avais vingt ans, et il t'a tout de même laissée tomber, et c'est ce bon vieux Kevin qui a ramassé les morceaux, Kevin qui t'a rendue célèbre et riche. Moi aussi, je pourrais me payer une fille de dix-huit ans, si je le voulais. Ne t'inquiète pas, je resterai avec toi mais tout va changer entre nous; c'est moi qui commande à partir de ce soir. Demain, tu vas prévenir le studio de ta démission à la fin de ton contrat. Nous irons faire ce voyage autour du monde et je ne crois pas nécessaire de nous marier au préalable. Je vais y réfléchir. »

Bouleversée, elle l'avait écouté en silence cracher son venin.

« Ce n'est pas toi qui parles là, Kevin, ce n'est pas possible!

– Mais si, ma belle. Jusqu'à ce soir, je t'étais reconnaissant de tes faveurs, mais de t'avoir vue tout à l'heure m'a remis en selle. Tu t'es défaite devant mes yeux, je t'ai vue écroulée, fanée, avec des rides d'angoisse et ma déesse est tombée de son piédestal d'un seul coup; à sa place m'est apparue une blonde défraîchie qui épiait avec une jalousie non dissimulée son étalon qui se tapait une plus jeune pouliche.

– Va-t'en, Kevin, je ne veux plus t'entendre.

– Pas de grands airs avec moi, maintenant. Veux-tu une preuve de mes dires? Il a sûrement cette fille chez lui, il ne se tenait plus. Oserais-tu lui téléphoner et lui dire que tu veux le voir? »

Elle lui tourna le dos et se dirigea vers sa chambre; il la rattrapa et la fit pivoter.

« Reste ici, je n'ai pas fini. Je viens de te dire que je n'accepterais plus tes grands airs.

– Mais tu me détestes, Kevin...

– Non, je te plains, comme tu me plains.

– Si nous en sommes là, va-t'en, Kevin, et pour de bon.

– Oh! non, fit-il avec un sourire satisfait. Pas tant que je ne t'aurais pas vue boire la coupe jusqu'à la lie. Appelle-le. Au cas où tu aurais oublié son numéro, moi je m'en souviens, voilà quinze jours que nous pensons à lui, toi et moi, n'est-ce pas? »

Il s'approcha du téléphone et commença à former un numéro. Elle lui prit l'appareil des mains, il le lui arracha en la repoussant.

« Kevin! »

Mais déjà il demandait la chambre de Lyon à la standardiste. Il lui tendit le combiné.

« Voilà. Parle-lui. Allez... ou c'est moi qui le ferai. »

Elle prit l'appareil. On sonnait la chambre de Lyon. Elle fit une prière pour qu'il ne fût pas là. Elle vivait un cauchemar incroyable. Elle perçut le déclic...

« Allô? répondit la voix de Lyon.

– Allô? dit-elle d'une voix mal assurée.

– Anne? dit-il après une pause.

– Vas-y... siffla Kevin. Dis-lui que tu veux aller le retrouver.

– Lyon... Je... je voudrais venir te retrouver.

– Quand?

– Maintenant. »

Le silence régna une fraction de seconde, puis Lyon répondit d'une voix animée :

« Laisse-moi le temps de mettre de l'ordre et viens.

– Merci, Lyon, j'arrive. »

Elle raccrocha et leva les yeux sur Kevin; il était blême.

« Evidemment, cria-t-il. J'aurais dû m'en douter. Une partouse à trois... Je t'avais bien dit que les

Anglais sont décadents! Et tu vas y aller, parce que tu n'as plus le choix.

– Oh! Kevin, gémit-elle, quel mal nous nous faisons!

– Aucun mal. Je viens de m'apercevoir que j'ai gâché toutes ces années, je te croyais une femme bien et tu n'es qu'une rien du tout! »

Il prit la porte qu'il claqua sur lui.

Voilà. Kevin, rongé, détruit par la jalousie, venait de prendre l'initiative. Un sentiment de soulagement intense lui fit oublier son animosité première. Elle avait la tête légère, comme si un grand poids venait de lui être enlevé; Kevin ne la tenait plus, elle était libre!

Elle se recoiffa un peu et marcha d'un bon pas vers l'hôtel de Lyon.

« Je commençais à perdre espoir », lui dit-il en ouvrant vivement la porte.

Anne embrassa la chambre du regard.

« Elle est partie », dit-il doucement.

Elle fit semblant de ne pas comprendre.

« Ma jolie poupée m'a signalé ta présence au " 21 " tout à l'heure, lorsque tu t'es levée pour partir; elle t'adore, à la télévision.

– Oui, je t'avais vu, Lyon.

– Dieu en soit loué, puisque ça t'a amenée à moi! »

Il se dirigea vers une petite table chargée d'une bouteille de whisky et de verres.

« Je ne comprends plus rien à rien à ce métier, fit-il. Les deux derniers disques de Connie Masters se sont vendus par millions et les Anglais l'adorent. J'ai un article à faire sur sa vie passionnante.

– Connie Masters?

– La charmante que j'accompagnais ce soir. Tu ne la connais pas? sourit-il devant l'air étonné d'Anne.

Ah! nous sommes de la vieille génération, toi et moi, le mot chanteuse évoque Dinah, Ella ou Neely. Connie Masters est la sensation du jour, elle a dix-neuf ans, les firmes de cinéma lui courent après, mais moi je ne peux pas écouter ses disques sans me blinder au préalable avec un verre de whisky.

– Je connais ça, sourit-elle. Tous les jours, j'entends parler de célébrités inconnues la veille, ce sont les très jeunes qui font leur succès.

– Moi, j'ai fait mon devoir envers la presse britannique et les discophiles du monde. Ton coup de téléphone m'a épargné un devoir hors programme.

– Tu aurais fait l'amour avec elle?

– Pourquoi pas? Je commençais à m'ennuyer à passer mes soirées solitaires dans l'attente de ton coup de téléphone. Je te comprends... oui, Anne, mais elle était là, lovée dans le fauteuil que tu occupes précisément, et elle me disait qu'elle adore les hommes mûrs. Que pouvais-je faire?

– Ah! non, Lyon, rit Anne. Tu as plus de défense que ça.

– Oh! tu sais, cette nouvelle race vous prend au dépourvu. Des barracudas... Toi, dit-il en la prenant dans ses bras, tu es belle, éblouissante et dangereuse, mais je me sens en sécurité avec toi. »

Il l'embrassa. Leur étreinte fut interrompue par la sonnerie du téléphone.

« Le barracuda... » sourit-elle.

Il décrocha. Elle vit son expression changer et il se tourna vers elle.

« Je vous suggère de lui parler vous-même, dit-il dans l'appareil d'une voix froide. Kevin Gillmore, ajouta-t-il à voix haute en tendant le téléphone à Anne.

– Je ne veux pas lui parler, répondit-elle avec un geste de recul.

– Si, Anne, prends l'appareil », dit-il.

Elle s'aperçut qu'il n'avait pas étouffé le combiné. Kevin les entendait. Elle prit le téléphone d'une main hésitante.

« Allô, Kevin?

– Anne! Anne, pardonne-moi! Je viens de le dire à Lyon Burke, j'ai agi comme un insensé tout à l'heure. Oublie tout ça, je t'en prie, Anne, je n'en pensais pas un mot. Tu m'entends, Anne?

– Trop tard, Kevin, tout est fini entre nous.

– Anne, je t'en supplie, rentre à la maison. Pardonne-moi ce que je t'ai dit. Je te laisserai travailler... faire tout ce que tu veux... dit-il d'une voix brisée. Je t'épouserai demain... quand tu voudras. Je t'attendrai. A toi de décider. *Je t'en supplie!* Je t'ai vue si malheureuse, là, au « 21 »... jamais tu ne m'as regardé avec cet air... j'ai perdu l'esprit. J'ai voulu te faire souffrir comme je souffre – il sanglotait. Je sais que je suis vieux. Si tu veux continuer à voir Lyon Burke, je te le permettrai, mais ne m'en dis rien. Je te laisserai faire tout ce que tu veux, mais pardonne-moi et ne me quitte pas. »

Elle l'entendit s'étouffer.

« Que se passe-t-il, Kevin? Tu es souffrant?

– Je suis essoufflé. Je suis revenu chez toi et j'ai couru tout le long du chemin. Tu es toute ma vie, Anne, je t'en prie...

– Nous parlerons demain.

– Je ne pourrai pas dormir, Anne, dit-il en haletant. Reviens... maintenant... Je dormirai près de toi... Je te saurai là. Je ne peux pas lutter contre lui... Je n'ai plus ni santé ni jeunesse... Viens, Anne...

– Oui, Kevin, dit-elle, et le téléphone pesa dans sa main comme du plomb.

– Tu reviens? demanda-t-il d'une voix chargée d'espoir plus déchirante que ses larmes.

– Oui, tout de suite », dit-elle en raccrochant.

Elle se tourna vers Lyon. Il remplissait son verre, près de la table.

« Encore tiraillée? demanda-t-il.

– Que dois-je faire, Lyon?

– Tout dépend de ce que tu veux satisfaire, ta conscience ou toi, répondit-il en haussant les épaules. Que cherches-tu, ton bonheur ou la paix de l'âme?

– L'un ne va-t-il pas avec l'autre?

– Non. L'amour n'apporte pas toujours la paix de l'âme. Tu as cette paix avec Gillmore, et une bonne conscience; avec moi, ta conscience te gênerait plus d'une fois, mais l'amour n'est-il pas une forme de combat?

– Tu m'aimes donc?

– Grand dieu! Faut-il l'écrire en lettres de néon pour que tu le comprennes? Oui, je t'aime.

– Et pourtant, tu ne m'as pas téléphoné au cours de ces deux dernières semaines, tu n'as pas fait un pas vers moi.

– L'amour ne doit pas transformer un homme en mendigot, répliqua-t-il avec chaleur. Je ne voudrais pas d'un amour que je devrais mendier ou troquer, et je mépriserais celle qui mendierait *mon* amour. L'amour se donne, il ne s'achète pas avec des mots de pitié ou de raison. Je ne te supplierai jamais, Anne. Je t'aime. Il faut que tu le saches. Je t'aimerai toujours.

– Et moi je t'aime. Je t'ai toujours aimé et je t'aimerai toujours.

– Alors, pourquoi tant de mots, à tourner autour du sujet? Tu es avec moi et je te veux, dit-il mais sans bouger de sa place près de la table.

– Mais tu vas repartir pour l'Angleterre?

– Et Kevin est en Amérique, sourit-il. Je te parle amour et tu me réponds géographie. Ça me rappelle quelque chose... L'amour est un sentiment. Pour toi, c'est un contrat entraînant des règles de vie bien tracées. Trop tard pour ça, dit-il en lui prenant les mains. Je vais retourner à Londres, oui. J'ai fait ma vie là-bas, toi, tu as la tienne ici. Peut-être est-ce Kevin qu'il te faut, il en fait partie. Je n'ai à t'offrir que les quelques semaines qu'il me reste à passer ici.

– Et si j'aimais la vie à Londres, moi aussi, Lyon? Tu n'y as jamais pensé.

– Anne, j'écris toute la journée. Tu n'es plus la petite jeune fille de vingt ans qui tapait mon manuscrit au propre. Tu t'ennuierais vite et tu regretterais ta décision. »

Elle tourna les talons et s'enfuit. Elle courut vers l'ascenseur. Et s'il la rappelait?... La cage s'arrêta à l'étage. Elle se retourna et regarda la porte de la chambre, close, silencieuse; elle entra dans l'ascenseur. Elle marcha lentement vers son immeuble.

Lyon l'aimait mais ne lui offrait aucun avenir, Kevin avait besoin d'elle et lui offrait une tendresse inaltérable de tous les instants. Il lui apporterait aussi ce contrat avec ces règles de vie bien tracées, mais qu'avait-elle à en faire si cette tendresse lui pesait? Pourtant Kevin l'attendait de tout son cœur; avait-elle le droit de le blesser pour quelques semaines de bonheur? Alors toutes ces mornes années sans Lyon lui revinrent en mémoire, et elle pensa à celles qui suivraient, après son départ. Lyon était là, près d'elle, et lui tendait les bras... Oui... profiter de Lyon sans peser sur lui... profiter de ces heures de bonheur... Après son départ, si Kevin la voulait encore, les deux « laissés-pour-compte » comme il disait, uniraient leur existence. Mais en attendant... Lyon... être avec lui le plus possible... chaque minute... chaque seconde...

Elle fit demi-tour d'un pas rapide, puis elle se mit

à courir. Elle courut jusqu'à l'hôtel. Lyon ouvrit la porte, la prit dans ses bras et la serra contre lui.

« Me voilà, Lyon, pas de questions, pas de projets, ne comptent que les instants que nous pourrons passer ensemble. Je t'aime. »

Il lui prit le visage entre les mains, plongea dans ses yeux et lui dit doucement :

« Nous ferons une éternité de chacun de ces moments, mon amour. Je t'aime. »

Elle vit Kevin le lendemain. Il avait l'air hagard. Elle tenta de lui expliquer ses sentiments. Il la regarda en silence. Soudain, son visage se colora de plaques rouges sous l'empire d'une colère qui lui rendit sa vigueur.

« Tu ne vaux pas plus cher que ton étalon anglais! » s'écria-t-il en tournant les talons.

Il sortit en claquant la porte et en lui criant qu'il lui ferait payer cette humiliation.

Plus de supplications ni de pleurs, cette fois. Tous les soirs qui suivirent, avec un acharnement enfantin, il se montra avec les plus jolies filles du moment dans ces boîtes de nuit qu'il détestait tellement. Si une starlette débarquait à New York, son nom était immédiatement associé à celui de Kevin Gillmore; son ultime tentative de vengeance porta sur le contrat d'Anne avec Gillian, qu'il tenta de faire résilier sous le prétexte qu'elle n'était plus assez jeune ni fraîche, mais ses efforts furent vains, et Anne signa un nouveau contrat de deux ans comprenant une augmentation de dix mille dollars.

Elle apprit les manœuvres souterraines de Kevin mais ne lui en tint pas rigueur. Elle ne ressentait plus pour lui que de la pitié noyée dans le profond regret de cette rupture hargneuse.

Ces mêmes semaines lui apportèrent une vie affective intense auprès de Lyon. Il prenait plaisir à sa célébrité lorsqu'on la reconnaissait dans les endroits publics; elle se fit modeste et se concentra sur son travail de journalisme. Il lui développa ses projets d'articles; sans vouloir éreinter la télévision américaine, il avait néanmoins envie d'écrire un reportage mi-figue mi-raisin. Elle lut ses brouillons et lui fit des suggestions appréciables.

Bien qu'il eût conservé sa chambre à l'hôtel, il passait toutes ses nuits chez elle. Les semaines s'écoulaient; il ne parlait pas de départ mais elle savait que son reportage se terminait. L'angoisse commençait à l'étreindre, et puis un soir de juillet, elle eut une lueur d'espoir.

Ils dînaient à la terrasse d'un restaurant de Greenwich Village.

« Tu as eu là une idée du tonnerre, sourit-il en regardant le ciel lumineux. Il me manque à Londres, ce beau temps de New York. Nous ne pouvons jamais tabler sur une belle soirée comme celle-ci, il finit toujours par pleuvoir.

– C'est la première fois que tu reconnais quelque chose d'agréable à New York, dit-elle d'une voix qu'elle fit légère.

– Je t'aime tant que j'en adopte tes goûts. Mais toi, aimes-tu la pluie? Londres est très mouillé, tu sais... »

Son cœur fit un bond. Doucement... ne rien bousculer... que la proposition vienne de lui. Elle regarda la cendre de sa cigarette.

« Je ne suis jamais allée à Londres.

– Penses-y. »

Il n'en dit pas plus, et elle ne put penser à autre chose. Elle en parla à Henry.

« Ce serait courir au fiasco, dit celui-ci. Je suis allé à Londres l'année dernière, je connais l'appartement de Lyon. Pas de chauffage central et quatre petites pièces dans un immeuble sans ascenseur.

– Mais j'ai tout l'argent nécessaire, nous pourrions nous offrir un appartement somptueux.

– La première expérience ne vous a donc pas servi de leçon, Anne? fit Henry sévèrement. Lyon n'acceptera pas votre argent, vous devrez vous contenter de ce qu'il gagne, pour vivre.

– Alors, je m'en contenterai, dit-elle résolument. Je vivrai avec lui n'importe où, je ne peux pas vivre sans lui.

– Et votre contrat avec Gillian? Si vous le résiliez, vous ne pourrez plus jamais travailler à la télévision.

– Je suis bien assez riche, je n'ai plus besoin de travailler.

– Que ferez-vous à Londres?

– Je serai près de Lyon.

– Vous n'êtes plus une enfant au début de sa vie, Anne. Lyon non plus. Il s'est organisé sa petite existence là-bas. Vous n'y connaissez personne et lui tape à la machine à longueur de journée. Que ferez-vous?

– Je ne sais pas, je sais seulement que je ne peux pas me passer de lui.

– Il ne reste qu'une solution, reprit Henry, après un temps de réflexion. Le garder à New York.

– Comment faire? Son reportage est fini et il aime Londres.

– Gagner du temps. Chaque jour qui passe l'attache davantage à New York et à sa vie avec vous. Je vais voir auprès de certaines relations si je ne peux pas lui décrocher quelques reportages pour des magazines, mais il faut que cet arrangement ait l'air fortuit.

– Et où irons-nous, comme ça?

– Il restera ici et le temps travaillera pour vous. »

C'est de Neely que vint l'inspiration. Anne était allée lui faire sa visite hebdomadaire; il faisait une chaleur torride dehors mais les deux jeunes femmes s'étaient installées pour bavarder dans les beaux jardins si bien entretenus, sur l'insistance de Neely. Elle avait pris beaucoup de poids et elle était en bonne voie de guérison, elle avait été récemment admise au dernier pavillon, celui qui précédait le séjour final.

« Quand j'en serai là, dit-elle avec entrain, je pourrai venir passer les week-ends à New York. C'est comme ça qu'on commence. Après six mois de séjour ici, ils ne vous lâchent pas d'un seul coup dans la nature. D'abord, un mois au pavillon des « sortants », on a le droit au cinéma en ville et à une séance chez le coiffeur. Si tout se passe bien, ils font l'essai d'un week-end à New York; il faut être de retour le lundi et passer un examen médical. Puis une semaine d'essai chez soi. Enfin, la liberté totale mais à la condition d'aller voir tous les jours le psychiatre de leur choix : c'est la tension de la vie extérieure qui les inquiète.

– Quelle vie extérieure? Ton travail?

– Non, la vie extérieure, tout simplement. Ici, on ne la ressent pas. Si je dors, je dors, si je n'ai pas sommeil, j'attends que la nuit s'écoule. Le lendemain, je serai moins bonne aux travaux manuels et au badmington mais qu'importe? Et je mange tout ce que je veux. Je pèse quatre-vingts kilos, Anne, et je m'en fiche! Et je chante! Je chante comme un canari en folie...

– Que je suis heureuse, Neely! Je le savais...

– Ecoute une histoire incroyable. Tous les mois,

on a une soirée dansante. Une vraie foire. Les cinglés se mettent sur leur trente et un, les cinglées se font une beauté et nous nous retrouvons dans la salle de gymnastique, sous surveillance, bien entendu. J'y vais, parce qu'autrement je décroche un mauvais point. Ils ont une formation de trois musiciens, le pianiste joue d'une seule main, c'est te dire... Mais la dernière fois, je me suis approchée d'eux et j'ai commencé à chanter. Un piqué incurable, les cheveux gris, l'air ravagé, s'est approché de moi. Nous ne voyons les incurables qu'à ces danses, ils ont un pavillon très à part. Ce malheureux déchet s'est avancé en traînant la savate, l'infirmière a fait un geste, mais le docteur s'est interposé. J'ai appris par la suite que ce malade n'avait pas prononcé une parole depuis deux ans et le docteur voulait voir ce qu'il allait faire. Je chantais une des mélodies d'Helen Lawson, et il s'est planté à côté de moi. J'ai continué, enchaînant avec mes chansons et soudain il s'est joint à moi, dans l'harmonie la plus parfaite. C'était si merveilleux que j'ai cru en mourir, j'en avais des frissons dans le dos, Anne. Quel artiste! Et j'avais l'impression de le connaître. Nous avons chanté plus d'une heure. Tout le monde applaudissait à s'en rompre les mains, même le docteur Archer et le docteur Hall. A la fin, le fou m'a caressé la joue : « Quel talent vous aviez, Neely! Moi aussi... » et il s'est traîné à sa place. Je suis restée soufflée. Le docteur Hall est venu à moi : « Il est là depuis deux ans et il empire « de jour en jour. C'était un secret bien gardé mais « je vois que vous le connaissiez. Ne dites rien, je « vous en prie. Nous l'appelons Mr. Jones. » Je suis devenue très rusée, moi, à vivre ici. Forcément! J'ai possédé le docteur Hall : « Va pour Mr. Jones, mais « il m'appelle Neely. Quel prénom lui donnez-

« vous? – Appelez-le Tony mais n'oubliez pas le « Jones. »

– Tony? répéta Anne sans comprendre.

– Oui, Tony Polar. Il est né avec une malformation du cerveau. Heureusement que Jen n'a pas eu d'enfant de lui, il serait devenu fou lui aussi. »

L'avortement! Jennifer avait su et n'avait jamais rien dit; des larmes montèrent aux yeux d'Anne.

« Neely, dit-elle, Jennifer le savait sûrement mais n'en a jamais parlé. Je t'en prie, pour lui et en souvenir d'elle, garde le secret, toi aussi.

– Oui. Qui cela pourrait-il intéresser, de toute façon?

– On ne sait pas. Quand tu sortiras d'ici, ça pourrait faire du bruit. Tony a disparu de la scène, on le croit en Europe mais on ne sait rien de précis et on l'a oublié. Ne le remettons pas en lumière.

– Bien, acquiesça gentiment Neely. Mais moi, je n'en fais pas un secret, de mon séjour ici. Un magazine va me donner vingt mille dollars pour avoir mon récit, et George Bellows s'occupe de me trouver quelqu'un pour l'écrire.

– George Bellows? Quand et comment l'as-tu vu?

– As-tu lu ce qu'on dit de moi dans les journaux? Que je suis énorme et que je ne peux plus chanter, ou que je suis trop maigre et que je ne peux plus chanter. Alors je leur ai écrit pour leur dire qu'en réalité, j'étais énorme et que je n'avais jamais mieux chanté. J'ai demandé au docteur Hall la permission d'enregistrer une bande que j'ai envoyée à Henry Bellamy pour qu'il la diffuse auprès de la presse, et George Bellows m'est tombé sur le dos, un beau matin. Il veut me prendre comme cliente, à mon retour dans le monde. Tu sais qu'il essaie de réunir l'argent nécessaire pour acheter les parts d'Henry, oui?

– Lyon assure que c'est l'agence Johnson Harris qui va racheter les actions d'Henry.

– C'est George qui achètera l'agence s'il parvient à soutirer le paquet à sa poivrote d'épouse, elle est riche à millions.

– Une femme alcoolique? fit Anne en proie au vertige. Mais George n'est pas marié, voyons!

– George est un beau cachottier, oui. Il était déjà marié quand nous l'avons connu. S'est marié par intérêt, avoue-t-il, en espérant qu'elle dévisserait rapidement. Elle a le foie en capilotade mais elle tient le coup... et les cordons de la bourse. Et je ne crois pas qu'elle l'ouvre, à moins que George ne lui fasse piquer un plongeon du haut de la colline d'ici quinze jours. Je l'en crois très capable, d'ailleurs, je l'ai toujours détesté.

– En tout cas, il t'a trouvé du travail.

– Il touchera sa commission. J'ai besoin de cet argent, c'est toi qui as payé mon séjour ici et je veux te rembourser. Mais j'espère que ce n'est pas George qui va prendre l'agence d'Henry en main, il me donne la chair de poule. »

L'idée germa dans l'esprit d'Anne, sur la route du retour. Henry lui avait dit de gagner du temps, elle tenait la solution. Elle rentra sa voiture au garage et téléphona à Henry. Ils convinrent de dîner ensemble.

« Pourquoi pas? fit Henry après l'avoir entendue. Lyon est tout indiqué pour écrire l'histoire de Neely, il l'a connue à ses débuts.

– A vous d'en convaincre George, alors. Qu'il fasse cette offre à Lyon sans que mon nom soit jamais mentionné. »

Lyon accepta la proposition de George avec enthousiasme, mais il se refusa à aller voir Neely, il ne voulait se souvenir que de la fraîche jeune fille qu'elle avait été. Il lui parla longuement au téléphone et lui envoya son premier jet pour approbation. Neely fut enchantée de la forme qu'il donnait à son article. Il se trouva prêt à tout taper au propre vers la fin de septembre.

Au début d'octobre, Henry obéit à un appel urgent d'Anne. Les yeux brillants, elle lui fit part de sa proposition; il l'écouta attentivement puis leva les bras au ciel.

« Ce n'est pas une femme, c'est un bulldozer! fit-il. Mais ça ne marchera pas, Anne, Lyon ne veut pas diriger une agence comme la mienne, il veut écrire.

– Nous pouvons quand même essayer, Henry. Dites-lui que vous êtes ulcéré à la pensée de céder à Johnson Harris l'agence que vous avez créée de toutes pièces. Je vous en prie...

– J'aurai beau lui dire que c'est moi qui lui prête l'argent nécessaire, il découvrira la vérité un jour.

– Nous verrons ça le moment venu, à chaque jour suffit sa peine. Il n'y a pas une minute à perdre, Henry. »

Lyon buvait son café en silence.

« Je suis très flatté, Henry, mais je ne suis pas votre homme.

– Ecoutez-moi, Lyon. Cette agence était ma vie. L'agence Johnson Harris ne mérite pas ma pléiade de stars et George Bellows ne mérite pas qu'on le laisse tomber. Ils le prendront, en feront un vice-président mais le relégueront tellement bien qu'il ne lui restera plus qu'à donner sa démission. Je vous dis que je n'en dors plus; c'est pourquoi je vous offre de vous prêter l'argent nécessaire pour racheter mes parts.

– Pourquoi à moi et pas à George?

– George n'a pas réussi à trouver les fonds nécessaires. Pourquoi?

– Un trop gros paquet, j'imagine?

– Non, parce que le bruit s'est répandu que je me retirais et qu'on ne fait pas confiance à George pour mener l'agence à bien tout seul. C'est un excellent administrateur, mais il n'a aucun don pour les contacts humains. Mais vous... avec une publicité bien faite... Je vous ai rappelé... etc. Il y en a beaucoup pour se souvenir de vous.

– Je suis très flatté, répondit Lyon en secouant la tête, mais je passe la main. Je déteste votre travail, je suis heureux à Londres et j'aime écrire.

– Et Anne?

– Anne... oui, dit Lyon en regardant sa cigarette. Est-elle au courant de votre proposition?

– Non, mentit Henry en espérant être bon comédien. Anne ne voudrait pas influencer votre décision.

– Ce prêt est énorme, Henry.

– Je n'ai pas besoin de cet argent et mon dernier électrocardiogramme m'a convaincu de la nécessité de me retirer; seulement je serais heureux que l'agence continue après moi. Vous me rembourseriez par fractions, annuellement. Je vous fais entièrement confiance. Vous m'avez laissé tomber une fois, alors que j'avais besoin de vous, Lyon. Aujourd'hui, j'ai encore besoin de vous, je veux que vous repreniez l'agence avec George. »

1962.

Le 2 janvier 1962, Bellamy et Bellows devint officiellement l'agence Bellamy, Bellows et Burke. George fut nommé président, Lyon vice-président et Henry se retira, mais Lyon refusa catégoriquement de rayer le nom de Bellamy de la raison sociale. Ils donnèrent un cocktail pour la presse et leurs clients, et la soirée devint une double fête lorsque Lyon annonça qu'Anne et lui se mariaient le lendemain.

Au cours de la réception, Henry prit Anne à part.

« Il découvrira la vérité à la fin de l'année, murmura Henry.

– Pourquoi? Il n'est pas nécessaire qu'il la connaisse jamais.

– Lors de vos déclarations d'impôts, il s'apercevra forcément que c'est vous qui lui avez prêté cet argent. A ce propos, j'ai vendu vos actions de Gillian, elles avaient triplé, elles sont au plus haut et on s'attend à une dégringolade. J'ai aussi vendu pas mal d'autres actions de votre portefeuille; vous ne manquerez jamais de rien, mais vous misez gros sur cette agence. Que Lyon et George se remuent!

– A votre avis, comment va-t-il prendre cette révélation, le jour venu?

– Ça dépend. S'il est heureux, si l'affaire marche bien et s'il est repris dans l'engrenage, il en rira.

– La chose qui m'inquiète est la reconnaissance qu'il vous porte. Il dit qu'il ne pourrait pas vous laisser tomber une seconde fois, surtout après la confiance que vous lui aviez témoignée en lui proposant cet arrangement et qu'il ne pouvait pas refuser.

– Quelle bonne blague! Il n'a pas hésité longtemps avant de vous demander de l'épouser, c'était ça, le facteur d'influence.

– Peut-être. En tout cas, j'ai un an devant moi, et comme vous dites, peut-être prendra-t-il l'histoire du bon côté. Je n'avais pas le choix, je ne peux pas vivre sans lui. Je mentirais, je tricherais, je ferais n'importe quoi pour le garder, c'est tout ce qui m'importe. Priez pour moi le jour de la révélation...

– Si je vous connais bien, d'ici là, vous serez enceinte, l'affaire sera en plein boum et Lyon sera enchanté, au fond, de votre supercherie qui lui aura permis de réaliser son rêve. »

Ils furent mariés le lendemain dans l'appartement d'Henry, et allèrent passer quatre jours de lune de miel à Palm Beach. Ils avaient convenu de s'installer dans l'appartement d'Anne.

Dans les deux mois qui suivirent, Lyon décrocha plusieurs grandes vedettes anglaises et rafla plusieurs vedettes américaines à des agences concurrentes. Le bureau augmenta son personnel, Lyon parlait d'établir une succursale en Californie, mais George se montrait plus réservé.

« Il faut bien calculer notre coup, dit-il. Nous avons une belle clientèle, c'est vrai, mais les gros billets tombent surtout grâce à la T.V. Il nous faudrait une Judy Garland, un Danny Thomas.

– Nous ne les avons pas et nous ne les aurons pas, dit vivement Lyon. Et ça, c'est le moyen facile. A mon avis, nous devrions nous créer nos propres vedettes à gros rendement, comme Henry l'a fait avec Helen Lawson, et toutes les autres stars viendraient à nous.

– Je ne vois personne sur notre liste qui puisse faire l'affaire, dit George le nez plongé dans un dossier.

– Si le film de Peter Shay comble les espoirs que ses bouts d'essais autorisent, nous devrions lui obtenir un contrat de trois films. Et peut-être... dit Lyon pensivement.

– Non, c'est un artiste de caractère, répondit George en secouant la tête. Ce qu'il nous faut, c'est un jeune premier romantique, ou un grand comique, ou une femme. Ah! voilà... nous l'avons, celle-là, si nous pouvions en refaire une star... Neely O'Hara.

– Elle est finie, fit Lyon avec une grimace. Et puis elle est encore en traitement.

– Une artiste comme Neely n'est jamais finie. Le public sympathise avec ses malheurs; les gens ont le sentiment de vivre la propre tragédie de la femme. Elle s'est détruite à l'apogée de sa carrière et on en parle comme d'une morte. Tout le monde est persuadé qu'elle ne pourra jamais remonter la pente. Tant mieux pour nous parce que si nous la lui faisions regrimper, nous aurions accompli l'impossible, et vous verriez alors les stars venir à nous, persuadées que ce que nous avons fait pour Neely O'Hara, nous pourrions le faire pour elles. C'est une drôle de race, les vedettes : beaucoup de talent, peu de gratitude.

– Mais Neely n'est pas seulement un souvenir du passé, répliqua Lyon mal convaincu, c'est une malade mentale qui peut craquer à tout instant. Anne me dit qu'elle est très grosse, et elle n'a plus dix-huit ans.

– Elle en a trente-trois et tout ce que vous venez de me dire est exact, mais elle a aussi le plus grand talent actuel. J'ai ici quelques-uns de ses récents enregistrements. Elle est au pavillon des « sortants » maintenant, elle a passé le dernier week-end chez moi, elle est énorme, mais quelle voix!

– Alors? Il nous faudrait un an pour la raboter et elle s'effondrerait peut-être à nouveau au cours de sa cure d'amaigrissement. Cela lui est déjà arrivé.

– Il ne faut pas la faire maigrir. Elle est obèse mais elle chante à ravir; il faut la présenter telle qu'elle est, en récitals. L'argent que font Garland, Lena Horne, Liberace, est incroyable; le public accourrait voir Neely, quand ce ne serait que par curiosité. En un an, ses concerts couvriraient tous les frais de notre agence et nos autres clients seraient tout bénéfice.

– Si vous voulez vous y essayer, marchez, mais je vous la laisse, dit Lyon. Je m'occuperai de l'agence pendant que vous lancerez la nouvelle petite chérie de l'Amérique.

– Ce n'est pas si simple que ça, dit lentement George. Elle ne m'aime pas et ma femme... ma femme a une tendance à boire, reprit-il après une pause; elle est d'une très mauvaise fréquentation pour Neely. Par contre, Neely vous aime beaucoup et elle doit énormément à Anne.

– Doucement, fit vivement Lyon. Anne travaille dur, nous n'avons pas besoin de Neely dans notre vie.

– Je ne vous demande que de la décider à signer avec nous et je me charge du reste. Je ferai la publicité, j'organiserai ses tournées et je l'accompagnerai en voyage. Elle va être rendue à la vie civile sous peu. Nous lui réserverons un appartement dans un hôtel. Elle n'a pas d'argent, c'est le bureau qui paiera, qui paiera pour tout, d'ailleurs, ses répétitions et la préparation de son récital. Nous lui assignerons une femme qui la gardera à vue en permanence; je connais une masseuse danoise, forte comme un bœuf, exactement ce qu'il nous faut. Et nous tiendrons le compte exact de ses moindres dépenses. Nous nous rembourserons au fur et à mesure de ses recettes. Si je me suis trompé et que tout rate, nous déduirons ces frais de nos impôts.

– C'est un gros risque.

– Nous avons peu à perdre et la publicité nous rapportera probablement les quelques milliers de dollars que nous allons engager. Si au contraire, Neely réussit, elle pourra rembourser Anne. Vous rendez-vous compte qu'elle doit près de vingt mille dollars à votre femme?

– Je ne suis pas preneur, dit Lyon, mais si ça vous chante, allez-y, je vous aiderai, étant bien entendu que c'est votre joujou. Je fais la proposition de base et je me retire.

– Parfait, dit George en hochant la tête. Et vous allez voir comment la petite dondon que je vais envoyer sur la lune va faire notre fortune. »

De retour chez elle, Anne brancha l'appareil à air conditionné, en déplorant que ce fût le jour de congé de sa bonne; il faisait chaud et humide, une vague de chaleur record. Elle courut brusquement à la salle de bain, vomir. Elle se mit une compresse froide sur le front en souriant avec ironie. « Les femmes ont des nausées matinales, moi j'ai des nausées vespérales... » Elle était certaine de sa grossesse, dix jours de retard et ces nausées qui l'avaient prise depuis deux jours exactement à la même heure. La vie était déjà si merveilleuse, et maintenant la joie d'un enfant! Une petite fille qui ressemblerait à Lyon.

Son bonheur lui faisait peur. Il n'était troublé, fugitivement, que par la pensée de la déclaration d'impôts de fin d'année qui mettrait Lyon en face du fait accompli. Henry était certain que Lyon lui pardonnerait; elle en était moins sûre, Lyon était souvent imprévisible.

Elle l'avait emmené voir Neely. Son sourire énigmatique avait mal dissimulé son choc à la vue de celle-ci. Déformée par l'embonpoint, les yeux cachés par des joues comme des balles, le cou tassé, empâté, Neely s'était avancée vers eux en vacillant sous son propre poids, mais elle avait retrouvé toute son exubérance et dans cette énorme masse de chair, son expression de pétulance juvénile avait quelque chose d'incongru. Elle avait signé son contrat immédiatement. Elle avait froncé le nez lorsque Lyon avait mis toute l'entreprise au crédit de George qu'elle n'aimait pas, mais Lyon étant son associé et la femme de Lyon sa meilleure amie, elle avait signé sans hésiter. La semaine suivante, elle s'était installée en ville, dans un petit hôtel, sous l'aile de Christine, le monumental chien de garde danois qui avait fait le vœu de transformer Neely par ses massages.

« Il ne faut pas la faire maigrir, avait recommandé Anne vivement. Et surtout ne pas lui mettre en tête que son physique a de l'importance; elle ne doit penser qu'à son chant. »

On avait dit à Christine de veiller aux pilules et à l'alcool, et pour deux cents dollars par semaine, Christine avait promis une surveillance de vingt-quatre heures sur vingt-quatre.

Neely travaillait dur, répétant quatre heures par jour, et George avait déjà démarré sa publicité. Le premier concert était prévu à Toronto, assez loin pour éviter les critiques new-yorkais et permettre de roder le récital.

Anne sortit de la salle de bain. Elle alluma les lampes du living-room et se versa un bon verre de fine, dans l'espoir de stabiliser son estomac révolté. Elle regarda son appartement avec regret. Il était ravissant; un bébé les obligerait à déménager, mais sa grossesse la libérerait de Gillian *ipso facto,* et elle aurait tout le temps nécessaire pour arranger leur nouveau logis. Comment allait-elle décorer la nursery? Cette évocation l'emplit d'attendrissement. Oh! Dieu, faites que ce fût vrai!

Quinze jours plus tard, le docteur lui confirma ses espoirs. Lyon prit la nouvelle avec une joie tempérée d'un peu d'inquiétude en raison des changements que cette naissance allait apporter dans leur vie. Le bébé était attendu pour la mi-janvier et Anne devrait cesser tout travail à la fin de juin, mais elle l'assura que tout irait bien, et il finit par partager son enthousiasme.

A la mi-juin, ils s'envolèrent pour Toronto pour assister au premier récital de Neely. Anne prit place dans la salle, malade de peur, tant dépendait du résultat de ce concert! George et Lyon pensaient au financement de l'entreprise, mais elle songeait à Neely et à la rechute qu'entraînerait un échec. Neely lui avait semblé très détendue et calme en coulisses, elle avait ri et déclaré qu'elle n'avait rien à perdre et qu'elle pourrait toujours retourner chez les « fadas » fabriquer des cendriers. George se faisait craquer les phalanges de nervosité et Lyon avait les yeux plissés de trac.

Les lumières s'éteignirent et un orchestre très complet attaqua un des succès de Neely, une chanson d'un de ses films. Le lourd rideau s'ouvrit et elle fit son entrée sur la scène sans décors, habillée d'une robe de ville, noire, très dépouillée. Elle avait conservé ses jolies jambes et le noir l'amincissait mais on perçut néanmoins un murmure parmi les spectateurs qui avaient inconsciemment conservé d'elle le souvenir de ses premiers films. Neely l'entendit et eut un petit sourire en coin.

« Oui, je suis dodue à souhait, comme beaucoup de chanteuses d'opéra, dit-elle avec enjouement. Seulement, je ne suis pas venue vous chanter des airs d'opéra mais des chansons à moi. Je veux chanter pour vous de tout mon cœur et comme il est grand et gros, lui aussi, si ça vous plaît, je chanterai beaucoup. »

Les applaudissements éclatèrent, assourdissants. Elle avait gagné la bataille avant de porter le premier coup. Sa voix s'éleva, claire, pure, prenante;

une frénésie collective s'empara de la salle, pour fêter le retour de l'enfant prodigue. Anne n'avait jamais assisté à une telle ovation.

Montréal lui réserva le même accueil. A Detroit, la location fut close deux semaines avant la première. Les journaux de New York parlaient tous de son retour mais George, prudent, persévéra dans les récitals de province jusqu'en septembre, et Lyon dirigea l'agence en son absence. Anne s'était libérée de Gillian et bien que son esprit fût axé sur l'avenir, elle n'avait pu se retenir d'un éclair de fierté lorsque Gillian lui avait dit qu'on allait la remplacer par plusieurs jeunes femmes parce qu'on n'avait pu trouver son équivalent. Sa grossesse était visible et chaque frémissement de la vie qu'elle portait ajoutait au bonheur de son attente; elle occupait son temps libre à préparer le grand appartement qu'elle avait trouvé.

Vint le jour où George déclara Neely prête à affronter New York, concert en novembre dans un théâtre du centre. Une semaine avant la date de la première, toutes les places étaient déjà louées pour les trois semaines de représentations.

New York fit un succès éblouissant à son enfant chéri. Debout, les yeux humides, les gens hurlaient, hystériques.

Sous les pétrissages quotidiens de Christine, Neely reprenait forme humaine. Elle était encore grosse mais elle n'était plus grotesque, et la magie de sa voix faisait tout oublier.

Les difficultés commencèrent la seconde semaine de son engagement à New York. Plongés dans les propositions de contrats qui abondaient, George et Lyon discutaient de la politique à suivre. Lyon insistait pour continuer les concerts.

« Un an encore, à tout le moins, argua-t-il. Nous pouvons lui faire perdre encore dix kilos. Toute idée de régime alimentaire est exclue, mais la discipline des récitals et le travail de Christine peuvent y parvenir, alors seulement, nous pourrons songer au cinéma et à la télévision.

– Elle refuse catégoriquement de voyager davantage; il ne nous reste que le cinéma et un spectacle à Broadway, répondit George d'un ton têtu.

– Mais je viens de réserver des salles à Los Angeles, San Francisco et à Londres, au Palladium, répliqua Lyon.

– Nous avons eu un sérieux accrochage, hier soir, elle et moi, fit George en haussant les épaules. La voilà relancée sur orbite et elle est redevenue un petit bâton merdeux. Plus de gratitude mais le sentiment de sa puissance. Elle m'a déclaré qu'elle ne voyagerait plus; pour tout dire, elle a besoin d'un mâle.

– Miséricorde, mais qui voudrait d'elle! s'exclama Lyon.

– En tout cas, je peux vous assurer qu'elle m'en a fait baver avec ça depuis des mois, rit George. Nous oublions que notre dondon est un être humain et je ne sais pas si on l'a nourrie au salpêtre dans sa clinique, mais elle pète le feu! Il y a eu un saxo pendant quelque temps, elle l'a lessivé comme les autres, il s'est sauvé. Elle en a trouvé des temporaires mais ça ne lui suffit plus, elle m'a dit qu'elle voulait s'installer dans un appartement et avoir une liaison sérieuse, un gars attitré à ses petits soins. J'ai idée que l'agence Johnson Harris est derrière cet état d'esprit; elle cherche à nous quitter.

– Grand bien lui fasse, sourit Lyon. Je vends son contrat à Johnson Harris s'ils la veulent : cinq cent mille dollars.

– J'y ai bien pensé mais nous ne pouvons pas rejeter l'appât au moment où la grosse pêche va mordre. Je déjeune demain avec Paul Elsom.

– Pssssh... siffla Lyon.

– Oui, fit George de la tête. Ses deux derniers films ont surpassé toutes les productions actuelles. Si nous le décrochons, la moitié des stars de Hollywood le suivront et mon enquête m'assure que Neely est notre appât. Il faut la garder. Moi, j'ai tout essayé mais l'évidence est là, elle ne m'aime pas et maintenant elle peut se permettre de m'envoyer promener. Cette jeune truie m'a traité de gros porc, hier soir, je passe la main, Lyon, à vous de jouer. »

Lyon attendait la fin de la matinée, assis dans la loge de Neely. Il regarda les nombreux télégrammes de félicitations glissés dans l'encadrement de la grande glace. Il entendit les applaudissements enthousiastes et l'orchestre qui jouait le final. Il se raidit pour la bataille.

Neely eut un geste de surprise joyeuse à sa vue.

« Tiens, ce n'est pas la bille de chouette aujourd'hui? s'exclama-t-elle. Quelle bonne idée! Nous avons eu une bagarre maison hier soir. »

Elle prit le verre de bière que lui tendait Christine.

« Oh! ce que c'est bon! Vous en voulez, Lyon?

– Non, merci, je vous invite à dîner.

– Formidable. Anne nous rejoint?

– Non, rien que vous et moi.

– Ah! je vois, rit-elle franchement. Georgie lance ses arrières de renfort dans la mêlée, hein? Je ne changerai pas d'avis, je ne veux plus voyager, mais j'irai dîner avec vous. J'ai envie d'escargots à l'ail avec tout plein de beurre fondu que je saucerai avec des toasts. Voilà l'avantage des concerts : pas de partenaire qui rouspète contre l'odeur de l'ail... Mais pas d'amoureux après la représentation non plus, ajouta-t-elle tristement.

– Attendez un peu. Vous n'aurez plus que le choix bientôt, New York est à vos pieds.

– A mes pieds, mais je n'ai personne dans mes bras. Je veux un gars, Lyon, et pas n'importe qui. Je n'entre pas encore dans le mannequin quarante mais je ne suis plus un monstre, non plus. Ce n'est pas seulement une question de dodo, vous savez, je veux un homme qui m'aime et me respecte, et que je puisse aimer.

– Nous en parlerons devant les escargots », suggéra-t-il.

Elle en commanda deux douzaines, Lyon se contenta de six qu'il pinocha en l'écoutant se plaindre de sa vie de tournées.

« Neely, dit-il finalement en lui prenant la main, je comprends votre point de vue. Faites encore Hollywood, Frisco et Londres, et puis nous vous garderons à New York avec un spectacle à Broadway. Je vais m'en occuper, nous pourrions peut-être démarrer à l'automne avec une comédie musicale.

– Et qui m'accompagnerait à Londres et en Californie?

– George, évidemment.

– Pas question, dit-elle catégorique.

– Ecoutez-moi, Neely. Vous vous êtes disputée avec George, mais c'est sans importance, après tout, vous lui devez votre succès, l'idée des concerts vient de lui.

– Il n'y aurait pas eu de succès si je n'avais pas de talent, répondit-elle d'un ton maussade.

– Oui, bien entendu, mais George l'a compris, il avait foi en vous.

– Et pas vous?

– Pour être tout à fait franc, non. J'avais des doutes, non pas quant à votre talent mais quant à votre résistance à la fatigue. Votre retour évoquait pour moi un régime alimentaire et une tension que vos nerfs n'auraient pas supportés. C'est George qui a eu l'idée de miser sur votre talent de chanteuse et de vous présenter comme vous êtes; il avait raison. »

Neely lâcha le morceau de pain qu'elle s'apprêtait à tremper dans son beurre; elle repoussa son assiette.

« Vous me faites passer pour un mastodonte, Lyon.

– Allons, Neely, vous savez ce que je veux dire. Vous avez un talent merveilleux et une délicieuse personnalité; vous êtes sensationnelle.

– Mais une grosse patate, hein?

– Ni patate ni grosse, mais pas sylphide. Pas comme dans vos films.

– Oui... fit-elle songeuse. Une silhouette comme la mienne n'attire pas beaucoup les hommes. Mes fils m'ont regardée les yeux ronds lorsqu'ils sont venus m'entendre à Detroit. Quels beaux garçons, Lyon! Je suis bien contente que Ted les ait pris. J'ai manqué en mourir quand j'ai appris à la clinique qu'il en avait obtenu la garde, mais son deuxième mariage semble bien marcher et il s'est redressé. Il a toujours ses tendances homosexuelles que ses fils ignorent. Bud m'a dit : « Bigre, maman! Nous avons « vu un de tes vieux films à la TV mais tu as « drôlement changé! »

– Vous n'avez pas besoin d'être mince, répéta Lyon.

– Je pourrais l'être si un motif m'y poussait, répliqua-t-elle tristement. L'amour, par exemple. Quand le studio m'a sciée nerveusement en surveillant mon poids, je suis devenue une boulimique secrète, mais quand je suis tombée amoureuse de Ted et qu'il m'a demandé d'éliminer sept kilos, je l'ai fait sans aucune difficulté. Pour lui, pour lui faire plaisir. C'est pour ça que je veux rester à New York, Lyon, je veux retrouver l'amour. Mon image dans la glace me fait horreur; j'adore les jolies robes et je suis obligée de porter du noir en scène. Avec l'amour, je retrouverais mon équilibre et ma ligne.

– Mais faites Hollywood, San Francisco et Londres, je vous en prie, la pressa-t-il. La suite viendra.

– Je veux bien, consentit-elle après un temps de réflexion, si c'est vous qui m'accompagnez au lieu de George. Je ne peux pas le souffrir, rien que de voir cette face de lune jour après jour, j'ai envie de vomir; il ne sait même pas jouer au gin rummy. Et vous, Lyon?

– Comme un champion, mais je ne peux pas partir en tournées, Neely. Nous attendons le bébé dans six semaines.

– Oh!... j'avais oublié! Alors, reculez mes dates de concert, s'exclama-t-elle joyeusement. Attendons la naissance du bébé et Anne viendra avec nous. J'ai eu des jumeaux, je sais ce que c'est, une nurse diplômée suffit amplement pour les premiers mois. Les petits enfants ne voient rien avant trois mois.

– Je vais y réfléchir », lui promit-il.

Repousser la date de concert du Palladium à la mi-février s'avéra facile mais il n'en fut pas de même pour Los Angeles et San Francisco où Neely devait paraître pour Noël et les fêtes du Nouvel An. Lyon avait tout fait pour cacher leurs difficultés à Anne, mais Neely se chargea de les lui apprendre.

Elle était venue voir le nouvel appartement de son amie. Anne, lourde dans son dernier mois, lui fit tout admirer avec orgueil, et surtout la nursery. Elles s'étaient installées dans la bibliothèque avec un verre de xérès pour Anne et une bière légère pour Neely. De légers flocons de neige se mirent à tomber et Anne alluma le feu dans la cheminée.

« Notre premier feu! dit-elle. Fais un vœu, Neely.

– Ah! oui?... alors, que ton bébé arrive ce soir...

– Quelle drôle d'idée! J'en ai encore pour un mois, tu sais.

– Je sais, mais moi je ne veux pas aller à San Francisco en compagnie de George, et Lyon ne veut pas venir avec moi tant que l'enfant n'est pas né, pour que tu sois des nôtres. »

Anne avait entendu parler de l'atmosphère tendue entre George et Neely, mais elle ignorait tout des changements de dates des concerts.

« Mais je n'irais pas à Londres en février non plus, répliqua-t-elle. Je ne pourrais pas laisser le bébé tout seul.

– Qu'est-ce que ça peut faire, avec une bonne nurse pour le soigner? A cet âge-là, ce ne sont pas des êtres humains.

– Comment! s'exclama Anne avec vivacité. Mais c'est déjà un être humain pour moi, chaque fois qu'il remue, je lui envoie un baiser.

– Ce ne sont que des petits bavouilleux les premiers mois, Anne. Toutes ces histoires de premiers sourires... des gaz, oui! Le docteur me l'a dit. Ils ne distinguent que des formes et la lumière. Une bonne nurse est bien mieux pour eux que la meilleure des mères inexpérimentée.

– J'ai attendu cet enfant trop longtemps, Neely. Cela en valait la peine parce que c'est l'enfant de Lyon que je porte, l'enfant de notre amour. Je ne le laisserai jamais.

– Et si Lyon devait voyager?

– Alors, nous voyagerions tous les trois.

– En tout cas, moi, je n'irai pas à San Francisco sans Lyon.

– Neely, je t'en prie... Tu ne voudrais pas me priver de mon mari pour Noël? Et je ne peux pas prendre le risque de ce long voyage.

– Et moi, alors? répliqua Neely. Toujours tout pour toi... Tu as tout, tu as toujours eu tout, et maintenant, tu as de l'argent, l'homme que tu aimes et son enfant. Je n'ai rien, rien que mon travail, et je travaille pour te rembourser.

– Je ne t'ai jamais réclamé cet argent.

– C'est vrai, mais j'avais dit à George et à Lyon que je désirais le faire. Je serai quitte envers toi après mon récital de Californie. Et puis je fais rentrer de l'argent au bureau de ton mari et c'est toi qui en bénéficies, ajouta-t-elle avec un regard circulaire sur l'appartement. Je vis toute seule dans un horrible hôtel avec ce bull-dog de Christine qui me surveille sans cesse; tout ce que je demande, c'est que Lyon m'accompagne pendant dix malheureux jours à Los Angeles. Je n'ose pas affronter Hollywood toute seule. Tu crois que c'est facile, toi, d'entrer en scène et de les entendre murmurer « Ce qu'elle a grossi!... » Ma voix les prend, oui, mais j'ai cette horrible minute de démarrage et j'ai besoin d'être encouragée avant la représentation. J'en ai *besoin*, Anne; si on me laisse seule, je retournerai à mes pilules et à l'alcool. Et ils m'ont bien prévenue, à la clinique des « fadas », si je recommence, bonjour saint Pierre!

– Si Lyon veut t'accompagner, je ne dirai rien.

– Ça ne suffit pas, Anne. Il faut que tu l'y pousses, sinon il refusera. Et moi, je ferai faux bond; je peux toujours prétendre que j'ai une laryngite. »

Lyon refusa fermement de quitter Anne et il manifesta de la colère devant les manœuvres de chantage de Neely.

« Je ne vais pas laisser cette dondon me dicter ma vie, dit-il furieux. Elle est importante pour notre agence mais pas à ce point. Il faudrait que nous soyons peu sûrs de nous pour rester suspendus aux *desiderata* de ce paquet de graisse et je commence à me fatiguer d'entendre George répéter que nous avons besoin d'elle pour attraper les autres. Il n'a pas confiance en lui, mais Henry Bellamy a eu assez confiance en moi pour me prêter cette grosse somme, et ce n'est pas lui qui se laisserait manœuvrer par une Neely O'Hara.

– Helen Lawson s'en est chargée pendant longtemps, lui fit remarquer Anne.

– Il était amoureux d'Helen et ceci explique cela. Nous, nous avons ressuscité Neely et ça fait le poids dans la balance. Je n'accepterai jamais de dépendre de quiconque. »

Le lendemain, il rentra du bureau plus tôt que de coutume. Ses yeux reflétaient la colère. Il ôta son manteau et fixa sur Anne un regard étrange. Elle se déplaça lourdement et lui prépara une boisson; elle flairait la catastrophe. Il prit son verre en silence.

« Des ennuis avec George, au bureau? » demanda-t-elle.

Il s'assit et but une longue gorgée en la regardant intensément.

« Dis-moi ce que je dois faire, Anne. Dois-je aller en Californie avec Neely? »

Elle hésita. Cette question lui semblait lourde de conséquences et le regard qu'il appuyait sur elle la gênait.

« Le bébé n'est pas prévu avant la mi-janvier, je serais désolée de passer les fêtes sans toi, mais je veux être objective...

– Dicte-moi ma conduite, Anne, insista-t-il.

– C'est à toi de prendre tes décisions; je m'inclinerai, quelles qu'elles soient.

– Non, c'est à toi, pour ça comme pour le reste. Peux-tu me dire combien notre bébé pèsera à sa naissance? Et évidemment, ce sera une fille parce que tu en as décidé ainsi. Existe-t-il quelque chose que tu ne contrôles pas?

– De quoi parles-tu, Lyon?

– De toi! et de l'agence Bellamy, Bellows et Burke. Grands dieux, mais je dois être la risée de la ville! C'est Anne Welles qui a acheté l'agence à mon nom. Tout le monde le sait, sauf moi, bien entendu; je viens juste de l'apprendre, de la bouche de Neely.

– Neely? Comment est-elle au courant? demanda Anne, affolée par l'expression de Lyon.

– C'était un secret bien gardé, mais j'aurais tout su au moment de la déclaration d'impôts annuelle; en l'occurrence, c'est Henry qui a mangé le morceau. J'imagine que Neely est allée le trouver pour lui demander de faire pression sur moi, au sujet de son concert à Hollywood. Henry lui a répondu que je ne pouvais manquer de tout faire pour le succès d'une agence où était placée la fortune de ma femme. Neely s'est précipitée au bureau pour tout me raconter. George a fait l'idiot, mais évidemment il était au courant, comme tout le monde, n'est-ce pas?

– Personne ne sait rien, Lyon. Henry n'aurait pas dû raconter ça à Neely. Je t'aurais tout avoué, le moment venu; je ne l'ai fait que par amour pour toi, pour te garder près de moi.

– Et tu y es parvenue! C'est Kevin Gillmore qui t'a enseigné ça? Tout s'achète à condition d'y mettre le prix?

– Mais mon argent est à toi, mon amour, dit-elle en luttant contre sa panique envahissante. Je t'aime, tu ne comprends pas?

– Je ne comprends qu'une chose : George m'a regardé en ricanant et m'a dit : « Nous sommes « tous les deux dans le même bateau, Lyon. Notre « affaire appartient à nos femmes. » Mais je ne suis pas un George Bellows, et à partir d'aujourd'hui, c'est le travail qui va passer en premier. Je te rembourserai jusqu'au dernier centime et pour me mettre en paix avec mon orgueil, je travaillerai jusqu'à ce que j'aie doublé ton capital initial!

– Lyon, s'écria-t-elle en l'entourant de ses bras, mais il resta inerte et froid, je l'ai fait par amour pour toi, comprends-moi...

– Ce que je peux te dire, c'est que Bellamy, Bellows et Burke va devenir la première agence de New York... et du monde! Tu me l'as payée, ma fille, tu vas en avoir pour ton argent. Premier mouvement : je réserve ma place d'avion pour emmener notre petite saucisse de star à Los Angeles. Foin des fêtes, en avant toute! »

1963.

Jennifer Burke naquit le jour de l'An, avec quinze jours d'avance. Anne et son accoucheur passèrent un réveillon épique. L'accouchement dura quinze heures et quand le bébé fut là, Anne ne vit ni sa rougeur de petite guenon ridée ni sa bouche grande ouverte pour son premier cri, mais le miracle de beauté de cette vie qu'elle avait enfantée, et elle recouvra toutes ses forces dans cet émerveillement.

Le départ de Lyon l'avait laissée très seule. Il lui téléphonait tous les jours de Californie mais la faille subsistait entre eux, une brèche que seule la naissance du bébé parvint à combler.

« C'*est* une fille, lui dit-elle au téléphone, avec une intonation d'excuse.

– J'en suis ravi! répondit-il en riant de bon cœur. J'aurais été trop vieux pour apprendre à un fils à jouer au football, par contre ça m'amusera de danser avec ma fille. »

Il téléphona deux ou trois fois par jour pendant le

séjour d'Anne en clinique. Le succès de Neely, à Los Angeles, avait surpassé tous les précédents. Ils partaient pour San Francisco. Anne l'autorisait-elle à superviser ces concerts? Encore trois semaines d'absence.

« Mais oui, bien sûr, répondit-elle vivement, peu désireuse de rouvrir la discussion alors que tout semblait calmé. Jennifer Burke sera une vieille dame lors de ton retour, mais je vais lui inculquer le culte de la mémoire de son père, le taquina-t-elle. Je t'ai envoyé ses premières photos, elle a l'air d'un petit gnome; en réalité, elle sera une beauté. Elle a les cheveux noirs... enfin le peu qu'elle a est noir... »

Il revint à la fin du mois. Jennifer pesait cinq kilos et s'était déplissée, elle était rose et blanche et il en fut très fier. Il lui sourit doucement :

« C'est tout mon portrait, dit-il en fronçant les sourcils. Anne, tu ne t'es pas assez concentrée, je voulais une copie de *toi*.

– Je me suis concentrée très fort et ça a réussi. Moi, je voulais qu'elle te ressemble. »

Il était venu chez lui directement de l'aéroport et il avait à faire au bureau.

« Nous fêterons l'héritière ce soir, au dîner », lui promit-il en partant.

Ce soir-là, elle se serra la taille dans une guêpière. Elle étouffait un peu mais après tous ces mois de silhouette déformée, elle voulait que Lyon la retrouve comme autrefois. La guêpière aidant, elle mit facilement sa robe.

Et ce soir elle aurait son mari à elle, au lit... Ils étaient sevrés d'amour depuis son septième mois de grossesse. Pauvre Lyon!

La secrétaire de l'agence téléphona à six heures pour la prévenir que Lyon, retenu par une projection, lui demandait de le rejoindre à sept heures au

Danny. Elle raccrocha, déçue dans ses espoirs d'un cocktail à la maison, suivi d'un dîner en amoureux dans un bistrot loin du centre. Elle aimait bien le Danny mais on y rencontrait toutes les têtes connues de la profession, et ce soir elle n'avait pas envie de parler boutique.

Elle s'assit à une table près du bar. Lyon n'arriva qu'à huit heures moins le quart; elle en était à son deuxième scotch. Bill Mack, un producteur de télévision, et deux des assistants de l'agence l'accompagnaient.

Il se précipita vers elle et l'embrassa délicatement.

« Pardonne-moi, mon amour. Nous regardions une projection enregistrée à N.B.C., la fichue bande a cassé et il a fallu tout reprendre du début. Tu connais Jim Handly et Bud Hoff, n'est-ce pas, chérie? Et Bill, bien entendu. »

Ils s'installèrent à une grande table et ainsi qu'elle l'avait craint, la conversation porta sur le travail. Bill Mack était à deux doigts de s'engager avec les trois B., comme on appelait maintenant l'agence de Lyon. Il avait un show de télévision tout prêt et Lyon était emballé. Joey Kling, leur client, serait leur comédien numéro un tout indiqué pour ce show.

« Il doit passer au Palladium avec Neely, expliqua Lyon. D'ailleurs, je l'attends, je lui ai dit de me prendre ici.

– Te prendre? fit Anne en fronçant les sourcils.

– Oh! mon trésor, bien sûr, tu n'es pas au courant, dit-il d'un ton sincèrement ennuyé. Joey Kling part pour Washington, pour préparer son numéro.

– Mais tu n'as pas besoin d'y aller, quand même?

– Oh! mais si! Neely croit encore que ce récital lui est entièrement consacré, demain soir; il faut que je la persuade de laisser Joey y participer, en solo de son côté.

– Je ne vous envie pas! glissa Bud Hoff.

– Neely sait qu'elle ne sera pas seule au Palladium, sourit Lyon. Elle n'a jamais encore partagé son affiche en Amérique, mais quand je lui aurai expliqué la situation de Joey... Neely est brave, quand on sait la prendre. »

Il repart ce soir, pensait Anne. Il repart ce soir! Cette pensée tournait en rond dans son esprit.

« Quand rentres-tu? lui demanda-t-elle.

– Dans quinze jours. Je te téléphonerai demain matin. Si notre Jen peut se passer de toi, veux-tu venir pour le week-end? Je pensais rester avec toi jusqu'à demain soir, mais il faut que je m'occupe de la publicité de Joey, et il est préférable que je sois à pied d'œuvre de bonne heure, demain matin. »

De toute façon, il ne devait rester qu'une seule nuit!

Joey Kling apparut dans l'embrasure de la porte. Lyon lui fit signe.

« La voiture nous attend, cria Joey. Je suis en double position. »

Lyon se leva d'un bond.

« Signez l'addition pour l'agence, Bud. Bonne nuit, mon trésor, je t'appelle demain matin. Bud, je vous charge de raccompagner Anne, n'est-ce pas? »

Elle n'alla pas à Washington pour le week-end. La nurse lui en avait donné toute latitude mais Lyon ne reparla pas de ce projet.

« Je te téléphonerai demain à la même heure », dit-il simplement le vendredi.

« Pourquoi ne l'attaquez-vous pas carrément

pour lui demander ce qui ne va pas entre vous? » suggéra Henry.

Anne regarda le marc de café au fond de sa tasse comme si elle espérait y trouver une réponse de l'au-delà.

« Parce qu'en surface, rien n'est changé, c'est dans le fond qu'il y a un malaise intangible. »

Henry Bellamy soupira. Anne avait eu une voix désespérée quand elle l'avait appelé pour lui demander de l'inviter à dîner. Elle était pâle et beaucoup trop mince et il craignait les questions qu'elle risquait de lui poser.

« Jennifer a trois mois et Lyon a passé exactement quatre jours auprès d'elle. Il est à Londres depuis un mois, Neely y fait recette, son succès est assuré; il n'y a plus aucune raison pour qu'il reste là-bas.

– Qu'en dit George?

– Toujours la même chanson, répondit-elle en souriant ironiquement. Que Neely ne veut pas rester seule, que Lyon est un dieu pour elle et la seule personne qu'elle écoute; qu'elle rapporte beaucoup d'argent à l'agence.

– Et ceci résume toute l'histoire d'un imprésario à succès. C'est l'épouse qui est délaissée.

– L'agence a décroché de nombreuses autres stars; elle marche à plein rendement, et Neely me semble parfaitement capable de se diriger toute seule, maintenant, sans Lyon comme nounou.

– L'agence sous cette nouvelle formule est nouvelle dans la profession, Anne. George est un administrateur de première classe, mais comme je vous l'ai dit, c'est Lyon qui a le don du contact humain. Que ce soit Neely ou une autre, il y aura toujours une star à chouchouter; il faut vous faire une raison.

– Je ne peux pas, ce n'est pas une existence pour

moi. Pourquoi Lyon ne me demande-t-il pas d'aller passer quelque temps à Londres avec lui? »

Henry se perdit dans la contemplation de ses ongles.

« Vous n'êtes jamais allée en Europe. Peut-être aimerait-il vous faire visiter Londres, alors qu'il n'en aurait pas le temps, coincé par son travail comme il l'est. Vous ne vous amuseriez pas beaucoup, dans ces conditions.

– Je trouverais toujours à m'occuper et je pourrais très bien faire la connaissance de Londres par moi-même. Tout ce que je demande, c'est d'être avec lui.

– Patientez un peu, il ne va pas tarder à rentrer.

– Il rentre la semaine prochaine. Et alors? Dieu seul sait vers quels cieux nouveaux Neely va s'envoler, avec lui dans son sillage.

– N'anticipez pas les difficultés », répondit Henry.

Lyon revint dix jours plus tard, pour une semaine. Neely allait faire un film en Europe, tournage en France et en Italie avec une distribution de vedettes.

« Ce n'est pas la fortune, expliqua-t-il, mais je le fais pour prouver à Hollywood qu'on peut compter sur elle, maintenant. J'ai la ferme intention de faire terminer ce film avant les dates prévues.

– Emmène-moi avec toi, Lyon, dit soudain Anne.

– Impossible. Neely est de plus en plus difficile à manœuvrer, elle a eu un succès monstre en Angleterre, de quoi lui tourner la tête. On criait son nom derrière elle dans les rues et on faisait la queue des heures, simplement pour l'apercevoir. Deux types de Johnson Harris sont venus à Londres avec une grosse proposition d'une chaîne de télévision américaine.

– Elle doit tout à l'agence. C'est George et toi qui l'avez sauvée.

– Oui, et elle a remboursé ce qu'elle devait jusqu'au dernier centime, à toi comme à l'agence, et maintenant elle nous fait gagner beaucoup d'argent. La situation est renversée, elle pense que *nous* devrions lui être reconnaissants.

– Mais quel rapport avec ma présence auprès de toi?

– Elle la considérerait comme une intrusion.

– Une intrusion! Je suis ta femme et sa meilleure amie.

– C'est une star à sensation, de nouveau, et elle le sait. Elle a laissé Joey Kling partager son affiche et nous avons décroché, de ce fait, un gros contrat de TV pour Joey. Cent cinquante mille dollars par semaine et ce paquet-là est pour l'agence. C'est à Neely que nous le devons. L'année prochaine, nous aurons Neely à la TV, un show par mois, deux cent mille dollars par émission. Pour le moment, tout tourne autour de Neely. Si tu étais auprès de moi, je me partagerais, je voudrais rester avec toi, te montrer Paris et Rome, et je négligerais Neely. Je t'en prie, mon amour, sois patiente, l'année prochaine, je pourrai te rembourser la totalité de ton prêt et je ralentirai le rythme.

– Neely ne serait pas fâchée de ma présence. C'est elle-même qui m'avait demandé de laisser ma fille à sa nurse pour vous accompagner à Londres.

– Neely... Neely a changé. Elle ne pense plus qu'à Neely. Il faut que tu le comprennes, Anne. Tu ne l'as jamais fréquentée de près quand elle est en pleine réussite, elle courait à toi quand elle était dans la mélasse et là elle était humaine; en ce moment, elle est invivable. Je dois la surveiller toutes les secondes pour l'empêcher de s'aliéner les gens, pour veiller à son exactitude. Elle recommence ses caprices. Dieu merci, j'ai un certain poids sur elle et espérons que je le conserverai, mais je n'ai pas trop de tout mon temps. »

Les trois mois qui suivirent furent un cauchemar pour Anne. Elle passait de si longues heures auprès de sa fille que la nurse commença à faire la grimace. On entendait parler du succès monumental de Neely à l'étranger, Lyon écrivait de temps en temps et téléphonait une fois par semaine. Le film marchait à merveille, seulement il avait fallu recommencer toutes les séquences du début tant Neely avait maigri entre-temps. Il rentrait à la fin de juin, dit-il. Une semaine s'écoula sans aucune nouvelle.

Le 4 juillet, elle demanda le George V à Paris au téléphone. La réception lui répondit que Mr. Burke était parti la semaine précédente. Oui, Miss O'Hara était partie à cette même date, probablement pour les Etats-Unis.

Elle en resta muette. Avait-il pris le bateau? Pourquoi? N'était-il pas pressé de revenir auprès d'elle et de leur bébé? Elle appela George. Il répondit évasivement. Oui, il attendait Lyon et Neely incessamment, mais il n'en savait pas plus qu'elle.

Ce soir-là, elle regarda la télévision de son lit sans parvenir à y fixer son attention. Finalement, elle prit les journaux du matin; un article de potins lui sauta aux yeux :

Qui est donc la star légendaire qui attribue à son nouvel amour sa seconde carrière ainsi que sa ligne merveilleuse recouvrée? Hélas! Ce roman ne peut que mal se terminer. L'homme qu'elle aime est son imprésario, et il est, de plus, marié avec une beauté connue de la télévision.

Son estomac fit la culbute. Non. *Non!* Pourtant, Lyon lui avait bien dit que Neely avait beaucoup maigri... Elle se sentit au bord de la nausée. Elle tenta de se raisonner : que Neely soit tombée amoureuse de Lyon n'avait rien d'étonnant, mais cela ne prouvait pas que la réciproque fût vraie. Peut-être la tenait-il à distance? Et ce serait la raison de sa répugnance à avoir Anne auprès d'eux, pour lui éviter toute peine. Lyon vivait peut-être des heures difficiles...

Impulsivement, elle prit son téléphone et demanda l'hôtel de Beverly Hills avec préavis, en espérant de tout son cœur qu'elle se trompait. La réception lui répondit, cette fois, qu'en effet Mr. Lyon Burke était arrivé trois jours auparavant. Non, il n'était pas là pour le moment. Oui, Miss O'Hara était arrivée en même temps que lui. Sa chambre ne répondait pas non plus. Il était neuf heures en Californie, devait-on maintenir le préavis pour plus tard? Anne annula la communication et se laissa retomber sur ses oreillers. Il était en Californie depuis trois jours et il ne lui avait pas téléphoné! Elle bondit du lit, passa un pantalon et se précipita dehors, dans la nuit.

Henry mit des heures pour ouvrir sa porte.

« Doux Jésus, que se passe-t-il? » dit-il encore ensommeillé.

Il resserra la ceinture de sa robe de chambre, la fit entrer au salon dont il alluma les lumières et l'invita à s'asseoir.

« Qu'y a-t-il, Anne?

– Vous avez lu! cria-t-elle d'une voix hystérique

en désignant du doigt les journaux qui traînaient par terre. Henry, inutile de finasser avec moi. Je viens d'apprendre que Lyon est de retour en Amérique depuis quelques jours, il est en Californie avec Neely, et il ne m'a même pas téléphoné! Henry, faites quelque chose pour m'aider... »

Calmement, il lui servit un scotch.

« Bon, reprenez votre sang-froid et regardons les choses en face. Vous voulez sauver votre mariage, n'est-ce pas?

– Alors, c'est vrai, et vous le saviez?

– Oui à la première question, et depuis longtemps à la deuxième. »

Elle resta sans voix et le contempla comme si son dernier ami sur terre venait de la trahir.

« Allons, Anne! C'était inévitable. Il vous reste deux possibilités : prendre la porte avec votre fierté intacte ou temporiser en encaissant, si vous désirez Lyon suffisamment pour ça, et si vous en avez la force.

– Je ne peux pas vivre sans lui! sanglota-t-elle.

– Alors, préparez-vous à l'accueillir calmement, la moindre scène de votre part le précipiterait dans les bras de Neely.

– Mais il ne peut pas l'aimer! C'est une énorme dondon!

– Plus maintenant, dit-il d'un ton las. Je suis rentré de Californie la nuit dernière. J'y ai rencontré Lyon et Neely, chez Chasens. Elle est merveilleuse, elle ne pèse plus que cinquante kilos. L'amour, j'imagine... Elle ne mange rien. Je l'ai observée, elle est diaphane et folle de Lyon, elle le dévore des yeux, s'accroche à lui toutes les secondes.

– Assez, Henry, pour l'amour du Ciel! s'écria Anne en se cachant le visage dans les mains. Vous voulez donc me tuer?...

– Non, je veux vous mettre en face de la réalité pour vous donner des armes. La surprise pourrait vous abattre. Et maintenant, serrez les dents, voici le coup de massue : Lyon est loin de la repousser.

– Non... non..., gémit-elle.

– Du calme, du calme. Préparons nos plans.

– Vous êtes fou, Henry, dit-elle en le regardant, hébétée. Tout est fini...

– Bien, répondit-il en haussant les épaules. Je m'occuperai de votre divorce, Lyon sera condamné à une forte pension alimentaire pour vous et votre enfant. Il ne se dérobera pas.

– Je ne peux pas renoncer à lui, sanglota-t-elle de plus belle.

– Alors, buvez ce verre et examinons les choses ensemble. Vous n'êtes pas la première femme trompée et vous ne serez pas la dernière. A vous d'équilibrer la balance. Qu'est-ce qui compte le plus, votre fierté ou Lyon?

– Mais plus rien ne sera jamais pareil...

– Non, votre amour ébloui sortira terni de cette aventure, mais vous conserverez Lyon, et si je vous connais bien, vous préférez encore une petite part de Lyon que pas de Lyon du tout.

– Comment pourrait-il me respecter s'il savait que je suis au courant et complaisante?

– Toute la question est là, dit-il impatiemment. Il ne faut pas qu'il *sache,* sinon vous n'auriez plus qu'à divorcer, et c'est bien ce à quoi tend Neely. Lyon s'est occupé d'elle, au début, en toute innocence, mais le rôle de don Juan enivre aisément et il était dans une période réceptive après sa découverte de votre supercherie pour l'achat de l'agence. Il a un esprit créatif qu'il aimait porter sur sa littérature, et maintenant il crée dans cet autre métier. Dans un paquet de graisse, il a sculpté au moule une star vibrante, une jeune femme extraordinaire qui ne respire que par lui. Son faux col est devenu trop étroit... Neely est très maligne, elle joue à la femme faible alors qu'en réalité, c'est un cobra. Et pour Lyon, vous êtes l'élément fort. Il se trompe, vous n'êtes pas la moitié aussi forte que Neely, les Neely de ce monde sont indestructibles, mais votre comportement assuré et votre confiance en vous enlèvent à Lyon de sa certitude d'homme alors que Neely lui en donne. Il rumine deux rancunes contre vous : la première parce que vous avez refusé autrefois de quitter New York pour vivre avec lui à Lawrenceville, la deuxième parce que vous lui avez acheté cette agence en sous-main.

– Si seulement vous n'aviez rien dit de cette transaction..., gémit-elle.

– Nous étions à fin décembre; la date inéluctable approchait, vous étiez très unis, et je croyais que Neely était une véritable amie pour vous. Elle était venue me trouver, en larmes, pour me demander de faire pression sur vous. Elle pensait qu'avec votre fortune, l'agence vous importait peu et que vous empêcheriez Lyon de voyager; or elle ne voulait plus travailler avec George. Alors je lui ai dit que c'était le contraire, et que c'était votre fortune qui faisait marcher l'agence. De toute façon, j'aurais eu à l'avouer à Lyon sous peu. Comment imaginer que Neely utiliserait cette arme contre vous? Grand dieu, le nombre de fois où elle m'a répété qu'elle vous devait sa carrière, sa santé, sa vie même! J'ai fait une grosse erreur, mais c'était dans les meilleures intentions. Maintenant, il faut regarder les choses en face : avec vous, Lyon avait une femme forte, avec Neely il a une femme qui en fait un superhomme. Attendez que la situation se nivelle d'elle-même.

– Comment?

– Ne bougez pas. Cessez de jouer au *deus ex machina* pour redevenir une simple femme fragile et laissez le cobra qui dort en Neely faire surface. Lyon est loin d'être bête. Faites comme si de rien n'était. Cela va vous être très difficile, parce que cette histoire avec Neely va chauffer encore davantage avant de refroidir, mais si vous tenez le coup, la marée se renversera. Neely lessivera Lyon comme elle lessive tous les hommes. Vous devriez entendre Ted Casablanca parler d'elle! Elle est tout miel et tout sucre au début, et comme toutes les stars, c'est de l'acier forgé au fond. Si vous encaissez sans broncher, vous deviendrez la pauvre petite chose fragile qu'il a blessée, et son sentiment de culpabilité le poussera à vouloir vous protéger; c'est une bataille de résistance nerveuse, mais je crois que vous en êtes capable.

– J'essaierai, dit-elle d'un ton las. Mon univers s'est écroulé ce soir, Henry, je crois que je vais prendre ma première poupée.

– Votre première quoi?

– Une pilule de Seconal. Jennifer et Neely les appelaient des « poupées ». Je n'en ai jamais pris de ma vie, et je me demande bien où je pourrais m'en procurer? »

Il disparut et revint porteur d'un flacon.

« En voilà pour un mois. Je viens d'en prendre une moi-même.

– Vous aussi? sourit-elle faiblement.

– Depuis vingt ans. C'est l'outil indispensable, premier de liste dans le manuel du parfait-petit-imprésario. Prenez-en une et couchez-vous, ne fumez pas, elle agira très vite. »

Elle prit le flacon et s'en fut. Elle avait les jambes en plomb et pendant le trajet de retour en taxi, des images inopportunes de Neely et de Lyon lui traversèrent l'esprit.

Elle contempla rêveusement le petit flacon, dans sa salle de bain. Soixante-cinq pilules rouges et brillantes. Henry avait confiance en elle! Il avait raison, elle n'allait certainement pas jeter l'éponge; elle avait une fille qui avait besoin d'elle et un mari à reconquérir. Elle ne désirait que quelques heures d'oubli pour s'évader de ce cauchemar. Elle avala une pilule, se coucha et reprit le fameux journal; au bout de dix minutes, les caractères d'imprimerie commencèrent à se brouiller, sa tête se fit légère, ses yeux se fermèrent. Fantastique... elle allait s'endormir. Demain, elle réfléchirait posément.

Lyon débarqua la semaine suivante et lui dit qu'il avait pris la route polaire et s'était arrêté en Californie. Elle feignit la surprise; il la regarda avec insistance.

« Tu ne savais pas que j'étais à Los Angeles?

– Comment l'aurais-je su? Je te croyais retenu en Europe. »

Il se détourna, mais pas assez vite pour qu'elle ne lût l'étonnement dans ses yeux. Il était rentré le mensonge à la bouche, s'attendant à une scène et on ne lui demandait rien. Ils dînèrent au Colony et passèrent leur première soirée en tête à tête. Elle fut tendre et ardente au lit. Elle avait envie de le griffer, de le marquer de sa propriété, elle était torturée par la pensée de Neely dans ses bras, mais elle parvint à repousser ces envies et ces images, et elle lui rendit son étreinte avec passion.

Ils passèrent cinq jours merveilleux. Elle commençait à se persuader que rien ne clochait ou que l'affaire était classée lorsque Neely revint. Elle avait un engagement de dix mois à la TV, à raison d'un show par mois, et elle devait commencer bientôt ses enregistrements pour le dernier show de septembre.

C'était un jeudi. Anne ignorait tout de ce retour imminent, elle devait aller au théâtre avec Lyon et faire ensuite une apparition au Copa pour y rencontrer l'imprésario d'un chanteur. Tous les agents de New York agiotaient pour caser leurs clients en invité dans le show de TV de Neely.

La secrétaire de Lyon téléphona à cinq heures, Mr. Burke avait été appelé en réunion d'urgence avec des annonceurs et ne pourrait se rendre au théâtre. Il envoyait Bud Hoff pour accompagner Anne, et il les rejoindrait dans le courant de la soirée au Copa.

Anne n'eut pas le moindre soupçon. Elle s'amusa avec sa fille, prit son bain sans se presser et s'habilla. Bud vint la chercher et ils allèrent au théâtre. Au Copa, ils trouvèrent l'imprésario qui avait retenu une table bien placée; Anne s'excusa du retard de Lyon.

« Je pensais bien qu'il serait très occupé aujourd'hui, avec le retour de Neely », dit l'imprésario.

Elle sentit le sang lui monter au visage, mais elle conserva un sourire impassible.

« Mais oui! C'est vrai... A quelle heure est-elle arrivée, Bud? fit Anne en essayant de donner l'impression qu'elle était au courant.

– Vers midi, je crois, répondit Bud mal à l'aise.

– Pauvre Lyon! Il espérait tant qu'elle resterait un peu en Arizona auprès de ses fils. »

Y eut-il un échange de regards entre Bud et l'imprésario? Ou l'imagina-t-elle? Tout le monde était donc au courant, alors?

Bud la déposa devant sa porte à trois heures du matin. Elle savait que Lyon ne serait pas encore rentré. Elle alla sur la pointe des pieds embrasser l'enfant et la recouvrir; adorable petite Jennifer avec les cheveux noirs et les yeux bleus de son père... Elle était si jolie. Anne sentit les larmes lui serrer la gorge. Non, du calme pour accueillir Lyon. Prête à avaler son histoire...

A cinq heures, elle se leva et passa dans le living-room dans le vague espoir d'y trouver Lyon qui n'aurait pas osé se coucher de peur de l'éveiller. Personne. « Oh! Lyon, pourquoi me faire souffrir ainsi? Et toi, Neely, comment peux-tu me faire ça... » Elle alla dans la salle de bain et prit une poupée rouge.

Des amitiés comme celles de Jennifer et de Neely se nouent très jeunes. Après, on a moins d'espoirs, moins de rêves, d'ambitions à partager, on se fait des amies moins facilement, mais elle avait des relations, des occupations et les journées passeraient cahin-caha. Mais les nuits! Penser à Lyon, voir son sourire et l'imaginer dans les bras de Neely... A bout de résistance, elle se leva et implora la rémission de sa peine à sa fidèle poupée rouge.

Elle se recoucha et se demanda combien de temps Neely allait rester en ville. Quelques jours, peut-être? La chambre commença à s'estomper devant ses yeux.

Elle s'éveilla, vaguement consciente de la présence de Lyon qui tourniquait dans la chambre. Elle se força à ouvrir les yeux; il faisait grand jour. Il était dans la salle de bain. Venait-il juste de rentrer? Elle vit son costume sur une chaise.

« Lyon?

– Désolé de t'avoir réveillée, chérie, sourit-il en émergeant de la salle de bain, en slip.

– Quelle heure est-il?

– Huit heures, je m'habille. »

Il traversa la chambre et vint rapidement s'asseoir sur son lit impeccable pour le froisser. « Il veut me faire croire qu'il a dormi ici », pensa-t-elle.

« A quelle heure as-tu éteint? demanda-t-il tranquillement en mettant ses chaussures.

– Vers trois heures, mentit-elle en pestant contre la pilule qui la laissait hébétée.

– Neely est arrivée, dit-il en enfilant une chemise propre.

– Je le sais, Bud me l'a appris. »

Il guettait sa réaction, elle garda les paupières closes.

« Elle s'est jointe à notre réunion avec les annonceurs. Elle exige quelques changements dans la présentation de son show, quelques violons de plus à l'orchestre, et elle veut que les annonceurs paient pour ces suppléments. Il m'a fallu des heures pour tout négocier. »

Jusqu'à huit heures du matin? Elle n'ouvrit pas les yeux.

« Puis je suis allé dîner très tard avec les annonceurs. Quelle pommade j'ai dû leur passer! Et ce Ted Kelly... tu sais, notre poivrot... Je suis resté avec lui au P.J. jusqu'à trois heures trente, pour lui tenir la main. Je voulais t'appeler au Copa, mais il aurait insisté pour se joindre à nous, et il était rond comme une bille, alors je l'ai gardé jusqu'à quatre heures du matin, jusqu'à ce que P.J. ferme. Je suis rentré directement. »

« Je vais devenir folle, je vais hurler s'il continue à me raconter de telles histoires », pensa-t-elle, mais elle se mordit les lèvres et garda le silence.

« Tu dors? lui demanda-t-il – elle secoua la tête. Tu devais être durement fatiguée toi-même pour être dans cet état ce matin, sourit-il. A propos, arrange-toi pour occuper ta soirée avec une amie; il faut que j'emmène Neely et des réalisateurs à Greenwich Village pour prendre des idées de numéros.

– Ne puis-je venir avec vous? demanda-t-elle, bien éveillée.

– Ça ne t'amuserait pas du tout, répondit-il vivement. C'est du boulot, pas de femmes, on ne peut pas courir d'un point à un autre en traînant une smala derrière soi.

– Mais Neely sera là? insista-t-elle.

– Evidemment, répondit-il en prenant l'air étonné. C'est son show, on a besoin de son avis. J'entends Jennifer, ajouta-t-il en souriant. Je jurerais bien qu'elle vient de dire « Dada »; je vais aller prendre mon petit déjeuner avec notre beauté. Rendors-toi. »

Elle ne le vit pas de cinq nuits, mais elle l'entendit rentrer tôt chaque matin pour se changer. Lorsqu'elle s'éveillait, elle marchait dans le jeu qui consistait à prétendre qu'il venait de se lever. Il avait soin de bien froisser son lit et il avait toujours une bonne excuse, une séance d'enregistrement avec Neely, des nouvelles chansons à auditionner pour le prochain album de disques de Neely, le show de Neely à mettre au point. Elle prenait une pilule rouge tous les soirs et plongeait dans l'oubli miséricordieux.

Le sixième jour, les choses se compliquèrent. Abrutie par une deuxième pilule prise après le départ de Lyon (Ted Kelly, soûl de nouveau, rien qu'eux deux... avait-il dit), elle ne s'éveilla qu'à une heure de l'après-midi. Elle sonna la domestique et lui demanda du café et des toasts; elle se sentait fatiguée et passerait la journée au lit. Elle prit le journal et vit, étalée bien en vue, une photo de Neely et de Lyon.

Miss Neely O'Hara dansant avec son imprésario, Lyon Burke, disait la légende.

Neely était très en beauté, Anne s'aperçut avec stupeur qu'elle ne l'avait pas revue depuis?...

Voyons... avant la naissance de Jennifer, donc au moins huit ou neuf mois. Neely n'essayait même pas de cacher sa liaison avec Lyon; l'air radieux, elle lui souriait dans les yeux. Oh! Dieu, que faire? Il était pris la main dans le sac. Si seulement il ne lui avait pas raconté qu'il était avec Ted Kelly... Elle appela Henry.

« Jetez ce journal, lui conseilla-t-il. Faites comme si vous n'aviez rien vu et ne lui parlez de rien.

– Je n'en peux plus, Henry, sanglota-t-elle, je n'en peux plus!

– Venez me voir, Anne. »

« Que puis-je faire? gémit-elle pendant qu'Henry faisait les cent pas dans la pièce. Je dois être la risée de la ville. Pas plus tard qu'hier, j'ai dit à des amies avec lesquelles je déjeunais que Lyon aimerait bien voir Neely regagner la Californie parce qu'il en avait plein le dos de jouer à la nounou. Je les ai senties ricaner. Maintenant, je ne peux même plus sauver les apparences, ajouta-t-elle en s'emparant du journal.

– Voulez-vous que je téléphone à Lyon? Que je lui parle en ami, sans vous mettre en cause?

– Il se douterait que je suis derrière cette démarche, il sait que je n'ai confiance qu'en vous. Non, Henry! insista-t-elle en le voyant décrocher l'appareil.

– C'cst Nccly quc j'appcllc, dit-il. Jc vais prcndrc comme prétexte que j'ai un conseil à lui donner, et c'est vrai! Allez écouter sur l'appareil de ma chambre. »

Il commença par féliciter Neely de ses succès et de sa silhouette merveilleuse, puis il se lança :

« Je viens de voir votre photo dans le journal avec Lyon Burke. Qu'est-ce que ça veut dire, Neely?

– Je vous aime beaucoup, Henry, mais mêlez-vous de vos oignons, répondit Neely.

– Vos sentiments m'importent peu, répondit tranquillement Henry. Jusqu'à présent, il n'y a eu que quelques allusions dans les colonnes à potins, mais cette photo est un peu criarde. Même si vous oubliez tout ce que vous devez à Anne, n'oubliez pas que vous avez une réputation à sauvegarder. Je ne crois pas que vos annonceurs apprécieraient beaucoup un scandale, Lyon vit avec sa femme.

– Si peu! railla Neely. Il rentre chez lui le matin pour se changer. Il attend, espérant qu'elle le prendra sur le fait, mais elle dort éternellement.

– Cet espoir ne serait-il pas un produit de votre imagination, Neely?

– Des clous! Il passe toutes ses nuits avec moi. Quand on nous a photographiés hier soir à El Morocco, il a même dit : « Tant mieux! Cette photo « va mettre le feu aux poudres. » Ses propres mots. Il a peur de faire de la peine à Anne en lui disant la vérité, peur de la démolir. Et..., ajouta-t-elle en hésitant, et il est très attaché à leur fille.

– Vous paierez très cher cette mauvaise action, Neely. On ne peut pas tout prendre dans la vie et toujours fouler aux pieds les sentiments des autres.

– Je me moque des autres! cria-t-elle d'une voix perçante. Il n'est que temps de m'offrir ce que je veux. Et savez-vous pourquoi? Parce que toute ma vie j'ai donné. Toute enfant, avec ce numéro de pacotille des Gaucheros, c'était moi qui faisais tout, le studio a fait de l'argent sur mon dos et je n'en ai reçu que des coups de pied au cul. Vous savez parfaitement que je suis unique, je n'ai pas à me préoccuper de règles qui ne concernent que le commun des mortels, je n'en fais pas partie. Rien ne peut me détruire, ni les piqûres de Dexmerol, ni les pilules, ni les fermes de « fadas »... Rien! Et avec Lyon, je vis! Je n'ai pas besoin de manger quand il est là, je peux boire et prendre des pilules vertes et des pilules rouges. Tout va bien. Bon Dieu, Henry, mon talent fait le bonheur du monde et Lyon fait mon bonheur. N'y ai-je pas droit à mon tour? J'ai besoin de Lyon. Qu'est Anne en comparaison de tout ça?

– La seule amie que vous ayez jamais eue.

– Oui, et alors? Elle a eu de la chance de m'avoir. Je l'amusais. J'ai du dynamisme, je suis une star. Toute jeune, j'avais plus de personnalité qu'elle n'en aura jamais. Elle a de la classe, mais c'est tout, maintenant, c'est une ratée, un paquet d'os qui a fait de la publicité pour du vernis à ongles et qui a couché avec ce pauvre vieux bonhomme pendant des années. C'est avec l'argent de Gillmore qu'elle s'est payé Lyon et aujourd'hui elle vient nous jouer les saintes nitouche, la Vierge à l'Enfant. Moi, je n'ai pas gagné ma fortune grâce à mes belles pommettes de naissance, mais avec le talent que je me suis forgé. Elle a traversé la vie sur un tapis de roses parce qu'elle était belle. Elle a trente-huit ans, j'en ai trente-quatre et mon physique n'a pas d'importance, il n'en a jamais eu. Si vous êtes un ami d'Anne, conseillez-lui de divorcer, elle se fera faire un lifting et elle retrouvera un autre cornichon comme Kevin Gillmore. Elle a toujours su décrocher les milliardaires! » acheva Neely en raccrochant brutalement.

Anne remit doucement l'appareil sur son socle et marcha vers la glace. Les petites rides autour de ses yeux étaient profondes aujourd'hui et sa bouche avait un pli amer. C'est drôle, elle n'avait jamais fait entrer sa beauté en ligne de compte quand elle pensait à Lyon mais...

« Laissez ce miroir tranquille, dit fermement

Henry derrière elle. Ce petit monstre a des cernes sous les yeux qui lui descendent jusqu'au menton, et elle dit qu'elle peut boire? C'est ce qu'elle croit. Son foie est foutu. »

Anne se mit à trembler; Henry la prit dans ses bras et la serra contre lui.

« Allons, Anne, elle parlait pour la galerie, elle sait que je suis votre ami.

– Elle a peut-être raison, Henry, peut-être que Lyon voudrait divorcer...

– Il ne vous a rien demandé, n'est-ce pas? Vous me dites vous-même qu'il froisse son lit tous les matins, donc il veut maintenir les apparences. Courage, tenez le coup. Neely clame que rien ne peut détruire son talent, si : elle-même, et elle y va tout droit, à cette destruction.

– C'est la fin... la fin..., dit-elle en secouant la tête. Je ne peux plus!

– Il le faut et vous y parviendrez; vous pouvez être aussi coriace et tenace que cette petite ordure. »

Lyon ne téléphona même pas pour s'excuser ce soir-là. Elle allait prendre sa pilule vers minuit lorsqu'elle entendit Jennifer crier; d'habitude, l'enfant dormait toutes ses nuits sans un pleur, et c'était le soir de sortie de la nurse!

Anne se précipita. Le bébé hurlait, le visage très rouge. Anne la prit tendrement; elle s'assura qu'il n'y avait pas d'épingle de nourrice ouverte, elle la changea et lui donna un peu d'eau sucrée, mais Jen la refusa, hurlant de plus belle. Elle avait la peau brûlante. Peut-être faisait-elle des dents, mais par sécurité Anne prit sa température. Quarante et quelques dixièmes! Le bébé dans les bras, elle courut à la chambre de sa domestique, l'éveilla et lui confia Jen le temps d'appeler son médecin.

Il était parti pour le week-end et on lui donna le numéro de son remplaçant. Dehors pour une urgence... on ne pourrait le joindre avant une heure. Mon Dieu, s'affola-t-elle, que faire? Lyon... où était Lyon? Elle appela Henry mais la sonnerie retentit dans un appartement vide. C'est vrai, il devait passer le week-end à Westport.

Résolument, elle appela l'hôtel de Neely et déclina son nom au standard. Neely répondit enfin.

« Allô, Neely, fit Anne d'une voix impersonnelle. Est-ce que Lyon est là?

– Non.

– Il faut que je le trouve, c'est urgent.

– Ben, bâilla Neely, s'il vient, je le lui dirai.

– Jennifer est malade, Neely.

– Appelle un docteur.

– C'est ce que j'ai fait, mon médecin est absent pour le week-end. Jen a plus de quarante de fièvre.

– Ne t'affole pas, les bébés piquent des températures élevées à propos de rien. Donne-lui un demi-cachet d'aspirine.

– Si Lyon te téléphone, dis-le-lui, préviens-le.

– Oui, oui. Bonne nuit. J'enregistre de bonne heure demain matin. Les jumeaux avaient souvent de la fièvre, ce n'est rien », répondit Neely en raccrochant.

Ce petit monstre lui-même n'aurait pu manquer de cœur au point de mentir. Où donc était Lyon?

Neely reprit son téléphone et laissa un message enjoignant de ne pas la déranger. Où donc était Lyon? Ah! oui, il travaillait avec les compositeurs de ses chansons, à l'hôtel Victoria. Il avait dit qu'il la rejoindrait vers deux heures. Allait-elle l'appeler pour lui faire part de la communication d'Anne? Oh! la barbe! Les bébés font de la température pour un oui, pour un non. C'était un coup d'Anne, ça, jouant de la corde sensible de Lyon. Non, mais à quoi le désespoir peut-il conduire une femme? Elle n'allait pas tomber dans le panneau; elle dormirait lorsque Lyon rentrerait. C'est ça. Elle allait lui laisser un petit mot le prévenant qu'elle avait pris des pilules à minuit. Voyons... Il était une heure et quart. Si Anne avait téléphoné alors qu'elle était plongé dans l'abrutissement des somnifères, il lui serait parfaitement excusable d'avoir tout oublié. D'un autre côté, si elle dormait, il pourrait bien en profiter pour rentrer auprès de cette foutue femme et de leur bébé. Oh! qu'il y aille pour une nuit! Elle l'aurait à elle toutes les autres. Ensommeillée, elle pensa à ces nouvelles chansons, espérant qu'elles seraient bonnes parce qu'elle les signait de son nom, comme coauteur, maintenant. Un truc de Lyon. Malin, ça rapportait. Elle sourit de satisfaction et s'endormit.

On avait transporté le bébé à l'hôpital, de toute urgence, à deux heures du matin; on avait craint la polio, mais c'était une pneumonie.

Lyon trouva Neely endormie et rentra chez lui. A son grand étonnement, il vit toutes les lumières éclairées, mais pas trace d'Anne. En larmes, la domestique lui raconta ce qui s'était passé. Il se précipita à l'hôpital; Anne, pâle d'angoisse, rigide sur le bord de son fauteuil dans la salle d'attente, fit à peine attention à lui.

« Qu'est-ce qu'elle a? demanda-t-il vivement.

– Elle est sous une tente à oxygène et deux infirmières la surveillent. Elles ne veulent pas que je reste dans la chambre.

– Je travaillais avec les compositeurs des nouvelles chansons de Neely. Je suis rentré tard à la maison et...

– J'ai téléphoné à Neely, il y a plusieurs heures, dit-elle sans émotion.

– Je n'étais pas avec elle, se défendit-il. Pourquoi l'appeler?

– Parce que je pensais qu'elle saurait où te joindre. Il y a une semaine que je ne t'ai vu, j'ai présumé que tu t'occupais de son travail, et si ça ne te fait rien, parlons d'autre chose que de Neely. J'ai si peur pour Jen. »

Il lui prit la main d'un geste inconscient et naturel, mais qui l'étonna. Bientôt il ne serait plus qu'un étranger pour elle; seule la loi les unirait encore. Et pourtant, comme elle l'aimait! Et elle le désirait peut-être encore davantage... Elle n'avait donc aucune fierté? Jamais elle ne renoncerait à lui, à moins qu'il ne lui demandât sa liberté. Faites que ça n'arrive jamais, mon Dieu! Dire qu'il fallait un drame pour le ramener à elle...

Une éternité s'écoula avant que le docteur ne revînt. Ils retinrent leur souffle. Il souriait! La crise était passée; Dieu merci, il existait maintenant la pénicilline et les enfants avaient des ressources de vitalité stupéfiantes.

Anne prit une chambre communiquant avec celle de sa fille et passa ses journées et ses nuits près du petit lit. Lyon vint à l'hôpital tous les soirs vers sept heures; il regardait le bébé, lui faisait des « guili-guili » affectueux puis il insistait pour emmener Anne dîner au restaurant de l'hôpital. Il passait environ deux heures avec elle. « Au moins, voilà qui dérange les projets de Neely », pensait Anne en serrant les mâchoires.

Dix jours plus tard, ils ramenèrent la petite à la maison. Lyon avait mis des fleurs partout. Ils dînèrent en tête-à-tête chez eux, et il joua avec sa petite fille; cette nuit-là, ils firent l'amour pour la première fois depuis des semaines et s'endormirent enlacés.

A quatre heures du matin, le téléphone sonna. Anne s'éveilla la première et décrocha à tâtons, dans le noir. C'était Neely. Anne comprit à sa diction pâteuse qu'elle était bourrée de somnifères.

« Passe-moi ce salaud... bredouilla Neely.

– Il dort.

– Réveille-le.

– Sûrement pas.

– Réveille-le, je te dis, sinon je vais venir le faire moi-même. »

Lyon ouvrit les yeux, Anne lui mima le nom de Neely. Il prit l'appareil.

« Je t'ai attendu toute la nuit! glapit Neely.

– J'ai ramené Jennifer de l'hôpital ce soir.

– Et alors? Elle s'endort à sept heures, non?

– C'était sa première nuit à la maison. »

Anne ferma les yeux; il s'excusait d'avoir passé une soirée avec sa femme!

« Alors, viens, maintenant.

– Il est quatre heures du matin, Neely.

– Tu ferais mieux de venir. J'ai pris sept pilules, j'en prendrai dix autres si tu ne viens pas.

– Neely! Vous avez une interview avec *Life*, demain matin!

– Merde pour eux! Je n'irai que si tu t'amènes immédiatement.

– Bon, j'arrive. »

Il se leva. « Ne rien dire », pensa Anne. Il n'avait pas envie d'y aller, c'est elle qui l'y contraint. « Si je tiens le coup, j'aurai gagné ma première victoire. » Elle se recoucha et ferma les yeux. Prêt à partir, il s'approcha d'elle.

« Est-ce que tu comprends, Anne?

– Je comprends que tu n'as pas envie d'y aller.

– Cette situation est intolérable pour toi, ma

pauvre chérie. Il faudra faire quelque chose... prendre une décision. »

Tout espoir de victoire s'évanouit. Choisirait-il Neely, après tout ?

« Laissons les choses s'arranger d'elles-mêmes, Lyon, dit-elle vivement. Les décisions brusques au milieu de la nuit sont toujours catastrophiques.

– Nous ne pouvons pas continuer ainsi, toi, Neely et moi...

– Si, parce que ça ne durera pas.

– Neely a besoin de moi, elle a un talent rare et aucune discipline; il faut la guider par la main, alors que tu es forte.

– Non, je ne suis pas forte, répondit-elle les yeux noyés de larmes. Seul mon amour pour toi est fort, Lyon. »

Il sortit rapidement.

Le début de l'automne ramena Anne à la télévision par le truchement de Henry qui l'avait présentée au réalisateur d'un feuilleton publicitaire. Elle signa un contrat d'une émission quotidienne, se trouva ainsi très occupée et souffrit moins des absences de plus en plus prolongées de Lyon.

A la fin de septembre, Neely et lui s'envolèrent pour la Californie où Neely devait tourner son premier show. Cette émission eut un énorme succès, Lyon en retira un crédit formidable, et Anne dut s'incliner devant la puissance de renommée de Neely; de nombreuses stars de premier plan confièrent immédiatement leurs intérêts à Lyon et à George. *Variety* fit tout un article sur les Trois B., l'agence la plus dynamique de New York; la charpente de cet édifice était Neely.

Lyon revint à New York après Noël, les bras débordants de jouets pour Jennifer, un bijou coûteux pour Anne dans la poche. Il s'était partagé pour les fêtes, Noël avec Neely mais de retour chez lui à temps pour l'anniversaire de leur fille et pour le Nouvel An.

Neely téléphona trois jours plus tard, exigeant son retour immédiat. Anne écouta leur conversation, secrètement branchée sur l'appareil de la bibliothèque.

« Dans quelques jours, Neely, répondit-il avec une pointe d'exaspération.

– Non, ce soir! cria-t-elle. C'est le réveillon de l'An, demain.

– Et le 1er janvier, ma fille aura un an, répondit-il fermement.

– Quelle connerie! Souhaite-lui son anniversaire aujourd'hui, elle ne fera pas la différence.

– Moi, je la ferai. Sois raisonnable, tu es invitée à toutes sortes de soirées et de réveillons et un de mes hommes te servira d'escorte. Je serai là au plus tard le 5, mais il faut que je reste ici pour la première de *Honey Belle*.

– Cette Margie Parks ne vaut rien, fit Neely avec mépris.

– Je l'ai vue à l'Ange Bleu hier soir, elle a beaucoup de choses pour elle.

– Elle chante avec un micro, insista Neely. Elle chante bien; tu vois, je suis la première à reconnaître les qualités des autres, mais elle a bien manqué se faire vider en province, jusqu'à ce qu'ils pensent à lui donner un micro. Elle poitrine, elle ne peut pas durer, je le sais parce que ça me serait arrivé si Zeke Whyte ne m'avait pas prise en main.

– Notre agence veut la prendre, insista Lyon, et il faut que j'assiste à sa première.

– Tu perdrais ton temps à t'occuper d'elle? fit Neely dont la voix avait pris une intonation dangereuse.

– Evidemment non, pas plus que George. Bud Hoff s'occupera d'elle, les femmes l'aiment beaucoup.

– Je te le laisse, ton Bud Hoff, lui, son petit costume noir et ses cravates rayées... On croirait que tous les hommes de ton agence portent un uniforme, bâilla-t-elle. Mes foutues pilules commencent à agir. Quand viens-tu, alors?

– Le 5 au plus tard, promit-il.

– Tu m'aimes?

– Tu le sais bien, dit-il vivement.

– Plus que tu n'aimes Anne et le bébé?

– C'est à croire. Il faut que je raccroche, Neely, Anne est là, elle pourrait nous écouter sur un autre appareil.

– J'espère qu'elle le fait.

– Tu aimes torturer les gens?

– Non, mais si elle savait, elle te rendrait ta liberté.

– Elle sait probablement, dit Lyon. Elle n'est ni insensible ni idiote, et les rumeurs sont nombreuses, autour de nous.

– Alors, pourquoi se cramponne-t-elle? »

Lyon garda le silence.

« Je vais l'appeler et tout lui dire. Elle sera bien obligée de te lâcher, alors, quand ce ne serait que par fierté.

– Ne fais pas ça, répliqua Lyon. Ça ne servirait à rien. Je... nous avons eu une explication.

– Quand? Tu ne m'en as pas parlé.

– La nuit dernière. »

Anne espéra que son exclamation étouffée ne s'était pas entendue. Jamais Lyon et elle n'avaient été plus unis que la nuit précédente!

« Et alors? demanda Neely.

– Alors, rien. Elle m'a dit qu'elle était au courant

de tout, mais qu'elle continuerait à fermer les yeux et qu'elle ne divorcerait jamais.

– Je vais l'y forcer. Je t'embrasserai en public, je donnerai une interview, et je dirai que je veux t'épouser, que je te veux mais que ta femme refuse de te rendre ta liberté.

– Fais ça, et cramponne-toi bien à ton show de télévision parce que tu ne le garderas pas longtemps. Tes annonceurs vendent des céréales pour enfants et ton contrat contient une clause de moralité. Tu serais vidée si vite que...

– Je m'en fous! Nous partirions en Europe faire un autre film.

– J'ai une affaire et un associé dans cette affaire, Neely, je ne peux pas ne penser qu'à moi.

– Toi et cette merderie d'agence! Alors, j'attendrai d'avoir gagné mon million de dollars et je rachèterai tes parts. Nous les enverrons tous promener. Je te veux avec moi toutes les secondes de la journée et de la nuit.

– A bientôt, Neely, rit-il.

– Hé!... pas si vite. Téléphone-moi demain, heure de Californie. Tu m'aimes?

– Je t'adore. »

Tout le monde raccrocha.

1964.

Honey Belle fut la comédie musicale à succès de la saison. Dans la salle, Anne fut témoin de la montée en flèche de cette chanteuse de dix-neuf ans, petite, très fine, avec un drôle de sourire en coin. Elle n'avait aucune expérience, mais on décelait en elle de la graine de star.

« Nous avons la chance avec nous, murmura George. Lyon a insisté pour lui faire signer son contrat hier; après ce soir, tout le monde va la vouloir.

– Celle-là, je vous la laisse », murmura Lyon à George en se penchant par-dessus Anne.

Anne revécut par la pensée cette soirée où assise près de Lyon elle avait assisté aux débuts de Neely à Broadway. Une petite fille sans grand tempérament à l'époque... Dix-neuf ans de cela! En écoutant aux portes, Anne avait appris qu'elle avait gagné la bataille, mais sa victoire était sans goût. Il ne voulait plus de Neely maintenant que le cobra pointait sa tête. Le 5 tombait demain et il n'avait pas parlé de départ; bien au contraire, il avait réservé des places pour une première, le 8. Avait-elle vraiment gagné? Neely serait toujours là. Prenait-il autant de plaisir dans les bras de Neely que dans les siens? Une question lancinante qui resterait toujours sans réponse.

A la soirée qui suivit cette première, Margie Parks, si jeune, si vulnérable, affolée par toutes les manifestations qui entouraient sa célébrité naissante profita du siège laissé vacant près d'Anne pour s'y glisser.

« J'ai tant envie de vous connaître, Miss Welles, dit-elle. Je suis une de vos admiratrices.

– Mon petit feuilleton? sourit Anne. C'est bien peu de chose.

– Oh! je vous aime beaucoup dans ce feuilleton, insista Margie, mais je parle du temps où vous étiez Miss Gillian. Je m'en souviens, j'avais dix ans et j'ai chipé un dollar à ma mère pour m'acheter un rouge à lèvres de Gillian dans l'espoir de vous ressembler. »

Anne sourit. En face de cette jeunesse insolente, elle se souvint de Helen Lawson et la comprit, ce soir. Elle représentait la réussite aux yeux de Margie, elle était belle, elle avait un mari important, et elle s'était fait un petit nom par elle-même. Elle avait remarqué le coup d'œil en coulisse de Margie sur son vison, mais la jeune fille ignorait que les beaux cheveux épais ne conservaient leur blondeur que grâce à un rinçage et qu'un savant maquillage dissimulait les petites rides autour des yeux. Anne était encore très belle à l'écran et elle durerait quelques années, mais elle ne se rajeunirait jamais. Pour tromper qui? Tout le monde connaissait son âge.

Margie ne cessait de pépier, Lyon était agacé par ce verbiage et ils rentrèrent de bonne heure. Ils trouvèrent plusieurs messages téléphoniques de Neely. Exaspéré, Lyon l'appela ouvertement devant Anne, se bornant à maintenir la conversation sur un plan professionnel. Oui, la comédie musicale avait eu un gros succès, oui, l'agence avait pris Margie Parks, oui, elle n'avait qu'un petit talent, oui, il partirait pour la Californie dans quelques jours.

Mais le succès de Margie prit comme un feu de broussailles. Son album de disques de la revue se vendit comme des petits pains, et en avril, George lui obtint un contrat de télévision, avec une émission par semaine.

Lyon faisait la navette entre la Californie et New York. Les Trois B. ouvraient finalement une agence à Hollywood et plusieurs collaborateurs de Johnson Harris allaient quitter cette agence pour travailler avec eux.

Neely était devenue une « locomotive » de Hollywood, elle avait loué une énorme maison avec de nombreux domestiques. Elle tenait maison ouverte, alcool coulant à flots, et recevait tous les gens « in ». Elle enregistrait le dernier show de la saison lorsque George fit rentrer Lyon dare-dare; la chaîne de TV réclamait un aperçu du programme de Margie Parks pour la saison à venir.

« C'est vous l'esprit créateur, dit George. Moi, j'ai fait la vente, à vous de préparer le show. »

Neely poussa des cris d'orfraie, mais un coup de téléphone de Lyon avec les réalisateurs de Hollywood le rassura; elle travaillait sans faire d'histoires, tout allait bien. Il se détendit et prit un peu de bon temps; il sortit avec Anne, il offrit à sa fille sa première promenade à poney au parc.

Lui et Anne regardaient le programme tardif de la TV de leur lit lorsqu'on passa un bulletin spécial :

Neely O'Hara, mourante, a été transportée d'urgence à l'hôpital.

George téléphona presque immédiatement, il avait déjà appelé la Californie et on lui avait dit à l'hôpital qu'elle avait une chance de s'en tirer. Elle avait avalé la moitié d'un tube de somnifères. Lyon s'habilla pendant qu'Anne lui préparait sa valise, il y avait un avion de nuit qu'il pourrait attraper de justesse. Le show de Neely n'était pas entièrement enregistré, mais Joey Kling suivrait par le premier avion, et ils auraient le temps de boucher le trou avant l'heure d'antenne.

Blême, Neely leva sur Lyon des yeux cernés et enfoncés. Elle était sauvée. Elle lui tendit les bras.

« Oh! mon Dieu, Lyon, quand j'ai appris ça... c'était la fin. J'ai voulu mourir.

– Appris quoi? demanda-t-il en lui caressant doucement les cheveux.

– Je l'ai lu dans les journaux pendant que j'étais sur le plateau. On disait que tu étais rentré à New York pour faire une star de Margie Parks.

– Et c'est pour ça que tu...? fit-il d'une voix ahurie.

– Ecoute, Lyon, je veux bien accepter à la rigueur que tu sautes ta femme de temps à autre, je te pardonnerais même d'autres femmes, mais je ne supporterai jamais que tu t'occupes d'une autre chanteuse.

– Mais, Neely, tu n'as pas l'exclusivité des services de mon agence.

– C'est moi qui l'ai faite, ta saloperie d'agence et je peux la détruire, ne l'oublie jamais. Si je la laisse tomber, la moitié de tes clients me suivra. Tu as besoin de moi, mon bonhomme, alors si je claque des doigts, accours à ma botte! »

Lyon se leva et sortit tranquillement.

« Lyon, reviens! » cria-t-elle.

Il poursuivit sa marche dans le couloir.

Il prit l'avion suivant pour New York et appela George de toute urgence dans son bureau.

« Une question, dit-il. Avez-vous remboursé votre femme, George?

– Non, et je n'en ai pas l'intention, sourit George.

– Moi, je viens de signer le dernier chèque me libérant vis-à-vis d'Anne; les parts de l'agence m'appartiennent maintenant, et les risques que j'encourrai ne concerneront que moi.

– Et mes parts... sourit encore George.

– Et vos parts, mais même ainsi j'ai pris la décision de larguer Neely. Elle ne vaut pas le martyre que j'endure et nous n'avons plus besoin d'elle. Le show de Margie nous rapportera le double de celui de Neely; nous avons aussi Joey Kling qui fait des étincelles. Neely va s'effondrer définitivement un jour prochain; il vaut mieux que nous ne soyons plus là. Nous l'avons ressuscitée et nous en avons tiré toute la gloire intéressante, laissons-la tomber maintenant. Personne ne peut durer longtemps à raison de deux piqûres de Dexmerol par jour.

– Elle prétend que ce sont des piqûres de vitamines.

– De drôles de vitamines, oui! Cette agence devient solide, George; vous et moi faisons un bon attelage. Vous êtes un vendeur étonnant et je me débrouille assez bien du côté création et contact humain. Nous n'allons pas continuer à nous épuiser à faire la navette à travers le continent pour servir de nounou et d'amant à cette pieuvre. Elle vous pompe le sang, George! Dieu seul sait comment Anne a survécu. Ça suffit comme ça, terminé pour Neely. Je sais qu'Abe Kingman de Johnson Harris est allé la voir là-bas. Larguons-la.

– D'accord, répondit George avec un sourire en coin. Rédigez ce télégramme vous-même, vous l'avez bien mérité. »

Neely confia ses intérêts à Johnson Harris et fit en public des critiques cinglantes sur le compte de ses précédents imprésarios. Les Trois B. n'eurent pas à en souffrir et en septembre le show de Margie Parks démarra avec retentissement.

Neely entama sa saison avec une bonne place sur la liste des artistes en vogue. Johnson Harris lui assigna trois de ses hommes qui l'entouraient par roulement vingt-quatre heures sur vingt-quatre.

« Va-t-elle tenir le coup? demanda Anne.

– Pendant encore quelque temps, répondit Lyon en hochant la tête. Mais elle glisse à nouveau sur la pente de l'autodestruction. Elle en veut trop : une énorme maison, des domestiques, sa carrière de grande vedette à soutenir. Elle boit comme un trou. Tout ça a déjà manqué la tuer, elle recraquera, c'est inévitable. Son talent et sa carrière s'affrontent avec son goût de la vie et ses émotions affectives; c'est une sorte de guerre civile et dans les guerres, il y a toujours un vainqueur et un vaincu. »

1965.

Anne s'était laissée convaincre par Lyon et George de donner cette soirée de la Saint-Sylvestre et elle le regrettait amèrement. Elle regarda la foule qui grossissait sans cesse; les invités barraient le buffet sur trois rangs, l'ascenseur bondé faisait navette sur navette et elle avait une migraine à ne plus voir clair. Invitée chez les autres, elle eût quitté les lieux à l'anglaise, hôtesse, elle était coincée.

Les célébrités des spectacles de Broadway commençaient à débarquer. Il était une heure du matin et elle n'avait pas revu Lyon depuis leur baiser hâtif, à minuit; elle se glissa vers la chambre de sa fille pour lui souhaiter son anniversaire. Deux ans!

« Bonne année et joyeux anniversaire, mon cœur, lui murmura Anne. Je t'aime, Dieu que je t'aime! »

Elle se pencha, déposa un baiser sur le petit front lisse et sortit sans bruit. Le living-room lui opposait un mur de bruits et de voix, la bibliothèque regorgeait d'invités et le buffet représentait une forteresse inattaquable. Elle entra dans sa chambre, en ferma la porte qu'elle rouvrit instantanément en réfléchissant que la maîtresse de maison n'avait pas le droit de s'enfermer; elle se contenta de s'allonger sur son lit, toutes lumières éteintes, en espérant que personne ne viendrait la surprendre.

Les rires, les caquetages, la musique, des tintements de verre brisé lui parvinrent un peu étouffés; elle perçut soudain des bruits de pas qui approchaient. Elle voulut se lever mais n'en eut pas le temps; deux silhouettes venaient de pénétrer dans sa chambre.

« Fermons la porte, murmura la femme.

– Certainement pas, ça attirerait l'attention. »

C'était Lyon, avec une femme qu'elle ne reconnaissait pas mais dont la voix lui était familière.

« Je vous aime, Lyon...

– Allons, allons, vous n'êtes qu'un bébé!

– Peut-être, mais je vous aime. Mon show était encore mieux cette semaine parce que c'est vous qui avez tout supervisé. »

Il la fit taire en l'embrassant.

« Allez-vous continuer à vous occuper de moi, Lyon? Je suis une de vos plus grosses clientes, maintenant...

– Seriez-vous en train de me faire chanter pour obtenir mes soins et mes hommages, Margie? fit-il légèrement.

– Est-ce ainsi que Neely O'Hara vous a eu?

– Il n'y a jamais rien eu entre Neely et moi.

– Eh bien, il va y en avoir beaucoup entre vous et moi... J'en pince drôlement pour vous! »

Il l'embrassa de nouveau.

« Allez, soyez une brave fille... Rentrons dans la foule avant qu'on ne s'aperçoive de notre absence. »

Après leur départ, Anne se leva et défroissa sa robe. Elle alla dans la salle de bain et prit une pilule rouge. Elle était calme et ne ressentait aucune panique. Au tour de Margie Parks, maintenant? Cela ne faisait plus aussi mal qu'autrefois; elle aimait toujours Lyon mais d'un amour moins violent. Après la résiliation de Neely, il lui était revenu plus aimant que jamais mais elle n'en avait ressenti aucun triomphe. Neely lui avait pris une partie d'elle-même, de sa jeunesse, de sa vie, et elle savait maintenant qu'il y aurait toujours une Neely ou une

Margie entre elle et Lyon. A chaque fois elle souffrirait un peu moins, elle l'aimerait un peu moins, jusqu'au jour où il ne resterait plus rien, ni souffrance ni amour.

Elle se recoiffa et rafraîchit son maquillage. Elle était belle, elle avait Lyon, un appartement magnifique, une enfant ravissante, une certaine carrière personnelle, New York, tout ce qu'elle avait ambitionné dans la vie; et rien ne pouvait plus l'atteindre profondément dans son amour pour Lyon. Elle savait comment occuper ses journées et la nuit – les nuits solitaires – il y avait les jolies poupées rouges pour lui tenir compagnie. Elle en prendrait deux, ce soir. Pourquoi pas? N'était-ce pas le Jour de l'An?

Table

DU MÊME AUTEUR

Aux Éditions Belfond :

LOVE MACHINE.
UNE FOIS NE SUFFIT PAS.
DOLORÈS.
YARGO.

Aux Éditions Stock :

TOUTES LES NUITS, JOSÉPHINE !

IMPRIMÉ EN FRANCE PAR BRODARD ET TAUPIN
58, rue Jean Bleuzen - Vanves - Usine de La Flèche.
LIBRAIRIE GÉNÉRALE FRANÇAISE - 6, rue Pierre-Sarrazin - 75006 Paris.
ISBN : 2 - 253 - 03902 - 0